读客® 知识小说文库

读小说，学知识

落花时节

4

阿耐 著

江苏凤凰文艺出版社
JIANGSU PHOENIX LITERATURE AND
ART PUBLISHING

第四部

目录 Contents

第一章
律师函

田景野站在树荫下等陈昕儿来。此时小区已经闹腾起来了，正是上班时间，一波一波的人流向小区外走，显得逆流进小区的都卓尔不群得很。可此时进小区的不是清早买菜回来的大妈，就是……田景野见到一个人骑电动车进小区，车上载着一个蓝色塑料筐，里面都是快递。正好此人被出门的车子挡住，停在田景野面前，田景野就搭讪了一句："这么早就来送？"

"天热，不是早上送，就是傍晚送，中午吃不消，会中暑。"快递员说。

田景野连忙点头，表示赞同。快递员很快就见缝插针地走了。田景野看到一辆出租车开过来，停到他面前，陈昕儿从里面钻出来。田景野笑眯眯地趴在车窗上，将车费结了，起身道："我们进去？"

田景野没听到回音，扭头见陈昕儿打量着小区，就问："还认识吗？老小区了。"

陈昕儿疑惑地道："好像……宁宥家在这儿。不过读高中时他们租房住。"

田景野前面带路："对。我找宁宥妈妈有些事，她不认识我，不肯开门，但她知道你，我赶紧请你来帮忙。我已经给你们老总打电话了，等会儿我送你去上班。”

陈昕儿一听就站住了，若有所思地看着田景野问："宁宥的事？"

田景野立刻警惕起来，字斟句酌地道："宁宥拜托我做的事。你只要露个面，让宁阿姨认可我是宁宥同学就行。"

陈昕儿信了，但她反而止步，可又有点儿心虚，不敢面对田景野，扭开脸去不自然地道："对不起，田景野，我有个要求——只要简宏成答应我三天内让我见到小地瓜，我就跟你去。"

田景野大惊："陈昕儿，都是同学，这么要挟不大好吧？"

陈昕儿依然扭着脸不看田景野，强自镇定地道："你该不会因为帮助我很多，就希望我随叫随到吧？"

田景野道："你不要挤对我，明显是你愿意帮我的，但一听说是宁宥的事，立刻提出条件。我只问你，拿一个帮过你很多忙的老同学家的要紧事来要挟以换取自己的利益，这样好吗？"

陈昕儿咬牙沉默了会儿，道："我也知道这样做没良心，可我有什么办法？小地瓜是我儿子，我只有小地瓜一个儿子，我有什么办法？要简宏成低头，只有宁宥，换你也不行。我只有委屈宁宥。"

田景野道："所以你委屈宁宥这么多年，还理直气壮地说出来？你凭什么？算了，你忙。"田景野自己走了。

陈昕儿大声道："田景野，你也有儿子，你老婆不让你看他，你怎么想？你难过吗？你挖空心思想过办法吗？"

陈昕儿的话正正地戳中田景野的心，她哪知道昨晚田景野前妻挟持他儿子试图换取什么，她心急了就找最顺手的稻草抓。

田景野停下来，但没转身，只扭头道："陈昕儿，你苦，你就可以百无禁忌了吗？你走吧。"

田景野说完又走了，一点儿没有停下与陈昕儿商量扯皮的意思。可陈昕儿挂念小地瓜到了极点，怎么肯放弃眼前唯一的机会？她追上去，道："你一个人回去，不怕宁宥妈不认你？"

田景野理都没理，继续往前。他想不到陈昕儿能变得良心都不要了。

陈昕儿急了，顿足大叫："你们怎么都偏心她？为什么？"

田景野站住了，回过头来，严肃地看了陈昕儿一会儿，走几步来到她面前，道："在我最困难的时候，你去看过我吗？没有。但宁宥在最开始我最接受不了的时候，每隔一周去看我、开导我一次，此后几乎每个月去看我一次，替我排解心理积郁。等我出来后，我遇到很多人翻脸不认人，也有人虚情假意地关心得让我反感自卑。我消沉过一段时间，甚至涮自己寻开心，别人都看见我嘻嘻哈哈的，以为我没事。又是宁宥，坚决不许我糟蹋自己。她拿我当弟弟，当小孩一样地强行改变我的形象，让我不得不从心里振作起来，跟上表面形象的改变。你那时呢？你只会一个个电话追着我，要我办你的事，你可曾想过我当时的糟糕心态？宁宥关心我，我当然关心宁宥，我有良心。我的良心还表现在，你即使不关心我，我也关心你，不顾我好朋友简宏成的反对。可现在呢？我只是请求你帮一个小小的忙，车马费我出，你请假时间不扣钱，你只需要到场一下。你怎么对我？"田景野摇头，说完话又走了。

陈昕儿跟了上去："田景野，我不是故意的，可我为了我孩子啊，我孩子没了。"

田景野头也不回地道："你是人，你儿子是人，别人都不是人。"

陈昕儿道："求你帮帮我。"

田景野道："帮你够多了，以我们的关系，我已经做得很多了。"

"最后一次！"

田景野哼了一声，根本不想把这话当话。

陈昕儿见田景野不反驳了，以为有机会了，连忙又跟进一句："好人有好报。"

"你？哈。"田景野依然不理陈昕儿。不过，这回他已经熟门熟路，说话间已经走到宁蕙儿家楼梯口。

宁蕙儿又听到敲门声。她看看时间差不多过去了半个小时，以为又是刚才那个自称是宁宥同学的人，便欣然起身，准备辨认是不是有陈昕儿。可她才走两步，门外却大喊一声："快递。"这一下，宁蕙儿的警惕心一下子吊到了嗓子眼儿。这么巧？今早怎么门庭若市了？她走过去，先看一眼门镜旁边贴的接快递须知，然后打开油瓶盖一看，果然穿着很像快递员，才紧张地问："哪里寄来的？谁寄的？收件人电话多少？"

外面的快递员无奈地照着宁蕙儿的问题读了一遍："上海，宁……宥？电话是8363××××。"

又是女儿的？刚才那个男人也号称是宁宥的同学，现在快递也来自宁宥，为什么这么巧？尤其是，这两件事，宁宥都没打电话过来提起。宁蕙儿很想不接快递，可又担心快递里万一有什么要紧的东西。

外面的快递员等急了，道："喂，快签字，我一车快递都还在楼下呢，万一被人偷了，我可赔不起。"

宁蕙儿终于下定决心，掏出钥匙，抓起旁边早备下的一把剪刀和一把几乎一尺长的雪亮厨师刀，毅然开门出去。

外面，快递员一看见正对着他的雪亮刀尖，吓得往后退了三步，背顶住对面人家的门，才停住。

快递员害怕，宁蕙儿倒是安心了一点儿。她将家门关上，防止别人冲进门，壮着胆子道："我看看里面是什么，你再走。"

快递员小心地道："你看，快点。"

宁蕙儿挥动锋利的刀子将箱子拆开，见里面只有一串两把钥匙和一封信。宁蕙儿疑惑，立刻拆信来看。

"妈妈：当您看见信的时候，我和灰灰已经到美国了。我们将在美国度过一个暑假，我学习，灰灰跟我参观大学校园。怕您担心，我早已提前几天拜托宁恕跟妈妈说明此事，希望宁恕已经传达到……"

快递员急了："大妈，你快点儿啊，签字后再看信也来得及啊……喂，你怎么了？喂……你怎么了？你别吓我。"

宁蕙儿眼前越来越模糊，她只觉得浑身无力，身边似乎有人在喊，但她没力气看了，软软地擦着楼梯扶手倒了下去。

田景野走上第一级楼梯，回头严厉地看着陈昕儿。陈昕儿已经跟来了，可在楼梯前，还是犹豫了。上去，她就会失去这个最好的机会。而那天儿子在电话里撕心裂肺的哭声却扯住了她的两条腿，让她无法动弹。她恍惚着站住，恳求地看着田景野，希望田景野妥协。田景野等了会儿，脸上大为失望，回头再往上走，不再理陈昕儿。而此时，楼道里传来快递员的喊叫声。田景野大惊，下意识地感觉是宁宥的妈妈出事了，赶紧三步并作两步，蹿上去，果然见宁宥家门口，一个快递员扶着一个老太太在焦急。

田景野一看老太太已经人事不省，便立刻打电话叫急救车，然后才问快递员："怎么回事？是这个门的吗？"田景野顺手将老太太接住。

快递员忙道："跟我无关，这大妈打开快递看信才几秒钟，就昏倒了。"

田景野扶着宁蕙儿，道："你拿信给我看。"

快递员捡起飘走的信，放到田景野眼前。田景野只看到两行，就自言自语地道："坏了，快递到早了。小哥，麻烦你帮我一起扶大妈下去。"

陈昕儿听到不对劲，犹豫了会儿，磨蹭了会儿，也悄悄跟了上来，才走到这一层的楼梯拐角，就见田景野目光如刀子一样地射过来，刺得她浑身一个哆嗦。

但田景野没空搭理陈昕儿，他对快递员道："没你的事，多谢你扶住老太太。"他腾出一只手来摸出皮夹，抽两百元给快递员，"谢谢你帮我一起把人扛下去等救护车，我们抓紧时间。"

快递员见田景野讲道理，当然非常配合，当即收起快递里的钥匙和信，塞进田景野口袋，与田景野一起将宁蕙儿扛下楼。经过惊呆的陈昕儿身边时，田景野怒喝一声"让开"，然后顶开陈昕儿，急急冲下楼去。

陈昕儿一个踉跄，差点儿摔下楼梯，但她再也不敢说什么了，默默在后面跟上。

宁恕几乎是保持着一个姿势，蜷在派出所的木沙发上睡了一整晚，动都没动一下。警察见他无害，也就随他便了。可过了早上八点，他的手机就开始不断叫唤，停止了又叫，不依不饶的样子。一早上班就开始忙碌的警察被吵得烦死，只好推醒宁恕。可宁恕慵懒地、长长地"嗯"一声，转个身，继续睡。警察无奈地道："不用上班的吗？"

一听见"上班"两个字，宁恕不由自主地一骨碌坐起来，睁开眼睛，直勾勾地看着眼前的警察。

警察无奈地道："快看手机，都叫十分钟了。"

宁恕睡得四肢无力，好不容易才翻出一直叫唤的手机，但一看见显示是来自田景野，他毫不犹豫地按掉了。他侧身双脚落地，捂住脸还魂。他其实还想睡，可时间已经不允许了。

救护车上的田景野两眼看着医生抢救，耳朵忙着听手机里的反应。可宁恕的手机打了又打，一直没人接听，最后一次，居然被挂断。田景野不禁怒斥一声，只好改用短信。

一直乖乖坐一边的陈昕儿此时才有机会说话："赶紧给宁宥打电话。"

田景野眼皮都不抬："看看再说。"

陈昕儿道："万一有个好歹，你担不起。"

田景野将短信打完，发给宁恕："你妈晕倒急救立刻去中心医院。"他打得急，标点符号都没打。然后田景野抬起眼看陈昕儿一眼："要是没延误那几分钟，要是赶在快递前，宁宥妈就不会出事。"他说完，任凭陈昕儿再怎么动作、怎么说话，都不再搭理陈昕儿。

陈昕儿的脸一直红到脖子。

宁恕好不容易回过魂来，听得手机有短信提醒，打开来一看，一下子跳了起来，浑身的每一个细胞都苏醒了。他赶紧给田景野打电话，手机刚一接通，他就听见救护车的呼啸声："田……田哥，我在派出所，我立刻去医院。怎么回事？"

"你妈在快递员面前晕倒了。正好我受你姐之托去找你妈。目前在急救车上。你直接去中心医院吧。"

"我妈要紧吗？"

"不知道，还在昏迷。"

"田哥，拜托你。"宁恕说完，立刻一跃而起，操起拎包，就直奔中心医院，跑出派出所才发现附近完全陌生，这儿不知是什么地方。他赶紧手机定位一下，查到中心医院离这儿不远，便索性抡起两条长腿，飞奔过去。

简宏成将宁宥母子送到机场，又殷勤地送进候机厅。郝聿怀以为这是理所当然的，以前司机叔叔送的时候也帮拎行李，一直送到托运行李的地方，但宁宥不断给简宏成使眼色，让他赶紧告辞。简宏成怎么肯？

郝聿怀看见厕所就跑去了。宁宥这才开口，跟简宏成道："谢谢你，你这么忙，赶紧回去吧。"

简宏成笑道："你问都不问就答应我，这么信任我，我怎么能不把你们送入关？"

宁宥心里有千言万语来解释为什么如此信任，可都没说出来，只微微一笑，低下头去。

简宏成也不禁微笑了，凝视着宁宥，什么话都不想说了。多年等待，终于等来这一刻，他不想破坏这美好至极的气氛。

可宁宥的手机击破了两个人之间的气氛，宁宥拿出手机一看，公司来的电话。她不满地嘀咕一声，接起电话，那边却不是工作电话，而是告诉她，有陌生人来公司，说是找郝青林老婆，来人情绪激动，显然来者不善。宁宥郁闷地结束通话，斜睨简宏成一眼。

简宏成觉得不对劲，问："怎么回事？"

"郝青林主动找司法机关交代了新问题，时机把握得那么好，一是差点拦住我出国进修，二是拖延协议……在当时的时间。现在第三波来了，大概是被他交代的问题所牵连的人去我公司闹我的。幸好，我比预期早走几天，本意是带灰灰玩几天，没想到避祸了，要不然不知什么下场。"

"这么卑鄙。你别担心，回去我找人再给你家安一道门。呵呵，钥匙我收着，这样你回来时只能第一个通知我了。"

宁宥哭笑不得，一眼瞥见儿子蹦出来，忙道："我儿子来了，别乱说了。"

"书带着吗？"

"没看过的都带着。"

"回来交流。还早，不急着进去。灰灰，等会儿飞机上尽量睡觉，养足精神，顺便开始倒时差，等下落地时还是白天，有很多事要做，你要保证有清醒的脑袋帮助你妈。"

"Yes, Sir." 郝聿怀显然对出门这事很激动，但他蹦跳着，走到简宏成身边，与简宏成比高低。很遗憾，他只比简宏成矮一点儿。

简宏成很是郁闷，又没法推开小孩子。这看得宁宥笑转了身。简宏成道："我还没吃早餐，要到那边吃点儿。灰灰也去吃点儿？飞机上的饭菜难吃极了。你们现在进去太早了，哪儿都是等，不如吃着等。"

郝聿怀现在是简宏成的粉丝，非常轻易地就踊跃响应了，自作主张地与简宏成一起去吃饭。宁宥也只能笑着跟过去。

田景野站在急诊室门口，眼睛45度角朝上，看着天花板与墙壁相接的那条线，一句话都不说，也不看一眼旁边绞着手、自知理亏的陈昕儿。

陈昕儿心里知道这事闹大了，她在其中做了不小的错事。而此时，可以拿来逼迫田景野联络简宏成的条件也已消失。陈昕儿脑袋清楚起来，意识到自己的无良。她试图弥补，可田景野现在的脸色让她感到害怕。她想来想去，只好还是拿宁宥作法。她看着田景野的脸色，小心地道："快给宁宥打电话啊。"

田景野理都不理。

陈昕儿等半天没回音，只好又小心地道："要不，我发条短信给宁宥？"

田景野非常不愿搭理陈昕儿，可此时只能开口说话："宁宥去美国了。"

陈昕儿又没了办法，站在边上，心神不宁地东张西望。于是，她看到有个男人疾奔而来，这个男人隐约有丝熟悉的感觉："这是宁宥的弟弟宁恕吗？"

田景野身形未动，只是将眼睛溜了过去。他见来人果然是宁恕。宁恕左颧骨有块青紫，脸皮泛油，头发毛糙，衣衫不整，眼角似乎还挂着眼屎。田景野联想到刚才在电话里宁恕说他在派出所，估计此人昨晚不知出什么事了。但他没打算问，只是斜睨着宁恕不语。

宁恕跑到田景野面前，累得气喘吁吁，直不起腰来。他双手支在大腿上，攒足中气才问出一句："田哥，在里面？"

田景野点点头，面无表情地拿下巴指指他面前的门。

宁恕看了会儿门，缓过气来，即使记得田景野早已与他划清界限了，可还是只能逮住田景野问："田哥，我妈苏醒没？"

田景野看宁恕一眼，立刻转身朝刚才宁恕来处大步走去："陆院长？我是田景野，病人朋友，谢谢您来。病人这两个月有过两次轻度脑出血。"

陆副院长正是田景野找朋友请来给宁宥妈妈治病的专科专家，他与田景野握握手，诚恳地道："我先进去看看，你别急。"

宁恕在边上看着，身为真正的病人家属，他完全插不上嘴。等陆副院长进去急诊室，宁恕还看着那门，忽然感觉有什么东西在眼底下晃，低头一看，是两张纸和一串钥匙。

田景野道："我预交五千块钱的收据，你立刻还钱给我。这封信和一串钥匙是我在你妈昏倒现场发现的，我认为你妈昏迷与快递员无关，已经打发他走了。"

宁恕拿了田景野递来的东西，先掏钱包将五千元交给田景野，然后看那封信，还没看完两行，他脸上已经变色了。

田景野见此，扭头对陈昕儿道："你可以走了。"

陈昕儿不知田景野此时说这话是什么意思，她犹豫地看向宁恕，跟宁恕道："有什么需要跟我联系，我是你姐同学陈昕儿。"

宁恕一听，就将眼睛从信纸上挪开，翻出名片交给陈昕儿："谢谢，你也给我个联系方式。"

田景野毫不犹豫地抢走宁恕的名片，三下五除二地撕成渣渣："你们两个不必联络。陈昕儿，你再不走，我火了。"

陈昕儿一下子清楚起来，赶紧转身就走。

陈昕儿身后，是田景野冷冷看着宁恕一语不发。

宁恕怒视田景野，却无法开口说一句话，里面老妈情况不明，主治医生是田景野所请的，他现在什么都捏在田景野手里。他只好憋住气，继续看信。宁恕的手在颤抖。

　　宁宥的手机又响了，依然是公司同事打来的："宁总，来人查知你真的去了美国，他们就走了。没有暴力，没有出格行为，公司也没有任何损失，您请放心。"

　　宁宥忙谢谢，一边按掉通话，一边跟简宏成道："去我公司闹的人走了，看样子还算温和。"

　　简宏成"噢"了一声，拿起他的手机打出一个电话："对，是我。你拿上一天一夜吃的去一个地方管着，有人要是有野蛮动作，你阻止就行，不要动武。地址我立刻发给你。"他说完，将手机递给宁宥，"这个号码，你发一下你家地址。"

　　宁宥接了简宏成的手机，却放在桌上，先忙着将自己的手机关了："爱谁谁呢，等一下上了飞机，眼不见心不烦。要真砸了我的门，我上天入地也要追他们索赔。你不用派人去。"

　　"说什么气话呢。"但简宏成也没勉强，随手拿回手机。

　　郝聿怀听得摸不着头脑，终于能插上嘴了，忙问："怎么回事？"

　　"你爸……"

　　"你老公！"郝聿怀飞快地纠正。

　　宁宥尴尬地一笑，道："他交代的新问题可能牵扯到其他人，其他人的家属恼了，就找他的家属要说法。幸好我们决定早走一步。"

　　郝聿怀听得瞪大双眼："可万一他们真砸了我们家门呢？我们得好几天不在家啊。"

　　宁宥心说，到底是孩子，看不到关键问题，即使她已经提示了。她平静地道："有物业。真砸了正好索赔，重新装修。"然后她对简宏成道，"我们先办登机去了，这边麻烦事太多，我只想赶紧逃避。"

011

简宏成也只能无奈地道："行，去吧。"

郝聿怀道："等我吃完这些，好吗？不能浪费。"

简宏成趁机招呼宁宥耳语："刚才也注意到你在田景野的事上跟你儿子避重就轻，有必要粉饰太平吗？挺好的孩子，别养出一个不懂事的，了解一些人间烟火没什么大碍。"

宁宥一愣："不懂事的？"她与简宏成拉开半米距离，看了他一会儿，却还是点头道，"有数了。"

郝聿怀看着，心里有些狐疑升了上来。

田景野眼看着宁恕脸色铁青，将手中的这封信狠狠捏成一团。他没说话，依然抱臂朝天花板与墙壁的接缝处看着，但心里知道宁恕想什么了，估计肯定是埋怨宁宥寄信害死老娘。但等宁恕拿出手机拨号时，田景野开口了："打你姐姐电话？她已经飞美国了。"

宁恕抬头看向田景野，冷冷地道："即使已经在美国，也应该让她知道她干的好事。"

田景野道："你一边颧骨青肿了，看样子我应该给你另一边颧骨一拳头。你说的是人话吗？你为什么不早通知你妈？你妈为什么看到这种信都能晕倒？到底是谁干的好事？"

宁恕道："跟你无关。"

田景野道："跟宁宥有关，就是跟我有关！你任意妄为，把你妈绑架在火山上，你明知火山喷发，却不转移你妈。因为你知道绑架你妈就是绑架宁宥，绑架宁宥就是绑住其他人的手脚，你卑鄙无耻至极。你再敢推卸责任，我就揍你个浑身青肿。你给我记住。"

"你……"宁恕气得浑身发抖，可他懂形势，说什么都不敢在此时发作，只能也学田景野两眼朝天，看天花板，胸口呼哧呼哧地乱喘。

陆副院长从急诊门里走出来，拉田景野到一边说话。宁恕见了，赶紧跟过去，都不怕田景野拿眼睛白他。

但护士同时推插着呼吸器的宁蕙儿出来，大叫："家属呢？家属呢？"田景野看见，立刻命令宁恕："你推去啊，愣着干吗？"

宁恕无奈，只好与护士一起推妈妈去做CT。

田景野连忙扭头对陆副院长道："就是这亲儿子闯祸害的他妈。"

陆副院长看着田景野道："你是病人朋友，可能不方便拿主意。而这位儿子看样子不上道，病人还有没有其他可靠的近亲？必须立刻通知。我估计今天要做手术。等CT结果出来，我们再商量手术方案。"

田景野听了一愣，问："很严重？有没有生命危险？"

"初步看很严重，不排除有生命危险。"

田景野千恩万谢，送走陆副院长，不等陆副院长走远，已经摸出电话找宁宥的号码了。此刻，他不能不通知宁宥了。可是拨号过去，那边关机。这下田景野只能看天发呆，想主意了。

简宏成终于被宁宥劝离，依依不舍地、一步三回头地告辞离开。下到停车场，还没等他看见车子，被他叫来接他的司机已经看见他了，站起来冲他挥手。简宏成连忙走过去，还没走到车里，田景野的电话进来了。田景野招呼都没有，急匆匆地道："你在上海的土豪朋友多，赶紧群发短信给你的土豪朋友，问有没有现在在浦东机场的，宁宥妈脑出血，问题很严重，她必须立刻回家，决定手术。我也继续找其他土豪朋友想办法。"

简宏成一听，就往回跑："我就在，我刚与她分别。你等着。"

幸亏最近简宏成在跑步机上减肥，此刻跑得跟风一样，钻进电梯后还忍不住两脚乱蹬，恨不得能飞出电梯。

宁宥刚刚排队等到托运行李。她专注地检视着手中的票证，而郝聿怀东张西望，一眼看见飞跑而来的简宏成。郝聿怀忙让妈妈看。宁宥一看就急了，这浑蛋可别跟她闹深情款款、十八相送，以她现在的身份，不能接受。她看看儿子，只能赶紧主动迎上去，满心腹诽：他也太冲动了。

但简宏成见面就大声道："快，别登机了，你妈严重脑出血，田景野来电通知，要做手术。你拿我手机给田景野打电话。"

宁宥大惊，一只手伸出去要电话，一只手不断招呼儿子。郝聿怀连忙推行李过来。简宏成将电话拨通，交给宁宥，自己过去接上郝聿怀，跟郝聿怀解释怎么回事。

田景野道："其实你妈昏迷是在七点四十，急救车送到医院是八点多点儿，现在送去做 CT。我本来自作主张，想着如果你妈只是卧床休养几天，就不通知你了，但刚刚医生说开刀可能性很大。你弟弟完全靠不住，昨晚可能还在派出所过夜了，脸上一大块乌青，我看你必须回来。其他情况路上跟你讲，你先找车出发，快。"

宁宥将手机交还简宏成，道："征用你的车子。你自己打车回去。"

简宏成拉起行李往电梯走："司机也给你。"

"不用，你忙你的。"

"是真司机，不是我。我本来一个人懒得认路开车回去，叫司机来机场等我，送走你们后让司机接我回公司。现在索性连司机带车都交给你，我打车回去。我这边还有几件要紧事处理，回头也得回去一趟，处理我姐母子那些事，我们那边见。"

"怎么谢你才好？"

"赶紧打开你的手机，方便随时联络。"简宏成一语双关。

郝聿怀拿出自己的手机道："我手机一直开着，你们以后找不到我妈，可以找我。我等下上车存一下你和田叔叔的号码，回头发短信给你，你得加我哦。"

宁宥急得手脚发软，她早就担心这一天了。妈妈第一次晕倒时，医生已经提醒过她，所以她处处小心，以免刺激妈妈。不知今天什么原因刺激到妈妈了。而手术？那不是严重到……她赶紧拿刚刚打开的手机搜脑出血，她早已看过好几篇有关脑出血的科普文章了，可此时她想多了解一些。幸好有简宏成在旁边主导，她可以放心不管儿子，不管脚下的路，只关心妈妈的病情。

简宏成与司机一起帮忙将行李照老样子放好，而后亲自给宁宥开门。宁宥眼睛从手机上挪开，定睛看了简宏成一会儿，叹一声气，坐进车里。简宏成趴车窗上道："如果有事需要我，随时来电。"然后他招呼司机走到稍远处，轻声吩咐，"我女朋友，你一定给我照顾好。"他掏空腰包，只留下一百块，其余的都交给司机路上用。

宁宥伸出脑袋，往两人那边瞧，看见这一幕，不禁又叹气。不知简宏成心里是什么滋味，如此努力救助杀父仇人的老婆。和解，退让，谈何容易？要多大的胸襟才能做到？司机回来后，立刻启动车子出发，宁宥不由自主地伸出手去，想与简宏成握一握，可简宏成刚将皮夹揣回口袋，等他反应过来时已经来不及了。他快速伸出去的手掌迅速靠近到与宁宥不到一尺距离时，便越离越远，他心中大大地失落。

宁宥呆坐了会儿，升上车窗，打电话给田景野，问怎么回事。田景野一五一十地告诉她。宁宥听得感慨万分，跟田景野道："连自家亲人那一环都掉链子，那么陈昕儿耽误的那些时间根本不能算事。有时候只能想想那是命，命该如此。"

田景野正要说，见宁恕推着妈妈回来。他就问："要不要跟宁恕说话？"

宁宥不由得摇头，又立刻意识到这是打电话，田景野可看不见她摇头，忙道："不想理他。昨天已经跟他表明了态度，从此做路人。"

田景野叹息着收线，看着被留在急诊室门外的宁恕道："CT 结果怎样？"

宁恕摇头："还得等会儿。"

"多久？"

宁恕被问住，手足无措。

田景野低声骂了一句，不再理会宁恕，回头抓住一个刚出来的护士，询问CT后的程序。宁恕只能在后面跟着，再被田景野骂，也只能跟着。他现在脑袋一团乱麻，反应完全追不上田景野的速度，唯有跟着。

可财务老周偏偏此时来电："宁总，车子还在你那儿吗？我们要立刻去银行了啊。不知道你什么时候回来？"

宁恕一听，才想起昨天傍晚发生的事，他脸上的汗就多了："你用我的。昨晚我出车祸，车子还在银座精舍的地下车库，你派个人去处理一下，保险之外的钱我自理。我现在没法脱身，我妈晕倒送急救了。"

老周本来还心想怎么愣头青一个，一听宁恕妈妈送急救，立刻表示理解，但还是问："会议室等你的那些人怎么办？是不是都让他们回去？"

宁恕不禁发了会儿呆，他今天手头全是工作啊，而且他今早还约好去规划局演示他加班做出来的提高容积率的粗略布局。别的事还能拖一拖，唯独这件事完全由不得他，过了这村就没那店了。宁恕脸上的汗更密了："老周，会议室的先让他们回去，我今天完全不可能有时间了。"

田景野在一边冷冷地道："刚才陆院长说，会手术。"

宁恕一愣，看了田景野两眼，又果断地跟老周道："刚通知，要手术。公司那边你替我照看一下。"宁恕结束通话，擦了擦脸上的汗，抬头想了会儿，问田景野："大概什么时候手术？"他见田景野眼睛一横，忙又放软语调道："田哥，大概什么时候手术？"

田景野道："刚才护士不是说了吗？起码下午。"

宁恕看一眼手表，立刻道："田哥，这儿拜托你，我得立刻赶去做件事，下午手术前一定到。"宁恕一边说，一边双脚开动走了。

"什么？"田景野大惊，完全想不到宁恕会来这一招，等他醒悟过来，立刻赶过去追宁恕。可宁恕跑得太快了，又起步早，田景野追几步就知道追不上了，只得止步，又回到急诊室门口。这真是皇帝不急太监急，老娘等着做手术，儿子竟然能把老娘扔给外人，自己走掉。要是此时宁蕙儿醒来看见这一幕，还不得再一口气接不上来，一头栽倒？这种人真是没治了。

车子进入高速公路服务区，车加油，人休息。

宁宥看着加油站前长长的车队，对无法赴美而满脸失望的儿子道："我想到要打个电话，你跟我过去，还是自个儿在车子里待着？"

郝聿怀却道："外婆不是不让你管她吗？她不是说有你弟管着就够了吗？她不是生气你多管闲事吗？你干吗不听话呢？"

宁宥简直是无言以对，她为妈妈的病心神不宁，因此，沉吟良久才能道："明理负责的人有时候就得对那些不可理喻的行为不计前嫌，比如我现在想起要电话通知一下你爷爷、奶奶。"

郝聿怀立刻跳下车："那我跟你去听。"

宁宥只好带儿子找避风避光的僻静处给郝青林父母打电话。她已经不愿再称呼二老"爸妈"，只好含混略过："早上好，我是宁宥啊。"

郝父也只好忽略这声称呼，大家都心知肚明："宥宥啊，上飞机了没？"

宁宥道："有件事很要紧。刚刚有人到我公司找我闹事，听同事传达的意思，应该是郝青林再次举报后，有哪个被牵涉到的贪官家属不高兴了，试图找郝青林家属说说话。郝青林时机找得正好，本来我可能被那些家属缠住，耽误行程，好在我临时决定提前走，才避免被纠缠。但我怀疑那些家属不会善罢甘休，以前和郝青林都是同单位的同事，他们可能很容易就找到你们的地址，你们这几天最好出入小心。"

不仅是郝父，在一边听免提对话的郝聿怀也惊了，想不到大人做的事背后还能有其他解读，不由得抱住妈妈手臂。郝父闷声了好一会儿，才道："宥宥，谢谢你不计前嫌地通知我们。但我们老了，不大懂现在的法律法规了，那些家属所作所为是不是犯法？我们可以怎么做？我们还是得请教你，希望你不计前嫌。"

宁宥看看儿子，郝聿怀也耸耸肩，一脸的无可奈何。宁宥对着手机道："一般而言，他们不大会做犯法的事，但他们的纠缠会比较烦，言语会比较刺激人。他们会说他们心疼家人的遭遇，需要找个人说出来出出气什么的，你们会觉得很难应对。但我说的是一般而言，难保有人一激动而冲动。我建议你们走避。"

郝父在那边感谢，郝聿怀在这边又耸了耸肩。宁宥结束通话后，与儿子一起回车上，郝聿怀疑惑地问："妈妈，怎么判断自己是不是《东郭先生与狼》里面的那个东郭先生？"

宁宥道："我很痛恨你爷爷总希望我为你爸忍一下委屈，但也理解他。可怜他为了独子不得不顶着一头花白头发到处道歉。偶尔做做东郭先生，那就做呗，反正只要我乐意，我担得起就行。"

郝聿怀问："外婆那儿呢？"

宁宥道："那就更得做了，总得体谅亲人有脑子犯糊涂的时候。"

说着话，田景野的电话又来了。郝聿怀提出要求："妈妈，我还能旁听吗？"

宁宥眉头一皱："听吧。"她只能又按下免提。

田景野在那边激动地大声道："你弟居然忙工作去了！居然把你妈扔给我这个外人忙工作去了，居然说下午手术前肯定赶回来。这禽兽！宁宥，你必须径直来医院，要不然手术前与家属讨论方案或者要家属签字什么的，就这事我没法代替你们啊。"

宁宥目瞪口呆："田景野，麻烦你替我守着，我虽然知道你事情多得分身乏术，可还是得请求你帮我守着我妈。"

"这都不用你吩咐。你赶紧赶来。"

宁宥结束通话后，对郝聿怀道："你看，关心他人，爱护他人，有可能变成东郭先生，但也会因此遇到田叔叔这样的好朋友。有好朋友在，即使遇见狼也不怕。"她一边说，一边拉着郝聿怀的手赶紧往回走。她看见司机的车子已经排到队，开始加油了。

郝聿怀想摆脱妈妈的手，可忽然发现妈妈的手在颤抖，再仔细看妈妈的脸，果然发现妈妈脸上的每块肌肉都写满焦虑。他忍不住道："妈妈，你的手在抖。"

宁宥点头："我妈妈出事，我当然紧张害怕。"

"我拉着你。"郝聿怀拉起妈妈往车子那边跑，小伙子跑步，宁宥哪追得上？但宁宥拼老命也得跟上，她此刻觉得儿子长大了不少。

宁宥才上车，田景野又一个电话飞奔而来："宁宥，陆院长找我商谈你妈妈手术的方案。现在没有家属签字，我建议电话会议，我先代签，你来时再补签，可以吗？"

"全权委托。"宁宥说完，眼泪夺眶而出。

陈昕儿回去上班，到了公司自然是谁都不会怪罪她上班迟到。陈昕儿也没觉得异常，田景野面子大呗。但她一想到是她为了见到儿子而拖延的那几分钟导致宁宥妈妈遇到不测，满是内疚，心里头一直是宁宥妈妈失血的脸在不住地晃动。她纠结之下，心想即使田景野脸色再臭，她也得去弥补过错。她想跟同事说说，可一想到人家会怪罪她，又忍了。纠结再三，吃中饭时，她找上司请假。请假总需要理由吧，她想出一条理由：宁宥去了美国，宁宥妈妈只有一个没结婚的儿子照料，多有不便，因此她得过去帮忙。其实她不找理由上司也会准假，因为上司知道她的特殊性，但陈昕儿不太知道。她找到理由并获上司夸赞好人品之后，觉得她确实可以从这个方向入手帮忙，以抵消愧疚。

因此，当陈昕儿骑车满头大汗、面红耳赤地再赶到医院，在停车场边上锁好自行车，看见宁恕也正好从车子里出来时，她自然而然地面对特意走过来的宁恕赔笑道："我想你妈妈需要护理，你姐不在，你是男性不大方便……"

宁恕完全是因为早上田景野悍然阻止他与陈昕儿接触而心怀好奇，特意上来接触陈昕儿。他闻言便夸张地表示感谢，再侧面试探："唉，陈姐可想得真周到。你不是开车来？对了，你来帮忙，你孩子在家可怎么办？"

"我孩子……"陈昕儿脸上立刻变得僵硬，不知如何应对。

宁恕体贴地道："你孩子难道让财大气粗的简宏成夺走了？然后你这个孩子妈被一脚踢出门？这太过分了吧。陈姐，你心地这么好，自己生活不顺，还关心我们，我真不知怎么感谢你才好。"

自打同学聚会一场闹腾之后，陈昕儿还是第一次听到熟悉的人这么体谅她，她虽然没说话，可眼泪早忍不住了，扭头悄悄擦拭。

宁恕见此便了然。他拿出名片递给陈昕儿，叹道："没有人可以残忍地剥夺妈妈做妈妈的权利。孩子，尤其是小孩子，怎么可以离开妈妈？都说了，没妈的孩子像根草，有些人怎么忍心？我无法想象你现在对孩子的思念，如果可以，让我帮你。"

这一次没有田景野的阻挡，陈昕儿终于收到宁恕的名片，她也将自己的电话写给宁恕。而宁恕的话更是戳中她的心，陈昕儿不禁放声大哭："可是我完全没办法，我连简宏成的电话都打不通，他们不知把小地瓜藏到哪儿去了，我根本见不到小地瓜。"

宁恕拉陈昕儿躲进树荫里，道："先别哭，我们解决问题。理论上说，你未婚生子，孩子出生证明上只有妈妈的名字。仅凭这个，你就可以用法律手段讨还儿子。"

陈昕儿看到一丝希望:"我也想过。可是我孩子在香港出生,我得上哪儿打官司?去香港?我也想,可我现在没钱去。即使在这儿打官司,我现在也没钱。"

宁恕满脸同情:"唉,现在这社会,没钱寸步难行。这样吧,属地管辖问题,你可以去咨询一下我的律师。我给律师打个电话,你这就过去。不管如何,先给简宏成发一封律师函,明确警告他,你有法律撑腰。你看,就那幢金色外墙玻璃的大厦,很远,1201室,你去找闵律师。我立刻打电话给闵律师。"

陈昕儿一听,就转身要走,可想了想,又折回来:"咨询要钱吗?我现在一点儿钱都没有。"

宁恕道:"我公司付了他那么多律师费,他帮我一个小忙还是应该的。"

"可是我跟你非亲非故的⋯⋯"

宁恕温柔地道:"我跟我妈妈最困难的时候,只有你来帮我,仅这份情谊,即使你去深圳打官司,我也会倾力资助你。"

陈昕儿听得满心激动,忍不住鞠躬了一下,尤其一想到宁恕这么帮忙,她早上却做了耽误他妈妈的事,更是满心愧疚。可是,夺回儿子的希望此刻占据了她全部心灵,她顾不得其他了,一边朝自行车走,一边看金色幕墙大楼,一边大声道:"我晚上来护理你妈妈,谢谢你,我晚上一定过来。"

宁恕不禁一笑,立刻拔腿往急诊楼跑。他牵挂妈妈,当然非常牵挂,但并不耽误他处理其他事情。

但是宁恕在急诊科没找到妈妈,一打听,才知已经开始手术了。他又赶紧跑向手术室。

即使是中午才过,还没到上班时间,可手术室等候区内已经站着、坐着了好多人。等候区内烟雾缭绕，许多人用颤抖的手指夹着香烟。宁恕伸长脖子，在烟雾中寻找田景野，好不容易才看到，原来田景野就站在手术室出口处的显要位置。

田景野也看到宁恕，他拿眼睛直勾勾地看着宁恕，一言不发，看得宁恕心里寒意乱窜，几乎不敢开口说话。可宁恕还是得问："田哥，我妈怎么了？不是说会稍晚才手术吗？"

田景野冷冷地问："你还有妈？"

宁恕汗流满面："求你，田哥，请告诉我。相信我，我做的一切都是为了我妈。"

田景野不理，一个180度转身，将宁恕搁在身后，但伸手递过来一张账单："去付费。"

宁恕接了账单问："我等妈妈出来后再去付费，行吗？我想等着妈妈。"

田景野回头又深深看一眼宁恕，道："既然大孝子来了，这儿就让给你了。"说完他就退走，将大好的显要位置留给宁恕，自己去稍远处的空椅子上落座。

宁恕听得羞愧万分，可无法辩驳，所有的要害目前都掌握在田景野手里呢。他赶紧占据刚才田景野站的地方，这个地方，即使是时刻进进出出的医生、护士、护工脸上的雀斑都能看得清清楚楚，何况病人的脸。田景野真能选位置，也真能霸占位置。站在这个位置，宁恕真心体会到什么叫坐立不安，两只脚似乎不能同时站定，必得有一只脚活动才行，而固定做支撑的那只脚则是一会儿就疲惫不堪，必须换一只脚才行。而时间，更是仿佛凝滞了一般，宁恕等啊等啊，等不到头。

田景野却是一落座就电话汇报宁宥："宁恕到了。"

宁宥道："你去忙吧，田景野，让宁恕看着好了。"

"不放心他，万一他以为手术会有一段时间，这段时间闲着也是闲着，正好处理工作，又正好有要紧电话来找，他又离开一段时间，你妈妈怎么办？等你来再说。"

宁宥只能摇头。

郝家父母吃完中饭，郝父洗碗，郝母擦着桌子道："我看还是去我妹妹家住几天吧。宁信其有。"

郝父道："你又来了，什么叫宁信其有？你还信不过宁宥，以为她恐吓我们？"

郝母怒道："你别跟我咬文嚼字，我没信不过宁宥的意思。我的意思是，咳，我们要相信那家人找得到我家地址。青林刚毕业时，留的地址都是我们家地址呢。"

郝父好脾气地道："你怎么一说就生气呢？我看还是在附近找家商务宾馆住几天，躲过风头，等那家冷静下来就行。我都没脸去住亲戚家，人家万一问起来，我们怎么说？一辈子的老脸都没了。你开始收拾吧，就当去宾馆避暑。"

郝母也是一怒即罢，点头承认老头子说得在理。但她使点儿小性子，偏不肯去收拾，而是将抹布放到老头子手边，道："我还是去对门杨教授家说一声，请他们帮忙留心最近有什么可疑人物来敲我家门。"

郝父道："别去啦，他们家中饭向来比我们早，可能这会儿正午睡呢。我们也得想想该怎么跟他们说这件事，回头住下了，再跟他们在电话里说也来得及。"

"又是你最有道理……咦，老郝，你的脸怎么红成这样？快，别洗了，去躺下，我扶你平躺下。"

郝母抢过郝父手中的碗，随便一扔，便强扶着老头去卧室躺平，随即倒水、找药。

可没等郝父缓过气来，家门却被敲响了。老两口都是浑身一震，郝父指着门道："你……去看看。"

郝母放下手中的杯子，小心地走去门边，不敢弄出丝毫声响。她从门镜看出去，见是两个陌生人，似乎是母子。正好外面的人也说话了："郝青林家吗？有人吗？出来一个说话啊，一声不响算什么玩意儿啊！出来啊。"

郝母一听来者不善，立刻又蹑手蹑脚地回到卧室，将卧室门紧紧合上。可外面的说话声音虽然听不见了，敲门声依然闷闷地响着。郝母握住郝父的手，轻道："应该是他们。"郝母说着，就流下了眼泪，可又担心郝父，连忙空出一只手拿起扇子，轻轻给老头子扇风。她见老头子脸色没有褪色的样子，忙补充一句："可看上去只是普通母子，好像没什么危害，别担心。"

郝父握紧郝母的手，轻道："屈辱。"说着，两眼也溢出泪水。

老两口在闷闷的敲门声中，相对而泣。

过了好久，郝父缓过气来，急着问："要不是宥宥通知我们，如果我们没个思想准备，猝不及防地被人找上门来，我会不会死？"

郝母急道："别胡说。"

"可其实宥宥可以不告诉我们的，尤其这是我们青林故意害她，按她那次的说法，这是第三波，不知还有没有第四波、第五波，就算泥菩萨也会被青林气死，她迁怒于我们本也是我们活该。但她没有，反而帮我们，我这条命是她救的。"

"你说得是。我刚才不该说宁信其有。"郝母换一只手摇扇子，替换下来的手又握住老头子的手，说什么都不肯放手，"还有一件事，我才想明白，老郝啊，你才是我这辈子最重要的人，我得看紧你。"

郝母说得泣不成声，郝父听得老泪纵横。

车子到了医院，郝聿怀说声"谢谢叔叔送我们"，腿脚利落地蹦出车子，原地弹跳了好几下，舒活坐久了的身子，然后理所当然地道："妈妈，真的不用我陪你去吗？我想陪着你呢。"可他说完，久久没听见回音，不禁回头去看，却见妈妈还没钻出车子。他疑惑地弯腰往车里瞧，只见妈妈才将车门推开小小一条缝，还在那儿吃力地努力。郝聿怀不明所以，就蹦过去替妈妈打开车门："怎么了？"

宁宥道："一路上恨不得快点、快点，浑身都在使劲，现在四肢都累得不听话了。你帮帮妈妈。"

郝聿怀试图拉妈妈的手，发现不管用，便帮妈妈将一条腿搬出来，踩到地面，然后扛起妈妈一条胳膊，连拖带背地将妈妈弄出车门，又拖着妈妈在车外活动。司机站在一边看着，不便帮忙，至此才问："还行吗？不行我进里面去借个轮椅来推你。"

宁宥走几步后活动开来，试着原地踏步几下，见灵活了，忙翻出一沓钱交给儿子，道："行了。灰灰，你跟叔叔一起去办理宾馆入住登记，再把我们的行李收好，这个重大任务就交给你独立去完成。"

"我要跟你一起去。"

"我可能会和我弟吵架，场面比较丑陋，你还是不去看的好。"

郝聿怀道："我不是去看，我是去助阵。"

宁宥当即想到简宏成耳语别把儿子培养成一个不懂事的，她不再勉强，伸手过去："走，拉妈妈跑。"

上阵母子兵，郝聿怀拉起妈妈，撒丫子就跑，觉得自己很牛。宁宥与司机告别，提起麻木的腿拼命跟上。儿子还真是管用。

因为下午上班时间到了，下午的手术纷纷开始，宁恕所站的地方人员进进出出的，有躺着进出的，也有站着进出的。异常热闹，宁恕目不暇接，自然是没工夫去管田景野在做什么。

田景野与宁宥一直保持联络，此刻不声不响地走到楼梯口去等候，很快，便见到郝聿怀费力地拉着宁宥气喘吁吁地跑上楼来。原来两人等不及电梯了。田景野接住，道："刚刚陆院长已经出来了，他说你妈会立即转移到楼上的重症监护室，还说需要你耐心等待你妈苏醒。手术已经解决当下能解决的问题了，其他就靠后面的治疗与护理了。陆院长还没吃中饭，我不便问太久，回头再带你找他。"

宁宥缺乏锻炼，一跑到终点，就累得直不起腰了，伏在没事人一样的儿子背上。听完田景野的传达，她费劲地点点头："有没有说生命危险……"

田景野飞快地抢断："关心则乱，你还在问这个问题，宁恕站那么好的位置，居然没看见陆院长从他眼皮子底下出来。"

宁宥抬眼看了田景野好一会儿，忽然意识到"手术已经解决当下能解决的问题了"背后有太多余韵，尤其在妈妈转移到 ICU 的前提之下，这余韵是什么，早一目了然。她使劲地站直了，想再说什么，却说不出口，看着田景野继续喘粗气，气息怎么都平息不下来，心跳却越来越急促："她才开始享福，她这辈子……"宁宥终于费劲地说了出来，两眼看向门边如木头人般伫立的宁恕，心里翻江倒海的全是恨，没头没脑地都栽在宁恕头上。

田景野劝道："先关注你妈身体，其他账慢慢算。"

宁宥悚然惊醒，忙道："我犯糊涂了。田景野，你交代我该做的事，然后你去忙吧。"

田景野看看手表："我不急，等你妈妈出来了再说。你首要大事是镇定。"

说话之间，即便是郝聿怀，眼睛都没离开过手术室的门，所有人的心随着手术室门的开开合合而起起落落。终于，宁恕一个箭步，冲到门口正中央，这边的三个人都如离弦的箭，飞奔了过去。手术床推出来了。

年轻的闵律师将律师函从陈昕儿手中收回，再问一句："你还有没有其他意见？"

"没有了。可这官司真的能打吗？"

"毫无悬念。唯一悬念是打官司后的执行是否有力，对方毕竟财大气粗，规避手段众多。但好在他家大业大，逃不走。"

陈昕儿喜极而泣："谢谢你，闵律师，真谢谢你。"

闵律师将信收好，递给陈昕儿："不谢。既然是宁总的吩咐，我自然要做到最好。你尽快去市中心最大邮局，将律师函用 EMS 寄出，保证对方当事人明天可以收到。我先帮你到这儿。"说完，他便起身送客，没一丝含糊。

陈昕儿将律师函好好放进包里，向闵律师谢了又谢之后，几乎是飞奔出了律师楼，又飞向她的自行车，然后骑车飞驰在拥挤的马路上。她不知哪来这么大的力气，竟是一气呵成，全无中断。

等邮局工作人员板着脸将她的 EMS 费的收据交给她，陈昕儿大呼一口气，问："明天真能收到？中午还是早上收到？"她特意寄到简宏成在上海的公司，希望简宏成尽早看到。她不知道她歪打正着，简宏成正在上海办公。

邮局工作人员道："上海嘛，现在有高铁，自己送去都能当天来回了，还……"

陈昕儿一听，就跳了起来："对，你把快件还我，我自己送去。"她翻翻钱包，足够买高铁的一张票，大不了回来坐普通火车，就火车上过夜好了。她一把抢回邮局工作人员递回的快递，都不讨还那钱了，她得争分夺秒地去火车站赶火车。

陈昕儿再一次在烈日底下将自行车骑得风火轮似的。

宁宥看着妈妈被推进重症监护室，而后，她就与妈妈一墙之隔了。

她发了会儿呆，扭头问儿子："灰灰，我一直心慌意乱，没法集中注意力，你刚才有没有看清楚，我在电梯里喊到第三声的时候，我妈似乎微微睁开眼看了我一下？"

宁恕虽然面无表情地依然看着门，似乎在发呆，可他的脖子出卖了他。他的脖子稍微冲宁宥偏转了一个角度。田景野瞅得仔细，但一言不发。

郝聿怀道："你一开始喊'妈妈'，外婆眼皮底下的眼珠子转动得快了。我不知道第三声是什么时候，但外婆没睁开眼。"

田景野啧啧称赞："这孩子，这么小就能帮上妈妈了。现在怎么办？"

宁宥却是很失望。她发了会儿呆，但看都不看同样发呆的宁恕，向宁恕伸手："家门钥匙给我。"

"干什么？"宁恕自然已非当年小阿弟，不问个清楚，不会轻易交出钥匙。

"妈妈的医保卡。"

"噢，我会去取。我已预付五千元，你给我两千五百元。"

宁宥诚恳而温柔地道："我很荣幸轮到出钱出力的时候，我总是钱出一半，力出大头。只是很不好意思，大家都做见证，我和灰灰从机场直接过来，手头带的都是大额美元，零碎几张人民币还得应付这几天的吃饭开销。不如你先垫着，当然，你肯定出得起这点儿钱。等我攒齐一笔，按现钞价结算成美元给你。"

田景野背着宁恕翻了个白眼。

宁恕果然愣了一会儿，闷声不响地转身走了。在宁恕的身后，宁宥翻脸冷冷看着宁恕的背影，直到背影消失在电梯里。

田景野这才道："果然是从小拉扯大的，穴位捏得恰到好处，想惩罚他，就不掏钱；嫌他碍眼，就赶走他。我都不知道你点的是哪个穴位。"

宁宥冷冷地道："只要不拿他当弟弟！"然后对儿子道："灰灰，妈妈得守在这儿，你跟田叔叔去宾馆开房，放好行李。"她再对田景野道："田景野，我儿子这几天托付给你，行吗？你帮我们在这附近找家安全点儿的宾馆，最好……你随时带着他。"她一边说，一边从包里把原先打算交给郝聿怀的一沓人民币掏出来，交给田景野，"这是五千元，你先拿着。"

田景野看见人民币，就忍不住一乐，伸手推开："你最近没空去银行，先不用给我，留着随时急用，还得提防宁恕做甩手掌柜。招呼灰灰的钱我还是出得起的，再说还得征用灰灰做我的童工呢。我上班、谈生意都带着灰灰，你不介意吧？"

"这是最好的了。""我乐意！"母子俩一同说。

田景野道："那就好。我们先到护士站登记信息，再领你们找一下陆院长，完了你再来守着。这边暂时你也使不上劲儿，倒是必须先把你的手机号码交给护士站。"

宁宥拍拍脑门儿："我脑袋现在一团糨糊，你想到什么，最好都一条一条地明确告诉我。走吧。"

"你还脑袋糨糊？"郝聿怀推着妈妈，"我再给你当一回拐棍。回去一定要带你跑步。"

宁宥当然非常乐意拿儿子当拐棍，可她更享受儿子照顾与帮助她的那份心意。她并未拿儿子当拐棍，现在腿脚不再发软了，看着儿子，心里好过许多。都说养孩子辛苦，可在那过程中，做父母的不知多乐在其中呢。于是，最终郝聿怀还是当了妈妈的拐棍。有拐棍在，宁宥边走边开始提笔草拟打算请教陆院长的那些问题。田景野见怪不怪。

宁恕将家里翻得跟小偷进过门似的，依然没找到妈妈的医保卡。他将妈妈的卧室彻底翻遍，连床垫都掀起来看了，依然没找到。他无力地坐在床尾呼呼喘息，拿出手机，翻出宁宥的号码，可想了想，还是很争气地摁掉了，因为他预计会挨宁宥的冷嘲热讽。宁恕只得继续自力更生。

宁恕正在检阅客厅储物柜里的一只只鞋子时，财务老周的电话来了："宁总，车子拉到4S店了，保险连拖车费都赔，你不用挂心上。"

"噢，太好了。我的车子你们暂时用着吧。"

"刚刚赵董来电话找你，说你没接她的电话。"

"哦，一个国外来的电话？我看到一串乱码，还以为不知是什么乱七八糟的电话……"宁恕回想了一下，那时他正等在手术室门口，一看见显然是国外来电的号码，当时第一反应是宁宥来电问妈妈的事，他不愿接，就按掉了，没想到是赵雅娟的来电。

"我妈那时候正手术，唉。"

"理解，理解。宁总，你也多保重，公司的事情叫我们做就是。赵董来电，主要是想了解一下进度，没经你同意，我暂时没把你家情况跟她说。"

宁恕将妈妈的一双老棉鞋的鞋垫抽出，口朝下倒了一下，什么都没有，又草草将鞋垫塞回，道："我家的事不用烦到赵董，要是赵董再来电话，你跟她说进度如期推进。唉，我有个电话进来，老周，回头我打给你。"宁恕想说得详细点儿，可一想到昨晚对老周的怀疑，担心老周这边电话挂下，那边便将消息传达到简宏成耳朵里，因此他守口如瓶。

那打进来的电话显示是规划局总机："宁总啊，方案不错，我们初步意见是可行。"

"啊，谢谢领导。"宁恕知道此时必须趁热打铁，一举拿下什么的，可是，他眼前飘过妈妈从手术室出来时苍白的脸，也飘过宁宥在ICU走廊里冷漠的脸，最终还是眼睛一闭，毅然下定决心，媚笑道："领导赏光，晚上庆祝一下？"

下一刻，宁恕将所有的鞋子塞回鞋柜。他同时打电话给陈昕儿：

"嗨，我，宁恕，怎么样了？"

"谢谢，真不知道怎么谢谢你才好。宁恕，闵律师给我写了律师函，我现在正给简宏成送去。"

"简宏成在本市？"

"没，我送去上海。"陈昕儿说得慷慨激昂，仿佛冲去战场。

"咦，你不是信誓旦旦地说晚上下班来帮我照料我妈妈吗？这下我晚上工作都安排好了，你要是不来了，我这边怎么办？"

陈昕儿这才想起来，坏了。她连忙道："对不起，对不起，我……我都已经在火车上了，都快到上海了。我一想到我的小地瓜，就满脑子只有小地瓜了，对不起。让我回头弥补。我今晚就回来，连夜回来，我明天整天整夜都可以照顾你妈妈。"

"这么言而无信，算了，不求你明天来，别来了……"

"喂，宁恕，别生气。我是真没办法，那是我儿子，我亲生儿子，我身上掉下的肉，我全部希望……"

"狗屁！没见过你这种做妈的，你儿子在你眼里是你和简宏成的唯一纽带才是真的。"

宁恕说完，就气愤地挂掉电话，蹲在鞋柜边想来想去，只得无奈地打个电话给宁宥："妈妈的医保卡在哪儿？"

宁宥正直着眼睛，一个人坐在 ICU 等候区，忐忑、焦虑、害怕、愤怒，都无人可说。宁恕的电话来得恰到好处，她几乎是咬牙切齿地点开，铁青着一张脸问："这是不是承认你并未关心妈妈？"

"一码归一码，你别想趁机发泄对我的不满。妈妈还在病房等着我付费呢，你想干吗？"

"我呸，大孝子。"宁宥干脆地挂断电话。

宁恕完全惊呆了，他如入定一般地看着手中的手机。这不是宁宥的风格，怎么可以在妈妈患病在床、等待救援的时候做出这么不负责任的事？耽误他交费，难道等着医院把妈妈踢出门？宁恕连连骂了两句"不是人"，起身又骂了一句"是不是亲妈"，将手机在旁边桌上一拍，喊出一声"老子也不干了"。他在屋里左冲右突两圈，终于慢慢平静下来，明白他不能甩手不干。他跟宁宥不一样，他甚至可以设想出宁宥楚楚可怜地在他的熟人、同学面前控诉他，栽赃他：我是从机场直接赶来医院的，什么准备都没有，连妈妈家门的钥匙都没有，对，就是这么荒唐，我都进不了娘家门，因为我弟弟不给我钥匙。我眼下除了出力照顾我妈妈，其余只能指望唯一的亲弟弟宁恕来解决。我公开跟宁恕保证，等事后我可以回家了，与他平摊妈妈的医疗费。可是，我弟弟，我妈妈的亲儿子，我妈妈用生命来保护的宝贝儿子，竟然不肯为妈妈的病出一分钱。我们家爸爸早逝，是我们妈妈熬干了身子，才把我们养大的，如今弟弟终于回家工作，妈妈以为可以歇一口气了，可也油尽灯枯，倒下了……

宁恕可以想象宁宥的形象与宁宥的身份会提升多少可信度，他知道自己赌不起气，他会万劫不复。这社会如今宽容得连外遇都视若寻常，但若是被栽赃一顶不顾亲妈死活的帽子，那就别想混江湖了。他是一根辫子都不能让宁宥抓，尤其是在当下这节骨眼儿上。他只得忍气吞声，拿起手机，再拨宁宥电话："好吧，我认。"

但宁宥冷漠地道："你等等，我打开录音。公开通知你，我开录音了。我问你，今天妈妈为什么会脑出血？"

宁恕一下子被问住："你想要什么答案？你说，我复述，你总满意了吧。"

宁宥道："我只要你心里所想的答案。你实事求是地说。"

宁恕气得胸口闷闷地痛，可不得不回答："妈妈是收到你寄来的钥匙时脑出血的。你明知我不会通知妈妈，你为什么还寄来？"

宁宥道："你从无一句话明确地告诉我你不会通知妈妈。但是我为了要求你预先面对面地通知妈妈，特意跟你陈述过所有利害关系，对不对？"

宁恕不得不承认："对。但是我不认可你说的那些。"

"一、你不认可，你可以拒绝，但你没有拒绝；二、我所预料的最后不幸全部实现，你完全否定我的预料，说明你大孝子完全不懂妈妈；三、在我做出如此之坏的预料之后，你依然坚持不通知妈妈，且不向我报备你没通知妈妈，可见你对妈妈的安危有多不在意。以上三条，是，还是不是？"

"第三条不是，我昨天与你通话后就出了车祸，车祸后在派出所昏迷到今早。"

"如果昏迷，不会在派出所，而是在医院。派出所民警不会草菅人命，否则，我替你投诉。所以，你撒谎。我劝你后面的问题不管心里多勉强，还是实事求是为好。总之，第三条，你无法否认你忽视妈妈的安危，置妈妈的性命于不顾。"

宁恕被噎住，确实，他是昏睡，而不是昏迷。但谁能了解他是在什么样的情况下昏睡呢？不会比昏迷的情况好到哪儿去。可他无法解释，自尊也让他不愿解释他最近的仓皇生活。

宁宥等待了会儿，再道："即便如此，我依然加了双保险，请田景野帮忙上门与妈妈耐心说明。可妈妈竟然不敢给田景野开门，因而贻误时机。妈妈为什么不敢开门？她害怕的人是谁招来的？你为什么一而再地招引危险上门？"

宁恕愤而道："我是为这个家，你又不是不知道，你现在想把所有责任都赖到我头上吗？"

宁宥不搭理宁恕的愤怒，自顾自地说："我们这个家由三个人组成，三个人中，我反对你报复，妈妈也在你我面前明确表态她反对你报复，她只想过好日子。既然三分之二票反对，你所谓'为这个家'的理由已经不成立，你为的是你自己，承认吗？"

宁恕道："你说是，就是吧。别说你没为我扇简敏敏的那一巴掌叫过好。"

宁宥道："既然你承认，虽然是很不甘愿地承认，那么说明，完全是你的个人行为导致妈妈现在躺在医院。简单直接地说，你害了妈妈，你承认吗？"

"是，我承认，我为了拿到妈妈的医保卡，不让妈妈被踢出医院而承认，行了吗？"

"在我既没严刑拷打你，也没欺瞒哄骗你的情况下，你承认了。行了。最后提醒你一句，你从头到尾没问一句妈妈现在怎么样了，妈妈的性命在你心里到底有多少分量？你是妈妈的亲生儿子！妈妈的医保卡放在大门背后的草编袋里，与黄色封面的病历装在一起，你一齐拿来。"

宁恕一看，门后果然有一个草编袋，里面塞着看过的报纸。医保卡居然在看似最危险的地方？想都想不到。他起身过去伸手一捞，就捞出黄皮病历与医保卡。既然到手了，他不肯死忍了，愤怒地道："你是挖一个坑，拿妈妈的命要挟我，逼我跳！你是妈妈的亲女儿吗？这当儿拿妈妈的生命来要挟我，你……"

"晚了，已经结束录音了。你不想想你那一套都谁教出来的，建议下辈子投胎避开我。我也不高兴再养你。"

宁宥说完，便结束通话，手机压在膝盖上不语。旁人只看见她在发呆，她自己知道上下两排牙齿磕得嗒嗒作响，不是紧张，也不是害怕，更不是愤怒，而是激动。为了逼迫宁恕清晰认识到他的错误，她不得不使用手段。那些本不该用于亲人、朋友身上的手段，不，即使对寻常不相干的人都不该用的手段，她刚刚冷静地加诸她一手拉扯大的弟弟身上。

她并不情愿。

陈昕儿终于赶到上海。这个庞大的城市以前她觉得出入如此方便，可等口袋里没钱，需要搭乘公交的时候，她被四通八达、蜘蛛网一般的道路搞得发晕。可她晕不得，必须赶在简宏成的上海公司下班前到达，时间已经不宽裕了。陈昕儿借着手机地图找到最合适的地铁线路，其余全用双脚飞一样地快走。终于，下午五点十分，她满脸又红又油地站到公司接待台前。她的形象，令接待台后面粉面桃花的女孩子有点儿怀疑她的来意，先一步偷偷叫了保安。

陈昕儿珍而重之地将保护过头、显得外壳有些软皮皮的EMS拿出来，对接待姑娘道："我找简宏成，我要把这封律师函交给他。"

小姑娘警惕地道："请登记一下姓名，我替你把律师函送进去。"

陈昕儿一听，累得几乎筋疲力尽的身子猛然一震："简宏成在上海？不在深圳？"

小姑娘不敢看陈昕儿瞬间亮如灯泡的眼睛，竭力镇定地道："我会把律师函送进去。"

陈昕儿听出弦外之音，不禁激动地道："他在就好，立刻把律师函送进去，我叫陈昕儿，是简宏成儿子的妈。"

小姑娘有些慌了，但看看陈昕儿的衣着面貌，心里不信，没有温度地一笑："行，你请在这儿等等，我这就送进去。"小姑娘其实就是敷衍。

正好，简宏成的前男助理走出来，一眼看见与环境格格不入的陈昕儿，愣了一下，等走过来，才想起这是谁，连忙返回来道："陈小姐？"

这个久违的称呼令陈昕儿更是激动。她忙将台面上的律师函抓回来，交给助理："是我。律师函，请你立刻交给简宏成。"

助理忙接了律师函："稍等。"他边说边查看登记簿，抓起一支笔，将陈昕儿刚写了名字的登记严严实实地涂掉，才领陈昕儿进小厅等候。

简宏成将信将疑地接过律师函看，他有点儿不信陈昕儿弄得出这种东西来。但等他展开才看两行，便知陈昕儿跟他动真格的了。他将手中的律师函反复看了两遍，吩咐秘书让陈昕儿进来。

等得嗓子眼儿冒烟的陈昕儿听秘书一说，立刻"呼"一下从沙发里跳了出来，可起身后又觉得不对劲，紧张地问："简宏成看了律师函是什么反应？"

秘书职业微笑脸地道："不知道。这边请。"

"噢。"陈昕儿走出一步，忍不住又紧张地问，"简宏成这会儿心情怎么样？"

秘书当没听见，大步走出去了。陈昕儿只好跟上，并赶紧一路拉平衣服。此时她非常后悔来时穿的是上班时的衣服，是按田景野吩咐，为打入打工群体而特意挑选出来的五成旧、不起眼的衣服。而且，她忽然又想起，她没化妆，经过一整天的奔波，这擦了一脸防晒霜的脸还能不油光发亮？哎哟，就这么去见简宏成？想到这儿，陈昕儿收脚已经来不及了，她已经步入简宏成的办公室，看到了简宏成，看到简宏成一向聚光的小眼睛此刻瞪得如鸽蛋一样，仿若看见外星人。

简宏成怎么都想不到陈昕儿现在变成这种样子，一脸古怪，手足无措，形象落差太大，他接受无能。

秘书见此，连忙退出去，反手将门关上。

但好在见到简宏成的陈昕儿比简宏成更激动，尤其是看到简宏成对她的出现反应极大，更是欣慰，因此轻易放过了简宏成最失措的时刻。终于又见到简宏成的喜悦，以及对律师函导致的后果的担忧和恐惧，令陈昕儿一张脸千变万化。

简宏成很快平静下来，发现手中的茶杯早已倾斜角度过大，水在桌上淌出了巴掌大的一块。他掩饰地将杯中水喝光，平静温和地道："天热，一路辛苦了。要不要去洗手间整理一下？出门过电梯后，左拐。"

陈昕儿愣住，过了会儿，乖乖地转身出门，出门前满脸颤抖地道："谢谢你关心……我。"

简宏成忽然感觉事情不妙了。他再看看面前的律师函，不是说来讨要小地瓜吗？怎么一句不提小地瓜？

宁宥一直守候在ICU区，与其他病人家属在一起，拉着脸，等亲人的好消息。每次护士有换药之外的其他动静，大家都不约而同地吊起脖子，既希望护士带来希望，又害怕护士带来不好的消息。

陆副院长匆匆来时，等候区的家属们也是先吊起脖子，等看清不是自家的主治医生，才又缩回脖子。而宁宥赶紧站起来，走过去，目送陆副院长换好衣服，进去病房。

正好宁恕急匆匆地赶来，他一看见宁宥，就止住脚步，不愿靠近。可他那位置角度不对，看不见病房里面，再说他观察之下觉得宁宥脸上表情像是说明屋里有动静，犹豫了一小会儿，还是走了过去，站在靠近宁宥的位置上。果然，他见有人忙碌在妈妈的病床边。

"怎么了？"宁恕非常紧张。对病人而言，特殊对待未必是好事。

宁宥看宁恕一眼，见他是真紧张，才道："例行检查吧。"

宁恕这才松了口气，与宁宥步调一致地盯着病房里看。

过会儿陆副院长出来，宁宥忙跟上去道："都已经下班了，陆院长还不休息？"

陆副院长道："又来一台手术，正在准备，我趁机拐过来看看你妈。目前看来没有恶化迹象，你们家属需要做好持久战的准备。"

陆副院长简明扼要地说完，就匆匆走了，赶去下一台手术。宁宥也是走得飞一样地跟上，一路表示感谢，直到把陆副院长送进电梯才罢。等她回头，差点儿撞上也跟来的宁恕。她冷冷看宁恕一眼，绕过他，缓缓走回等候区。

宁恕很想不跟，跟上宁宥这个动作令他有很不好的感觉，可他有事，而且火烧屁股，只得跟上，只能跟宁宥好声好气地商议："妈妈好像没起色。"

"但也没恶化。"宁宥也平静地回一句。一位当班护士换上家常服装下班，经过宁宥身边，宁宥忙停住客气地招呼一声"邵老师下班了啊，走好"，等邵护士也客气地招呼了离开，才又开步回等候区。

宁恕看着，并不意外。等邵护士走远了，他才又道："病历和医保卡已经押在住院大楼的收费窗口，收据和收费单我都收着，回头一总算账。"

"好。"宁宥说着，在老位置坐下。

宁恕不愿坐在宁宥旁边，只好站着说："看来是场持久战，我们需要分工一下，保证每个时间都有人候在这儿。今晚你继续吧，明天白天黑夜都交给我。"

宁宥一直侧着脑袋，仔细听着宁恕说话，等宁恕说完，就挥挥手，让他走，没说什么。宁恕不知怎么的，转身时有如释重负的感觉。但他一转身，就看见拎着打包食品从楼梯上来的田景野和郝聿怀。他匆匆与两人打个招呼，赶紧走去电梯那儿，与田景野他们岔开。

郝聿怀一边跟上田景野，一边回头看宁恕，奇道："他是不是也来给我妈送晚饭？"

田景野道："不可能。"

两人正好转弯，一眼看见宁宥，郝聿怀立刻蹿了过去，亲亲热热地坐到妈妈身边，还意犹未尽地撞妈妈一下："我给你点了你喜欢吃的。"

宁宥再为妈妈担心，看见儿子依然心里舒服许多。她等着郝聿怀撞完，才起身对走到面前的田景野道："多谢。看见宁恕了？"

"见了，跟陌生人似的。"

"又落到我圈套里了，心里正不舒服着呢。"

"呵呵，别总欺负小的。你妈怎么样？"

宁宥摇摇头："没起色，陆院长特意来了两次。炸鸡翅，酱牛肉……"宁宥看得眉头竖起来。

田景野笑道："我就说这是灰灰自己爱吃的，灰灰还坚持这是你爱吃的，幸好我给你买了凉拌素面和拍黄瓜。晚上就这么过夜？"

宁宥叹息："刚才宁恕跟我谈如何轮流值守，他竟然都没问一句我怎么过夜。"

田景野依然好脾气地笑道："亲兄弟知道你有好兄弟在，他不用担心。简宏成怎么这时候打我电话？"田景野接起电话。

简宏成此时站在洗手间门外，拿手机对着女洗手间的门，问田景野："听见没，听见哭声没？"

田景野疑惑地听了会儿，道："我在ICU，想听哭声，这儿多的是。"

简宏成立刻猜知田景野在哪儿，道："开免提吧，让宁宥一起听。"等田景野开启免提，简宏成道，"宁宥，你那边情况田景野都跟我说了，你有什么需要，尽管找送你们的司机，我吩咐他了。"

宁宥道："有田景野这条地头蛇，你让司机回吧，谢谢你。说你的事。"

简宏成皱眉道："陈昕儿拿着一份律师函来找我，问我要回小地瓜。结果见面时我才说一句话，说她辛苦了，去洗把脸，她就钻进洗手间，哭到现在。"

田景野与宁宥几乎同时说话，田景野道："哪家律所？"而宁宥道："她本来就是爷俩一起找的意思。"

然后田景野对宁宥道："果然她手里钱稍微一多，就得出幺蛾子，我们都料中了。"

宁宥道："可现在律师这么贵，她请得起？写份律师函得要去她这个月发的全部工资了。"

田景野眼珠子一转："坏了，她还是跟宁恕搅一起了。宁恕早上急吼吼地发名片给她，被我抢来撕了。会不会后来他们在别处又有见面？"

宁宥道："像宁恕风格。"郝聿怀坐在椅子上，双眼在妈妈和田景野两人之间晃，有点儿听不懂。

简宏成在电话另一头完全插不上嘴，略嫉妒。他听到这儿，便扔下陈昕儿不管，拔腿就回办公室打电话，找朋友询问正平律所与翱翔集团房地产公司的关系。

简宏成打这电话时也没回避那边的两个，宁宥听了，不由得看向郝聿怀，果然见郝聿怀满脑门子的问号和惊愕。宁宥此时无法解释。

田景野道："这事……不得不说宁恕真会抓机会。他妈在抢救，他还能脑袋清楚地打你一枪，人才！简宏成，你打算怎么办？"

简宏成道："等等，我问出关系再说。"

宁宥愣了一下，点点头，走去病房那儿，又看妈妈去了。

田景野也领悟过来，对简宏成道："说来说去，无非是一个钱的问题。总之，无论你怎么做，我这边都支持你。回头处理结束，再给我个电话。"

田景野这边才挂掉电话，那边简宏成的朋友就已经探知消息了："简总，正平律师事务所正是翱翔房地产的法律顾问，专职负责的姓闵。"

简宏成再看律师函，下面签名第一个字正是闵。他长长地呼出一口气，发了会儿呆，呼叫秘书，让他把小地瓜领来。

陈昕儿设想过与简宏成的见面会如何恐怖，尤其还拿着律师函上门，逼迫简宏成，她早在小会客厅里等待时已经两腿弹琵琶了，惊慌得什么都不敢想，见到来喊她的秘书脸色较好，才恢复知觉。没想到，简宏成见她第一句话竟是温和的关切。简宏成这种表情是她多少年之前的记忆了呢，那都还是小地瓜还没出生时的记忆吧。这种表情对陈昕儿而言已是如此陌生，可它只要一出现，便如钥匙般神奇地将过往的感情轰一下打开在陈昕儿面前。那时候，男主外，女主内，她和简宏成就班级的事有商有量……

陈昕儿难过得无法自抑，躲在洗手间里哭，直到前台姑娘过来小心地通知她："陈小姐，简总让我告诉你，小地瓜在办公室等你。"陈昕儿大惊，这么迅速？她赶紧把泪水洗干净，卷一沓卫生纸擦干，都没留意鬓角挂上了一缕卫生纸纤维，就冲向简宏成的办公室。但她没看见小地瓜，只看见简宏成一个人坐在巨大的桌子后面："小地瓜……你……你不是说小地瓜？"

听到声音的小地瓜从简宏成的桌底下钻出一个脑袋，疑惑地一看，果然是妈妈。他立刻大叫着妈妈，扔下爸爸，绕过桌子直奔过去。顷刻，母子紧紧抱在一起，又是笑，又是哭，亲热得不行。小地瓜一改平日里的安静，高兴得尖声大叫，叫着叫着，又会忽然安静下来，咯咯笑着，捧起妈妈的脸亲一下，充满孺慕之情地凝视着妈妈，都不管妈妈一张脸又红又亢奋，头发乱七八糟的，浑身还带着汗酸味儿。

简宏成耷拉着脑袋，无奈地看着，转过身去想不看，可又忍不住转回来看。

终于等两人稍微安静下来，简宏成有些艰难地道："正好有车子过去你那儿，你们下去搭车一起走吧。明、后天我会把小地瓜的东西都送过去。"

正在欢乐中的陈昕儿愣了，看向简宏成，好久才问："你……说清楚点儿？"

简宏成索性起身，走过去打开办公室的门。

陈昕儿心里全明白了，她抱起小地瓜，对小地瓜道："我们跟爸爸说再见。"

小地瓜全不知情，伸手探向简宏成："爸爸什么时候回家？我们一起回家。"

简宏成佯笑："爸爸晚点儿再下班。"他见小地瓜硬是要扑过来，这几天亲手带着，他知道小地瓜要干什么，就凑过脸去。果然，小地瓜吧唧亲了他一下。

一时，陈昕儿看着近在咫尺的简宏成的脸脑子是一片空白，这么近，可又那么远。

简宏成伸手招呼前助理过来。前助理非常机灵，过来以身体挡在简宏成与陈昕儿之间，硬是领陈昕儿走开。陈昕儿只觉得脑袋混混沌沌的，两眼只顾看着简宏成，却身不由己地被前助理带着走。只有小地瓜不知，还开心地趴在妈妈肩上，一个一个地飞吻爸爸。简宏成两只脚死死钉在办公室门口，不敢丝毫动弹。看着远去的小地瓜，他的眼圈红了。

等他们走后，简宏成回屋，忍不住狠狠将一沓文件全摔地上。宁恕！

田景野忍耐了一个小时，打电话给简宏成探听事情发展，听说后只会说两个字："什么？"

第二章
和 解

等小地瓜终于安静下来，坐着开始睡觉，陈昕儿才有时间仔细打量这辆车子与前面开车的人。这车子的档次显然中等偏下，后车座狭窄得很，坐在后面伸不开腿，且前面开车的不是专职司机，而是简宏成的前助理。她估计这就是助理的车子。陈昕儿不知这种有别于以往的安排是什么意思，但她向来知道简宏成做事少有闲笔，这种安排肯定意味着什么。她刚才面对简宏成时心潮澎湃，来不及判断与留意，此刻只能问前面的助理。

陈昕儿思量了半天该如何开口，好不容易鼓起勇气道："请问，简宏成有什么吩咐要你转达给我吗？"

前助理在前面简短清晰地回答："没有。"

陈昕儿愣了一下，又问："他这么爽快就把小地瓜还给我，是什么意思呢？"

前助理礼貌而疏远地道："陈小姐，我车技很差，一上高速就不敢分心讲话，不好意思。"

陈昕儿让一个软钉子碰了回来，可依然不死心，小心地探询："我不在这几天，简宏成对小地瓜好不好？"

陈昕儿问出话后，等半天没等到前助理的回答。她探头看看前面驾车人的脸色，一脸淡漠，仿佛没有听见她说话，只好忍下一肚子的问题，眼睛看向小地瓜。

宁恕打车来到约定的饭店。因为不用驾车，他可以一路很自由地前后左右观察。他没看到有固定车辆跟踪，因此下车时浑身放松，走进饭店时脚步也轻松起来。可才走没几步，他头脑中又有警报拉响，他感觉到似乎有谁在特别留意他，难道盯梢的人这么神？宁恕假装不在意，特意晃到一处光亮的镜面前，忽然站住。果然，镜面里出现一个收脚不及的人，可那人竟是他的熟人程可欣。宁恕最近满心的风声鹤唳，见到镜子里的程可欣，一时心中一团疑问生起。

倒是程可欣走上前招呼道："真是你。瘦了好多，刚才看见都不敢认了。"

宁恕忙故作惊讶地回头，与程可欣打招呼，又迅速扭回头审视镜子中的自己，道："瘦倒是没瘦，只是这几天很憔悴，两团黑眼圈让脸显瘦了。"

程可欣轻松地笑道："哈哈，熊猫一点儿不显瘦啊。很忙？"

宁恕道："很忙，又睡眠不足，这几天脑袋迟钝得很，可一进门，还是很敏感地捕捉到一种熟悉的气场。"他又看向镜子，镜框狭窄，正好只圈入两个人。他看着镜中的程可欣，而镜中的程可欣也微笑看着镜中的他。宁恕忽然忍不住道："我妈妈在中心医院ICU，我脸上有没有点儿强颜欢笑的意思？"

程可欣惊住，看了宁恕好一会儿才道："对不起，我还开你玩笑。"

见程可欣如此吃惊，宁恕释然，显然程可欣不可能被收买了在跟踪他，要不然这么大事不会不知情。他忙道："该说对不起的是我，我不该拿自家的事影响你心情。可我又不能不解释，免得被你误会我是不是忽然染上不良嗜好。只是我有个约，得准时到，回头再详细解释。"

程可欣忙道："你去忙吧。"

宁恕点头走开，可才转身抬腿，又忍不住回头道："拿人钱财，替人消灾，打工仔，没办法。"

程可欣见宁恕愣头愣脑地又来一句，心里不禁软软的，温柔地道："是这样。快去忙吧。"

宁恕很想停下来跟程可欣说说话，他已经憋了一天，想告诉程可欣他心里有多难过、多烦躁，还有更多的是忧心忡忡，担心妈妈的病情。可他真没时间。转身之间，他再度看见镜子中的自己，看见面目全非的一张脸，感喟："难怪你不敢认我，果然是一脸奸佞。但我发誓，这只是表面。"他挤出一个笑脸，"我上去了。"

宁恕走进电梯，留下程可欣站在原地发呆。程可欣呆了会儿，拿出手机给一个朋友打电话："我一个朋友妈妈急病住院，我去帮忙，你们可以回头讨伐我，今天我只好缺席。"说完，就折返出门。

宁恕上楼，一眼看见邝局长站在窗口看着夜色吸烟。他便不急着去包厢，大步走向邝局长，走近了，干咳一声以提醒。邝局长闻声转头，笑道："真是年轻人，明明累得眼圈墨黑，还浑身精神抖擞得每个毛孔都嗞嗞往外冒力气。"

宁恕笑道："只要有事做，好像总有使不完的力气。但不能躺下，躺下就雷打不醒。"

邝局长笑道："真羡慕。走，随便吃点，咱们连夜赶路。我后天有个任务，明天得去苏南看几个新区城建打底。我想暂聘你做随行行家之一，有没有时间明天陪我一天？明晚赶回来。"

宁恕不禁一愣，明天，一整天！

邝局长摆摆手中的香烟，道："没关系，你要是忙，就别勉强，以后有的是机会。"

宁恕忙道:"可这么好的开眼界机会,难得啊,必须去。我得立刻打几个电话安排一下。"

邝局长笑道:"好,好。这块风水宝地让给你打电话,我进去了。"

宁恕恭送局长,等邝局长走远了,立刻打电话给陈昕儿:"你怎么样了?"

陈昕儿见到是宁恕的电话,有点儿不好意思,可更多的欢喜让她毫不犹豫地接了电话:"唉,宁恕,正要找你呢。谢谢你帮忙,我把小地瓜要回来了,非常顺利。"

前面的前助理一听"宁恕"两个字,两只耳朵立刻竖了起来,灵敏得如雷达一般。

宁恕大惊:"这么容易就要回来了?还是……你得带着孩子离开上海才能算数?"

陈昕儿忙道:"正在路上呢,晚点儿就能到家了。我也没想到能这么顺利,真的,律师函一拿出去,就不一样了,要只有我自己上门,连简宏成的面都见不到。"

宁恕道:"噢,恭喜。谈了小孩子的抚养费没有?对方固定收入的10%到20%。一般很多人吃不消这一刀,到时候你与简宏成有的谈了。没什么不好意思的,两个人共同的孩子,对方当然要出抚养费。"

陈昕儿为难地道:"我当初坚决要把孩子生下来,死活不肯打胎,跟他表过态,孩子是我一个人的事,与他无关,绝不会要他出钱、出力。"

宁恕问:"你一个人养得活?如果简宏成有点儿良心,应该自己提出来,要是他没良心,你尽管向法院递诉状,让他自己屁颠屁颠地找你,跪着求你。"

陈昕儿眼睛一亮:"他会找我?"

宁恕立刻听出点儿味道："对。即使是下限的10%，也是好大一刀肥肉，简宏成怎么可能不心疼？你等着他上门便是。好了，我忙，就这样吧。我估计你下午答应我的，那什么，明天帮我去医院看我妈妈一整天的事是不是又得泡汤了？跟孩子团圆要紧，呵呵，回见。"

陈昕儿急得大叫："别挂，别挂，我明天一早就去医院陪你妈，到晚上八点，行吗？但你也得帮我帮到底。"

宁恕道："对你，我还真不敢信任。这样吧，明天早上七点到晚上八点，你只要有一分钟离开 ICU 走廊，我立刻说什么都不会帮你。"

陈昕儿忙道："你放心。我这不是已经把小地瓜要回来了吗？不会再有别的要紧事，我保证。"

宁恕抿嘴收线，给宁宥发去一条短信："妈妈怎么样了？明天我有事脱不开身，已经请一位朋友过去照料妈妈，明天早上七点到晚上八点。见谅。"

宁宥看见这条短信，气不打一处来，直到见到程可欣。她抱臂站在妈妈病房玻璃窗前张望，直到肩上被拍一下，回头见到拎着名贵果篮的程可欣。宁宥忽然意识到宁恕短信里说的，他请来明天照料妈妈的朋友可能是程可欣，这个曾经在水库边见过一面的美丽大方的女孩。宁宥就像天下所有容易轻易谅解孩子的妈妈一样，立刻没了脾气，甚至还试图替宁恕解释。

"是那边数过来第二张床。下午妈妈从手术室出来后一直没动静。我站在这儿总有幻觉，似乎妈妈眼睛在动，可其实我知道自己视力的极限，看不清那么远的动静。可即便是幻觉，也是好的。"

程可欣听着恻然。她试图眯起眼睛，看得更清楚一点儿，看清里面宁母眼皮的动静，尝试了一下，便放弃。实在太远，灯光又不是很亮，她也看不清："我也看不清。要不，姐姐，你去坐着，我替你站会儿？"

宁宥摇摇头："其实医生跟我说了，这是持久战，不会很快见分晓，我妈昏迷的时间会很久。而且人进了 ICU，家属完全插不上手，在也是白在，有事护士会第一时间给家属打电话。留的第一个电话是宁恕的，那些付费啊什么的事都是他在跑，我脑袋已经糨糊状了。我在这儿只是碍手碍脚，不理智地想离妈妈近点儿，希望第一时间看见妈妈苏醒。"宁宥不知怎么会跟几乎完全陌生的程可欣说这些，她觉得就像是在跟宁恕说话。能答应代替宁恕来照料妈妈的程可欣一定与宁恕关系非同一般，估计就是宁恕的女朋友。宁宥眼里已不把程可欣当外人，把这些她不肯在朋友面前显露的软弱多情都说了出来。

程可欣体贴地道："既然是持久战，姐姐也得注意自己的身体，你到时候还得照料醒过来后出 ICU 的病人呢。"

宁宥点头："是这理。我问同学要了半套户外装备，同学过会儿就送来。总得强迫自己睡觉。"

程可欣不禁想到刚才所见的宁恕满脸憔悴，叹道："是的。"她再张望一下等候区的环境，里面各色人等俱全，环境显然不适合一个娇柔女子独自守夜，其实守夜的事更应该由宁恕来做。可她是外人，自然是不好张嘴。她只好道："注意安全。"

"我会的。所以特意打电话打搅老同学，问老同学讨装备。老同学还特意飞车赶回来帮我。"宁宥说到这儿顿住，似乎见到妈妈挂吊针的手动了一下，忙揉了揉眼睛，贴近玻璃仔细地看。

程可欣也忙跟上，但看了会儿，小心地道："似乎……没在动。"

宁宥的眼神黯淡了，掏出纸巾擦掉不小心印在玻璃上的额头印，回头对程可欣道："你也看到了，其实家属在这儿一点儿事都没有，只是坐着发呆，坐累了到走廊里走走，不累。我明天还会待这儿，你不用来接替我，我吃得消。宁恕真是胡闹。"

程可欣摸不着头脑，怎么回事？

“宁恕刚刚跟你说的？”

宁宥也被程可欣问得没头没脑："他刚刚短信我……"宁宥看着程可欣的表情，意识到，她可能误会了，忙道："你看我现在心烦意乱的，几个短信一起来，就把脑子搅浑了。没事，没事。"

程可欣也没多问，陪宁宥又站了会儿，就告辞了。宁宥看着她的背影，心中想，宁恕短信说的明天来接替的朋友是谁呢？

但程可欣立刻回去饭店，来到大厅，一个电话打给宁恕："我在刚才我们见面的镜子前，你能下来一下吗？"

宁恕猝不及防，道："我刚刚离开饭店，有什么事吗？"对程可欣，宁恕的语调不自觉地温柔下去。

程可欣意外，但欣慰地问："你去医院了？"

宁恕不敢否认，"嗯"了一声。

程可欣道："那好，我这就赶回家，收拾一些女生用的清洗护理用品，给你姐姐送去。见面再说吧。"

宁恕只得道："我正赶路，去苏南，大概明晚才能回来……"

程可欣大惊，愣了一会儿，没有回答，就果断挂断了电话。她意识到自己在宁恕显得可爱的愣头愣脑面前犯了糊涂，差点儿又忘记自己在宁恕手下吃过的亏。等她清醒过来，再回想，有谁会在亲妈手术当天还出门应酬？有谁会将亲妈扔在 ICU 不管不顾？有谁会将重担都撂在姐姐身上，甚至不顾姐姐的安全？他要多没良心，才做得出来？她不信这是赵雅娟所迫，赵雅娟不会连这点儿人情都没有。程可欣取出手机，将宁恕的手机号拉进黑名单。

虽然手机早已提示挂断，可宁恕依然举着手机，贴着耳朵，没有放下。他心知程可欣鄙视他了，很可能，程可欣不会再温柔对待他。宁恕心中依依不舍，缓缓将手机放进口袋里，愣了会儿，将身子坐直了，脸上露出决绝的神态。他已跋涉至此，不可能为任何人放弃了。

前助理到一高速服务区，借口上厕所，离开车子，找僻静处给简宏成打电话，报告他听到的陈昕儿与宁恕对话的只言片语。

简宏成听了，道："我知道陈昕儿背后有宁恕，才会爽快地把小地瓜交给她。"

前助理问："还要不要把这个月的抚养费给陈小姐，还是等她打官司再说？"

简宏成道："给她吧，要不然小地瓜得喝西北风了。"

前助理愤愤不平地答应了，回到车上，越看陈昕儿越气愤，不顾前面说过的他开车水平不佳的话，开出几步，就将一个信封递给陈昕儿："快到家了。这是两千元，这个月的抚养费。简总让我以后每个月给你送去两千元抚养费。希望你专款专用，不要克扣孩子的奶粉钱。"说完，便手一松，将信封不屑地往后一丢。

陈昕儿一愣，眼看着信封掉到地上。两千元，她正需要，她钱包已经快见底了。可是听着前助理教训似的吩咐，她有点儿伸不出手去捡，觉得屈辱："你老板知道你这么羞辱他孩子的妈吗？"

前助理道："羞辱？呵呵，我说的是事实啊。要不我说明确点儿？你别克扣你孩子的奶粉钱去买你的名牌包。怎么，你做得，别人说不得？"

陈昕儿一口气噎住，答不上来。

前助理一脸鄙夷。

简宏成转手就一个电话打给宁宥："宁恕要挟陈昕儿明天去医院照料你妈，你要有思想准备。"

宁宥目瞪口呆，即使否认了程可欣，可宁宥怎么都不会想到宁恕会把陈昕儿要挟来医院，短信里说的朋友原来是陈昕儿："他存心给我添堵。"

简宏成道："对，给你雪上加霜。看起来陈昕儿为了跟我打儿子抚养费的官司，心甘情愿给宁恕当枪使。"

宁宥感叹："这得多少深仇大恨，才会连妈妈病床前都不放过。他知道我现在脑子最乱，最无招架之力。"

简宏成道："懦夫总是向最亲近的人捅刀子。我不就是个活生生的例子吗？我也被我姐捅得千疮百孔。好吧，本来我想平复一下心情，明天再过去找你们，现在看来只能连夜赶来了。"

宁宥道："不用，我再混乱，应付陈昕儿还是绰绰有余。我有时候想，谁让我一手拉扯大宁恕呢？也算种因得果，咎由自取。"

简宏成道："气糊涂了吧，他又不是你生的。好了，我上车了。"

宁宥发现，虽然事情并未解决，宁恕说明天不来管妈妈，就是不来，明天陈昕儿倒是必定来报到添堵，但跟简宏成说说后，她心气儿平顺了。

这几乎是个无眠之夜。习惯保护隐私的宁宥在等候区里根本睡不着，睁开眼就能看见陌生人的环境让她提心吊胆。整一晚上，她都辛苦地将双肩包抱在睡袋里，幸好她长得纤细，这个信封式睡袋才能容下她一个人和一只包。好不容易，宁宥的守候时长替她挣足资格，她抢到一个靠墙的位置。终于，她可以睁眼只看见一堵墙了，这才掩耳盗铃地小睡了一会儿。

简宏成到中心医院时，天蒙蒙亮。他睁开睡眼蒙眬的眼睛，对司机道："这条线路你显然已经跑得熟能生巧，比以往快了一刻钟。"

司机笑道："还想简总睡得这么沉，总能坑蒙拐骗一下，还是不行，哈哈。"

简宏成与司机告别，直奔ICU。即便等候区里横七竖八都是人，简宏成依然能心有感应地一眼捕捉到宁宥。他悄悄走过去，俯身靠近宁宥被头发遮去大半的侧脸。只是，此时的宁宥已非当年进京面试时的大孩子，此时的她只要周遭稍有动静，便能感知，立刻警觉地睁开眼睛，看过来。等一眼看清是简宏成，她飞快地伸出手捂住脸。

简宏成看着笑了，蹲下来道："情况还好吗？"

宁宥不理他，费劲地从沙滩椅上起身。她双手说什么都得捂着脸，人又让睡袋裹着，起来不方便，再说她一向体育运动很落后，而且她还得一气呵成地在起身中做出背对简宏成的动作，因此起得非常艰难。简宏成在旁边看着，恨不得伸手推上一把。宁宥好不容易对墙打坐，坐得像丹麦的小美人鱼，才道："没进展。你怎么来了？"

简宏成道："先过来看看你有什么需要我做的，然后趁陈昕儿还没出发，找她谈判，她就不会再来给你添堵。"

宁宥捂脸，飞快地回头看简宏成一眼，又扭回脸去面壁："我这儿还好，你忙你的去吧。"

简宏成沉吟一会儿，道："宁恕陪一个局长考察去了。"

宁宥惊讶："你怎么知道？"

简宏成道："我也这么问宁恕得罪过的阿才哥，阿才哥让我别问，说我还是不知道为好。看，你担心上了。"

宁宥低下头去，叹道："昨晚一个好女孩来探望，我误以为她已经是宁恕的女朋友了，高兴得一下子连宁恕扔下妈妈不管都原谅了。你说我犯贱不？你也是，你说你来这儿干什么？"

简宏成道："我哪有时间计较？反正我乐意，我担得起，我就做。"

宁宥不由得又捂着脸扭过来，双眼透过指缝，定定看住简宏成一会儿："嗯，是这理儿。"

简宏成道："那你还不把手放下？"

宁宥道："你有没有想过，陈昕儿费劲折腾，目的就是为了见你，接触你？也是她乐意。"

"她担不起，所以她那叫瞎折腾。好吧，你在赶我了。"

简宏成倒是爽快，丢下一包吃的，甩手走了。等他走不见了，宁宥才放下捂在脸上的手，赶紧洗漱整理，整理出一身仿佛刚走出家门的利落。

简宏成敲门进入田景野的公寓，将行李往地上一扔，整个人摔入沙发。

田景野作势欲踢："才几点啊，大哥？"

简宏成看着田景野睡得乱七八糟的脸，道："你能不能矜持一点，把脸捂住？"

"矜持你个鬼，想睡就这沙发，三个小时后再烦我。"

简宏成点头到中途，忽然醒悟过来，指着另一扇紧闭的卧室门，道："谁占了我的房间？女的？哎哟，我立刻滚蛋，我可讲道理了。"

田景野道："宁宥儿子，这几天跟我过。"

简宏成看看卧室门，"嗬"了一声，但没说什么。

田景野警告道："小孩子三观还单纯，你别搞脑子。"

简宏成附耳轻道："你才搞脑子。这孩子以后是我的责任，我怎么可能乱来？"

田景野完败。

但简宏成并没有睡觉，他钻进卫生间洗漱完毕，抓起手提包整整齐齐地、悄悄地出门。他到陈昕儿住处楼下时，天才正式亮堂起来。

田景野的旧宅。陈昕儿简直不敢相信门外的人是简宏成。她惊慌失措地站在门后，不知该不该开门。她冀望简宏成来找她，跟她会谈，可

当简宏成忽然出现在她门口时，她反而怯场了

简宏成不管面前竖着一道门，道："你等下去医院，小地瓜交给谁管？"

被早早叫起床、正赖在床上打滚耍赖的小地瓜一听，就激动地大喊"爸爸，爸爸"，外面简宏成都能听得见。简宏成的脸不由得抽了一下。

陈昕儿只好打开门，让简宏成进来。

简宏成进门都不看房间布置，只站在门口等小地瓜跑出来，便抱起小地瓜，亲亲小地瓜的脸，再问："等会儿小地瓜交给谁管？以后你上班，小地瓜谁管？"

陈昕儿忙道："我跟我妈联系了，等会儿把小地瓜送过去。以后我上班时间都这样。"

"田景野的房子，你怎么可以不明不白地占用？"简宏成严厉地责问。

陈昕儿低下头去，不敢回答。

简宏成继续问："小地瓜下学期开学到哪儿上学，确定了吗？香港户籍的问题怎么解决？"

陈昕儿被问得面红耳赤，道："我会一件件地解决。"

简宏成道："你收拾好小地瓜的用品、你的用品，给我搬出田景野家。哪有让主人家搬去租屋，你什么都不付出，就占着房子的道理？我车子在下面，我先送你们去你妈家，然后你跟我去香格里拉，我有话找你谈。我先抱小地瓜下去。"

陈昕儿本来唯唯诺诺地听着，听到后来发现不对，立刻猛扑上去，挡在门锁面前，惊慌地道："不行，你不能带走小地瓜。"

小地瓜吓得死死勒住简宏成的脖子。简宏成忙拍拍小地瓜的背，对陈昕儿怒道："要抢也不用等今天了，你长点儿脑子！我在下面等你。"

陈昕儿失魂落魄看着简宏成，可依然坚决地道："你等等，一块

儿下去。"说完，她掏出钥匙，将门反锁，然后赶紧收拾出一包小地瓜的东西和她的衣物，又回到简宏成面前，"走吧。"

宁宥衣着齐整，带着口香糖的清新口气，询问护士一夜来妈妈的状况。护士虽然忙，但依然愿意配合。不过宁宥一眼看见陆副院长从电梯里匆匆走出来，一下子心跳过速，反应不过来。才不到早上七点，离上班时间还有一个多小时，一个工作非常繁忙的副院长就来巡查病人，对病人而言，意味着什么？宁宥睡眠不足的脑袋很清楚地想到，这意味着妈妈的病情比她原本所做的最坏打算更严重。她呆呆地盯着室内的陆副院长拉上帘子，不知在里面操作什么。

隔了会儿，护士推醒宁宥，轻道："陆院长让你进去探视，但原定下午三点的常规探视取消，你同意吗？"

宁宥赶紧点头，尽力压制心慌意乱，可穿鞋套都能差点儿摔倒。她坚持着穿戴完毕，跟护士进去监护室。

陆副院长招手吩咐："你用最平常的口吻跟你妈说几句家常话。你不要激动，深呼吸。"

宁宥赶紧点头，想背转身去，目光却不愿离开妈妈的脸，只好掩住嘴巴，深呼吸三次，费劲地稍微蹲下去，与妈妈大致齐平了，道："妈，我宥宥啊。不早啦，太阳都晒屁股了，该起床啦。我和灰灰都等你起来吃饭呢，吃什么好呢？海鲜疙瘩面？妈妈，你做得最好了。"这话是妈妈以前叫他们起床的话，现在早被宁宥用到灰灰那儿，偶尔妈妈听见，还能母女俩会心一笑。这是宁宥昨天等待时想好的一段话，是她查阅病情资料之后做好的准备之一。但宁宥失望地看到，妈妈脸上什么动静都没有。她抬眼看向陆副院长。陆副院长皱眉，握拳做出重重砸的手势。

宁宥领会，陆副院长这是让她加料呢。加料，妈妈最爱听什么呢？

当然是宁恕的。宁宥毫不犹豫地道："妈，昨晚一个很大方漂亮的女孩子也来看你，她姓程，可能是弟弟的女朋友呢，弟弟真有眼光。小程拎来一篮很漂亮的水果，还说今早八点，呃，再半个小时，会和弟弟一起过来伺候你，弟弟也半个小时以后来呢。你说，她不是弟弟的女朋友，还是什么？妈妈，妈妈……"

这一回宁宥绝对不会看错，不仅妈妈的眼珠在眼皮底下快转，呼吸也似乎急促起来。陆院长的手却像魔术师的魔杖一样抬起，指挥宁宥打住。宁宥只好赶紧噤声，在陆副院长的指挥下慢慢退出。刚走到外面，陆副院长就道："有进步，但现在不能刺激太多。那位弟弟，你让他下午三点等在这儿，我给他安排一次特别探视，让他事先想好说什么。一定要有料，就像你刚才说的。"

宁宥自然是一个字都不敢遗漏地记住。等送走陆副院长，她立刻钻进楼梯拐角，给宁恕打电话。难得的是，这回铃声一响，宁恕就接起。宁宥心里清楚，宁恕的态度是因为妈妈。

"刚刚跟陆副院长进去探视妈妈，我在他的指挥下跟妈妈说话，妈妈有反应了。我很清晰地看到妈妈的眼珠在眼皮底下转，说明妈妈不仅听见了我说话，而且听清楚了我在说什么。陆副院长这回明确跟我说，妈妈有进步。"

宁恕正与一行人一起在路边小店吃早饭，接到电话，走到外面来接听，宁宥的转达令他兴奋不已，唏嘘不已，一边听宁宥说，一边情不自禁地插嘴说："太好了，太好了。"等听完，就急切地道，"眼睛睁开没有？哪怕一条缝呢？"

听到宁恕的兴奋，宁宥颇感欣慰："没睁开眼睛，陆副院长让我别刺激过度。我跟妈妈说话时提到你和昨晚来探视的小程……"

"等等，哪个小程？"

"一个月前在水库遇见，你装不认识我的那次，跟你在一起的那个姑娘。她昨晚特意拎水果篮来看妈妈。"宁宥以一个工程师的精细，又补充一句，"大约在晚七点半。"

宁恕大惊，正是程可欣，看时间，她去医院探视后再兴兴头头地去饭店找他，打算继续提供帮助，如此有心……可最后她挂了他的电话。宁恕张口结舌，说不出话来，才真正弄清楚程可欣为什么挂断电话。

宁宥等了会儿，道："陆副院长见我说到你和小程时妈妈反应最强烈，他提出让你下午三点整等他，他特别安排你进病房探视。你无论如何，必须赶来，这是唤醒妈妈的机会。"

宁恕还没从程可欣探视妈妈的震惊中回过神来，脱口而出："我在苏州。"说着，回头看看店里的同伴们。

宁宥也是大惊，居然跑到苏州去了？

"你……你一定要回来，妈妈病情不乐观，要不然陆副院长不会早上七点不到就来查看。你必须回来，你得记住，你手里攥着妈妈的命。"

"我……妈妈是不是明显恢复了？"宁恕不由得想到刚才，就在刚才，他们路过一处楼盘，是他熟人开发的，局长拍手叫好，说是希望今生在这种环境里养老。当宁恕说到他有办法时，局长眼睛闪亮了。宁恕知道，过会儿去售楼处参观是局长抛盘子，他接盘子的最关键时刻，他怎么走得开？

宁宥听得出宁恕的迟疑，冷峻地道："你告诉我，你回不回？"

宁恕道："你照看得很好，妈妈也恢复明显，我真高兴，非常高兴，争取下午三点之前赶回来。如果实在不行，明天这个时间一定到。"

宁宥焦急地道："你知道吗？妈妈听我絮叨半天都没反应，但等我将话题转到你身上，立刻反应强烈。妈妈不仅听得见，而且听得清楚我在讲什么。妈妈最需要你，其他都是浮云。你如果不来，谁给妈妈更大刺激来唤醒她呢？唤醒需要时机啊，专家定下的时间，你拖延不得。你只要现在赶回来，打车费我报销，生意损失我弥补，我卖了房子也会弥补你的损失，你必须回来。"

宁恕答不上来，有些损失是机会，也是千载难逢的时机。他默默挂了电话。

宁宥简直不敢相信，看着被挂断电话的手机，一时泪如泉涌，心里各种滋味，她也不知哭的是哪一种。

然而从楼梯经过的人只是漠然地看了痛哭的宁宥一眼，无非是医院常见的僻静处痛哭的重症患者家属之一，不稀罕了。

简宏成与陈昕儿之间相距一米半之遥，他昂首阔步地走在前面，而陈昕儿魂不守舍地跟在后面。两人一起走进人声鼎沸的早餐厅，简宏成一眼便看见约好的简敏敏独自占领一张桌子，目光灼灼地盯着他和陈昕儿，独自用着早餐。简宏成伸手招呼一下，将陈昕儿安排在离得远远的另一张空桌边。

简宏成在陈昕儿对面坐下，便掏出手机，打电话给张至清兄妹："你们可以下来吃早餐了，我刚到。"

陈昕儿看看那边目光不善的简敏敏，她不知这是谁，只知道此女披挂一身名牌，必然不好惹。她小心地问："你叫我……来做什么？"

简宏成道："我忙，几件事情一起谈，你的只是其中之一。你只管吃你的饭，我等会儿过来。"

简宏成说完，招呼服务员，又到另一个角落开了一张空桌子。他拿了吃的在那张桌子上吃。他发现宁愿跟仇人张立新的儿女混在一起，这样反而比较吃得下饭。

被简宏成安排住在楼上的张至清兄妹很快进来餐厅，一眼便看见独自坐在离进出口不远处的简敏敏。兄妹两人的手立即紧张地拉在一起，慢下步伐，小心地绕开简敏敏，走向简宏成，与简宏成坐在一桌。一时，餐厅里"三国鼎立"，简宏成哭笑不得地看着张至清兄妹把他当成可信任的人。

"不好意思，让你们住这儿无所事事了一天。我大姐已经在电话里骂过我了，呵呵。"

张至清客气地道："你一定很忙。谢谢你特意过来一趟。"

简宏成笑道："你这么一说，我连夜赶过来的一肚子怨气全没了。你们赶紧多吃点儿，等会儿的话题会严重影响胃口。我过去你们妈那儿说几句。"

简宏成风卷残云地将一盘不多的减肥餐扫完，立刻转移到简敏敏那桌："人给你请来了，相信你也不想无功而返……"

简敏敏却冷冷地插嘴："跟你一起来的那女人是谁？"

简宏成顺着简敏敏的下巴看过去，见她指的是陈昕儿，便道："与你们的事无关。"

简敏敏完全不信："无关你找她来干什么？当我是白痴？"

简宏成爽快地道："你还在读书的儿子都一眼看出来我很忙，体谅我不得不几件事交叉着做。没看见我脸色蜡黄，眼白都是红血丝，是连夜辛苦赶路熬的吗？这样吧，我还是跟你直接一些，打开天窗说亮话，省得你看不清处境。你现在大半资产掌握在我手里，以后的大半身家还得靠我打理；你目前的官司靠我周旋，你判决后的人身自由靠我奔走，也就是说你命根子攥在我手里。你如果有点儿头脑，你应该，一、信任我；二、善待我；三、配合我。你答应呢，回家把这三条写好，裱糊好，贴在墙上，背出来；不答应呢，这就起身往外走，你这一餐的账我会替你结。"

简敏敏听得拍案而起，抓起一杯咖啡冲简宏成泼了过去："你敢！"

简宏成即使眼明手快地避开，可怎么快得过半空飞过来的咖啡？他的一边肩膀顿时浓墨重彩，香喷喷的、温热的咖啡依然不屈不挠地顺着他的肚子在衬衫下面流淌，又在腰部渲染了一下他的腰围。简宏成懊恼地看向简敏敏，见简敏敏满脸比他更愤怒，双手支在桌上，猛虎下山似的盯着他，便道："看什么看，你的取保候审保证人饭后就去撤销保证。"

简敏敏的保证人就是简宏成，她心里明白得很。她一想到被她泼了一身咖啡的简宏成一怒之下真的会去撤销保证，一时紧张起来，一屁股坐回去，又伸手一把抓住已经愤怒地起身了的简宏成的手臂，一脸僵硬地道："我答应你三条。"

远处张家兄妹看呆了，陈昕儿也看呆了。

简宏成明知故问："哪三条？"

"信任你，善待你，配合你。"简敏敏扭开脸，不情不愿地说。

简宏成道："我让你做什么，你不做怎么办？一次罚一百万元，从公司分红里扣，公司分红不够，就从股本里扣，如何？"

简敏敏简直又想拍案而起，泼咖啡，可硬是咬牙忍住，道："你让我去吃屎，我也去吃？"

简宏成一脸兴致索然，起身欲走："你看，连我会让你吃屎都想得出来，你对我的信任得低到什么程度？还说答应我三条，连最基本的信任都做不到，其他从何谈起？你慢慢想，这三个月以来，自从你透露多年之前被逼婚以后，我为难过你吗？我帮了你多少？我做过一件对不起你的事吗？你只要相信以后我都会这么对待你，即使心里又疑心病发作，但看在一百万元一次的面上假装相信我，第一条就算做到了。"

"站住，还没说完。"简敏敏没扭回头，但警惕地拿眼睛斜睨着简宏成，心里飞快地回放过去三个月里与简宏成的接触。

简宏成被身上的咖啡香熏着，真想再吃点儿什么，但为了减肥，只得咽咽口水，强忍着，因此坐不住，一定要找点儿事做，才能忘记馋虫: "你想清楚了, 吃完就来找我; 没想清楚就走吧。你做不到这三条, 我就算是神仙也没法撮合你和你孩子。"

简敏敏阴沉沉地看着简宏成起身, 走向那个陌生中年女子那桌。

陈昕儿看着简宏成肩头的咖啡, 想表示一下同仇敌忾, 又不敢说。

简宏成则是坐下就单刀直入: "听说你打算上法院问我要小地瓜的抚养费? 宁恕给你出的主意?"

陈昕儿硬着头皮道: "你应该给。"

简宏成道: "每个月两千元, 开学时学杂费全我来, 实报实销, 还不够?"

陈昕儿觉得自己就像个要月钱的二奶, 羞愧地红着脸, 低下头去, 不肯吱声。

简宏成郁闷地问: "到底够, 还是不够? 一句话的事, 不够再商量。打官司无非也是扯皮一个数字。"

陈昕儿只得道: "我的要求, 抚养费是你固定收入的20%。"说话时, 她头都不敢抬起来。

简宏成冷笑着问: "宁恕教你的?"

陈昕儿连忙点头, 仿佛如此一来, 她的罪孽就轻了许多。

简宏成道: "不懂就不要乱来, 别让人一挑拨, 就蠢蠢欲动, 让我看不起你。你听着, 最高人民法院有解释, 抚养费包括生活费、教育费、医疗费, 法条说按固定收入的20%到30%给, 实际操作中一线城市的价码是一般工资收入人士每月两千元封顶, 高收入人士每月三千元封顶。你这儿是二三线城市, 法院判决到不了三千元。但是我考虑到小地瓜未来的教育非常重要, 打算在教育支出方面单独列项, 上不封顶。综合起来考虑, 就是我刚才说的, 每月两千元, 学杂费实报实销。"

陈昕儿不知道简宏成说的是不是真的, 如果是真的, 那么这点儿支出对简宏成太容易了，没法达到她的目的。她只好鼓起勇气道："我再加一条，你要是答应，就不上法院。"

简宏成道："上法院对你不利，你一点儿侥幸都不要有。上法院我就直接拿走小地瓜的抚养权，你居无定所，没有固定工作，不适合抚养。"

陈昕儿早就想过这条："要是法院铁定能把小地瓜判给你，你昨天不会这么老实就把小地瓜还给我。你别跟我虚张声势。我加的一条很合理，为了小地瓜的健康成长，你每星期与小地瓜过家庭日一次，像一个家庭一样地吃饭、玩、哄他睡觉，时间不得少于五个小时。"

简宏成惊得眼珠子都凸了出来。家庭日，像一个家庭一样地吃饭，也就是像一家三口一样地吃饭，这算什么要求？正好，他见到简敏敏期期艾艾地起身了，只好快刀斩乱麻，道："我的意见是从此一刀两断，我不会再出现在你和小地瓜的生活里。"

陈昕儿也是大惊，才不管简敏敏走过来，忙道："那就不谈了。等你想好了，再来找我。"

简宏成莫名其妙："你到底要什么？我跟小地瓜见面与你无关，你倒是把你真实想法拉出来亮亮。"

简敏敏刚好走过来，听了这句，才知道这女人是谁。她不等服务员来，自己拉凳子坐下，斜睨着陈昕儿，道："养个野种还有脸了？"

陈昕儿被说得脸上挂不住，这是她的死穴。

简宏成只得对简敏敏道："你别管。"

简敏敏则是凛然道："我当然要管。你儿子，就算不是结婚生的，以后也能抢你的遗产。现在你的遗产跟我的已经有关了，我不能让一个有异心的野种随随便便地插进来。我跟你讲，你要么把这个野种处理掉，要么抢来自己养，跟你养成一条心，否则后患无穷，我不放心。"

简宏成让口水呛住了，惊骇地看着简敏敏，咳得都说不出话来。

陈昕儿更是慌了，急道："你是谁？你要跟简宏成结婚？"她的目光在简宏成与简敏敏之间打转，可怎么都不信简宏成会要这个泼妇一样的女人。

真是一波未平，一波又起，简宏成捞回半口气，拼了老命才说出话来："这是我姐。"

陈昕儿大窘，本来一直没褪色过的脸更红了。

简敏敏道："呸，一句话就试出你心里打的什么算盘，想凭野种上位？看看你这长相，看看你这德行，你配吗？"

简宏成都不用插嘴，坐山观虎斗。

陈昕儿完全没想到简敏敏一点儿情面都不给，说话能如此刺耳。她给骂得坐不住，浑身发抖着起身道："打……打官司……"

简宏成只得起身拦住陈昕儿，再伸手按下简敏敏，不让她说话："陈昕儿，我这句话你一定要记住——不许受宁恕挑拨，远离宁恕。要不然，后果你承受不起。"

但简敏敏听了，又拍案而起了："宁恕？有宁恕插手？"她又赶紧冲简宏成补充一句，"我三条都做到，没违背。"

简宏成哭笑不得，只好再一掌将简敏敏拍回椅子。

可陈昕儿从简敏敏的惊怒中看到宁恕的力量，她挣扎着道："我相信宁恕，宁恕替我要回了小地瓜，宁恕让你出来跟我谈判，宁恕一定还能做到许多。"

简宏成严厉地道："听话！不要鬼迷心窍。"

陈昕儿被简宏成的神色吓得退缩半步，但她用尽所有力气道："简宏成，我要你赔我这么多年，我要你赔我。我回去就找宁恕。"

简宏成知道谈判失败了，他看着陈昕儿逃也似的离去，无话可说。

简敏敏在他身后阴沉沉地道："活该，谁让你不检点了，还笨，居然能留下野种，让人抓来要挟你。"

简宏成依然愣愣地看着餐厅门的方向，深深皱起了眉头。

简敏敏等不及了，道："我已经答应你三条了，你也快点。"

简宏成却坐下，扯扯身上的衣服，道："浑身黏糊糊的，不舒服。"

简敏敏道："我理解你的心情，我也是为一双儿女才跟你低声下气。但你既然把我们都叫来了，你倒是解决啊。"

简宏成点头："幸好，你两个孩子性格不偏执，能讲道理。看起来你当初坚持把他们送出国，不惜与张立新干仗，是做对了。"

简敏敏立刻警惕起来，刚要脱口而出反驳的话，可一想到自己已经投降了，便一手捂在嘴上，闷声闷气地道："继续。"

简宏成没点破，继续道："前天晚上的事，我看是误会。我问他们为什么对你疑心重，他们说在你门口遇见了一个送东西给你的男人把你说得非常恶劣，让他们害怕上了。然后果真见你牵着两条大狗，恶霸一样地赶来，他们很怕进了你的家门就变成狗粮……"

简敏敏听得弹眼落睛："不会又是宁恕……"

"听两个孩子形容那人长相，正是宁恕。"

简敏敏回忆前天晚上出门遛狗时，见到有辆车子停在她家门口，她还疑惑地多看上了几眼。想到仇人与她曾是一窗之隔，想到宁恕曾经一个耳光打得她飞出电梯，想到前晚如果没带着狗会是什么后果，简敏敏顿时浑身全是鸡皮疙瘩，不寒而栗。

简宏成了然地看着简敏敏："你是大人，你主动去和解吧。再有，我希望你跟两个孩子实话实说当年因为什么与孩子爸结婚……你看，眼睛又瞪成电灯泡了。和善，善待我。"

简敏敏只好将瞪出来的眼睛朝上翻了翻，收回怒目，但如翻白眼一样，其实更不友善，简宏成只能眼开眼闭了。

"我让你说，自然有我的理由。当初我跟你不共戴天，但听你一说，再经过我自己调查摸底，你看，我就是从那时候开始改变对你的态度，自那时起我再没故意做过一件伤害你的事。你不如听我的。你要相信母子关系比姐弟关系深厚得多，你都能让我毫不犹豫地体谅你，更不用说从你肚子里出来的孩子。"

简敏敏艰难地道："不一样。我今天说了，以后即使和好，我还有什么脸面见他们？"

简宏成道："没脸面的是施害者。你想想，你在这儿患得患失，而他们担惊受怕一天，等待这个会面，你们心里都有诚意，你做妈的何不主动一些？"

简敏敏依然期期艾艾："可至仪才几岁啊，这种事怎么好在她面前说？"

"跟你当年几乎同龄，他们才会更有体会。这样吧，你跟我过去坐着，我说，你补充。"

简敏敏忽然想起一件事："他们……会不会把这丑事告诉张家人？多好的、现成的把柄笑料啊。"

简宏成颇含深意地冲简敏敏一笑，不理简敏敏，故意扯扯身上沾满咖啡的衣服，径直走向张家兄妹那桌。

张至仪急切地道："刚才旁边桌说你们是大婆二奶讲数不成，闹翻了。"

简宏成一听还真是，哭笑不得。

而张至清着急地问："为什么她不过来？"

简宏成道："她没勇气开口讲那段过往。但前晚的误会已经解释清楚了。"

"为什么没勇气？"

"人性丑陋。"

简宏成话音刚落，简敏敏走了过来。简敏敏有些不敢看一双儿女，坐下反而是冲着简宏成道："我自己说。"

简宏成挪椅子退开一步，旁观简敏敏母子三个对话。

简敏敏不由自主地挖着指甲，挖完三只指甲，终于开口说话："老二让我说我高三那年出的事……"

简宏成听了会儿，便知简敏敏没加料，没误导，基本上还算公允，便低头思考起陈昕儿的事。

正好阿才哥打电话进来，笑嘻嘻地对简宏成道："奇怪，宁恕他们参观一个楼盘后，宁恕竟然先走了。"

"知道他去哪儿吗？"简宏成走开，去别处问。

"这下断线索了。打车走的。"

简宏成惊愕："你的线人得埋多深啊。"

阿才哥笑道："天下司机是一家，哈哈。"

简宏成随即便一个电话打给宁宥："报告你一个好消息，宁恕脱离大部队，单独打车离开了。"

宁宥听了，差点儿跳起来："什么时候？"她看看手表。

"刚刚。"

宁宥脱口而出："良心发现了。"

"嗯，你安排一下当前的事务，等宁恕到了，你立刻离开，去开房休息。"

宁宥想了半天："不放心他，我还是得在。"

简宏成沉吟道："那晚上等我处理完事情，去找你谈些事。"

"顺便打包几样凉拌新鲜蔬菜来。"

"沙拉？"

"不不不，要中式的，酸酸甜甜的那种。"

两人说完电话，各自会心微笑。尤其是宁宥，想到宁恕居然打车回来了，意味着下午三点可以准时赶到，跟陆副院长进去病房见妈妈，那么，妈妈必定会出现更大的反应。妈妈会醒来吗？宁宥心中充满期待。

即使等候区人多眼杂，白天更是拥挤，宁宥仍然缩在角落里打起了瞌睡。

简宏成打完电话回去，竟然看见张至仪正体贴地递一块餐巾给简敏敏。他犹豫了一下，冲张至清做个出门的手势，便转身离开了。他完成第一项和解，有点儿满意。

第三章
真 相

　　ICU 区经过略微喧闹的中午饭后，便迅即安静下来。被亲人病危闹得身心俱疲的家属们大多面无表情地各觅一个角落，稍做憩息。宁宥却看着手表，开始坐立不安。她总是下意识地站到一处节点上张望，这个点，正好可以看见、关照到从电梯和从楼梯里冒出来的人，不会遗漏。可她迎来送往了好多陌生人，没有一个是宁恕。

　　时间一分一秒地过去，该来的人总是不来，而且该来的人没有一个电话来告知行程，宁宥越来越焦躁。这时，她却站在节点，一眼看见从电梯里出来的老同学苏明玉。苏明玉过来就很干脆地道："我有两个小时空当替你值守，不如你趁机去附近开个房间，洗个澡，换身衣服，小睡片刻。"

　　宁宥克制住冲动，强作平静地道："不行啊，三点钟医生过来，我弟弟也得过来……"

　　"那不正好还有三个小时？说句势利话，人都不自觉地喜欢与体面整洁的人打交道，作为如今全家绝对主力的你，必须注意对外形象，你需要休整。"

　　宁宥哀叹："是真没法走开。我不放心我弟弟，我得等他来，与他商量跟妈妈说话的口径，叮嘱注意事项。最关键的，我还得提防他不来，在这两个小时里我随时要调整方案。"

苏明玉道："建议你直接撇开你弟弟做方案，这当儿谁有精力照顾大奶娃？"

宁宥悲凉地道："问题是昏迷中的妈妈对我没反应，只有在我说到弟弟时，她才有反应，所以我求着我弟弟赶来配合医生，呵呵。"

苏明玉也只能呵呵了。

宁宥道："能不能借用你的手机给我弟弟打个电话？我刚才打过去的电话他不接。"

苏明玉一边将手机交给宁宥，一边道："当年我住你隔壁寝室，经常羡慕地想，要是我哥哥们也能像你一样地关照我该多好。"

宁宥当着苏明玉的面拨打宁恕的电话号码，听闻苏明玉的话后，苦笑，想说些什么，正好宁恕接起了电话。她连忙专心跟宁恕打电话："宁恕啊，能赶回来……"

"啊，听说了，我回头找资料给你，谢谢。"宁恕在电话那头没头没脑地回了一句，就挂断了。他无法回答，干脆借口不回答。

宁宥无奈地将手机递回给苏明玉："也好，问到答案了，起码我能专心准备第二方案。"

苏明玉道："你早做思想准备，那种人还擅长倒打一耙。那我走了，有需要只管来电话。对了，我老公说睡袋归还前别洗，特殊装备的清洗都得照着说明书来，洗错就会破坏功能。"

宁宥即使脑袋再混乱，也清楚这是人家夫妇变着法子给她减负。她再想想自家的宁恕，只能呵呵了。

简宏成在简明集团食堂吃完中饭，与前助理一起走出来，一路谈事，争分夺秒地利用时间。

简敏敏的电话进来，简宏成接起电话，却是张至清在电话那头道："舅舅，我们刚从应律师那儿出来，已经委托他帮我爸打官司了。谢谢你。"

简宏成只好抽着脸皮笑道："好，好，不用谢。"

张至清道："我们已经到了简明集团门口，想请你一起吃中饭。"

简宏成的脸皮继续抽，心说门卫肯定把简敏敏拦在门外了，可真够尴尬的。他只好假装不知道："我刚在食堂吃过了，还有些工作要谈。你们不如请一下应律师。"

张至清道："妈妈简单跟我们说了她与你的矛盾，与你跟我们说的差不多。我劝说妈妈向你道歉，她同意请客赔罪。"

简宏成惊得差点儿跳起来："我没听错？"他也不想掩饰。

张至清嘿嘿地笑。显然，事实与言语之间有一定距离，正如简宏成在背后逼简敏敏就范，在张至清兄妹面前却一字不提，只说简敏敏有颗爱孩子的心。简宏成只得扔下工作，走去赴宴。

大门口，简敏敏黑着脸坐在车里，张至清兄妹走到门口观望，而几个保安如临大敌。保安们看见简宏成走出来，才松了口气。

简宏成对张至清兄妹道："工厂是经营场所，在你们妈妈改脾气之前，我不会放她进去，以免影响正常经营，令员工们无所适从。抱歉，你们也连坐。"

张至清兄妹很是失望，可也无可奈何，只好探头探脑地看着这产权曾经属于外公，后来属于爸爸，再后来名义上属于妈妈，实际上被舅舅控制的地方。

简敏敏见简宏成出来，就降下车窗听着。她在儿女背后依然毫不吝啬地给简宏成黑脸。但等张至仪喊着热，回头要走进车里，她立刻变了脸色，与全天下好妈妈并无二致。

简宏成更加坚信了，儿女是简敏敏的命门。他招呼张至清上车，上了车就主导话题："联络了应律师取代你们姑姑请的律师之后，下一步你们打算怎么办？"

张至清道："我们知道你很忙，可……我们和妈妈的想法有分歧，而且我们不懂的东西太多，只能把你请出来，替我们做中间人，不，做裁决。"

简宏成明白了，儿女还是不怎么信任妈妈，反而更信任才认识的舅舅。他倒没觉得怎样。简敏敏一边开车，一边鼓了鼓腮帮子，显然非常气愤。简宏成预先声明："在你们爸的官司方面，我是关联人，公安局手里的材料大多是我组织递交的，我不便发表看法，我肯定有倾向。"

张至清道："你早说过，我们也理解，所以我准备留下来，负责打官司。可是妈妈不允许我中断学业，妹妹又不敢一个人留在澳大利亚，我也担心妹妹因为我离开而影响学习。我们需要你的意见。还有，妈妈想趁机跟爸爸离婚，也希望应律师把离婚官司一并打了。应律师就很为难，他要是接了离婚官司，就不能接爸爸的官司。我希望妈妈延后一阵子，妈妈说一定要现在就打离婚官司，她跟爸爸一天都不能拖了。"

张至清说着话时，简敏敏已闷声不响地将车子慢慢停到路边一家工厂门口了，对简宏成道："你下来，我有几句话跟你单独说。"

简宏成回头对张至清道："你们等等。"他跟简敏敏下去，将兄妹俩关在车里。但他回头看见车窗降下了一条缝。

简敏敏也知道孩子们会偷听，就将简宏成拉到老远的树荫下，才道："以前张立新一直想拿笔小钱打发我离婚，我不肯，我就是要拖死他，让他爱的那个妖精只能做小三，看他们能坚持多久，果然又有了小四、小五。现在他让你打趴下了，对那些小妖精没吸引力了，我也不要他了。我另一个想法呢，是今天听了应律师那些说法后想到的。既然张立新想少坐牢，而这跟我们简明集团的立场很有关系，我当然要趁机逼他吐出钱来跟我换。换句话说，我要在家庭财产分割时拿大头。但我的算盘不能直接跟我孩子们讲。他们虽然现在认我，可他们跟他们爸的时间更长，心里跟他们爸更亲，他们夹在中间的时候会偏向谁？我不能冒险，所以你一定要想办法把至清打发去澳大利亚，我才方便在这儿发落张立新。你要是能帮我，以后我也帮你。"

简宏成听了，只会摇头："大姐，我得提醒你，至清不笨，即使一时不懂，过个一年、两年，也会看清你怎么趁火打劫，收拾他们爸，他们会离开你的。你两个孩子这回认你，是你的不幸经历帮你险中取胜。但你的筹码只有这一个，已经用完了。他们如果再次离开你，神仙都帮不了你。"

简敏敏冷笑道："不怕。一年后官司已经打完，他们爸手里剩下的那几个钱只够养老送终，哪还养得起他们？他们知道要靠谁过日子，不敢离开我。"

简宏成又是摇头："大姐，你是吃亏吃多了，才以为只要手里抓住钱，就能抓住人心；也唯有手中抓了钱，才能抓住人心。你就不想想，你两个孩子这么可爱真诚，连我都不忍心往他们美玉一样的心上拉一刀，你忍心？"

简敏敏强硬地道："他们总归要接触现实。这世界上从来就是有钱能使鬼推磨，人跟人只能拿利益说话。"

简宏成耐心地道："但你是他们的妈，不该由你给他们上残酷现实的一课，就像你爸妈对你做的那样，你是不是觉得很受伤害？你问过是什么原因吗？……"

"好像我爸妈不是你爸妈似的，你爸妈，你爸妈，你爸妈……"简敏敏非要插上这一句。

"行行行，我们爸妈。哎呀，我刚才说到哪儿了？噢，我接个电话。"简宏成一看是宁宥打来的，便暂时放弃简敏敏，走开接电话。

宁宥语速明显快于平常，她告诉简宏成："我问宁恕什么时候能到，他给我顾左右而言他，说明他压根儿就还没起程回来，是吧？"

简宏成想了一下，道："显然。然后你怎么办？"

宁宥道："我不知道该怎么办，因为我妈对我没反应，我再努力也没用。我想不出替代方案，感到前所未有的无力。我该怎么办？"

简宏成道："你先冷静。"

"没法冷静，事关我妈生死啊。你要是有空，千万帮我想主意，拜托。我再找别人想想办法。"

简宏成结束通话，回到简敏敏身边，道："你的孩子们爱你，才会在听了张家人说了你那么多年坏话之后，还能因为你的不堪过去而心疼你，回到你身边，你别不懂珍惜。你呢，好好问问自己，你两个孩子认你之后，你开心吗？"

简敏敏一愣，看了简宏成一会儿，道："我开心有什么用？他们还不是不听话？"

简宏成道："不是开心有没有用的问题，而是你强烈需要这种开心，做人需要这种开心。你自己都还不清楚呢。回车上去吧，我有些事得赶紧去做，晚点再找你们谈。"

简敏敏跟在简宏成后面道："是哪种开心？我即使不清楚，以前不也活得好好的吗？"可她越走近车子，声音越低，直至最后两个字连她自己都听不清。

简宏成看着简敏敏的忌惮，上车后忍不住对两个小的道："你们两个回城自己找地方吃饭，我得好好跟你们妈谈谈。"

简敏敏刚好也上车了，警惕地问："谈什么？"

张至仪道："是啊，已经谈好了啊。而且……我想跟妈妈吃饭，妈妈已经吩咐保姆煮好菜了，有笋呢，我好久没吃到笋了。"

简敏敏得意地冲简宏成一笑，异常畅快。简宏成便鄙夷地对简敏敏道："很开心是吧？有什么好开心的，嘴都咧成木鱼了。"

简敏敏再度一愣，冲简宏成深深地看了一眼。可简宏成压根儿没时间看她，吓得赶紧帮简敏敏拉紧手刹，免得失控的车子滑出去，撞到前面的车。

张至清到底是大了点儿，他的目光在妈妈和舅舅之间打转，感觉简单的话语背后有文章。

张至仪惊魂过后道："原来妈妈你真的是马路杀手，姑姑说你明明是故意杀人，硬是砸钱让公安局改成过失伤人，我还差点儿信了姑姑。"

简敏敏回头怒道："那女人哪天不说我坏话，准是太阳从西边出来了。"

简宏成若有所指地道："大人很容易被成见所蒙蔽，反而小孩子观察问题更直接，更容易切中要害，别小看孩子们。啊，我忘了你们叫我出来是干什么。"

简敏敏刚要松开手刹，听了女儿与简宏成的话，不由自主地又将手刹拉起，心里明白简宏成是提醒她别小看孩子们，孩子们的心里明镜似的。还真是。但听了简宏成最后一句，她颜面儿挂不住，忙又松开手刹，将车开了出去。

张至清道："妈妈要向你道歉。"

简宏成做恍然大悟状："哦，这件事，道歉应该有个顺序，就像穿衣服，既然是先内衣内裤，再外套地穿上去，就该先外套，再内衣内裤地脱掉。我们家的道歉顺序似乎应该是先我爸妈，然后才轮到大姐，大姐可以不急。可如果是超人，内裤可以放在最后穿。"

简敏敏听了，觉得有理，本想振振有词地响应道歉确实该有个顺序，作恶的人还没道歉呢，凭什么她先道歉？她也是受害人呢。可她迅即感觉有芒刺在背，从后视镜往后看，看到一双儿女殷殷期盼的眼神。两小儿希望她做一把超人？简敏敏性格急躁，忽然热血沸腾了起来。想她做一回超人，让儿女看看他们老妈有多好，其实也不错。她又将车停到路边，对简宏成道："当年爸妈严重偏心于你，我做什么都是白搭，我甚至已经为了简家牺牲一辈子。可明摆着的，爸妈也不会把财产传给我。老二，你还记得吗？那天我和张立新拼了性命地把承包合同拿下来，我几天几夜没睡好，还胡吃海喝，搞得又吐又拉，还小产了，结果爸也没什么表示，倒是拿着合同先找你，摸着你的头，让你快长大，跟你描画他心中为这个厂设计的前景。我气疯了。"

别说是张家兄妹，连简宏成也听得大惊："小产？我当时……"

简敏敏盯着窗外白热化的阳光，漠然地道："你当然不知道。爸妈怕你小孩子听了不该听的，影响发育，让我们搬出去，到外面住。"

张家兄妹惊得大呼小叫，怎么可以这样？简宏成也坐立不安起来，道："大姐，我没法心安理得地坐这儿接受你道歉，我没资格接受，你不用道歉。我为我小时候不懂事，不懂得关心你，向你道歉。"

张至仪震惊好久，起身从后面抱住妈妈，拿脸贴着妈妈的脸，道："妈妈，我也道歉，我以前不关心你。"

简敏敏惊得魂飞魄散，眼睛依然直勾勾地盯着车窗外，只觉得阳光非常刺眼，非常刺眼，刺得她眼睛难受，流下了眼泪。

张至清忽然醒悟过来，对坐他前面的简宏成道："舅舅，经历过这些，我爸爸是不是也情有可原？"

简宏成刚要点头，简敏敏声嘶力竭地吼道："他不是好鸟！他早谋划着出去住，省得白天黑夜做什么都落在丈人眼里，没法打他的小算盘。我小产搬出去住，就是他主动提出来的，他借机达到他的目的，一点儿都不怕我落下病根。他只顾着拍我爸马屁，拍老二马屁，遮盖他的真实用心。他从答应结婚开始，就不安好心。可怜我那时候小，被他们一帮大人捉来捉去，做棋子，谁都不拿我当人看。他们都不是人。"

简敏敏说着，手从方向盘上抬起，犹豫了一下，握住女儿的手，哭得更抑制不住了。她心里还是觉得没什么好哭的，有什么大不了，这件事比被逼婚要轻多了，可是女儿的拥抱让她情不自禁。而此时儿子又递来纸巾，笨手笨脚地替她擦眼泪，让她心都快碎成渣了。她算是彻底听懂刚才简宏成对她说的那些话了。

简宏成抱臂，默默看着，过了好一会儿，道："我去救个也被重男轻女妈气疯的女人。至清，你照顾好妈妈和妹妹，我走了。"简宏成知道，只要他们母子和解，其他事简敏敏自然能解决，不需要他以舅舅身份做什么仲裁。倒是宁宥，他相信刚才宁宥没头没脑地来的那个电话是她趋于崩溃的前兆。

陈昕儿早上与简宏成吵完，正打算去医院履行对宁恕的承诺，不料有电话打来，说小地瓜的东西运到了。东西非常多，大多是陈昕儿一年一年累积下来的，也有一些是简宏成新买的。简宏成还是手下留情，将东西运到田景野的旧宅。于是陈昕儿顺理成章地又返回田景野的旧宅，还带上小地瓜。

陈昕儿花了一上午和一个中午的时间，才将小地瓜的东西粗粗整理出来。她越整理，越心寒。她记忆中属于小地瓜的东西都被打包送到她手里了，看样子简宏成是绝无留恋，将小地瓜清除出门，不打算再要回去的样子。简宏成究竟是什么意思？陈昕儿收拾的时候时不时地出神。

整理完了，陈昕儿满头大汗，抱臂看着床头小地瓜的小枕头发呆。该怎么办？她想起早餐时简宏成的无情无义，甚至还让他姐姐羞辱她。不，官司一定要打。她没能力为自己讨公道，只有指望法律为她讨说法。

可是，陈昕儿汗流浃背地骑车赶到闵律师那儿，闵律师的助理拦住了她。

"请问陈小姐，你这次来，宁总知道吗？闵律师不接案值不高的抚养费官司，除非是看在宁总情面上。"

陈昕儿听了一愣："案值不高？只有每月三千块，是吗？"

助理微笑道："那倒不一定，看双方经济情况。不如你问问宁总。"

陈昕儿一听，放下心来，再一想，不禁冷笑，原来简宏成骗她呢。为什么骗她？似乎简宏成在千方百计地阻止她打官司。那么，她偏要千方百计地把官司打起来。陈昕儿走到僻静处，给宁恕打电话。

"宁恕……"

"你是不是又没去医院？"宁恕一针见血。

"呃，你姐姐说她在医院，不用我去了。"陈昕儿不敢说这话是简宏成说的。

宁恕道："你也是女人啊，你替她想想，她已经在医院守一天一夜多了，这大热天的，人都快发臭了吧，你们女人谁受得了这些啊？你以为我干吗帮你？我只要你帮这么一点点小忙，你……我真没法跟你说话了，我会发火。你今天别找我，我火气大。"

宁恕说完，就挂了电话。陈昕儿好生羞愧，不敢再追打电话，又怕被闵律师助理看见了讥笑，就找到远离闵律师办公室的通道，从楼梯悄悄地走到下面一层，才乘电梯。陈昕儿站在凉快舒适的电梯里，才发现都快两点了，她还没吃中饭，现在饥肠辘辘。可不管了，为了请宁恕帮忙，她得赶紧去医院帮宁宥。

宁宥一直在斟酌如何对妈妈说话。在等候室里反正无事可做，再说也不用再等宁恕，她就精益求精，拿出纸笔，将要点提出来，反复琢磨是否够打动妈妈。结果，她发现一张纸上都是弟弟，满眼的弟弟。宁宥强抑着沮丧，当什么事都没发生，继续修改。

忽然，一个家属走过来推推宁宥，道："刚才一个医生飞一样跑进去，好像是你家的。"

宁宥条件反射似的，"呼"一下飞蹿过去，准确地落在玻璃窗前。

果然，很快便看见陆副院长换上了特殊衣服，走向妈妈，护士随后呼啦一下拉上床边的帘子。宁宥吓坏了，这样子绝非好事啊。她无法进去，只能在窗前看着帘子后面浮动的人影干着急。

简宏成来时，刚好见到如此慌乱的宁宥，忙走上去问："出什么事了？"

宁宥没听见，直到简宏成拍了她肩膀，她才一下子跳起来，回头看见身边的简宏成："医生……好像在抢救。"

简宏成也不知道帘子后面在干什么，他只是看见宁宥的脸上有前所未有的慌张，就下意识地宽慰："未必是抢救，也可能是出现了好征兆。"

"不像，医生是跑着来的。"

宁宥说话的时候，手指着里面。简宏成看见她手指明显地颤抖，忍不住伸手握住她的手，道："别怕，我陪你。"

宁宥浑身一震，注意力瞬间被两个人的手夺走。她凝视了两只手一小会儿，就将这只手用力挣脱出来，藏在胸前。她又忍不住呵斥一声："你，离我一米远，别影响我。"

简宏成只得退开一步，背起手，不敢打扰，看着宁宥鼻尖顶在玻璃窗上，焦急地朝里看。他不禁想到同是在家被重男轻女对待的简敏敏，想到简敏敏对家人的恶劣态度，再看直至今天还在被往肉里刺钢针的宁宥，他不清楚宁宥心中有怎样的煎熬，感情得扭曲成怎样，才能继续全心全意地关心病房里忽略她的亲人。他想分担，帮她卸压，可是不得其门。简宏成有些焦躁。人在紧张时刻的行为最能反映内心，他不知宁宥心里究竟有没有他。

护士忽然出来，大声喊："宁蕙儿家属？宁蕙儿家属在不在？"

宁宥连忙大声回答："在！"

护士道："快进来换衣服。"

"两个！"宁宥反身，一把抓住身后简宏成的手臂，坚决地对护士说。

护士犹豫一下，道："一起来。"

宁宥这才松手，跟护士跑进去。简宏成一时脑袋混沌，但下意识地跟上，心底一股不合时宜的喜悦慢慢升起。

陆副院长看见一男一女进来，直接手指简宏成，道："你说几句。"

宁宥心知陆副院长是误拿简宏成当宁恕了，忙用妈妈听不懂的英语道："He's not my younger brother。"在陆副院长无奈地点头允许下，她蹲下来，跟妈妈说话。此时她无法再用刚才精雕细琢的发言稿，只能现场发挥："妈妈，本来约好三点钟弟弟来见你，跟你说话，可弟弟老板器重他，没弟弟不行，连夜带弟弟出差去江苏，现在弟弟正在回来路上呢。弟弟归心似箭，都不敢自己开车，弟弟是打车来的，你放心，不用担心弟弟安全。你千万打起精神，妈妈，你得等弟弟来，你别睡着啊。弟弟三点钟肯定到，只有几分钟了，我们早上说好的，弟弟三点钟到，跟你说话呢。"

宁宥已经用尽了浑身解数，左一个弟弟，右一个弟弟，满嘴都是弟弟，讨妈妈欢心，看得简宏成替她满心悲凉。可陆副院长看着案上的各色仪表，神色严峻。忽然，陆副院长指向简宏成："你试试。"

宁宥正黔驴技穷，可闻言，又跌入更深谷底。她试图解释，简宏成伸手按住她，摇摇头。也幸好简宏成能征善战，是召之即来，来之能战的熟手，在蹲下去之际，便已想好要说什么。

"宁伯母，我叫简宏成，对，就是二十年多前那个简家的二儿子，目前是简家的实际主事者。我来与您商谈两家的和解问题。对于二十多年前那场导致我们两家家破人亡的事件，我的宗旨是放开心胸，搁置争议，停止争斗，向前看，各自过好日子。但这个宗旨说说容易，执行较难，其中最大障碍是两个人，一个是我家的简敏敏，一个是您儿子宁恕。先说简敏敏一方……"

毫不知情的陆副院长听得完全惊呆了，想不到病人女儿领进来的是这么一个人，一开讲，就能追溯到二十多年前，而且家破人亡，而且看起来打斗至今，饶是陆副院长见的病人多如牛毛，也想不到今天会在自己面前上演这一出意外。他在惊讶之余才想起自己还是个医生，连忙看向案头各色仪表，还好，仪表显示，病人的各项生理指标开始走向积极稳健。陆副院长连忙点头，示意继续。

宁宥完全本着信任简宏成为人，信任简宏成的能力，而事先毫无叮嘱，任简宏成自由发挥。但她一边留意妈妈，一边留意陆副院长的反应，随时准备做出适当反应。可她不仅看到刚才生气全无的妈妈开始转动眼珠子，而且即使她混沌的脑袋需要关照的事情这么多，她还是被简宏成所说的那些吸引了过去。那些陈芝麻烂谷子的事情，她居然有兴趣听下去。显然妈妈也听进去了。她原本坚持让简宏成跟进来，是因为她在危急关头需要一个心理上的支持，她想不到，简宏成能临阵发挥，大显身手。宁宥感激地看向简宏成，简宏成有所感应，也看向她。两人的目光匆匆交会，又很快转向病床上的病人。但只这一瞬间，犹如千万条数据飞快地通过光纤传递，两人明白了对方的心意。

简宏成心中更加有底，继续道："迄今为止，我已可以保证有百分之九十的把握管制住简敏敏的言行了，基本上她不会再上门动武。但简敏敏是大活人，而且火力十足，对她的管制需要因势利导，我用了不少时间。这期间简敏敏多次骚扰你们家，给你们日常生活造成不便，我深表歉意。如今，我双管齐下地控制简敏敏，一方面是经济上的钳制，她现在的主要资产与未来的主要产出都掌握在我手里，因此，她已不敢轻举妄动了；另一方面是亲情上的钳制，她在二十多年前那件事后失去对所有人的信任，可老天眷顾，让她有一双教养不错的儿女。简敏敏出于本性，非常爱她的儿女，我帮她找回了儿女，她现在非常珍惜，为此，她必须收敛言行，以免被儿女唾弃。人有牵挂，就有制约，所以，对简敏敏这方的担心，你们可以放下了。"

宁宥不知自己是不是错觉，她感觉妈妈藏在呼吸罩下面的嘴唇仿佛松弛了，眼睫毛也似乎在颤动。她激动得无以复加，落下眼泪。简宏成本来就志不在宁蕙儿，即使对着宁蕙儿说话，可一颗心都牵挂在宁宥身上。见此，他呆住了，忘了说话，享受自己做的好事带给宁宥的喜悦。宁宥只得干咳一声，提醒继续。

简宏成还是坚持对宁宥温柔地一笑，才扭头继续说话："因此，两家搁置争斗的唯一障碍只剩下宁恕。如果宁恕不放弃报复，不仅我们两家人都无法平静生活，宁恕自己也会一步步地走向疯狂和自我毁灭。如何能在不流血、不冲突、不造成无法弥补后果的前提下压制宁恕的报复心，让他和平收手，在我看来难度极大。我与宁宥商量过，我们可以如何软化宁恕的态度。可商量来，商量去，不得其门而入。一筹莫展之际，我们想到知子莫若母。宁伯母，让宁恕收起报复心，好好过正常人生活，找个好姑娘，生个胖小子，只有您能做到。因为宁恕是您的儿子，母子连心，无论如何，宁恕都能听您一句话。宁伯母，听见没？宁恕的第一次生命是您给的，宁恕的第二次生命也只能靠您，您必须醒来，挽救宁恕。宁恕全靠您了，除了您，没有别人，您要努力，再努力，努力醒来，救救您的儿子。"

宁宥在边上见到妈妈的眼睛在眼皮底下转得更急了，也忍不住轻呼："妈妈，加油，加油，弟弟需要你，加油。"

但陆副院长喊停了。他抱歉地道："病人还不能太激动。这次到此为止吧。很不错，加油。"

宁宥心知妈妈的这次危险期度过了，她激动地看着脸上似乎血色好了点儿的妈妈，不想离开。简宏成起身拉她一把，将她扶起。

"听医生的。"简宏成轻声在宁宥耳边说了句。宁宥只得点点头，跟陆副院长离开。护士又将床帘拉开。

陈昕儿正好赶来。她环视一周，没找到宁宥。她相信宁宥不可能离开，知道宁宥做人非常细致周到。陈昕儿等了会儿，就抓住一个妇女问有没有个头发这么长、人这么高、眼睛弯弯的中年妇女。那个妇女一听，就指着里面说两夫妻刚刚被护士叫进去了，恐怕病人有危险。陈昕儿一听，两夫妻？宁宥的老公不是在坐牢吗？她顺着指点去窗户看，正好见到护士将床帘拉开。即使里面的人都戴着口罩，陈昕儿也认得出那两人。而简宏成眼睛如能滴出水似的注视着宁宥，更恐怖的是，简宏成的手还挽着宁宥的胳膊肘！所谓两夫妻，说的就是这俩？为什么人家陌生人说他们是夫妻，难道他们在等候区里有更亲密、更像夫妻的接触？陈昕儿大怒。

宁宥与简宏成不知，他们一边出来，一边向陆副院长小声提问。他们快走到门口时，宁宥好生感谢陆副院长。简宏成在边上给宁宥使个眼色，意思是他会跟上陆副院长，好好与院长套磁，培养感情。宁宥立刻领会，但她不用对简宏成说谢谢，只是低头微微一笑。

三个人鱼贯而出。门都还没掩上呢，陈昕儿就站在他们一丈开外激动地大喊："你们，狗男女，一个不要儿子，一个婚外情，不要脸，都臭不要脸！"

宁宥猝不及防，一看是陈昕儿，立刻拉下了脸。后面的护士赶紧把她推出，将门掩上，免得惊扰到里面的病人。陆副院长原本挺欣赏宁宥与简宏成的表现，见此愣了一下，便立刻与两人告别，匆匆离去，不再多话。

简宏成二话没说，大步向前，大力抓起陈昕儿就往外走。但陈昕儿不肯再如以前般听话，使劲地试图挣脱，又扭头冲宁宥大喊："宁宥，报应，你看你妈就是你害的，报应！是你的，就是你的；不是你的，你不能抢！你妈没教过你吗？好啊，这就看到报应了，这叫现世报！宁宥，你给我记着，你坏事做绝了，你从小到大抢我的东西，连人都抢，你还有什么干不了的？你……"

陈昕儿就像疯了一样，简宏成使出再大力气，也只能慢慢将她往外拖。简宏成眼看着陈昕儿口无遮拦，完全胡说八道，他也气疯了，一把将陈昕儿压在旁边墙上，附耳狠狠地轻道："你听着，小地瓜不是我的，我跟你一次关系都没发生。"说完，他拉下两根头发，拍给陈昕儿，"我的DNA，你查去。我保护你够久了，但你竟丧心病狂至此。从此绝交。"

说完，简宏成干脆地放开陈昕儿，回去找宁宥。

陈昕儿大惊，完全反应不过来，等简宏成走远了，才大声问："你说什么？"简宏成没回答她。她直着眼睛看向手中的两根头发，感觉刚才不是幻听。她一下子愣住，浑身瑟瑟发抖。这到底是什么意思？简宏成说的到底是什么意思？小地瓜不是简宏成的，难道还是别人的？怎么可能？！可不知为什么，陈昕儿浑身无力，站不住，顺着墙慢慢滑下去，脸色苍白地瘫坐在地上，满头冷汗像黄豆一样地滚了出来。她的手抖得捏不住两根头发，头发不知什么时候掉了，找不见了。

简宏成回到也气得发抖的宁宥身边，小心地道："别跟这种人生气，不值得。"

宁宥道："奇怪，为什么只专心骂我？"

简宏成只好赔笑道："你这问题倒是古怪。坐，别站着。"

宁宥看着陈昕儿，甩开简宏成的扶持，自己扶着椅背坐下。她还想继续生气，却看到陈昕儿样子越来越可怕，想扭开脸去，装没看见，也在心里骂声报应，可她真做不到。

"陈昕儿怎么了？"

简宏成也一直观察着陈昕儿，见问，摇头道："没什么。"

宁宥不信，倒是忘了自己的生气，看着那边的陈昕儿，还是问："你到底跟她说了什么？"

简宏成依然摇头，眼睛也依然关注着陈昕儿，考虑片刻，才道："让我想想该怎么跟你说。现在别问我，我还没想好。"

宁宥不再问，低头想了会儿，道："谢谢你帮我救回我妈。你去处理陈昕儿那边吧。她精神有问题，你只要这么一想，就……"

简宏成摇头打断："我不是救火兵，不可能谁的事都管。我很忙，分身乏术，只能管我有限爱的几个。"

宁宥低头不语了。

简宏成想了想，再道："你也别受她影响。要说道德败坏，那是我，是我猛追的你，而你一直三贞九烈地不理我，陈昕儿胡说。要有报应，也是报应到……"

"别胡说。"宁宥也打断简宏成的话，"谁拿她疯疯癫癫的话当真了？我是气宁恕，都什么时候了，他还抓陈昕儿过来给我添堵。"

简宏成道："你对那些话是认真的。傻。"他起身，看了会儿宁宥，又默默走向陈昕儿，抓起几乎瘫软的陈昕儿，走了。

宁宥在简宏成身后抬起头，看着他走没了，又低下头去。脑子里一下塞进这么多的事，她烦成一团，反而什么都不想了。

简宏成抓着陈昕儿走出拥挤得如沙丁鱼罐头般的电梯，朝停车场走去。走到空旷处，一直惨白着脸、面无表情的陈昕儿忽然问："到底怎么回事？"

简宏成面孔墨黑，不理陈昕儿，闷声不响地将陈昕儿拎到车上，关在车里，让司机盯着她，然后才站到车背后，给田景野打电话："你有空吗？我打算跟陈昕儿摊牌，估计我会挨揍，你得到场，一方面做个和事佬，一方面给我做个见证。"

田景野吃了一惊："什么时候不好，非今天？我忙。"

简宏成道："逼上梁山啊，不摊牌不行，不摊牌让宁恕揍着揍，不出一个月也会被揍出真相，不如主动。看你时间，你有空给我电话，我立刻安排与陈昕儿父母会谈。"

田景野云里雾里的："不是前个月同学聚会时已经说真相了吗？难道宁恕知道得比我还多？"

简宏成道："见面再说。"

田景野想了会儿，道："我尽快结束这边的，你不要另有安排。"

简宏成打完电话后回到车门边，可手一碰到车门，就一脸厌恶地弹开。里面的司机以为他被晒热的车把烫了，就拉长身子，替他打开副驾驶车门。简宏成只得坐进去，看也不看后面的陈昕儿，道："去陈昕儿父母家。"

陈昕儿即使满脑子糨糊打滚，依然警觉地问："干什么？小地瓜在那儿。"

简宏成没理她。

陈昕儿心里越来越觉得不妙，大叫道："我不去！放我下去！"

简宏成才道："你即使不去，我还是会去你父母家说明问题，办理移交。"

"你想跟我爸妈说什么？他们那么大年纪吃不消的，你有话跟我说。"

简宏成又不理她了，伸手按下中控上的儿童锁，省得陈昕儿脑子错乱，跳下去。但自始至终，陈昕儿都不再有激烈动作，而是瘫在后座发呆，满眼都是迷茫。

宁宥接到宁恕电话，沉吟间，发现手机指示时间正是原先约定的下午三点。她预感宁恕有话要说，而且估计不会是好话，但她还是接了起来。

宁恕劈头就问："ICU里面可以接手机，不妨碍仪器？"

宁宥立刻心里明镜似的，但还是道："外面，等候区。"

宁恕听了，当即"呵呵"一声："我真不会看错你，说个我执行不了的时间，让我回去，然后你就可以站在道德制高点上打击我，是不是？"

宁宥即使预料到了，还是气得发抖，可此时妈妈的苏醒还得依靠宁恕，她没法赌气，只得深呼吸一下，不疾不徐地道："我刚出来。妈妈情况不好，陆副院长飞奔来ICU抢救，刚刚平稳。各种测试表明，妈妈现在求生欲望不强烈，我们唯有寄希望于你这一项能激发她的各项生理指标。当然，你可以认为我在骗你，你有空过来护士站查看记录吧。"

宁恕愣住，好一会儿不说话，一张脸渐渐地红了起来，忽然暴跳道："你为什么不告诉我妈妈有危险？你为什么早上还说妈妈病情有起色？都什么时候了，你还不能说一句真话吗？耽误了妈妈病情，你怎么办？"

宁宥气得脸色通红，用尽吃奶的力气让自己继续平静，道："知道你会来这一套，不好意思，又录音了，以及，十分钟内会上传到百度云，你可以不用专程赶来摔我手机。再及，感谢你安排陈昕儿来闹场，她在三分钟之内就脸色灰败地走了。最后一个问题，你什么时候可以到达？"

宁恕愤怒地挂断了电话，呼哧呼哧地大喘息。

天涯共此时，宁宥等电话断了，飞速蹦蹦到病房窗口前，看着里面的妈妈呼哧呼哧地大喘息。宁宥感觉她的精神在一重接一重的打击之下，已接近崩溃。

田景野领着郝聿怀赶到陈昕儿父母住的小区，好不容易找到约定地点，只见简宏成的车子停在太阳底下噗噗噗地冒着气，而简宏成自己不顾炎热，站在树荫下抱臂等人。郝聿怀一看见简宏成，就降下车窗，探出脑袋，热络地道："嗨，班长叔叔。"

田景野看了，不由得一个鬼脸，但田景野的鬼脸还没做全，只见简宏成呼地蹿过来，挡在郝聿怀面前，将郝聿怀的脑袋压回车里。简宏成随即道："陈昕儿在那儿。灰灰，你别出来。"说着，拿出手机，打给坐在车里看管着陈昕儿的司机，"你下来，看见西边这辆黑宝马了吗？你过来，换辆车。"

田景野听了就笑："路痴，明明是北边，真是找不到北。"

简宏成一笑，趴在车窗上对郝聿怀道："你先等在车里，别出来，陈昕儿在那边发脾气，会殃及无辜。等会儿小地瓜下来，你带他和司机叔叔一起出去玩会儿，你负责把小地瓜带好。田景野，你快出来啊，再不出来，陈昕儿找过来就麻烦了。"

田景野忙钻出车门，将车钥匙交给司机。简宏成让司机锁住车门，坐在车里，陪郝聿怀，别出来。

田景野走去简宏成的车子，拉开车门，见陈昕儿面无人色，眼睛更是像见鬼一样。田景野吃了一惊："怎么回事？"

陈昕儿一把抓住田景野的手，哀求："救救我，你带简宏成离开，我什么都不说了，只要他要小地瓜就行。抚养费我也不要了，一分钱都不要，我自己会养活小地瓜。还有，我保证不再接触宁恕，也坚决不打官司，反正简宏成说什么，就是什么，我不会再跟他作对。田景野，你劝劝他。"

田景野见简宏成安顿好郝聿怀后走过来，就问："听见没有？"

"听见什么？"

"陈昕儿说只要你现在离开，认小地瓜，她保证抚养费不要，不接触宁恕，不打官司。"

简宏成默默地看了陈昕儿一眼，对田景野道："麻烦你把这辆车子开出去兜一圈，十分钟后回来。"

田景野不忍心地将陈昕儿那边车门关上，稀里糊涂地依言坐进车里，飞快地将车开了出去。他纯粹是凭着多年积累的对简宏成的信任，才肯做这件看上去是欺负陈昕儿的事。

简宏成等车走远，就三步两步地上去，敲开陈家的门。

陈母看见他，还在辨认，后面的小地瓜就欢叫着跑出来："爸爸，爸爸。"然后像只小猴子一样飞快地攀上简宏成的身子。

原来这就是简宏成，害他们女儿的简宏成。陈父出来，不顾小地瓜在场，厉声道："你来干什么？你还有脸来？"

简宏成平静地道："我来跟伯父、伯母说明七年前的事。小地瓜不方便听，我可不可以让我的司机带小地瓜出去玩一小时？保证四点半送回来。"

"我们凭什么相信你，你会把小地瓜交还给我们？"

小地瓜赶紧抱紧简宏成，简宏成也忍不住地抱紧了小地瓜。但简宏成依然严峻地对陈家父母道："七年前陈昕儿遭遇的不测，七年前小地瓜的来历，这七年来我对陈昕儿的监护，我凭的是这些！但面对即将到来的抚养费官司，我只能提前将真相揭穿，把监护陈昕儿的责任移交给你们。"

陈父道："什么意思？你骗了昕儿还不够，还想骗我们？昕儿呢？让昕儿跟我们说。"

"陈昕儿在田景野车上。小地瓜出去玩后，田景野立刻会陪她上来。你们不用担心小地瓜，我既然交还了，就不会再抢走。如果要抢，我不会傻到明着抢，有的是办法找陌生人寻机会抢。我们为小地瓜好，别当着他的面谈七年前的事。"

陈母却忽然道："你快走，十分钟后不见昕儿，我们报警。"

简宏成看了一眼陈母，抱着小地瓜转身就走，才走下一层楼梯，小地瓜就抱着简宏成脑袋，轻轻地道："爸爸，我要跟你在一起。"

"嗯？"简宏成惊讶，却见小地瓜眼圈红红的，似乎要哭，"跟着妈妈不好？"

"可是我想爸爸。"

简宏成满心纠结地看着小地瓜哭出来，整整停留了有一分钟，才艰难地开步，又往下走。

田景野到外面绕了一圈，足足有十几分钟才回来，见自己的车子已经不见了，这才回头对陈昕儿道："你们两个的事了结一下，不是更好？有我在，我会监督。"

陈昕儿却梦呓似的道："万一我不在了，田景野，你帮我把小地瓜抱到简宏成那里，一定要他好好养小地瓜。有小地瓜在，宁宥才不肯要简宏成呢。"

田景野的眉头皱起来了："有事说事，别要死要活。下车去，像个成年人一样地解决问题。"

陈昕儿道："不，只要我死了，什么问题都解决了。简宏成可以跟宁宥在一起，小地瓜也可以跟简宏成，现在都因为我，我是累赘。"

田景野不明所以，将陈昕儿半扶半拖地弄出车门："死都不怕，你还怕去你爸妈家？"

简宏成依然站在那片树荫下，正好有电话进来了，他看了一眼几乎被田景野强制拖出车门的陈昕儿，接起电话："阿才哥？有动向了？"

阿才哥道："你的分析很有道理，我也想来想去，宁恕这个时候不肯回去看他妈，肯定在办大事。我已经到苏州了，守在他们刚才看过的楼的售楼处外面，另一拨人跟上局长他们，我不信逮不到宁恕。"

简宏成见田景野走过来，索性走开去，免得田景野听到："你最好换辆当地车，出租车也行，千万别豪车。豪车蹲久了，售楼处里面的人会留意，万一在宁恕面前提到一两句就不好了。节骨眼儿上，不能有丝毫闪失，你委屈一下。"

阿才哥醒悟，连声叫好，赶紧停止通话，加油后重新安排。

田景野没理简宏成，扶着陈昕儿去她家。陈昕儿忽然尖叫着坐到地上，不肯走了："为什么要这么对我？你们两个都还是老同学吗？你们想逼死我是吗？"

简宏成收好手机过来，走近了，却没停步，直接朝楼道走去："你不上去也行，我请你爸妈下来。今天务必把真相讲明。室外对你反而不利，听见的人更多，我无所谓。"

当即，头顶传来铝合金窗拉动的声音。老小区的铝合金，拉起来发出了惨烈的"吱吱"声，在下午宁静的小区里听得分外清晰，仿佛就在附和简宏成的话——有人在某个窗口里开始偷听了。陈昕儿抬头看，却只见阳光照射得亮晃晃的窗玻璃，都不知是哪一扇窗后面有人，也可能每一扇窗后面都有人。她再看头也不回、往里走的简宏成很快钻进楼道，不见了。她只能彷徨地看向田景野，不知怎么办才好："我真的会死，田景野，我真的会死。"

田景野真很难选择，虽然他一向相信简宏成的人品，愿意听从简宏成的安排，可陈昕儿有精神疾病，且他和宁宥对陈昕儿的安排一直在有条不紊地进行，今天如果被打断，不知陈昕儿又会滑到何处去。然而，他还是注意到简宏成口口声声地提到的"真相"。他一直不信简宏成真的是臭渣男，总觉得简宏成与陈昕儿的关系中有不少不合逻辑的地方，或许，那就是"真相"？或许，陈昕儿变成今天的样子与"真相"有关？田景野思来想去，依然决定信任简宏成，按简宏成的话去做。他心怀愧疚地将陈昕儿扶起来，送进楼道去。

但田景野即便再小心，再不忍，动作与劝慰犹如哄小孩，原本阻挡在简宏成面前不让他进屋的陈母见了，还是试图使劲拨开简宏成，如猛虎下山一般地去救女儿。简宏成连忙伸手拦住，免得无辜的田景野遭殃。陈母下不去，又看着田景野试图强迫陈昕儿上来，急得对田景野道："小田，我们看着你长大，一直看你是个好青年，你可不能近墨者黑，一步不慎，贻误终生。你千万慎重，年轻人走错不得。今天的事你赶紧悬崖勒马，我们也不会说出去，大家以后依然做体面人。"

　　田景野仰脸冲陈母阳光灿烂地一笑，反而冲简宏成道："简宏成，你放手，陈伯母不是糊涂人，我对陈昕儿如何，陈伯母都看在眼里，不会误会我的为人。陈伯母虽然激动，但不会为难我。"

　　简宏成会意，立刻缩回了手。

　　陈母一时有些不好意思，但还是冲到陈昕儿身边，抱住女儿不肯放手："小田，那你想做什么？简宏成是流氓，霸占了昕儿这么多年，你不能跟那种人穿同一条裤子，你会犯错。"

　　陈昕儿颤抖地道："妈，让他们走，让他们走，我们回家，别让他们进家门。"

　　田景野道："陈昕儿，还有陈伯母，你们都别怕。今天大家都在，尤其是有陈伯父、陈伯母替陈昕儿做主，我们好好坐下来把话说明白。我既然承蒙你们双方都信任，就做个中间人，把旧事做个了断。届时，简宏成该赔偿就赔偿，该负责就负责，别像现在这么和稀泥，反而让陈昕儿和小地瓜不明不白，见不得光。如果你们觉得我说得对，我们这就坐下谈。"

　　陈母听着也对，有她和老伴儿在，不怕简宏成搞幺蛾子，这笔老账是该算算了。当然，也是基于这些天田景野与他们之间慢慢培养起来的信任。她果断对女儿道："我们上去摆清楚。"

　　陈昕儿依然不肯上去，虚弱地对妈妈道："不要，不要说，让他们走。"仿佛，眼下妈妈是她唯一的希望。

简宏成看着，心里生出疑惑："陈昕儿，我们是老同学，所以我一直相信你说的。但今天你的态度……难道你一直清楚那天发生过什么？换句话讲，难道你这七年来一直栽赃我，让我背了七年黑锅？"

陈昕儿忙不迭地摇头："不，我没有，我没有。"

陈母大怒，呵斥声压过女儿的否定："你这是什么意思？我女儿这几年声名狼藉，而你这几年挣大钱，发大财，难道还是我女儿害的你？你看看你们两个人，有你这么颠倒黑白的吗？你说话有没有良心？好，上去说清楚，不说清楚，都别想走。"

这下，即使陈昕儿再不愿，陈母还是奋力将女儿推上楼，推进门，顺手暴力地将简宏成一把扯进门，但对田景野倒是手下留情，即使气得脸色墨黑，依然有耐心地等田景野自己进门。因为田景野这两个月来的表现实在是太帮忙了，好到无可指责，都比他们当父母的强了。

第四章

摧　牌

　　简宏成进了陈家门，便下意识地环视小小客厅一周，忍不住惊愕地看向陈昕儿，又不敢置信地看向田景野，但想了一下后，便气定神闲地看着陈父、陈母如同保护小孩子一样地将陈昕儿夹在中间，一起落座三人沙发。而陈母又招呼田景野坐旁边的单人沙发。自然是没人招呼简宏成，他自己找一张宽大舒适的藤椅，挪到田景野身边坐下。这场面，田景野俨然成了楚河汉界。

　　但简宏成刚落座，便想到差点儿忘记一件事，连忙给宁宥发条短信："宁恕估计要到下班时间才可能出发回来，你要有心理准备。晚饭我会给你送去。"

　　原本魂魄不知何处去了的陈昕儿此刻忽然眼睛碧油油地审视着简宏成脸上的表情，仿佛清楚简宏成此刻在联络宁宥，害得田景野都不信邪了，扭头去看简宏成发的是什么，一看，果然印证了陈昕儿的担心。田景野不禁上下打量简宏成此刻究竟特殊在哪儿，可他发现不了。他只得佩服陈昕儿的火眼金睛，果然多年修炼，终于得道。

　　宁宥收到短信后一阵胸闷。但她反而打个电话给郝青林父母，想到郝家也正被人找上门呢，不知一天过去，有没有安静下来。既然她出境不成，该管的依然得兜着。

电话是郝母接的，这比较反常，往常大多是郝父接电话。因此，宁宥提心吊胆地问："灰灰爷爷呢？血压要紧吗？找上门来的人还在吗？"

郝母一听，就哭了起来："灰灰爷爷还躺床上呢，我不敢让他起来，血压一直降不下来。"

宁宥道："不用怕，他们不敲门，就当他们不存在；他们要是敲门，你们就报警，不行也可以叫物业。"

郝母道："那家人不是一直在，是偶尔冒出来一下，在门口嚷几句，看我们没声响，就走。灰灰爷爷不让打电话叫警察，说那家人忽然亲人被抓，心里烦躁，总得找个出气筒。要怪就怪青林，谁让他跟着别人做坏事？我们活该跟他受罪。"郝母越哭越伤心。

郝父在边上有气无力地道："好啦，没什么大事，我又不是玻璃做的。我是让青林气的，越想越气。我开始试着把他往坏里想……"

郝母惊得忘记了哭："你……你原来闷声不响地躺床上是想这个？还能多坏啊……"

"还能……"郝父虽然没力气，却说得斩钉截铁，"还能，宥宥一定也想到了，只是不方便告诉我们。青林既然可能是与他们领导同案犯罪，一定也捞到好处了。回头等宣判时他可能因为自首并且检举，判处有期徒刑的日子不会增加，但没收违法所得和罚款肯定难免。那些违法所得他虽然从没往家里拿，可罚款与没收违法所得最终都得从家里出。简单地说，他自己不会受罪，但他想方设法地让他的家人受罪。宥宥，我说得对吗？"

郝母倒吸冷气："还能……"

宁宥早已想到，叹道："爸爸能想到这一层，我是真的感激不尽。"

郝父道："这事，我看这么决定吧。要么以后你们离婚分割共有财产，让青林独自承担罚款与被没收违法所得，要么我们承担青林的那部分支出。就这么定。呵，说出这个决定，我胸闷都能减轻许多啊。"

郝母道："宥宥啊，你不答应也得答应，你得为灰灰爷爷的身体着想。"

宁宥听了，很是感动。她想不到今天所有令她感动的人反而都是与她无血缘关系的人。她抹掉滴落的眼泪，道："谢谢。还有啊，我打电话主要是报备一下行踪。我妈最近为了弟弟的事心力交瘁，昨天又送急救了，现在手术后还躺在 ICU 病房里，没有知觉。我最终没去成美国，昨天直接从机场赶来医院，估计这次出境培训是泡汤了。天热，家里事情又多，你们一定要保重身体。其实你们身体好，就是替孩子们分忧了，其他都让儿孙自有儿孙福去吧，你们别太操心了。"

郝父也是感动。结束电话后，他感慨将很快失去懂事的儿媳妇。

陈家，茶几上自然没有一杯水，连作为中间人的田景野也没受到优待。田景野等简宏成辛苦地打完短信，就道："我时间紧，简宏成，你开始说吧。陈伯母，我估计谈话不会很愉快，你最好扶住陈昕儿。"说完，拿走茶几上的一个空玻璃杯，搁到陈昕儿伸手不可及的地方。

虽然只是田景野的一个看似不经意的小动作，可陈母立刻领会。她不会忘记一个月前陈昕儿用玻璃自杀过，因此，不顾天热，紧紧挽住陈昕儿的一条手臂，也示意陈父照做。

简宏成这才道："我从七年前一个夜晚说起。我只说我了解的那部分。那时候我刚发迹，业务很忙，手下的人很少，很多事只能亲力亲为。那天我在大排档跟很要好的客户喝酒，吃夜宵，联络感情，已经喝了不少，接到一个陌生人来电，说是让我去卡拉 OK 接一个醉得不省人事的女孩。我疑惑那是谁，就多问了几句，打电话的说他是卡拉 OK 经理，有一个包厢里人都走光了，只留下两个喝多的女孩，他只好翻出女孩的手机,给通信录里面的号码打电话找人。我在陈昕儿手机通信录里的名字是'班长',按拼音排,顺位第一,所以先找到我。我一听,就想到这是陈昕儿,全深圳叫我班长的女孩只有她一个。朋友们听说是我老同学,就开车去帮我忙。我从包厢背出浑身酒味的陈昕儿,送她去租的宿舍。那时候已经很晚了,卡拉 OK 也打烊了。"

田景野一边听,一边留意陈昕儿的反应,觉得陈昕儿的表情有些漠然。但听到一半时,田景野心里犯了嘀咕:夜店、半夜、醉酒女……太多联想可以不负责任地,又合情合理地延伸开来。但是慢着,不是说两人的关系是从陈昕儿租屋被男房东潜入开始出现转折的吗?田景野满肚子疑问,可不好提出,怕影响简宏成。

而陈母警惕地问:"你有什么证据?"

简宏成道:"那时候的朋友都还有联络,如果你们不信,可以一个个地打电话去问。或者,我建议你们干脆提起诉讼,让法院帮你们判断。证据不证据的,我们先放一放,等我讲完你们再质证,可以吗?我之后曾多次旁敲侧击地询问陈昕儿记不记得这一段,她都口头上表示不知,可细微表情又似乎表明她知道。她在竭力回避。反正我也把疑问搁一边,继续讲下去。"

田景野看看环视着陈家三口的简宏成,觉得这家伙此时犹如在给同事开会,压根儿就是老子说了算,老子说了你们再锦上添花的职业病。他只好捧哏一下:"嗯,你继续。对了,陈昕儿衣衫完整吗?"

简宏成想了想,道:"一方面我也喝多了,没太留意,只记得在包厢里看到时她穿戴完整;再一方面我背着陈昕儿,陈昕儿当时完全没知觉,不会配合一下,所以我背得很辛苦;再加上深圳天不冷,衣服普遍单薄,后来衣衫被拉扯得越来越乱也有可能。"

听到这儿,陈家三口都不由自主地松了口气,尤其是陈昕儿,虽然一张脸羞得通红,可什么举动都没有,很安静地听着。

反而是陈母对女儿道："你不是不会喝酒的吗？女孩子怎么能喝成那样？"

田景野听了，心说陈家真是规矩人家，一点儿不懂夜店里那些破事，陈母居然担心的是这些问题，难怪养出一个"陈规矩"。他不由得看看简宏成，简宏成也有些无奈地看看他。田景野不动声色地提点了一下，道："陈伯母说得是。深圳靠近香港，夜生活比内地丰富，在那种夜店里三教九流的人多，女孩子喝多了确实很危险。简宏成，你再说下去。"

陈母一愣，警觉地看向女儿，忽然悟出田景野前面问衣衫完整是有所指，应该是听出了他们所没有发掘的隐晦内容，果然是做中间人来的。陈母对田景野恢复了点儿信任。可她想着还是后怕，狠狠瞪了女儿一眼。

简宏成继续道："可我背着陈昕儿来到她的租屋，我朋友打开门，打开灯，却一眼看见一个男人从陈昕儿床上飞快地跳下来，试图逃离。我和朋友虽然喝多了，却也不傻，都看出这个男人形迹慌张，就跟那男人打了一架，揍得男人说出他是房东，过来要租金什么的。我们叫来警察，查到果然是房东，但哪个房东要租金能要到床上？他肯定是潜入陈昕儿房里，试图行不轨。我们坚决不肯和解，让警察把房东抓走。当然也不可能放陈昕儿在这种危险地方过夜，就把陈昕儿扛到我宿舍。这一段，如果要证据的话，警察那边不知道还有没有记录。具体日子我有。"

田景野终于听到熟悉处，忍不住惊讶地插嘴："不对，你在同学聚会上说，是陈昕儿晚上回家，看到房东偷偷撬锁进屋，躺在她床上，陈昕儿打电话把你叫去帮忙，然后你和陈昕儿喝酒压惊，陈昕儿当晚住在你宿舍。"

简宏成看着陈昕儿道："对，当时我还说我把持不住，发生了关系。但实际呢，没有。至于我为什么承认发生关系，说来话长，你们听下去。"

陈父、陈母听得两颗心跟过山车一样，一会儿觉得女儿好惊险，一会儿觉得要是实情真如简宏成所说，那么简宏成那夜仁至义尽，可很快又被田景野的问话戳到痛处，可简宏成又否定。陈母简直不知说什么才好，只好催道："你先说，我们再问。"

简宏成道："我那时虽然有了几个小钱，可还不敢乱花，住的地方还很简陋，只有一间十平方米小房，一张床，几张折叠圆凳，一张折叠桌。男人嘛，不讲究。陈昕儿占了床和被子，我就没地方睡，再说我喝多了，又打了一架，筋疲力尽，心里大概也从来没把兄弟一样的陈昕儿当女人，就和衣睡在床上，陈昕儿也和衣睡。黑甜一觉，早上醒来发现陈昕儿在身边看着我，我还反应不过来。我一看时间不对，我有个会议，就赶紧洗漱、上班，把陈昕儿扔那儿，只叮嘱她赶紧搬家，那房东不是东西。这以后陈昕儿就不理我了，后来干脆失踪，工作也辞了。直到有天她一个朋友打上门来，要我负责，说陈昕儿怀孕，快生了，我怎么可以不负责任？我当时愣了。"

简宏成说到这儿，面目严峻地看向陈昕儿。而陈昕儿这回并未避开简宏成的目光，努力地道："不是你是谁？那次都对质清楚了，你也承认。"

陈母忍不住道："年轻男女酒后一张床，一个房间都不行啊。你们……"她拿手指向简宏成，激烈地道，"你好歹还能打架，还能回家，再喝醉也有点清醒，你怎么可以？即使没发生什么，传出去昕儿的名声也坏了，更何况酒后乱性！你到底把我们昕儿怎么样了？"陈母气呼呼地盯着简宏成，"酒醒后忘得一干二净的多了，你还真别推得一干二净。我正要向你道谢呢，幸好还没开口。你怎么可以这么对待你的同学？"

这会儿，反而是田景野不插嘴了。他看看简宏成，再看看陈家三口，无法判断，只简单道："继续。"

简宏成看着气愤地拿手指指着他的陈母，淡定地道："当时的情况不仅是你这么想，连我私下请教朋友，朋友们也是一样看法，都说我身边放着个大姑娘，很大可能酒后乱性。我再回到时间序列。当时跟陈昕儿朋友见到陈昕儿时，只见她瘦得跟人体标本一样，走快几步直喘气，我心里想到她这状态继续下去会死，出于老同学、老搭档的情谊，我可不能看着她死。然后她朋友跳着脚证明陈昕儿向来循规蹈矩，那天晚上是第一次，却没得到我的疼惜，心灰意冷，才不愿搭理我。可又因为爱我，所以发现怀孕后一定要生下来。我很震惊，为什么我记忆中没有与陈昕儿亲密的片段？我当然是认真求证，但首先我跟陈昕儿毕竟没有亲密关系，我不便问得太深入，她不便回答得很坦荡。我只能问她那天晚上我们究竟有没有发生亲密关系，她说有。我当时凭过去与陈昕儿的合作而信任陈昕儿，她这么说，我就这么采信。其次我又挨了陈昕儿朋友一顿好骂，骂得很有道理，如前面陈伯母所言，因此骂得我很怀疑我酒后失德，导致我可能那晚真的做了什么而不自知。我虽然心里依然持怀疑态度，但当场表态我会负责。陈昕儿却说，生下孩子是她自己的决定，与我无关，不需要我负责。我认为陈昕儿已经用以前几个月的行动证明她打算自己负责，我很感动她的自立。可同时她似乎自己负责得不大好，都已经快把命搭进去了。再者，如果肚子里的孩子我有份，我不可能逃避责任，因此，我与陈昕儿商量，可否打胎……"

陈母一直沉默地听着，至此插嘴："这么大的孩子，还怎么打胎？"

简宏成也真诚地回答："是啊，怪我不懂这些常识，乱问问题，气得陈昕儿差点背过气去。我被陈昕儿朋友再骂一顿。那么就只剩一个选择——生下来。我提出陈昕儿负责生与养，我负责提供物质生活，同时我明确指出，我不可能因此意外，就与陈昕儿结婚。但离开后我还是很疑惑，不信我对一个兄弟姐妹一样的同学做了禽兽一样的事，即使酒后失德，也不可容忍。我跟身边朋友议论起这事，朋友分析得更进一步，说我英雄救美，志得意满，又是酒后，又是美女对我有感情，投怀送抱什么的，我那晚没有清白的道理。朋友说，最好的选择当然是奉子成婚，其次是送去香港生孩子，免得孩子没户口，很麻烦。前者我不愿意，我就努力做到后者，我得弥补。这些事都在我和陈昕儿清醒时发生的，可以对质。陈昕儿，我有没有添油加醋，或者漏说什么？我希望你凭良心补充。"

陈母一直黑着脸专心听着，慢慢便显得越来越专注，神情也越来越紧张。等简宏成问陈昕儿要补充什么，她连忙眼明手快地一拍陈昕儿的膝盖，道："慢点。补充是对的，但以前你不便问得太深入，现在还是不便，再说还有小田在。昕儿，你跟妈来屋里说。"

陈昕儿刚打算开口补充，却被妈妈打断，一听很有道理，她之前真是太听简宏成的话了，连忙起身挣开她爸的手臂，跟妈妈进屋。陈父看着母女背影，一脸担忧。

陈母将卧室门关上，还嫌不够，又拉女儿上了阳台，将阳台与卧室之间的门也关上，封得严严实实，才黑着脸开口提问："那个房东与你是怎么回事？"

陈昕儿忙道："我也不知道那晚那个房东怎么会在我屋里，怎么开的锁，按说我入住后就换了锁的，真的。后来我立刻搬家了。"

陈母冷冷地问："这么巧，正好房东使坏一次，就正好让简宏成那帮人撞见？"

陈昕儿急了："就这么巧。我又不是随随便便的人。"

陈母深深地审视着女儿，看得陈昕儿都手足无措了，才问："那天跟你一起去卡拉OK的是谁？"

陈昕儿想了想，道："公司客户。老板带我们请客户吃饭、娱乐。"

陈母问："既然是同事，他们怎么不送你回家？为什么还是卡拉 OK 厅经理打电话帮你叫人？"

陈昕儿道："我后来问过他们，可他们是老板，我又不能多问。他们只说他们也喝多了，没想那么多，先走了。"

陈母听得一脸恨，可还是耐心盘问到底："到底后来发生什么了？"

陈昕儿被问得焦躁了："我不知道。后来不是简宏成来了吗？"

陈母沉吟半晌，盯着陈昕儿问："真的没发生什么事？我是你妈，你尽管跟我说，我又不会说出去。"

陈昕儿焦躁地挥舞了一下手臂，忽然尖声叫道："我不知道！"

话才说一半，陈母就伸手强硬地捂住陈昕儿的嘴，用另一根手指指客厅方向，拿眼睛示意她小声点。可客厅里的人还是听到了一些蛛丝马迹，三个男人都竖起了耳朵，可声音又很快消失了。

田景野看着简宏成道："我大概知道答案了。但我想不通你为什么，这不像你平时的做事风格。"

简宏成道："我也不知道为什么。但经常我真傻的时候，常被人说成装傻。这有好处，有时候可以掩盖我冒傻气，让我不至于丢脸，有时候让别人不敢乘虚而入，但很多时候让我背了黑锅。"

田景野仰脸"嗬"了一声，没说什么。

陈父在一边看着，一声不吭，仔细琢磨这两人对话背后的意思。

阿才哥的电话抢了进来："还真是让我们料中啊，宁恕来了，不过很快就跟一个售楼销售去了附近一家中介，他大概想买一期已经交付的现房。"

简宏成道："首先搞清楚他用什么支付，如果是信用卡，信用卡跟房主名字分别是什么。"

阿才哥道："这个简单。回头有消息继续交流。真是跟你说的斗蛐蛐一样，好玩。"

简宏成一笑。

阳台上，陈母等着陈昕儿情绪稳定下来，等看着差不多了，就问一句："能继续好好说话了吗？"

陈昕儿垂头丧气地低着头，但不得不点头，以示确认。

陈母仔细观察着女儿脸上的表情，冷静地问："你怎么知道与简宏成发生过关系？你是发生关系时醒着，还是醒来后发现身体不适，才想到呢？"

陈昕儿被问得浑身一震，头低得更深，轻轻地道："都有。"

陈母不容分说地伸手抬起女儿的下巴："看着我的眼睛，再回答我，哪一种？不可能同时有。"

陈昕儿避无可避，被迫面对着妈妈的眼睛，顿时前尘往事纷至沓来，一幕接着一幕，一幕幕又互相贯穿，也有彼此矛盾的地方。她不知该抓住哪一幕来回答妈妈的问题，她的脑袋承受不住这样的芜杂，不禁狠命摇头，大声尖叫起来。

客厅里的三个男人又清清楚楚地听到了，但这一次唯有简宏成没有动静，只见怪不怪地斜了卧室门一眼。

田景野听着卧室门背后传来的近乎歇斯底里的尖叫，震惊了会儿，回头看看简宏成，奇道："你……怎么回事？"

简宏成道："我只能说，又来了。没办法跟她谈那一夜的核心，一谈，她就这样。"

陈父一只耳朵听着女儿尖叫，一只耳朵听田景野与简宏成说话，忍不住问："那一夜你们到底怎么了？"

简宏成道："我至今还在发掘真相，请等会儿听我往下讲。"他看看陈父浑身紧张不自在的样子，又补充一句，"问不出什么的，可以让她们回来了。"

陈父起身，又坐下了，垂首道："她妈会决定。"

阳台上，陈母拿女儿没办法，劝也没用，摇她肩膀也没用，拥抱更没用。陈母无计可施，一个响亮巴掌打了出去。一下子，陈昕儿静下来了，看着她妈发呆。

　　陈母气呼呼地看着女儿，又不由得叹声气，将陈昕儿推回客厅。迎接她们的是三双震惊的眼睛，包括简宏成都震惊了，想不到陈母使出这招。

　　陈母将陈昕儿压坐在沙发上，见陈昕儿扭动着要逃避的样子，厉声道："你坐着。现在是我想知道怎么回事，你跟我听着。"然后陈母扭头看向简宏成，"你继续说。"

　　简宏成一听，就知道陈母没问出什么，但他没法看陈昕儿混杂着狂乱与恐惧的眼睛，不愿看，看着心里生出厌恶，而不是同情。他不想再度问候自己的良心。可他正好面对着，又不能不看。他又何尝不是将自己放在火上烤？

　　"接下去我虽然将信将疑，但陈昕儿的肚子不等人，需要我赶紧找关系安排去香港。我自己工作也很忙，可每天还是礼节性去探望一下陈昕儿，送去钱物。就那么几天，陈昕儿胖了一些，似乎活过来了。然后我们赶紧去了香港。我前面说了，我才刚挣几个小钱，不是很经得起花用，何况是去香港用。又为了让孕妇好过点儿，我租了间还不错的房子，最后还有医院里的花费。我请不起保姆，都自己动手。因此小地瓜生下来，最先是送到我手里。陈昕儿本来身体就虚，生产后几乎只剩半条命，也没有奶，所以小地瓜都由我一个人照料。我看着小地瓜，心情很复杂，这是我儿子？可心情再复杂，我也得想方设法地把这个生出来才五斤多点儿的早产儿养活、养好。陈昕儿还住在医院起不来，我独自琢磨养小地瓜，我不笨，很快就把小地瓜养得雪白粉嫩。然后陈昕儿出院，跟我一起回了深圳。按说应该送陈昕儿去她原来租的房子住，但一来我不放心由陈昕儿单独养小地瓜，她自己身体也暂时不行；二来，我似乎跟小地瓜产生了深厚感情，好像每天能看到小地瓜是非常重要的一件事。所以我把母子俩安排在我附近的小区。小地瓜也跟我很有缘，他哭着不睡的时候，只要我一哄就好。我当时心生恐惧地想，他妈的这就是所谓血缘，所谓父子天性吧，那么我真是做了禽兽不如的事。这么想的同时，我心里也没杂念了，好吧，那以后就很简单——我对小地瓜好，养活母子俩。"

田景野忍不住道："你真是守口如瓶，这么多年我们什么都不知道。但难道你从来没想过去检测一下小地瓜的DNA？"

刚听得情绪翻腾的陈母一想，是啊，这年头报纸、电视上说排查DNA的多了，简宏成这么一个聪明人怎么会想不到？幸好田景野反应快、落点准。陈母又感激地看一眼田景野，这位中间人果然称职。

简宏成悻悻地道："说出来都没人信，当小地瓜能开口说话，居然第一句是叫'爸爸'的时候，我心里越来越纠结，抗拒做DNA比对这个想法。你看，田景野，我这么有决断的人，愣是憋了一年多，憋得实在看小地瓜长得太不像我，才去做了DNA，然后……我清白了。"他调出手机里的一张照片，"结果在这儿。你们自己看。"

田景野没看，将手机递给陈父、陈母后，两手交握，看着简宏成微笑。简宏成奇道："你笑什么？"

田景野道："我一直烦你们两个的关系，既然你是清白的，我很高兴。以后不叫你臭渣男了。"

简宏成会意而笑，但都没等笑容展开，只听"啪"的一声，陈昕儿就像疯了一样地抢过简宏成手机摔了。简宏成挑眉看向陈昕儿，道："又不是撕原件，摔我手机有什么用？唉，别又这种样子，我不敢叫你赔，不敢为富不仁。"

田景野看看摔了手机后就变得泪水盈盈、惶恐不安、呼吸急促的陈昕儿，只得由他弯腰将手机捡起，交还给简宏成。

陈母扭过脸去，一脸的无地自容。虽然她知道检测报告可以造假，可心里已经认定这报告不假了。

简宏成留意了陈母的表情，双手接过田景野递来的手机，对田景野道："其实我那时候岂止高兴，简直是如释重负。陈昕儿那位朋友威胁，要告我强奸，一直骂我是流氓。我那一年半过得提心吊胆。即使陈昕儿生孩子后几乎与老朋友们都断绝了往来，她那朋友不再威胁得到我，可我还是怕，那是毁一辈子人品的指控。"

田景野想想那时候的情形，连连点头："曹老师那么喜欢你，也对你害得陈昕儿非婚生子而大为不满。要不是你多年攒下的人品不错，当时可能好多同学都要集资去深圳揍你。"

而陈母一张脸早红成猪肝色了，因为就在刚刚放简宏成进门前，她还在骂简宏成流氓。田景野看陈母一眼，道："好了，事情讲清楚了，我们差不多该走了吧。"

简宏成道："我今天的首要任务是把陈昕儿交还给陈伯父、陈伯母，很多事我需要交代清楚来龙去脉，否则陈伯父、陈伯母这么大年纪，应付不来。接下来的这些话，可能陈昕儿听了，会情绪很大，不如陈伯父陪陈昕儿出去走走。"

简宏成在短短时间内已经看出，陈家是陈母大权独揽。

陈母严厉地道："不用，既然做了，就不怕议论。"陈母说话间紧紧挟住陈昕儿，不让陈昕儿离开，"小简，你说。"

简宏成略微惊愕，不由得看了眼田景野。田景野也心有不忍，不起眼地皱了皱眉头。简宏成越发温和地道："我建议还是回避一下的好，有些内容陈昕儿未必吃得消。"

陈母道："她得留着做证。"

简宏成无法再坚持，只得说下去："我查出小地瓜不是我儿子后，当然是先找陈昕儿问清楚，她这么搞我，究竟是什么动机。插播一条当时三个人的状态，当时小地瓜已经会走路、跑动，没一刻安宁，带小地瓜非常累人，但陈昕儿忙并快乐着，把她自己和小地瓜照顾得很好。而小地瓜就像是我的幸运星，他降生后，我的生意膨胀式地发展，因此我开始置业，让陈昕儿与小地瓜首先脱离租客生涯，住进别墅。我避嫌，还是住在出租屋里。因此，当我获得内情后，站到别墅前时，心里很纠结，难道就此请陈昕儿带着小地瓜搬走？我觉得真够为富不仁的。但起码陈昕儿得给我一个说法吧。当然，我还是不便直截了当地问，再说我依然对陈昕儿心有尊重。于是我旁敲侧击地问，可惊讶地发现，陈昕儿主动地一股脑儿说了出来，圆满地给前年的事情编了一个美丽的故事——她加班夜归，发现房东在租屋里，电召我过去将房东打一顿，她跟我连夜搬走，我百般抚慰她，最后喝多了，发生一夜情，便有了小地瓜。陈昕儿说这些的时候表情很真诚，我惊呆了，完全反应不过来，第一次对话铩羽而归。"

田景野看看面无表情但脸部肌肉一直抽动的陈昕儿，惊道："就是同学聚会上说的版本？刚刚还以为是你编的呢。"

陈母听到后面，便一直看女儿表情，等田景野说完，道："这不明摆着撒谎吗？你不会当场戳穿她？"

简宏成道："当时看着陈昕儿的样子不像撒谎，而且她走出去把保姆带的小地瓜抱了进来。当着小地瓜的面，我不会对陈昕儿强硬，所以我就带着满心疑惑离开了。我思来想去，想到她可能是心理问题，于是去找心理医生咨询。但很遗憾，偶尔有空出去找的几个心理医生，都给我太不专业的感觉。有次去香港，经过朋友介绍，见到一个，虽然因为陈昕儿不在场，没法很针对，但还是让我看到两个可能，一个是陈昕儿自发调整记忆，以掩盖创伤，估计创伤很深，深到她无法理智面对；另一个是陈昕儿编的故事里回避事实的部分应该是她竭力试图逃避的回忆。我想陈昕儿真可怜，幸好第一次对话时我反应迟钝，没当场戳穿她。我想好一个计划，先挖掘一年半之前的事实，尽量多地掌握事实资料来交给香港那位心理医生，然后把陈昕儿送去进行治疗。"

陈父忍不住道："这个好，这想法好。"陈母听了，脸上尴尬。

田景野道："倒是符合你性格，你其实是想揪出那个真正的当事人吧？但你那时候连我开庭都忙得没时间到场，你有那么多时间调查这事？"

简宏成道："当然是委托别人做，关键时刻我再出场，所以比较耽误时间。我还是再找了一次那个房东，结合外围调查与软硬兼施查问，这个房东是个出名的爱占便宜的，应该不是与陈昕儿谈朋友。我取了他的 DNA 与小地瓜的对比，不是。难怪陈昕儿 PS 过后的回忆里有房东。那么重点调查就放在陈昕儿原公司老板身上。调查之前我找陈昕儿第二次谈话。我具体询问了当时卡拉 OK 在场的分别是谁，陈昕儿自己分别吃了什么、喝了什么，但问得很艰苦，她不是说忘记了，不知道，就是情绪很烦躁。当我问到客户是谁、哪个公司时，陈昕儿失控尖叫，就像刚才对陈伯母那样。然后她好几天抑郁，整个人魂不守舍，其间出现一个事故，还差点触电死亡，幸好保姆及早发现救回。这种现象，我以后不死心地又跟陈昕儿有过几次对话，每次如此，而且我发现这可能不是事故，而是她寻机自杀。所以陈伯母未来一个月内最好盯住陈昕儿。我是请两个住家保姆盯着，还得另请一个保姆跟着我管小地瓜，三个保姆还都累得跟我诉苦。"

田景野道："其实你那时应该把陈昕儿送来，交给她爸妈。"

简宏成道："我何尝不想甩包袱？三个保姆，都还是特种护理的，每月开销你算算多少？但陈昕儿说她未婚生子，不敢回家，回家会被妈妈杀掉。我说又不是你犯错，干吗害怕？她说就是她犯错，她依然坚持小地瓜是跟我非婚生的。而且她还随着故事活灵活现地培育出对臆想中我这种始乱终弃者的幽怨。我旁敲侧击地提示她小地瓜可能不是我的，她就疯了一样地拉来小地瓜，让我们一起照镜子，逼我承认两人是一个模子印出来的，吓得小地瓜大哭为止。我投鼠忌器，只好调查那晚应酬的几个人，先取得证据再说。而且，她不肯回父母家，我总不能把房子一锁，从此不让她和小地瓜进门吧，就只好养着她。这么一拖二拖，小地瓜上幼儿园了。再说我调查卡拉OK的结果。这些，陈昕儿真不能听着。"

至此，陈母对简宏成已经很是相信了，并充满歉意，她与简宏成变得有商有量："还是让她听着。你那套不灵，用我们过去的话说，太小资产阶级，不痛不痒，还是下重药。再说小地瓜不在，成年人总能扛得过去。"

简宏成再度惊愕，但惊愕之余，想到刚才陈母那记力透两扇门的耳光打得陈昕儿服服帖帖，此刻正乖乖坐着，听他说话，不哭不闹，最多只是面皮在神经质地抽动，与以往完全不同。他想或许陈母的办法更管用，只能以毒攻毒，下猛药了。于是他不再犹豫，干脆地道："你们如果发现不对劲，随时提醒我中止。我找去那家卡拉OK，那种地方反正花钱就能办事。我找到那位曾经打我电话的经理，他已经不记得那夜的事了，听我描述后，他说最大可能是陈昕儿喝的饮料里让人下了药，之后就随便摆布了。这是防不胜防的事，再精明的女人让熟人盯上，都是一样结果。最后反正喷一身白酒上去，眼看着就是醉酒，事后别人还说是活该，谁让你管不住自己，喊冤都让人笑话活该。那经理还说了别的可能，我看着还是这个可能最贴合。"

简宏成说到这儿，不得不停住，因为看见陈昕儿流着泪默默挣扎，而陈母死死挟持不放，母女在那儿斗力气。

百忙之中，陈母撩起手掌，又是一个清脆响亮的耳光，打得陈昕儿一下子停止所有挣扎。田景野看着不忍心，两只手蠢蠢欲动。简宏成忙伸手压住田景野，扔眼色示意他别插手。

陈母回头大喝一声："继续说！"

简宏成飞快地道："好，继续说。那么事情就简单了，只要取得当天在场人员的DNA，就能找到嫌疑人。可我怎么都无法从陈昕儿嘴里问出具体有谁，只知道其中有她老板。我就去找她的原公司。但发现去晚了，那家公司的制造厂因为成本问题，已经搬去越南了，销售公司则直接撤销。还有那个老板是香港人。我调查过，可无法在香港接触到其人，回头我把那老板的资料快递给你们。"

陈母问："为什么不报公安局？"

简宏成道："请陈昕儿去过一次，她半路跳车跑了。我这下就跟湿手抓面粉一样，不知怎么处理她才好。后来眼不见为净，送她去加拿大蹲'移民监'，攒足分数后拿移民，指望万一我这儿出问题，就可以找她结婚，顺利移居加拿大，算是我利用她一回。陈昕儿蹲'移民监'的日子快攒足了，回头我把资料也快递给你们，如果有机会最好续上。好吧，就这些。从今天起，我与陈昕儿、小地瓜不再有瓜葛。"

简宏成说完就利落地起身："田景野走不走了？"

田景野见简宏成冲他飞眼色，便也起身道："我先走，陈伯母，你们慢慢消化这些事，有疑问随时找我。你们抓住陈昕儿，不用起身了。"

说完，两人飞快地逃走，冲锋一样地冲下楼梯，逃到阳光下。此刻，简宏成只觉得连夏天的阳光也是可爱的，充满了自由的畅快。两人躲进简宏成的车里，简宏成才敢开口："再不跑，陈昕儿肯定又要发作，到时候又逃不掉。"他一边说，一边发动车子，不管司机还没来，先开车溜走再说。

田景野道："你是害怕得有点神经质了。不过想想陈昕儿也……"

"打住！"简宏成大喝一声，"我已经为小资产阶级的廉价同情心付出代价了，你千万别陷进去。"

田景野却不依不饶："现在陈家肯定翻天了。小地瓜怎么回去？"

简宏成一个急刹车，想了会儿，将车子扔给田景野，自己拍拍手走了："你处理。我没胆。"

田景野大骂："什么叫我处理？尿包，怎么只敢对我下毒手？"

简宏成道："喊我那么多年臭渣男，你以为不用付出代价的吗？"

田景野脖子一缩，可还是奋力道："我怎么处理啊，抱来交给你？喂，说话啊！"

简宏成话都不敢回，越走越快，像后面有野狗追着一样地逃远了。田景野哭笑不得，再静下心一想，只要小地瓜留在简宏成手上，不管是长期还是暂时，陈昕儿就能有办法吧嗒一下再粘回去，那今天下定决心的摊牌不是白干了吗？可他处理，他又怎么处理啊？简直是煎熬他的良心。

田景野眼珠子转半天，也是一脚油门溜走了，顺便给简宏成发条短信告知，然后不顾一切地关了手机。

可是田景野绕了一大圈，还是灰溜溜地回来了，想到简宏成的手机被陈昕儿摔了，他发过去的短信简宏成看不到，那么到时候简宏成的司机载着灰灰和小地瓜回来，岂不是不知所措？他只能回到原地。果然，司机早已等在那儿探头探脑。田景野只得硬着头皮下车。不料，只听得耳边嗒嗒声由远及近，只见简宏成风烟滚滚地也跑过来了。田景野便站住等他，等简宏成跑到面前，才道："理解，理解，不用解释。"

简宏成道："怎么办？我相信现在打电话上去，陈伯母肯定回答小地瓜送来没问题，她那强横性格，估计情绪波动都不是问题，一个耳光解决不了，再来一个耳光。我真有些担心小地瓜在……"简宏成说到这儿打住了，叹了口气，"还是听凭小地瓜认命，无奈承认这就是小地瓜的命？"

小地瓜不知，看到简宏成，就自己打开车门跑了出来，来抱"爸爸"的大腿，好生亲热。

简宏成摸摸小地瓜的脑袋。而田景野皱眉道："你们在车里等着，我上去看一下。"

来开门的是陈父。陈父将门打开一条缝，就堵在门口，招呼陈母过来。陈母过来，将门打开更大的一条缝，从缝里挤出来，排开田景野，走出门站稳，顺手将门带上。田景野从这一连串动作中看出"谢绝"这两个字，很怀疑屋里发生了什么。

陈母脸皮僵硬地道："小田，你有什么落下了？"

田景野只好什么客套都没，直接道："小地瓜在楼下，现在的陈昕儿能让小孩子看到吗？要不我带走，去我家住几天？"

陈母稍微考虑了一下，道："小地瓜回来没问题。"

田景野道："陈伯母不用担心小地瓜烦到我……"

陈母道："担心，怎么不担心？母子两个早麻烦你们多年了，即使你再好意，我也没脸领了。我以前不知道，还以为你帮忙都是简……小简的主意，他让你操作的。小地瓜在楼下是吧？我去领回来。你们都是大忙人，我们都是闲人，有的是时间、精力解决自己家的问题。还有，昕儿也不能单独住你那房子去了，我得时刻盯住她。我会很快整理好你房子里的东西，把钥匙退还给你。"

田景野无话可说，只好让开一条道，让陈母先行，他在后面默默跟上。

陈母走下几阶楼梯，又扭头道："昕儿在你们同学那儿的名声已经臭掉了吧？"

田景野不由得一愣，道："同学都已经是中年人了，除了运气好的几个，其他都起起落落，我不还坐了牢？但陈伯母何尝小看过我一

111

次？"

陈母想了想，道："你说得对。但昕儿不一样，她跌倒爬不起来了。小田，昕儿的工作会丢吗？她可能得请假一个月。"

田景野道："好好休息吧，身体最要紧，什么时候恢复，什么时候上班。工作总找得到的，陈昕儿的要求又不高。这事包在我身上好了。"

但田景野思索后，还是狠狠心，说了出来："但既然今天已经解释清楚了，简宏成那儿的抚养费不会再支付。这个……我得跟你点明。"

陈母叹声气，点点头："没问我们要赔偿，已经是放过我们了。"

田景野见陈母通情达理，就忍不住提了一句："我多一句嘴，陈昕儿的精神状态不大行，伯母您看是不是抽空带她去看个医生？可能是抑郁症什么的……"

陈母断然道："我们这代人，比这更大的风浪都经过了，谁不是跌跌撞撞走过来的？哪有那么多抑郁症，都是小资产阶级情绪作怪。你放心，昕儿既然回到家里，我会管教好。她即使已成年了，我依然是她的家长。"

田景野哑口无言，都不知道该怎么劝说强硬的陈母。

坐车里凉快的小地瓜见外婆走来，大概是忽然感觉到不好了，猛地爬进简宏成怀里，死死抱住简宏成的脖子不放："爸爸，我今天要跟你睡。爸爸，我不去外婆家。"

简宏成心抽得没法说话，也紧紧抱住小地瓜，两眼看向走来的陈母。

只有郝聿怀道："你爸大白天得忙工作，赚钱，没办法带小孩。你看我妈妈忙，我就跟田叔叔上班。"

"我要跟爸爸上班，我要跟爸爸上班，我不要去外婆家。"小地瓜开始有了哭腔。

田景野带着陈母到来，灰溜溜地拉开车门，见小地瓜已经在简宏成怀里哭得小脸通红了，一个劲儿地说不要去外婆家。可是在场的大男人们再身强力壮，也无法阻止苍老的陈母领走小地瓜。陈母从简宏成脖子后面掰开小地瓜的手，将小地瓜抱在自己怀里，似乎没听见小地瓜的哭喊，愁苦着一张脸，将小地瓜抱走了。

简宏成无奈地看着，问田景野："陈伯母怎么说？"

田景野牛头不对马嘴地道："小地瓜要开始吃苦了。"

郝聿怀探出脑袋来看，越看越疑惑，但他愣是克制住了自己，一句都没问。他不由得兔死狐悲，爸爸妈妈如果离婚，他怎么办？是不是跟着妈妈走了，爸爸也是一脸怅惘地在后面看着？

田景野与司机交换位置，坐进车里看一眼郝聿怀，道："想什么？"

郝聿怀道："没想什么。田叔叔，我可以去看看妈妈吗？我晚上会自己到你家里去。"

田景野心里感触很深，非常明显地发了一会儿呆，点头道："我送你去。我差点忘记一天起码让你见到一次你妈，看样子我不是我儿子的好爸爸。"

"你肯定是好爸爸，因为你很好。班长叔叔怎么还在发呆？他快晒出油了。"

田景野一看，还真是，却听到后面郝聿怀轻轻说"真可怜"。田景野又是一呆，还是被简宏成拍窗挥手告别惊醒。简宏成上车走了。田景野又若有所思地看看郝聿怀，才开车离开。

田景野将郝聿怀送到 ICU 等候区，没等找到宁宥，身边的郝聿怀早灵活得泥鳅一样地跑掉了。很快，那边墙角里母子俩拥抱在一起，仿佛久别重逢。田景野不禁微笑，走过去，坐到宁宥旁边，不过在宁宥与他之间留出一个位置。田景野笑着揪住郝聿怀的领子，道："坐下来，别总猴你妈身上，田叔叔要跟你妈说话。"

郝聿怀冲田景野做个猴样儿，不过还是坐到两人中间，但是抢先道："妈妈，小地瓜归陈阿姨了，班长叔叔可伤心了。"

宁宥听得一愣："怎么回事？"

田景野道："今天简宏成摊牌，我在场，情节非常曲折，以后让简宏成自己告诉你。反正小地瓜……"

宁宥点头，打断田景野的话："明白，必然。"

田景野一愣，笑道："这太不公平了，怎么可以你比我早知道？简宏成简直是重色轻友。"

宁宥拿出手机里小地瓜的照片给田景野看："我前天让简宏成看图说话，他还不认。嘴巴真是严实。"

田景野这才领悟过来："还是你细心。"

宁宥道："不是细心。他们在同学聚会上编的那个故事不符合两人性格。我后来越琢磨，心里越存疑。一存疑，就发现处处都是蛛丝马迹。"

郝聿怀只得道："你们谁跟我换个位置？"

田景野碍于郝聿怀在场，才忍着没揶揄几句宁宥对简宏成的了解。他跟郝聿怀道："很快，再说几句话。"田景野又对宁宥道，"我打算去找我前妻谈，打算不惜一切代价地把我儿子要回来。刚才看小地瓜跟他外婆回家，想想他进家门必然面对的一切，再联想我儿子……我下定决心了。不过，还得请你从妈妈角度帮我判断一下，我这想法对不对。"

宁宥道："早就想说了，只是怕你说我多管闲事。换我，不会拿儿子做筹码。"

田景野道："就这样。你们母子团聚，我晚饭后来接灰灰。你妈还好吗？"

宁宥道："老样子。你忙你的去吧。班长答应送晚饭来。"

田景野走后，郝聿怀才道："妈妈，其实我才是最要紧想跟你说话的人。我一肚子的话。"

宁宥看见儿子，就眉开眼笑了，憋再多的气都可以扔一边："现在全是你说话的时间了啊。"

郝聿怀看看周围其他人，凑到妈妈耳边道："我刚刚看到小地瓜外婆抱走小地瓜，小地瓜紧紧抓住班长叔叔不放，哭得撕心裂肺的，真可怕。我看着看着，想明白了，你过去为什么决定不跟爸爸离婚，你怕我那时候小，也会像小地瓜一样大哭，是吧？"

宁宥心头温暖一阵阵地生起，儿子竟然懂她心意了："是啊，你当然是我的最优先考虑。"

郝聿怀道："你以后不用太担心我了，我长大了，就算我会哭几声，但我能挺过去，还能支持你挺过去。反正我到时候即使哭了，也不意味着什么，你不用担心。"

今天已经憋了一肚子气、一肚子委屈的宁宥不由得扑簌簌地掉下了眼泪。但她笑道："我这哭也不意味着什么，啊不，我高兴哭的。"

郝聿怀吐一下舌头："你声音真难听。我去窗口守外婆，你睡一觉吧，眼皮都耷拉下来了。"他双手扯住眼角、嘴角往一起拉，模仿给妈妈看。

宁宥扑哧一声笑出来："哪有这么难看啊！难看死了。你不用去窗口守着，就这儿坐着，护士阿姨一叫'宁蕙儿家属'，你立刻推醒我。"

郝聿怀还是跳到窗口去看，他在小朋友里面算长得高的，在窗口面前一点儿不显矮，绰绰有余。小孩子浑身都有使不完的劲儿，站在那儿没一刻安稳的，浑身每个关节总在变着花样。宁宥也换个舒适的坐姿，打算睡觉，可看着儿子，左一眼、右一眼地看着，人是毫无道理地松弛下来了，睡意却怎么都培养不出来，反而不想睡了。她不禁想到昏迷中

115

的妈妈等儿子声音出现的心情，仿佛能听到妈妈心里长一声、短一声地喊宁恕，可惜宁恕不愿来。

郝聿怀看了半天，没任何动静，就跳了回来，接近妈妈一米时，嘎一声止步，探脑袋过去查看妈妈动静。宁宥从睫毛缝里偷看着，候着儿子靠近到一尺距离了，才忽然睁开眼睛，冲儿子笑。郝聿怀也笑了出来，但又想这儿是这么沉重的地方，不能乱笑，忙死死憋住，又挨着妈妈坐下，拿出手机玩游戏。

宁宥这才在调得轻轻的游戏声里睡去。

第五章
穷途末路

简宏成坐在田景野的西三数码店里，亲自动手往新买的手机里倒数据。他一直郁郁不快，低头面对着墙壁，懒得应付田景野侄子。收拾好他的新手机，才勉强挤出一个笑容，刷卡付款。然后他又默默地对墙坐了会儿，低头离开。田景野的侄子看得很是吃惊，打电话给田景野汇报。

田景野心里当然有数，但没时间跟侄子多说，他正面对着他的前妻。他候在前妻工作的储蓄所，等她下班，没打电话预告，怕前妻想太多、太杂，影响会谈。因此，他前妻出来时一眼看到他，一愣之下，便立刻改换姿态，满脸笑容地走向田景野。田景野也是笑，但当然是客套地笑。

"一起吃个饭？"田景野指指不远处他的车子，"我开车。"

前妻犹豫了一下，道："去我妈家接上宝宝吧，不远。"

田景野道："你的提议我考虑了，我想跟你单独谈谈。"

前妻一下子警惕起来。她环视一下周围，看看已经关闭了的储蓄所后门，道："在这儿说吧。"

田景野便直截了当地道："我不放心你带宝宝，决定拿回抚养权。我给你两个选择，一是协商解决，二是诉讼解决。协商是指你可以要求

117

我给予经济补偿，或者要求工作调换，我尽量优厚地答应，因为我有亏欠你的地方。总之，我志在必得。你知道我的性格。请你认真考虑后给我个答复。"

"免谈！"前妻转身就走，脸色墨黑。

田景野没追上去，只冷冷地道："你考虑清楚。为了你的饭碗，为了宝宝的前途，为了大家都过得好。"

"你……什么意思？威胁我？你不怕我告诉宝宝你是怎样一个人？"前妻不得不止住脚步。

田景野道："我就是反感你拿宝宝要挟我，还竟然敢当着宝宝的面跟我谈条件。你不怕教坏宝宝，我怕。既然你打开谈条件的口子，我也奉陪，而且奉陪到底。"

田景野平日里总是笑嘻嘻的，可沉下脸来，便变得有些可怕。前妻不禁后退一步，花容失色："你想干什么？你要是敢胡来，我都告诉宝宝。"

田景野道："我有什么不敢的？在牢里三年，杀人越货的都成了兄弟。"说到这儿，他一顿，下巴一扬，"我的意见是快刀斩乱麻，长痛不如短痛，今天速战速决。"

前妻跳脚大叫："由不得你……"

田景野打断："是，由不得你。明天就让你们行长停你的职，一年内你别想在本地金融系统就职。我立刻去法院提出抚养权诉讼，你没有固定工作，你稳输的。说吧，要多少钱，或者年底竞聘时想要哪个办公室职位。"

前妻指着田景野的鼻子骂："你……你这恶棍！你耽误我一辈子还不够，你还想怎样？搞死我吗？要我死给你看吗？"

田景野当没看见："用不着。你把宝宝抚养权交给我。我知道你会不舍得，但你一辈子还长得很，你可以拿走钱，投资你自己，把下半辈子过好。”

前妻忽然哭了起来："田景野，我已经三十多岁，嫁不出去了。我没法再跟别人生孩子了，不会再有像样的人跟我生。不管你想干什么，我都不会把宝宝交出来。你要是逼急了，我抱宝宝一起跳楼，我死活都要跟宝宝在一起。你听见了吗？你休想。"

田景野手一摊："好吧，谈判破裂。我走了。走之前提醒你，你这么要死要活，以为你有亲情的时候，有没有想过我出来这些日子里你不让我见宝宝，在宝宝面前把我说得一文不值，直到听说我又发家，才让我见到宝宝，还拿宝宝要挟我，你有多残忍势利。法庭见。"

前妻大叫："田景野！田景野，可以谈……谈……"

可是田景野说走就走，头都不回，直到坐进车里，才双颊抽动了几下，长长吐出一口气。他看一眼张皇失措的前妻，便走了。

简宏成拎了一大包吃的来，见宁宥脑袋搁在儿子肩膀上睡得正香。他站住待了会儿，又走过去，敲敲郝聿怀的肩膀，又做个手势让郝聿怀别叫醒宁宥。他在郝聿怀身边坐下，轻问："睡多久了？"

郝聿怀停下游戏，怕说话惊醒妈妈，就在手机上打字："一个半小时。"

"你饿吗？"

郝聿怀飞一样地打字："等妈妈一起吃。"

简宏成点点头，将一袋吃的放下，一抬头，却见田景野心事重重地来了。他就对郝聿怀道："叫醒你妈妈吧，一个小时差不多了，否则晚上睡不着。"

郝聿怀老三老四地思索了一下，觉得有道理，就把妈妈推醒。

宁宥睁开眼就看见田景野，愣了一下，撑着坐直一看，简宏成也在。她一时脑袋转不过弯来："你们怎么都在？"

田景野道："我来接灰灰。"

简宏成道："我给你送晚饭。"

宁宥道："哟，我睡糊涂了，其实应该问你们俩怎么都端着臭脸？"她又看看灰灰手机上的时间，"田景野，你不是说吃完晚饭后才来吗？"

田景野道："干脆利落地跟我儿子妈谈崩了。"

简宏成奇道："你谈什么了？"

田景野道："让你下午那一幕刺激了，我就翻脸做恶人，争取速战速决，一个星期内拿下，省得造成伤口太大，留一辈子记忆。"

简宏成悻悻的，无话可说。

宁宥刚睡醒，脑袋有点儿跟不上速度，发了会儿呆，才听出田景野说的是什么，又想半天，不知该说什么。

郝聿怀早饿死了，宁宥醒来，他就扒开食品袋，将菜盒一个个地摆到他原本坐的椅子上，又抽出一次性筷子，掰开塞到妈妈手里："妈妈，可以吃了。"

宁宥问两人："你们吃了没？"

两人都道："你们吃。"田景野还道："顺便替我想想有什么要注意的。"

宁宥道："今天各神经回路塞车，我慢慢想好，再发邮件给你。呃，现在只想好一条，这年纪的女人不容易，你得给她留足退路。反正你留得起。"但宁宥还是先去窗口看一眼妈妈，才回来吃饭。

田景野没处可坐了，就站到窗边发呆去。简宏成走过去拍拍他肩膀："有条经验分享给你，我带着小地瓜上班、出差，虽然辛苦，可小地瓜很开心，成长很快。你儿子比小地瓜还大点儿，更容易带。"

田景野苦笑："他妈妈跟我闹要死要活呢，还说要带着我儿子一起跳楼。"

“会不会是真的啊？”

“假的，她做不出来。但我听着，心里还是有点尿。”田景野不愿再谈，“你这么陪着宁宥，不大好吧？万一宁恕来了呢？”

“我跟宁宥说一下陈昕儿的事，该了结了。说完就走，来得及，宁恕还没上路回来呢。”

田景野略微吃惊：“你可别做犯罪勾当。宁恕不会放过你。”

简宏成一笑：“我什么都不用干，也轮不到我花钱请人去做，宁恕得罪的人多，有人可踊跃了。”

“擦，所以你有钱打包这么多菜了——人家母子俩怎么吃得光？”

简宏成还是一笑：“我又不知道灰灰在，还以为是我跟宁宥吃。现在我只好饿着，否则太奇怪，灰灰不适应。”

轮到田景野坏笑了：“不怕，剩菜也够你打扫的。”

过会儿，郝聿怀吃完，才刚跳起身，田景野就走过去道：“宁宥，你也吃完了吗？我带灰灰走了，顺便替你把这些饭盒带走扔了吧。”

宁宥不知情：“怎么好意思？我会收拾。我还没吃完呢。”

简宏成踢了田景野一脚：“是人吗？”

宁宥更莫名其妙。

郝聿怀走到简宏成面前道：“班长叔叔，我今天跟田叔叔上班可长见识了。你什么时候也让我跟一天好不好？我肯定不吵，不信你问田叔叔。我手机、电脑操作得都很快，我还会做黑客，今天田叔叔忘记了一个密码，就是我替他找出来的……”

“明天就可以。我还在这儿，你反正也没人管。”简宏成答应得很爽快。

“耶！”郝聿怀开心地跳到妈妈身边，撞了一下。

轮到田景野凑到简宏成耳朵边轻轻骂了一句：“是人吗？”

简宏成笑而不语。

等田景野领郝聿怀走了，简宏成终于可以坐下来吃。宁宥大惊，看着简宏成道："怎么回事？你没吃？"

简宏成顾左右而言他："宁恕与大部队会合了，一帮人现在在吃晚饭，估计吃完才能起程回家。"

宁宥愣了一下："那得半夜了。"

"嗯。够我说完陈昕儿的事。"简宏成忽然觉得现在这气氛很舒适，他不急着吃，抬头，忍不住冲着宁宥笑，"下午心情一直很不好，看见你才恢复一点儿。"

"你右脸颊的酒窝居然还在。"面对着近在咫尺的脸，宁宥鬼使神差地冒出一句。

简宏成道："你还不如骂我白胖了那么多圈，居然还没填平小小一个酒窝。"

"去去去，说陈昕儿的事。"

阿才哥早已收工上路，心满意足地在高速路上慢慢享用打包的无锡酱排骨。

而宁恕拿着一袋面包从高速公路服务区商店里出来，跳上等在外面的出租车，让司机继续轧着限速线送他去医院看妈妈。他不担心妈妈吗？才不，他心急如焚。

宁恕的车子走后，阿才哥的车子才进来服务区休息。阿才哥等司机上厕所的当儿，给简宏成打电话："他们见面了，东西转手了，现在该在喝酒庆祝。"

"这么迅速？"

"是啊，宁恕他们都是熟手，我跟都跟不过来，他们办手续好像不要等一样，飞快。我用了三队人马才什么都没耽误。后来一想，对了，宁恕说他以前是金牌销售。我回家了，到高速出口再给你打电话，我们连夜商量对策。"

"行，来得及。"

宁宥等简宏成结束通话，就问："我好像听见宁恕的名字？"

简宏成道："对，宁恕还在喝酒。我说到……噢，背到出租屋……"

"喝酒！是人吗？"宁宥怒不可遏。

简宏成道："我是继续讲古，还是让你生会儿气？"

"让我生会儿气。"宁宥即使生气，依然能够克制着款款起身，可又忍不住道，"我今天生了很多气，可都是闷气。"

宁宥说完，就去窗口看妈妈的动静，当然，依然没有动静。想想宁恕此刻正朱门酒肉臭，她已经无法解读宁恕的内心了。

而简宏成看着宁宥的背影闷笑。只是这场合太沉重，他不便笑得显山露水，只好低头闷笑。

宁宥回来道："我自以为很懂宁恕，直到今天之前还有这错觉。"

简宏成道："那是你不忍以最坏恶意揣度他。"

宁宥想了想，点头认可："宁恕下午三点打电话来查岗，倒打一耙，说我明知他三点钟回不来，却骗他三点钟必须回，说我借此诡计占据道德制高点以制伏他。他倒是不惮以最坏恶意推测我啊，为什么对我有这么大恶意？"

简宏成道："呵呵，虽然我帮简敏敏解决了一个个的大问题，也多次向她表示友好，可她对我说的每一句话都必然往最坏处想，想了后还不怕刺激我，必然伴以行动上的戳刀子。眼下我表面上待她如同正常姐弟，处理问题时也以家庭团结为重，可私下里处处防备她，不敢松懈。她被生活摧残了，可如果她不自我修复，别人即使再同情可怜她，也只能远离她，人力有时而穷。"

"人力有时而穷。"宁宥低声复述一遍。

"是啊，我最近不断被打击，不断刷新对这句话的认识。对小地瓜，我即使……我即使心如刀绞，可不得不把他交给陈昕儿。我抢不过来，也没有任何理由跟陈昕儿去抢。很多事情我只能眼睁睁看着它坏下去，眼睁睁地。我继续说下去？"

"好……不，我还没说完。我一直怀疑宁恕拿我当迁怒对象，你们简家也是。虽然从小家里的资源大都向他倾斜，可他的童年与少年时期并不好过。妈妈忙，只有我照看他，我只比他大三岁，即使自以为尽力了，可对他的照顾质量可想而知。尤其是走出家门后，他的日子更不好过。他又与我不同，我是女孩子，我弱小点儿，甚至装得弱小点儿，别人只会更善待我。没爸爸，妈妈从不来开家长会，都没关系，我成绩好……"

简宏成实在忍不住补充了一句："还长得好。"

宁宥"哼"了一声，不理简宏成："反正从老师到同学都善待我，我做什么事都搭顺风车。宁恕则不同，男孩子，豆芽菜体质，没有孔武有力的家庭男性成员撑腰，注定他在不文明的环境里要挨打受欺负，男生的世界比较弱肉强食。即使他引以为豪的成绩，也有他姐的光辉事迹在前面压着，老师表扬之前会提醒他一句以你姐姐为榜样。直到工作之前，他一直过得很压抑。我又是他那段黑暗记忆里对他指手画脚最多、管得最多的人，唉。除了简家是他必然仇视对象，就只能是我了。"

简宏成道："这算是对宁恕最善意的解读了，你到底是他半个妈，可惜不是整个妈，否则他不会这么怨你。一般来讲，妈妈跟孩子什么都好说，姐弟之间就没那么好说了。你看我妈妈那样子对待简敏敏，简敏敏还能三不五时地去看她一趟，板着脸吃一顿饭，跟我呢？你看待宁恕、对待宁恕，也该跳出半个妈的思维局限了，这样心里容易接受。"

"还善意解读呢，他前几天指责我当年欺负他。天地良心，真是，我气得胸闷好半天。"

简宏成道："跟我对待简敏敏一样，该远离就远离，该设防就设防。人大了，心思不单纯了。我继续讲下去？"

宁宥眉头一皱："你急什么？我还生气呢，让我先讲完。"

简宏成也道："我这不也是急于跟你说清楚吗？你先告一段落，我急不可耐了。"

宁宥奇道："你那事的结果不是明摆着的吗？"

"结果让你给识破了，过程匪夷所思啊。我已经忍了七年，你让我赶紧说出来。"

"是你自己要忍的。"

"真不是我自己想忍的，是不得不忍。"

宁宥只能放弃生气，让简宏成说下去。

宁恕在出租车上坐立不安。天已暗，他的脸便可以放肆在七情上面。他心里就像煮沸的粥锅。他归心似箭，可心里又很清楚到了医院后将有一场硬仗等着他，牙尖嘴利的宁宥不会放过他，他得预先想好各种应对，以主动出击来扭转局势。可他的心怎么都静不下来，他在谋划着另一件事，想到那件事已经走出最关键一步了，再往下走，便是收割战果，他又无法不狂躁地去想如何收割。可今晚显然是妈妈那边最要紧的一夜，而又必须先考虑摆平宁宥，才能安静地陪伴妈妈。他是妈妈的儿子，当然得暂时将那件事往后面挪挪。

可走了足有一个小时，宁恕依然无法静心思考如何对付宁宥，只得在黑暗中对妈妈抱歉地心想，要不将那件事速战速决了，才好安心。如此决定下来，他立刻全体脑细胞归位，很快想好步骤，打出一个电话。

宁恕打电话给远在缅甸的赵雅娟，想不到赵雅娟真接了起来。宁恕只是抱着侥幸心理尝试一下，想不到赵雅娟接起了，他很是高兴，忙道："赵董，我是宁恕。"

"哦，小宁，信号不是很好，你得长话短说。"

"是，赵董。好消息，规划可以调整了，容积率修改只剩下最后走走程序。"

赵雅娟开心地说："噢，好事啊，这么快，想不到。可惜我没在家，要不然再晚也得摆一桌庆功酒。"

宁恕当即果断地道："谢谢赵董，我总算不辱使命，非常开心。但这几天忙于工作，耽误了一件事，我前阵子被人差点儿恶意撞死并绑架……"

"哦，那事第一次见时你就跟我说起过。处理得怎么样了？"

宁恕道："我前几天在百忙中过去看了一眼，发现那么恶性犯罪的主事者居然给取保候审了，一打听，真是钱能通神。我投诉了当事民警，可没下文。眼看23日这个案子要上法庭，我几乎已经看到结局，求赵董帮我找人疏通。我不求别的，只求公正判决，不受干扰。"

赵雅娟爽快地道："你把详细情况发电邮给我，我替你做主。"

宁恕激动得差点儿在黑暗的后座上跳起来。他连日连夜地这么辛苦，等的就是赵雅娟的这句回答"我替你做主"。对，这就是赵雅娟对他拿下局长大人，拿下容积率修改的回报。

放下这一头，宁恕才能专心思考医院那头。可他专心了会儿，便头一歪，睡了过去。他太累了。

"卡拉OK经理的话能当真？"宁宥惊得差点儿跳起来。

"能当真。"简宏成仔细看着宁宥脸色，见宁宥毫无幸灾乐祸之色，他很是放心，"我下午没跟陈家人说真话，真话太刺激。实际上是，我相信经理还记得那夜的事，但那种江湖人做人谨慎，不敢实话实说，免得施暴者砸了他们的店，也怕受害人得知店家知情不告，迁怒而砸了他们的店，所以他们就以推测的方式说出真相，让谁都抓不到辫子。基本上他说得最详细的，就可默认为真相。反正后果都一样，我说得太细节、真实，陈家人会更接受不了。给他们留点儿侥幸心理也好。"

宁宥缓慢地点点头："是，你做得很好。可即便如此……女孩子总能遇到一些猥琐男的骚扰，有时候做梦回忆到当时情形，都能又吓又气，惊醒过来。陈昕儿好可怜。"

简宏成道："我事后细细打听过，有那么一种药，可能他们从香港带过来，叫氟硝安定，促睡眠很快，而且事后又能干扰人的记忆。估计陈昕儿遇到的就是那种，所以事后意识混乱地栽上我。但那天醒来我衣衫齐整。我头天晚上酒意上头，一头扎倒睡着，根本穿的还是西装，早上陈昕儿已经清醒，应该看清了，从这一方面来讲，陈昕儿又有选择性遗忘的成分，不知是故意，还是病态。但我真没法跟她追根究底，不忍心问下去。"

"我终于能理解她的逃避了，她不容易。你也是仁至义尽，这么多年呢。"

"但毕竟非亲非故，陈昕儿又花样百出地折腾……"

"我一直觉得陈昕儿以不断折腾来求得存在感，唉，果然。"

"虽说我也同情，可同情会被消磨。我只好把她送去坐'移民监'，算是给我开辟狡兔三窟之一窟，安慰我的不甘心。这回要不是她跟宁恕搅到一起，非要起诉我，还有她对你的态度又变本加厉，我本来还想掩耳盗铃下去呢。我只担心小地瓜，陈昕儿现在基本上无自控能力，而陈昕儿妈妈是那种强硬到不会变通的女人，家里显然她是老大，我讲述的过程中，陈昕儿听到痛苦处干扰起来，她妈上去就是一巴掌，脸都打肿了的那种，小地瓜怎么活？"

"真是人力有时而穷。"

"好了，总算跟你解释清楚了，我轻松一些，要不然没法见你。"

宁宥撇开脸，不理简宏成，但同时又忽然感觉异样。她下意识地抬头看去，只见宁恕怒目圆睁地冲着这边看。果然是宁恕来了。宁宥冷冷看宁恕一眼，便将他视若无物。

简宏成看到宁宥略微显现出的异常，便也看过去，也见到凶神恶煞般的宁恕。他也只冷冷一瞥，凑过去冲宁宥轻道："宁恕这下确认你是'汉奸'了。"

宁宥也凑过去，近得都看得见简宏成脸皮上的胡茬儿，道："你再添一个砝码。不好意思，我不能让你专美。"

简宏成道："他现在惊呆了，会怎么发落我们？"

宁宥道："拳头什么的，最好招呼到男人身上。"

简宏成一听，立马跳了起来。果然，宁恕大步冲了过来，一拳冲简宏成挥了过去。幸好简宏成已有准备了，赶紧躲开。但宁恕大力挥拳追打时，脚上不知绊到什么，一下子站不稳，人又正在用力，便噔噔噔地冲向前去，踉跄跌倒在地上已经展开铺盖了的一堆病人家属身上。简宏成在百忙中看时，只见宁宥状若不经意地将腿收回，又踢出一条不知谁的折叠凳。而等宁恕连声道歉后坐起，战场早已打扫干净，宁恕只看到一条打翻的折叠凳，猜测他是误踩了。简宏成心说，难怪宁宥工作这么多年，不仅不吃亏，还步步高升。

宁宥没等宁恕站稳，就冷淡而清晰地道："下午两点左右妈妈出现一次险情，我呼唤无效，幸亏简宏成跟妈妈说话，激发妈妈求生欲。当然，既然你总算姗姗来迟了，我就可以放简宏成走了。你收起拳头，不可忘恩负义，以后拔拳头前请先找护士站了解情况。"

宁恕一下子被定住，异常尴尬，知道于情于理都打不出手。可他还是忍不住道："要他干吗？我们家的事要他干吗？"

宁宥依然淡定地道："你这么重要的人物不在，我有什么办法呢？既然你来了，这儿移交给你，我明天这个时候来接替你。"

说完，宁宥理都不理宁恕，收拾好苏明玉送来的过夜装备，请简宏成帮忙一起拎着，撤退。她拎着睡袋到护士那儿做好说明，再趴在窗口看了会儿，看都不看一眼宁恕，走得非常干脆。

电梯关上，简宏成才道："你会挨指责。"

"爱谁谁。"宁宥都懒得解释。

宁恕一时反应不过来，他好歹是准备了一肚子反击宁宥的话，可完全没想到全无用武之地。他愣愣地看着宁宥消失的方向好一会儿，才一屁股坐在宁宥原先坐的地方。他又想起刚才一激动，居然忘了第一时间看看妈妈，忙趴到窗口去看。然而，一屋子都是挂满各种仪器的病人，甚至连男女都分不清，究竟哪个是他妈妈？

等宁恕回来，发现刚才那个位于墙角的僻静干净位置被人抢了。抢位置的大妈从折叠躺椅上抬起肿胀的眼皮，面无表情地道："呵呵，我看你没带铺盖，用不着这地方。唉，睡了，睡了。"说完，便闭目拥被睡觉，不理宁恕是什么反应。

宁恕一时没地方落脚，转身看来看去，只有门口一把椅子空着，可以坐。他只得坐到那边去，赶紧写电邮发给赵雅娟。

但是，刚才宁宥说明天这个时候才来接替，可明天白天宁恕不能不去公司，而他又放心不下这儿没人管。他想来想去，只得拨电话给宁宥，满脸尴尬地放软声音："我明天白天很多安排，要不你还是明天白天来，明天晚上我来管……"

宁宥道："我信不过你，与你没商量。"说完，便挂断电话。

宁恕气愤地看看手机，无奈只好又找陈昕儿。在赵雅娟正式出手之前，他得快马加鞭地将规划改动手续尽快办下来，以免赵雅娟以为他骗人。他明天哪有时间待在医院？再说，妈妈住在ICU里面，他纵然万般想管，可也鞭长莫及啊。他进不去ICU，在也没用。发生如今天下午两点需要亲属进去配合医生这种事的概率毕竟低。

接电话的是陈昕儿的妈妈。宁恕没听出来，以为那边就是陈昕儿，直接道:"哎,按说我帮你抢回孩子,帮你追讨抚养费,帮了你这么大忙,可你今天倒是说说看,只是拜托你到医院照看一下我妈,你都做不到。明天早上七点,再不帮以后没商量了。闵律师那儿就等你的态度。"

陈母好一会儿才将宁恕的话串联起来理解过来,顿时板起脸道:"啊,你就是那个宁恕?听声音你年纪不大。小伙子,我奉劝你一句,做人要安分守己,闲事少管,不要煽风点火。"说完,就挂掉电话。

宁恕猝不及防,被打蒙过去,醒过来时顿时脸色铁青。他岂肯吃亏?再度拨通陈昕儿的电话,不等那边说话,立刻像打算盘一样地道:"陈昕儿,做人要讲信用,出尔反尔小人也。你即使想赖掉也行,直说,和平年代,难道我还能拿刀拿枪逼你做事?你又何必让你妈来骂我?我帮你的结果难道是让你反咬一口?那你还算是人吗?你……"

那边依然是陈母接的电话,她不耐烦地道:"知道了,知道了,刚才我心急有错。明天早上七点是吗?准时到。干吗啊这是?讨债鬼一样。"

宁恕又是一愣:"你让陈昕儿听电话,让她自己说。"

陈母没好气:"会说话吗?跟长辈是这么说话的吗?"说完,又挂断了电话。

宁恕心说,相信你才有鬼呢。他只好问旁边家属如何请看护。

简宏成非要全程帮忙,带着宁宥将郝聿怀从田景野那儿接出来,把母子安顿在宁宥指定的宾馆里。他试图安顿到好一点儿的地方,可宁宥非要住在离医院最近的商务宾馆,以便随时可以休整,简宏成也无可奈何。他奈何不了宁宥。

然后,简宏成与阿才哥见面。

阿才哥刚从高速收费站出来,就笑嘻嘻地钻出车门,钻进简宏成自己开的车子里，随手将几张复印件交给简宏成："给你，都在了。连宁恕刷卡付款的那个什么单子的复印件也在这儿了。"

简宏成打开顶灯查看，果然，该有的证据全套齐全，一份不差。

"你应该到克格勃去，大材小用了。"他笑道，"才一份？你多复印两份，你也拿一份。"

阿才哥一把推开："我有。我明天就去举报，一定要让那小子坐牢，起码坐足三年。切，玩我，我没打断他的腿，全是你和小田拦着。"

简宏成笑道："不急，举报也有章法，我慢慢分析给你听。"简宏成再确认一眼复印件中的付款数字，"前年两高新出了行贿量刑解释，超过一百万的，属情节特别严重，判十年以上有期徒刑，甚至无期。即使受贿人最终把钱退回，没有接受，依然可以判他，只会稍微减几年。"

阿才哥一惊："这么狠？"

"对，除非赵董揽走责任，将个人行贿转为单位行贿，宁恕才可以少判几年。我现在有几个方案，我们找个地方边吃边谈？"

"行啊。但你得赶紧告诉我，我拿这几份复印件有什么用。"

简宏成一笑："找局长'帮忙'，请他帮你介绍几个工程做做呗。看样子你还没跟他搭上关系。"

阿才哥一听，哈哈大笑："你太厉害了，石头都能让你榨出油来。你跟小田两兄弟，小田同样是一分钱也能榨出油来。都是牛人，牛人。你还有什么主意？都快说出来，喏，前面那个饭店，我们边吃烤串，边说话。"

简宏成赶紧将车开过去："我有个不成熟的计划，我们今天讨论一下，确定方案，明天就开始做起来……"

阿才哥笑道："你想出来的怎么会不成熟啊？你说我做，全市我都熟。"

"我制订计划考虑两个前提，首先当然是把宁恕拿下，其次是我们的安全。这两者之中，我们自己的安全得放在首要位置。我们的安全包括几条，首先是两边当事人可能会狗急跳墙，最近我们得注意人身安全，所以要守口如瓶，这件事的知情人越少越好；其次是我们不能在圈内落下举报行贿、受贿的名声，这事得交给跟我们关系比较远的人去做，别人即使怀疑上我们，也拿不到把柄；最后，也是最重要的，我们不能坏了赵董的好事，让她在心里记恨我们。我还好，你大本营在本地……"

阿才哥的眼睛在黑暗中闪亮，听到这儿，伸手紧紧揽住简宏成的肩膀，插话道："我早知道你考虑的肯定等于我考虑的，既然你都考虑到了，我对你的实施步骤没意见。"

简宏成心里了然，嘴上笑道："那不行，领导不听汇报，我晚上睡不踏实。"

阿才哥轻松欢乐地笑骂："擦，你寒碜我，你这是寒碜我，是兄弟吗？哈哈。"

郝聿怀让宁宥接走了，田景野轻松许多。他电视什么的都不开，躺在沙发上想主意。他想到那天早上偷偷去前妻家小区等儿子出门上学，有个男人与前妻一起出来，显然是过夜的。可从前妻试图与他复婚来看，那男人显然是与前妻没婚约就同居，前妻显然罔顾儿子的想法。这么越想，田景野越不放心儿子所受的教育，再回想起出狱后第一次见到儿子时，前妻死鱼一样的脸，儿子冲着他吐口水，当时心里跟扎刀子一样地难受。可是，前妻在银行后门说的那些话也不能不考虑，她不小了，再婚机会少了很多，再育的机会也很小……

正想着，一个陌生电话进来："小田啊，还听得出我声音吗？"

田景野一下子坐直了："噢，宝宝外婆，这么晚还没睡？"

"还早呢，要不你出来，我们找个地方聊聊天？"

田景野立刻收起刚才一脸的犹豫，坚决地道："不了，我已经睡下。"

"小田，别这样。有什么不可以谈的呢？尤其我们的出发点都是为宝宝好，是吧？你有没有想过宝宝已经上小学了，已经懂事了，即使他妈妈不灌输，他也看得懂。你问宝宝，他最爱的人是谁？当然是他妈妈。再问，最爱宝宝的是谁？当然还是妈妈。你如果把事情做绝了，不是伤了宝宝的心？"

田景野道："我记得有个故事，两个男人到县官面前吵，都说是一个小孩的亲爹。县官就让两个人自己抢小孩，抢到手的就是亲爹。结果一个男人狠命用力抢，把孩子抢到了，县官却把孩子判给不敢动手抢的那个男人。因为亲爹爱孩子，才不舍得抢狠了，怕伤到孩子。我和宝宝妈比比吧，看谁抢得狠，顺便验证谁更爱宝宝，谁更不舍得让过程波澜起伏伤到宝宝。"

"你！小田，你怎么说话的？就算……"

田景野听到这儿，将电话挂了，不要再听。但他忍不住给好友简宏成打电话，要求喝酒。即使得知简宏成在跟阿才哥谈事情也不管了，他想找人说话。他知道后面的路不容易走，他会挨骂，他需要朋友的支持。

赵唯中听到妈妈手机一声提醒，拿起来看是电邮进来，便打开电邮，递给妈妈："宁恕的。这么晚发电邮过来，可见是真急。"

赵雅娟戴上眼镜看，可忍不住对挤在身边的儿子埋怨："你用的什么香水？熏死人，你等会儿能睡得着？"

赵唯中一笑，不答。他看得快，蠢蠢欲动地试图翻页，被赵雅娟将手指打开。赵唯中只好道："他以为你还在缅甸呢。"

赵雅娟只"嗯"一声，专心看电邮。看完，她将眼镜摘下，搁桌上，对儿子道："我本来对慈善会上冒出来的那个说宁恕坏话的土石方老板有点怀疑，现在你看，改容积率手续还没全办下来呢，宁恕就迫不及待了，这不是捏着那手续逼我替他办事？看架势，真是早有预谋的，拿我当猴耍呢。"

赵唯中点头："这件事只能替他办，往后再给他教训。"

赵雅娟道："他捡到戒指，故意不交给我，而是特意交给警察，把这事闹得尽人皆知。往后就算他稍微犯点儿错，我好意思给他教训？传出去，别人不知怎么说我忘恩负义呢。"她坐着静静想了会儿，道："你打电话给房产公司财务，问宁恕提了多少钱出去。"

这家房产公司原本就是赵唯中管的，他很快调出财务经理电话打过去，一问之下愕然："没提大额的。"

赵雅娟惊了："没提？他靠什么疏通关系？唯中，这事太怪，你我都压着，别主动，让宁恕继续自由发挥。你发封邮件回他，说我后天赶回来，替他过问他家的事，一字别提容积率手续。"

赵唯中一边帮妈发邮件，一边嘀咕自己上了宁恕的当。他年轻气盛，当然咽不下这口气。

宁恕收到邮件后满意地微笑，这才能放心地闭目养神。可他的位置正靠着门，虽不是人来人往，却毫无屏障可恃。他时时担心万一不小心昏睡过去，手中这只装满手机、iPad、电脑和钱的包被人偷走，都不敢真睡着。上半夜还过得去，到下半夜凌晨三四点时，那日子真是煎熬。惨白的灯光下横七竖八、表情惨淡的病人家属，宁恕睁开眼看是罪过，闭上眼又怕睡死过去，只能时不时地起身到外面楼梯间走走。

终于天亮了。天一亮，整个大楼也吵了起来，一帮病人家属开始直着眼睛，披头散发地从宁恕身边进进出出洗手间，又甩着湿手从宁恕身边走过，顺便在他身上留下几滴"阳光雨露"。宁恕懒得指责，只皱皱眉头，耐心等七点钟护工来报到。

宁宥虽然有大床，有空调，有儿子在身边，可睡到早上四点醒了，一下便睡不着了，脑袋里翻来覆去地思考妈妈那边该怎么办，甚至想到万一有个什么好歹，她要怎么处理后事，最头痛的自然是如何与宁恕配合。她索性起床，摸黑走进卫生间，将母子俩换下来的衣服都轻轻地洗出来，晾晒好，然后又回到床上躺下，省得吵到儿子。可过了六点，她就浑身火烫，焦虑起来。她实在不放心宁恕，只得在床上留下一张字条给儿子，轻手轻脚地出门，打探动静去。

医院里即使才清早，也已经人山人海了，许多人拎着餐盒等电梯。宁宥稍慢了一步，走进电梯时，电梯超员报警，她只得灰溜溜走出，回头，电梯门在她面前合上。宁宥依稀觉得里面有一个拎大塑料袋的中老年妇女看着面熟，好像是陈昕儿的妈妈。宁宥吃惊，难道宁恕又抓陈昕儿的差，陈母代替眼下情绪不稳的陈昕儿来医院照料妈妈？宁宥看看其他电梯，似乎也暂时指望不上，她等不及，只好拔足狂奔，从楼梯上ICU楼层。

宁恕虽然坐在门边，可并没有留意到陈母进来，他懒得打量闲杂人等。

而陈母进来等候区环视一周，便大声问："谁是宁恕？我是陈昕儿妈，我来代陈昕儿。"

宁恕一愣，举起手，同时也站起来。他没想到陈母会来代替陈昕儿帮忙。

陈母立刻看见宁恕，厉声道："你就是宁恕？"陈母没等宁恕点头，她手中的塑料包便劈头盖脸地扔向宁恕，顿时，无数鸡蛋砸在宁恕身上。宁恕浑身滴滴答答地往下流淌蛋黄、蛋白、鸡蛋壳和鸡屎。显然这些蛋不是好蛋，一股浓烈的臭味也立刻散发开来。

宁宥正好跑上楼梯，气喘吁吁的，刚想歇会儿，却一眼看见远处狼狈至极的宁恕。宁恕对面是剑拔弩张的陈母在骂："混账，你敢欺负昕儿家里没人，还是怎的？你算什么东西？敢半夜打电话命令昕儿，敢在电话里命令我？你欺负昕儿现在生病，没脑子。你这吸血鬼，吸病人血，吸女人血，你会好死啊？做人有没有良心？你这狗头军师，你不怕报应吗？你妈还病着呢，你做儿子的竟然想不管，让别人替你管，你放得下你妈？你良心全黑的是吗……"

宁恕的脸全被鸡蛋糊住，拿手去抹，手上也是鸡蛋液，抹得稀里糊涂的。他本来就没睡好，脾气大，火气越发往上蹿，回身将手往墙上一抹，抹掉蛋液，便迅速抹出两只眼睛，看清正前方的陈母，毫不犹豫地一巴掌打过去。陈母即使有备而来，可身手哪有宁恕小年轻的灵活？她再躲也没宁恕快，被一巴掌打在脸上，人跟陀螺似的转了出去。但宁恕早跟随而上，长臂一伸，顺势将还没站稳的陈母摔在地上，又拖到地上那一汪蛋液处，拿脚踢蹬着翻滚陈母，像春卷裹蛋糊一样。地上滑腻，滚得非常容易，陈母一下子浑身沾满蛋糊，人也给滚晕了，只会大声尖叫："救命啊，救命啊！"

宁宥一看见打架，头上的旧伤疤就发痒难受，人也吓得腿软。尤其是看见宁恕将陈母摔在地上，她眼前一下子飘过她当年被简敏敏打飞出去，撞到石头上的场景，她的心都揪了起来，腿脚发麻，不敢再挪一步。她唯有脑子还在正常运作，想喊宁恕住手，又想到宁恕最近跟她苦大仇深，可别看见她喊住手，反而逆反。

宁恕依然狞笑着拿脚翻滚陈母。很快，保安便被当班护士叫来。可两个保安看见又臭又脏的两个人，都不敢出手，只大声喊："住手！住手，再不住手警察来了。"

宁恕见保安来，便大力用脚一蹬，将陈母蹬向保安。一时保安接也不是，逃也不是，只好也伸出脚，将陈母止住。陈母年纪大了，被这么一折腾，头昏脑涨地起不来。而宁恕又抹一遍脸，冲保安道："那泼妇没头没脑地砸我一身臭鸡蛋，我打她一巴掌，摔她在地，没做其他。她活该，一大把年纪不懂尊重，在场都是见证。我叫宁恕，行不更名，坐不改姓，电话护士站有登记。你们有事可以打电话给我。"

宁恕说完，扭头去洗手间，走出几步，便看见宁宥扶墙站着。他不由自主地站住，试图说明，可嘴唇稍微动了一下，滴下一滴蛋液，最终没开口。

反而是宁宥问："陈昕儿妈妈？怎么回事？"

宁恕不出声，试图绕过宁宥。

但旁边一个原本围观热闹的女人见宁恕似乎情绪没那么激烈了，又担心宁恕离开，就小跑过来，赔笑问："宁先生？我是公司派过来的护工……"

宁恕这才说话："哦，你不用管了。等我从洗手间出来后拿钱给你。"

宁恕话音才落，等候区里忽然爆发出号啕大哭声。即使在 ICU 这种环境下大家已经习惯了各种各样的哭声，可还是被刚刚坐起的陈母的哭声震撼了。宁恕也慌张地回头去看，不急着去洗手间。他很担心是不是把陈母打骨折了。

宁宥的目光从护工那边转走，这才明白到底发生了什么。显然因为她不肯跟宁恕商量白天看护妈妈，宁恕只好找陈昕儿，大概言语很不中听，不果，又找了护工。而陈母，以前看上去是多严于律己的人，大概昨天让陈昕儿的不幸遭遇弄崩溃了，正好宁恕惹了她。宁宥冷冷盯着宁恕，道："听见哭了没有？收拾烂摊子去。这么大年纪的女人大多骨质疏松，摔到地上就是祸。"

宁恕一愣，但立刻黑着脸道："你算什么意思？既然你早上七点准时能来，昨晚又干吗为难我？这下好了，看我浑身都是臭鸡蛋，你满意了吧？做人心思怎么这么刻毒？我忙，你既然来了，也没法去上班，为什么不能多管几个小时？为了这几个小时，一会儿骗我提早回来，一会儿又骗我早上不肯来，妈妈都已经躺在病床上了，你做人还这么计较，你好意思跟妈妈姓宁吗？"

宁宥不理宁恕，冲保安喊："你们别放走这男人，报警，让警察开验伤单。那么大年纪的大妈，摔一跤不得了。"

宁恕又惊又怒，见保安果然走过来，捏紧拳头又放下，两眼喷血地看着宁宥。

而保安果然对宁恕道："已经报警了，你先别走，等警察来。"

宁恕狠狠剜宁宥一眼，进去洗手间。保安连忙跟进。

宁宥只得过去蹲下，对陈母道："陈伯母，我是昕儿同学宁宥，对不起，宁恕是我弟弟，我在教训他。"

陈母抬眼看清宁宥，更哭得撕心裂肺，想伸手抓住宁宥的手，又缩回去在身上擦擦，可越擦越脏，她哭得也更伤心。

宁宥问："您身子骨还好吗？我们去查查，这儿就是医院呢，千万别伤着。"

陈母摇摇头，虽然费劲，可还是对宁宥道："我没事。"

宁宥点头："还是看看吧，您这把年纪不能疏忽。我刚来，没来得及阻止宁恕。我先扶您起来吧。"

陈母摇头，挥手，不用她帮。

宁宥只好道："那陈伯母再坐会儿，我去护士站问问我妈昨晚上有没有动静。我妈情况很不好，昨天下午好不容易抢回来一条命。"

陈母一愣，哭声小了点儿，怔怔地看着出去的宁宥的背影一会儿，立刻辛苦地站起身，哭着走了。她都不进去洗手间，直接下了楼梯。

宁宥听见动静，回过头，见陈母已经快走到楼梯了。她见陈母腿脚并无障碍，叹了声气，任陈母离开。

简宏成换了一辆陈昕儿不认识的车，牺牲睡眠，很早就等在陈昕儿家楼下。他没想到陈母更早去了菜场，又去医院找宁恕算账。他等到早上八点多准备打退堂鼓时，见陈母浑身邋遢地走来。陈母直着眼睛，都没往路边不相干车子上看一眼。

简宏成连忙跳出去，拦在陈母面前："陈伯母，怎么回事？谁干的？"

陈母闷声闷气地道："自找的。你来，有什么事？你可以打电话啊。"

简宏成道："我根据过往经验，这几天陈昕儿会很不好管，你们忙不过来的。不如……小地瓜再跟我一个月，一个月后我准时送他回家。"

陈母抬起肿胀的眼皮，无精打采地看着简宏成，却断然道："不用。你担心了一夜吧？两个黑眼圈这么明显。小地瓜哭了几次，昕儿也闹了几次，但这都是我们的事，你不用管了。你的心意我领，我还没谢谢你这么多年照顾昕儿和小地瓜，以后有机会再谢你。你去忙吧，各人各命，人得认命。"

简宏成无言以对，只好目送陈母离开。

田景野的前妻才到营业部，就被营业部主任叫去楼上。田景野前妻满心忐忑，走在主任后面陪着，小心地问："主任，不是昨天账做错吧？"

主任没答，进办公室关好门，都没请田景野前妻坐，就道："你暂停工作两个半月。你把属于你的东西收走，这就回家吧。"

139

前妻花容失色："为什么？我又没做错什么。"

主任道："分行直接下令，你找分行问去。"说完，打开门请田景野前妻离开。

田景野前妻不肯走，拿出手机就找田景野："田景野，你浑蛋！"

田景野"呵呵"一声，就挂断通话。

田景野前妻无计可施，只能冲主任流眼泪，可主任又怎么敢违抗高他好几级的分行长的命令？他坚壁清野地请田景野前妻立刻离开。

前妻走到门口，忽然想起："两个半月后不是重签劳动合同吗？"

主任点点头。

前妻更是泪如泉涌："那就是说……不打算跟我签了？"

主任继续点头。

前妻满脸都是绝望，私人物品都不收拾了，掩面大哭着奔出银行后门。

田景野两腿架在办公桌上，坐在西三办公室里等待前妻的进一步反应。很快，前岳母又打电话来："田景野，你太赶尽杀绝。"

田景野道："儿子抚养权归我，我除当初离婚时给你女儿的所有资产与存款外，再补偿她二十万。以后每两周允许她探望一次，每次半天。如果答应，直接去博大律师事务所签约。签约结束，宝宝就留在律师那儿，你女儿的工作立刻恢复。如果不答应，再会。"说完，就干脆地挂断电话。

说完电话，田景野跷着腿，继续等。

可田景野没想到，阿才哥带着一帮曾经几进宫的同事来到田景野前岳母家，敲开门。田景野的前岳母打开门张望，他与同事们却都一言不发，队列整齐，全都挂着脸，阴森森地看着前岳母。田景野的前岳母吓得魂飞魄散，再不敢打电话给田景野，而是呼叫女儿交出外孙。

很快，田景野的电话又响了，前妻哭喊着道："你叫那帮恶棍走，我们立刻去博大律师事务所。有必要吗？宝宝还在妈妈家呢。不，不，我们求饶了好吗？"

田景野摸不着头脑，只好装模作样地"嗯"了一声："你们到博大律师事务所签好约再说。"

"恶棍挡在门口，我妈怎么出门啊？"

田景野只好挂断。他也不知道，但很快就想到，那可能是阿才哥。昨晚他心神不宁地找简宏成倒苦水，阿才哥也在场。阿才哥因九千万元收回的事欠下他好大人情，一直想还他，想不到就还在了这儿。但田景野硬是曲折地打电话给前岳母，吩咐道："你把电话拿给门外的人，我跟他们说一下。"

前岳母立刻乖乖照办。她不知田景野跟带头的人说了什么，只见那凶神恶煞一般的人忽然咧开嘴笑了，然后将电话交还，一挥手，所有人呼啦一下全走了，走得非常迅速。前岳母在门缝里看得腿都软了。

宁宥站在两米开外，一边看着警察处理宁恕，一边担忧地看着电梯口。可老天不作美，电梯门一开，陆副院长还是准时来巡查了。走出电梯的人谁都无法忽视警察的存在，陆副院长也是。他看看浑身狼狈的宁恕，再看看不远处正关注着宁恕的宁宥，便心里了然。宁宥只得暂时放下宁恕，与陆副院长招呼。

陆副院长昨天已经得到了田景野的解释，对宁宥态度良好，道："对不起，你弟弟那一身邋遢，没法让他进去隔离病房。"

宁恕也听见了，抬头看陆副院长一眼，道："对不起，刚才一个老太太冲进来对我砸臭鸡蛋，我正协助警察同志处理。"

陆副院长没说什么。宁宥看一眼宁恕，跟了过去，趴在窗口张望。

宁恕没法跟去，即使警察处理完他的事告辞后，他依然只能站得离窗口远远的，因为他浑身臭鸡蛋，还因为当下正是医生集中巡房时间，窗口趴满的家属里三层、外三层的，他没法挤过去，只能踮起脚朝里张望，可张望到的也不过是一张遮得严严实实的床帘。倒是有家属来来往往，不小心碰到他，却不敢露出半分嫌弃，唯恐挨他的拳头。宁恕只好当作没看见。

陆副院长很快出来，他涵养很好，等宁恕跟过来才道："老太太情况依然不理想，昏迷时间越长越不好。你们还是要有心理准备。"他说这话主要是对着宁宥，说完，才看一眼宁恕，"我有一台紧急手术，手术结束我会再过来，希望届时你也在这儿。"

宁恕问："大约几个小时？"

陆副院长本来已经起步了，闻言立刻止步，略微意外地看宁恕一眼，精确地道："四个小时后，下午下班之前。"

陆副院长说完，就匆匆走了，留下姐弟俩。宁宥看向宁恕，宁恕愤怒地道："不用看我，这次失去机会不是我的责任。"

宁宥耐心地道："我们先别谈责任不责任的。宁恕，这个世上最爱你的人在里面等你挽留……"

"我知道！"宁恕暴躁地打断宁宥的话，转身就走了。

宁宥无奈地看着，终于下定决心，掏出程可欣留下的名片，给程可欣打电话："程小姐，我是宁恕的姐姐，想请教你一些事。"

"噢，宁姐姐，需要我到医院说吗？"

宁宥心中无比感慨，她都拉不住宁恕逃离医院的脚步，而人家不相干的女孩却电话一通，就体贴地愿意赶来医院。她忙道："谢谢，谢谢，不用，不能这么麻烦你，在电话里说就可以了。"她想起刚才宁恕打陈昕儿妈妈的场景，吸了口气，才有勇气说下去，"宁恕现在变得很陌生，我不知道他为什么变成这样，想请教你，希望你提供一些线索。"

程可欣沉吟一下，干脆地道："宁姐姐是试图撮合吗？那我只能回答两个字——免谈。"

宁宥道："谢谢。你的态度让我可以放下顾忌，把问题问得更清楚点儿。宁恕刚刚揍了一位大妈，他的行为超出我的底线。我想象不出我弟弟为什么会走到如此极端的地步，他是不是遇到过其他我所不知的不幸？"

程可欣听了，呵呵一笑："可是，背后彻头彻尾地说一个人坏话，不是我的风格。"

宁宥苦笑道："理解。只是我今天才发现我还是被亲情迷了眼，没彻底看清宁恕，因此没法对症下药，希望你开个诊断结果给我。我知道这是强人所难，可……请你帮忙。"

程可欣一直没挂宁宥的电话，到底是心软，听到宁宥如此恳求，还是说了："宁恕现在活成个大笑话。他野心勃勃地追求一个官二代，但被甩了；他野心勃勃地衣锦还乡，结果丑闻百出，被他上司涮掉了；他现在又野心勃勃地攀上赵董，可大家都在等看笑话。他同学结婚都不请他呢，怕降格，怕惹祸。他不会感受不到。"

宁宥又倒吸一口冷气："果然是不一样的视角，不一样的诊断。非常感谢你，也非常不好意思就这事打搅你。"

程可欣欲言又止，沉默了会儿，道："不客气。宁姐姐撕掉我的名片吧。"

宁宥看着程可欣的名片，叹了声气，收回包里。

田景野去简明集团找简宏成，却隔着落地玻璃见到简宏成在小会议室里开会，而郝聿怀一本正经地拿着一支笔、一个本子，坐在角落，不知记录些什么。田景野耐着性子等了会儿，可他心急如焚，只好伸手敲了敲玻璃门，打断里面的会议。

简宏成独自出来，将身后的会议室门掩上，抢先道："别一脸急躁。阿才哥是我指使他去的，我承担所有骂名。"

田景野一愣："我说呢，他怎么知道我前丈母娘家地址？这事我慢慢谢你。我现在的问题是宝宝在律师办公室里满地打滚，要妈妈，我来问你借灰灰。我妈说小孩子最听大孩子的，我一下子想到灰灰能帮我。我接手宝宝后的第一次交手只能和平，不能冲突。我现在不能出场，得等灰灰帮我……"

"这事灰灰能行，我至今还在纳闷小地瓜见到灰灰就乖乖的，任灰灰搓圆捏扁都心甘情愿。"简宏成打开会议室门，招呼郝聿怀出来，"灰灰，有个重要任务要请你帮忙。田叔叔儿子的抚养权今天正式移交给田叔叔了。"

郝聿怀正开会开得云里雾里，终于遇到他听了不糊涂的事，忙插嘴道："这么快。"

简宏成道："对。但现在有最后一关需要打通。宝宝原本一直跟着妈妈，忽然被从妈妈身边扯开，非常不适应，只一味哭闹，要妈妈，田叔叔完全没办法。现在需要你帮忙让他镇定下来，让他可以跟田叔叔交流。"

郝聿怀想了好一会儿，道："上回小地瓜哭闹，是妈妈做主力，我做助手。这回要我单干？"

田景野道："现在你妈妈忙不过来。但你不用有压力，做成做不成，只要你帮助田叔叔就行了。"

郝聿怀道："行。我一定做好。"

田景野见郝聿怀一口答应，非常开心："走，我们赶紧去，宝宝嗓子都哭哑了。灰灰，田叔叔不知多感谢你。"

郝聿怀老三老四地，但实事求是地道："我和妈妈一直在麻烦田叔叔，能帮上田叔叔的忙，我心里很高兴。"

简宏成道:"我早说过,灰灰能分清你的我的、你分内的我分内的,这判断力已经赶上了许多成年人。"但简宏成话没说完,田景野早急匆匆地拉着郝聿怀走了。看着两人的背影,简宏成想到小地瓜,不知小地瓜还在不在哭,有没有适应外婆的严厉。而即使他再有能力,也无法换得小地瓜喊他一声"爸爸"了。简宏成两眼黯然。

郝聿怀跟田景野走到办公楼外,就道:"田叔叔放心,以后宝宝就是我弟弟,即使为我自己,我今天也会处理好。"

田景野即使再心急如焚,闻言还是大惊:"你……你这话什么意思……你显然搞错了,我没跟你妈妈谈恋爱,以后也绝不可能与你妈妈结婚。我们只是同学加好友的关系。"

郝聿怀疑惑地看着田景野:"真不是?"

"真不是,我可以赌咒发誓,但那太俗了不是?"

郝聿怀郁闷地道:"那是,我们又不是小孩,不玩赌咒发誓。可是,不是你,还有谁人又好、对妈妈也好、对我也好呢?班长叔叔?"

郝聿怀眼睛一亮。田景野连忙走慢一步,免得被郝聿怀看见他变幻万千的脸色。

宁宥从陆副院长说的四个小时后起,便开始等宁恕到来。她还发了一条提醒短信,却没有获得回音,再打电话,毫无悬念地无人接听。她却接到田景野电话,被告知灰灰正大显身手,进屋三言两语地不知说了什么,满地打滚的宝宝就停了下来,抽抽搭搭地开始说话。宁宥说肯定是三板斧:篮球还是足球?跆拳道还是散打?桌游还是手游?灰灰似乎遇见哪个男孩都能一举找到津津有味的话题。田景野一听,再往门缝里瞅,还真是,灰灰摆出一个姿势,宝宝跟着做,看着似乎是奥运直播上看到过的跆拳道行礼。这一下,田景野彻底放心了。

宁宥这才道:"但无论如何,我的理解是,做妈妈的再有不是,孩子依然是妈妈的心头肉……"

田景野当机立断地打断宁宥的话："打住，打住，我这么做已经满心罪恶感了，不能承受更多。但考虑到儿子以后的心理健康，我宁愿恶人做到底，暂时断绝儿子与他妈妈的联络，阻挡来自他妈妈的影响。眼前宝宝满地打滚显然是他妈妈'教导有方'。"

宁宥愣了一下，道："你们男人果然心肠较硬。我还有个婆婆妈妈的想法，不知道该不该跟你和简宏成说。大清早的，陈昕儿妈妈跟宁恕只是一言不合，就特特意意地赶来扔了宁恕一身臭鸡蛋。我在想陈昕儿昨天得知真相后，这一夜不知怎么闹腾呢，闹得她妈妈如此崩溃。"

田景野道："都有一个接受过程。"

"遇到陈昕儿这种事，女人一辈子都不可能接受。"

田景野看到儿子跟着郝聿怀向门口走来，忙打断宁宥："我儿子过来了，回头再跟你聊。"

宁宥无奈，恰好她也看见陆副院长领着小医生飞一样地赶来。她连忙迎上去，再度无奈地对显然一场大手术下来已经筋疲力尽了的陆副院长道："我弟弟又没在。"

陆副院长边走边道："你跟我来。"

宁宥飞快地跟上，精细地问："陆院长，我是跟妈妈说一些刺激她精神的话，还是和风细雨地回忆往事好呢？"

陆副院长道："这回不用你帮忙，你近距离地多看看你妈妈。"

宁宥立刻听出陆副院长话中有话，眼泪一下子涌上眼眶。她连忙擦拭，唯恐少看妈妈一眼。

宁恕将手头所办手续告个段落，便急急忙忙地驾车赶去医院。他不是没看到宁宥的短信，他手上事情一停，就赶来了，已经尽了最大努力，包括开车也是。他即使集中精力，也依然开得险象环生。疲劳驾驶，他知道这是驾车人第一大忌，可他没办法，只能把命都拼上了。

终于安全地开到医院地库，宁恕大大地松一口气，忽然觉得鼻子一酸，一股热流顺着鼻子淌下来。他下意识地一抹，发现流鼻血了。流鼻血这种事是小时候的记忆，宁恕一时惊慌失措，拿纸巾捏住鼻子，可又想到陆副院长手术后随时会赶去见妈妈，他必须立刻赶去 ICU。他只能不顾鼻血，赶紧冲向 ICU。

可他再紧赶慢赶，鼻血洒了一衣襟，等他赶到，还是只见宁宥掩面哭泣着从隔离门出来。他不计前嫌了，冲上去问："妈妈怎么样？"

宁宥被问得一愣，抬头一看是宁恕，再看宁恕鼻血流淌，忍不住伸出拳头，一拳一拳地打在宁恕胸口，不重，却沉重。宁恕不由得想到两个月前妈妈也曾因为他决不放弃报复简家，而流着眼泪一拳一拳地捶打在他胸口。宁宥的捶打仿佛就是妈妈的捶打，宁恕的眼泪也下来了。这么多日子以来，他第一次放开胸怀任宁宥捶打。

"妈妈到底怎么样了？"

"衰弱。"

这一问一答间，姐弟仿佛寻常人家的姐弟。

陆副院长领着小医生们走出来，宁宥立刻上前道："陆副院长，如果趋势无可挽回，可以把我妈妈挪到普通病房吗？索性让我们亲人陪在她身边。"

"你……"宁恕本能地反对，可又立刻止住了，"同意。"

陆副院长皱眉想了会儿，道："我来安排。"

宁宥点头："谢谢陆副院长。"她立刻回头，对宁恕道："别说话，捏紧鼻子，稍微低头，到那位置上去坐着，十分钟。"

"不是抬头捏鼻子？"

"不是，别说话。"

宁恕本能地照做，坐下来才觉得浑身不对劲，一时抬头不敢，低头不甘，索性直直坐着，平视前方。他看着宁宥跟在陆副院长身边边哭边问，不知在问些什么，但他猜得到。他不想跟上去听，觉得自己已经是强弩之末了。

宁宥恭送走陆副院长，回头看向宁恕，看着他发青的脸色和衣襟前滴滴鲜血，心一软，想到程可欣说的"宁恕活成个大笑话"。她不禁在心里暗叹一声，在宁恕身边坐下，道："你不用说，听着就行。刚才陆副院长还是跑着来的，从手术台下来后就跑来，他尽力了。他这回让我跟进去说的话，言下之意是让我站妈妈身边多看一眼是一眼。所以我想出索性把妈妈挪到普通病房的安排，谢谢你的支持。但看得出，陆副院长也承认妈妈……不行了。够十分钟了，你放手试试，看还出不出血。"

宁恕偏不放手，只是问："陆副院长为什么不跟家属多解释几句？"

宁宥道："里里外外交流得够多了，再加你止血的十分钟。何况我和跟他的小医生随时在交流各种数据。"

宁恕很激动地道："可他是主治的医生，他应该多解释，多沟通。"他顺手松开捏住鼻子的手，好歹多说了两句话才放手，显得他并不遵从宁宥的意见。

宁宥看一眼宁恕，尤其留意了一下宁恕的鼻子，见他不流血了，就走开了，走到楼梯间，打电话给简宏成。她满心想找支持，可她与宁恕无法再说下去，想来想去还是找简宏成。她接通电话，一听到简宏成的声音，立刻克制不住，哭出声来："我知道不该找你，可我妈可能不行了……"

简宏成接完宁宥的电话，拍着手机想了好一会儿，给简敏敏打去一个电话："我下班到你家蹭饭，你会不会用两条大狗伺候？"

简敏敏道："来就来呗，又不会赶你走。"

"两个孩子还好吧？"

"挺好，大热天都没出去，一整天吵得我头痛。"说到这儿，简敏敏竟然难得地哈哈了两声。

"哈哈，那就好。顺便给我做盒盒饭，要有营养，口味酸甜，别太油腻……"

简敏敏手里正牵着两条狗，可她的一双儿女都躲得远远的，不肯替她遛狗，她只得道："行行行，都不肯替我遛狗，还是我自己遛去。给你口饭吃已经够意思了，别得寸进尺。"

但简敏敏才走到门外，就压低声音道："老二，你替我想办法，想出办法我就替你做盒饭。至清一定要留下替他爸打官司，至仪不敢一个人回澳大利亚，但我又跟不过去，她只能回国读书。我们一整天吵来吵去，都是为这件事。可我不能为了张立新那杂种的官司，害至清、至仪中断学业。你要是想出办法，能让至清放心地带妹妹回去读书，这边张立新的官司照打，我遛狗回来后亲手替你做盒饭。"

"孩子读书关系到一辈子的出息。"

"对，尤其是至仪啊，她要是回来，还怎么参加高考啊？完全不一回事，汉字都认不全呢，你说急人不急人？可至清怎么都不肯松口，做定他爸的大孝子。"

简宏成沉吟道："宁家女主人宁蕙儿……"

"崔家？哦，现在是宁家。怎么说到她？晦气。"

简宏成没搭理简敏敏的插嘴："宁蕙儿可能在世时间不多了。我不跟你说什么两家和解之类的大话，我跟你谈个条件。你去宁蕙儿病床前道个歉，照我给你的稿子背一遍，我就替你解决你儿女回澳大利亚读书的大问题。"

简敏敏一下子跳了起来："什么意思？要我向崔家道歉？你有没有搞错？你脑子没问题？"

简宏成冷静地道："我脑子没问题。你慢慢权衡，你儿女的教育要紧，还是你自以为的道歉失面子要紧。我一个小时内到你家。"

"放屁！"简敏敏不容分说，挂了电话，怒气冲冲地继续遛狗。

经陆副院长费心调度，宁蕙儿迁入住院楼专科楼层的观察室。观察室位于医生办公室与护士站边上，方便医生、护士随时照应。观察室内只设一张病床，虽小，但五脏俱全，监护仪、呼吸机都在运作。一顿忙碌之后，住院医生、护士与护工都走了，只留下宁家三口人面无人色地或躺或立。只有宁宥看上去还有点人样。

就在宁恕疲累得试图坐下，握住妈妈的手说会儿话时，宁宥连忙喝止。

"宁恕，你先洗手。不管怎样，我们自己要营造无菌环境。"

宁恕这回没反抗，乖乖在墙角洗手池洗了手，才又坐下，握住妈妈的手。他一时不知说什么才好，不断呼唤"妈，醒醒，醒醒，我是宁恕，我是弟弟"。一直忙着用酒精擦拭屋内物件的宁宥不时拿眼睛看向监护仪，心里默默记录着监护仪上各项数字的细微变化，过不久提醒宁恕，多用"弟弟"这个称谓试试，看样子妈妈在"弟弟"两字高频出现的时间段里，心跳频率明显强劲于其他。

宁恕现在很累，大脑根本是顾此失彼，说话的时候没留意到监护仪的数字变化。他虽然心中抵制来自宁宥的任何意见，可不由自主地遵照执行了。他心里别扭，便一眼都不看宁宥，拿宁宥当空气，偶尔有空，看一眼监护仪。可他多日缺觉的脑子在这静谧的环境里自动减速，一时看不懂这些线条都是什么意思，只好对宁宥的建议姑妄信之。

宁宥也不在意。等她将整屋子里能擦的都擦拭完毕了，她环视一眼似乎变得亮堂清洁了的观察室，看看手表，对着宁恕和妈妈道："我先去吃饭。宁恕，你看紧输液瓶。"

但宁宥这话犹如说给空气，全室都无反应，妈妈的各项生理指标没变化，宁恕头都没动一下，似乎没听见她说话，她仿佛是个空气一样的存在。宁宥待了一会儿，只得闷声不响地走了。可她还不能拿自己当空气，她飘到值班医生那儿，拿记录下来的翔实数据来说明妈妈与亲人相处后发生的各项生理指标变化，询问这是不是变好的趋向。值班医生不敢下判断。

简宏成电话来时，宁宥差点冲动地说出"幸好还有人惦记着我"。她幸好没说出来，但双手抓着手机激动地道："我去吃饭，宁恕总算来了。你别过来，宁恕在，会打起来。他现在反常，早上连陈昕儿妈妈都打了……"

简宏成奇道："打陈伯母？怎么回事？风马牛不相及的两个人。呃，是大清早那会儿的事？"

"大概宁恕又想抓陈昕儿的差，在电话里不知怎么惹毛了陈昕儿妈妈，陈昕儿妈妈一大早拎着一大包臭鸡蛋，都砸宁恕身上了，宁恕也把陈昕儿妈妈揍倒在地。我提醒过田景野，我估计陈昕儿的状况非常差，会闹得她妈妈崩溃。不过我管不过来，就这样。"

简宏成想到大清早遇见陈母时，陈母那一身狼狈。他最先想到的是陈母在精神如此崩溃之下，小地瓜不懂事，哭叫起来，会遭遇何种待遇。可他无能为力。陈母说了，以后小地瓜与他无关。

宁宥看看电梯，还是从楼梯走下去。她即使脑袋再管不过来，还是猜到简宏成心里在想什么，道："看别人孩子时能豁达地说一句已经不错了，起码我看陈昕儿妈妈总体上还是硬气讲理的人。但轮到自家孩子时，事事精益求精。"

简宏成道："是啊。最后还得安置好陈昕儿，才能保障小地瓜的生活。对了，我赶去我姐家，我打算趁你妈弥留之际，让我姐去道歉，了结一下两家存了那么多年的心结。"

宁宥一愣，不禁在空地里站住，想了一阵子才道："我妈似乎在宁恕的呼唤下有少许起色。你姐还是别来了，来了反而更催命。别说我妈病着，连我听见你姐这两个字，心跳都能直奔极限。"但说完，宁宥还是婉转地补充道，"你的心意我懂。我知道你试图通过你姐的道歉减少我的痛苦。"

简宏成道："对。"

宁宥沉默了一会儿，道："我只要知道我随时找得到你就行了。"

简宏成道："我随叫随到。"

宁宥又道："放过你姐吧。连你昨天在ICU都不肯违心地说出一句道歉呢，何况你姐因那件事几乎毁了一生，至今没有痊愈，她怎么甘心？其实各人过好自己的日子，井水不犯河水，已经善莫大焉了。"

简宏成听了，不由得对手机点了点头。他随即吩咐司机开车回简明集团。

单人病房里异常寂静，只有呼吸器单调的运作声有节奏地响着。宁恕握着妈妈的手说了会儿话，只觉得眼皮重得如山一般压下来，顶不住了。他挣扎着看向监护仪上平稳的曲线，只一会儿那曲线就模糊了，看不清了。宁恕心想稍微闭会儿眼睛，可能会好点儿。可眼睛才刚闭上，睡意便将他的头一把压向床头，他很快失去知觉。

宁宥匆匆扒拉下一碗炒面，没等将最后一口咽下去，就拎起两盒打包的蒸饺，急急往病房赶。她实在不放心留宁恕一个人看顾妈妈，她太不放心宁恕。她才走进医院边门，便一眼看见前面穿便装的陆副院长也往住院楼走。宁宥心中一紧，连忙护住蒸饺，跑向陆副院长。

陆副院长看看宁宥手中打包的蒸饺，道："我家就在附近，不放心，吃完饭过来看看老太太。你吃了？"

"吃了，这些带给弟弟。谢谢陆副院长。"宁宥感激得无以复加，小跑才能跟上陆副院长的快步。

陆副院长道："今晚你们姐弟起码要保证有一个人别睡着。有异动，直接给我电话。"

"不知值班医生有没有把数据说给您听？"

"说了。你们家属做好记录，对我们是很好的补充和帮助。"

两人边说，边进大楼，上电梯，出了电梯，直奔病房。正好，宁宥见一位护士急急从护士站出来，也跑向妈妈的病房。陆副院长看见就问："怎么回事？"

宁宥一看，就脑子"嗡"的一声，也没听清护士跟陆副院长说了什么，只见陆副院长闪电一样地，也不知怎么启动的，眨眼间就冲进观察室，比离观察室更近的护士还早到。宁宥魂飞魄散地跟着跑进去看，只见监护仪上的线条跳得非常微弱，而妈妈的脸不知什么时候歪向一边。那一边是趴着睡得正香的宁恕。转眼间，陆副院长已经将床帘一拉，开始抢救了。值班医生几乎同时也冲了进来，协助陆副院长进行抢救。宁宥不得不退出帘子外，不妨碍医生抢救。她的心都揪到了嗓子眼。

此刻，趴在床边睡着的宁恕才惊醒过来，支起脖子混沌了会儿，忽然明白过来这是哪儿，惊得一下子清醒了，再看眼前乱糟糟的场面，惊呆了。但他还没还魂，就被护士推出帘子。他一下子撞到宁宥身上，见宁宥完全没顾得上看他，乱七八糟地捧着两个饭盒堵在嘴巴、鼻子面前，也不知为啥。宁恕没时间细想，他也忙钻到帘子缝前往里张望。

都是一瞬间的事。监护仪上线条变成直线时，宁宥手中的两个饭盒失去支撑，掉到地上。宁宥几乎是本能地冲进去，哭着对陆副院长道："谢谢陆副院长。"她又对护士和值班医生道，"谢谢你们。"说完，她委顿在妈妈床前，泣不成声。

反而宁恕的动静大得多，他在那一瞬间撕心裂肺地、一声声地吼

"妈",病房外围观的人们闻者落泪,听者伤心。

连宁宥都被惊动了,抹掉一轮眼泪,怔怔地看了宁恕一会儿,费劲地扶床起身,低声对陆副院长与护士道:"麻烦你们尽快办好所有手续,我尽快将单子签好。估计有人心里承担不起轮值期间睡觉而导致疏于看护的负疚,会将责任全推卸到医院头上。"

陆副院长点点头,关切地道:"节哀。起码你妈妈去的时候没痛苦。"他便出去准备各种手续。

宁宥心想,可是妈妈这辈子都没过上一天好日子。她看着床头,泪如雨下。

宁恕忽然一把挡住正在拆线拔针的护士,大吼道:"慢着!让医生来,先给我个说法。"

宁恕才刚吼出,只觉得鼻腔又一股热流涌出,一摸,果然又出鼻血了。他痛苦得都忘了捏紧鼻子,只是伸出手背抹开鼻血,追着护士吼:"说法!给我说法!"

护士让满脸是血的宁恕吓得连连后退,直到靠上墙壁,无路可退。宁宥见了,只得奋力起身,挡在宁恕面前,让护士走。宁恕眼看着护士在宁宥保护下要走,急躁地一把拨开宁宥,试图越过她追上去。可惜宁宥此刻精力如强弩之末,全无抵挡之力,被宁恕一挥,拍向床尾,重重摔在床背上。宁宥只痛得眼冒金星,眼看阻止不住宁恕发疯,只好拿出手机打给简宏成:"我妈去世,你快来,带几个壮汉来。"

宁恕追出一步,意识到有异,回头看到宁宥被他摔倒在床尾,不禁一顿,如雕像般地看了一会儿宁宥,见她还能用手机,便又去关注逃走的护士,可护士早跑得没影儿了。他恨恨回身,抹去鼻血,走到床头跪下,鼻血依然流淌,一滴一滴地滴在他的膝盖上。

宁宥艰难地撑起身子,看着宁恕,心想:疯了。

宁恕的鼻血不知什么时候自然止住了，而简宏成带着人也赶到了。一直垂泪靠着门背，挡住宁恕发疯的宁宥一见简宏成出现在门外，就扶着摔痛的腰闪出门去，将门带上，站在外面告诉简宏成："本来我先出去吃饭，宁恕守着妈妈，想不到他睡着了……"

不仅简宏成，旁边围观的人都大惊。

宁宥含泪继续道："护士和值班医生都很尽心尽责地第一时间赶到，陆副院长正好很负责地特意饭后过来探望，正好主导抢救，但没抢救过来。刚才宁恕很狰狞地追着护士要说法，我看他会失控。你们干脆进去，就让两个人架住他，你帮我办理所有手续，全程不让他插手。"

简宏成道："他会气疯。"

宁宥淡淡地道："他已经疯了，我只能做到让他尽量不伤害无辜。"

简宏成看着宁宥问："你哪儿受伤了？"

"刚阻挡宁恕，让他摔床背上撞的。他本来横冲直撞，还想追出去，但看我被他伤了，又死守住大门，才没好意思再对我使蛮力。等这边处理完去拍个 X 光。你动手吧。"

宁宥说完，闪开，无力地靠在门边墙上，放简宏成率人冲进去一举拿下宁恕，她才扶腰跟进去，拿出一团丝巾精准地塞进刚反应过来、准备破口大骂的宁恕嘴里。宁恕直气得两眼喷血，杀人一样地盯着宁宥。宁宥当没看见，与简宏成一起来到护士站，将手续一一办完。

即使是最好的医院，到了深夜，也是夜深人静。一行人从医院大楼里出来，司机将车子开到简宏成面前。宁宥特意又走到宁恕面前，面对气得已经狂乱的宁恕，静静站了会儿，厌恶地看了会儿，扭头钻进简宏成的车子。简宏成钻进车子前，吩咐抓住宁恕的两个壮汉，等他们的车子走不见后，再放宁恕。然后车子尾灯一亮，宁宥抛下宁恕走了。

反而还是简宏成一直扭头，通过后窗看着宁恕的动静。直到看不见了，才对宁宥道："我们是找个地方说话，还是去田景野那儿接上灰灰，或者直接送你去宾馆？"

一直低头垂泪的宁宥毫不含糊地道："我得跟你谈谈。但你得坐到前面去。"

简宏成大惑不解："哦，要不我们去找个僻静的茶室，或者什么的……"

宁宥扭扭捏捏地道："可我还没跟你熟悉到在你面前涕泗交流的地步。"

简宏成更是大惑不解："我们还不够熟悉？且不说我们认识了二十年，现在你只要说上半句，我就能知道你下半句是什么。"可简宏成话是这么说，还是打开车门，走到前面，让司机自个儿回家，他来驾车。因为他想到他撞见的宁宥每次大哭，不是拿纸巾遮住全部的脸，就是抱成一团，脸塞在"人球"里，不让人看见。他想宁宥肯定更不愿让司机看到。

宁宥真的松了口气，可以扎实地靠着椅背坐下，躲在黑暗中哭泣："我现在脑袋一片空白，但我确信宁恕肯定会闹事。我告诉你我爸闹事前的种种反常，其他……我只能都交给你去判断和处理了。我现在真的完全不知做什么才好。"

简宏成将车停到路边咪表位，道："别对自己要求太严，即使你脑袋空白，完全凭本能在做事，也已经做得很完美了。"

宁宥却问："我对你讲我爸，还试图让你解读他的心理以用到宁恕身上去，会不会对你太无耻？"

简宏成道："你再龟毛，我就不耐烦了。你什么顾忌都丢掉，我最舒服。"

"嗯。"可宁宥哭得更厉害了，她倒是想克制来着，可在简宏成面前克制不了。单独面对简宏成，她反而软弱得不堪一击，也不想动脑筋了，索性放开了哭。

简宏成完全无措，刚才还流着泪，果断利落地处理后事的宁宥跑哪儿去了？他想回后座去，可被喝止，他只好扭头看着。

简宏成带来的壮汉很是恪尽职守，等简宏成的车子走远不见后，还是等了好一会儿，才将宁恕放开，干脆地走了，一句威胁什么的都没有。

宁恕身上一下失去两股外力，一时立足不稳，一个人摇来晃去地在空地上好不容易站稳下来，才伸手取出塞在嘴里的丝巾，一把扔到地上，又狠狠踩了两脚。终于又获得自由的宁恕走了几步，忽然停住，他现在去哪儿？他转身看看背后的住院大楼，又看看前面的路，他该去哪儿？他还有家可去吗？刚才还浑身都是恨意的宁恕顿时悲从中来，站在原地流泪不止。泪眼中，他又看到宁宥冷酷地用一团丝巾塞住他的嘴，他当时的心痛有谁知道？现在的心痛又有谁知道？宁恕忍不住拿出手机，可翻了半天，一个电话都打不出去。他烦躁地又将通信录从上到下滚了一遍，终于心一横，按在程可欣那儿，把电话打了出去。

可是，电话一直没人接听。多次尝试后，宁恕终于明白过来，程可欣将他拉黑了。

宁恕默默地将手机收回，眼泪已经止住，取而代之的是满眼的熊熊烈火。

但是，眼下回哪儿？

宁恕坐上车子，呆呆地想了半天，才凌晨一点。他的车子驰向机场。

简宏成听完宁宥说的那个二十多年前的早晨，想了半天，还是不敢相信，他小心地问："你爸就为这点小事？"

"水滴石穿。"

简宏成想了会儿，道："对了，正好我爸让你爸下岗，相对生死而言也是稻草一样的小事，可正好成为压垮骆驼的那根稻草。宁恕……宁恕还有没有其他说得来的亲朋好友？"

宁宥道："亲人？没了。我听他说起朋友，一般分有用、没用两种，像三年前说到田景野坐牢，他先说田景野废了，没用了，但又说可以逢低吸纳，正好可以用小恩小惠让田景野出来后卖命。我估计他今天找不到可以对着痛哭的朋友。"

简宏成心中对宁恕大大地不以为然，但还是得将注意力集中到正事上去："你意思是宁恕的精神会被你妈的去世压垮……我看不会。你爸是感觉前路都被堵死了，生无可恋了，可宁恕心里还有很多目标。"

"嗯，你怎么知道？"

"我当然知道。所以你暂时可以放心，不会出事的。说来你还嘴硬，不肯承认，你到底还是他半个妈，依然关心他。"

"我担心的是今天我叫你过来帮我，明天他正好把怒气集中发泄到你身上好吗？他肯定是这么想的——妈妈今天去世，原因当然不在他，追根溯源，原因在二十几年前那场事，所以罪魁祸首是简家。医生那儿他今天闹一闹，差不多了，这事过去了，回头所有的账还是都算在简家身上。正好……唉，我今天是脑子糊涂了，不该叫你来医院，这下害你成为简家代表。"

简宏成听了道："啊，是关心我！你在今天最痛苦时刻还为了我翻出那段不堪回首的记忆！"

宁宥只得道："拜托你别打岔，我在告诉你父子俩的共性。我现在脑袋不行，你给我专心分析好不好？"

"是，是，是。"简宏成看看车上的时钟，"很晚了，我送你回去休息，明天你还有很多后事要处理，需要精神。"

"知道。不去。"

简宏成想想也是，如果送宁宥到宾馆房间，她肯定不会留他过夜陪着，可她现在需要有人陪伴，那么保持现状是最好的选择。简宏成不响了，坐前面默默陪着，听宁宥有一阵、没一阵地在后座哭了一夜。其间，宁宥说起许多苦难往事，简宏成都还是第一次听说。他想，这世上大概只有他能听懂宁宥说的那些苦难了。别人不了解背景，完全无法理解。

宁恕在机场停车场半梦半醒，熬到天亮，听到飞机起降声，便立刻换一身干净衬衫，来到上面的国内到达。他坚持不懈地、专注地等，似乎毫不疲倦。可他其实精神已经绷紧到了极点，因此，他并没看见赵雅娟的专职司机也来了。

司机不明就里，上前打招呼："宁总接朋友？"

宁恕愣了一会儿才道："哦，你也是来接赵董？我也是。"

司机笑道："哈，幸好一飞机拉来两个赵总，要不然我们得打起来。"

宁恕也笑，忽然心说不对，老赵在缅甸，从南边飞来；小赵在北京，从北边飞来，怎么会一飞机？难道昨天母子俩刚凑到一起，还是……本来就一直在一起？宁恕此刻想离开避免尴尬也来不及了，司机肯定会把他来接机的事情告诉两个赵总，让赵雅娟知道了，反而引猜疑。他只得按兵不动，等赵雅娟母子出来。

很快，北京飞机一降落，赵雅娟、赵唯中母子率先推着行李车出来。赵雅娟看到宁恕也是一愣，不动声色地对儿子轻道："我昨天下午才到北京，我们统一口径。"

"有数。"赵唯中立刻笑逐颜开地冲宁恕挥手，什么事都没有的样子，走到跟前，还抢着问宁恕，"你脸色这么差，怎么回事？"

赵雅娟笑道："小宁当然是辛苦了，还能怎么回事？呃，不对啊，小宁，到底什么事？"赵雅娟甚至戴上眼镜仔细打量。

"我妈……我……妈……昨晚……"宁恕当场泣不成声。

赵雅娟的脸立刻严肃起来，道："唯中，你把行李放一放，立刻代我去市公安局，小宁这件事你必须跟岳局面对面地说。小宁，你别开车，让师傅开你的车，你跟我慢慢说。我还是来晚了，昨天就不应该去北京拐一下。"

赵唯中一听，就问司机拿了钥匙，问了停车位，拍拍宁恕的肩膀，飞一样地离开了。

但赵唯中上了车，首先打电话给为宁恕办事的项目经理，询问办理容积率的敲章进度，得知项目经理正在依照宁恕的要求有序办理，很快就能拿出全套手续。赵唯中便直奔市区。但他没去公安局找岳局，而是带上项目经理，亲自跑去办理全套容积率变更手续。办的过程中，他自然晓得宁恕捏着关键文件。但不怕，他是城内有名的赵公子，处处都对他大开绿灯。

因为赵唯中昨天根据母亲指示，做了一天的调查。唐处父亲以前也在公安局工作，人缘好，交际广，即使已经退休了，影响依然不小。再有唐处本身年富力强，四十不到已至正处，正大有可为，这种人身边必然也有一大帮好友。赵家是生意人，怎么可能为一个经理人得罪那种实力部门的优势潜力股？

宁恕得赵雅娟安抚，情绪稳定后，便找宁宥处理妈妈后事。他全程看着简宏成陪伴宁宥和郝聿怀，看得眼睛出血。他完全无视了背景板上还有田景野以及很多宁宥高中同学。他忍了又忍，终于等后事全部处理完，临各自上车前，他冲宁宥吐一口痰，骂道："狗男女！妈妈在天之灵饶不了你。"

宁宥抓住激动的儿子，只淡淡看宁恕一眼，用力推儿子上车，完全不理宁恕。

简宏成接到一个电话，是阿才哥打来："宁恕花那么大精力的那个手续办出了啊。"

简宏成奇道："他一直在我身边，怎么会？"

阿才哥道："所以这才奇怪，是赵公子亲自跑上跑下地办下来的。我们的计划会不会出岔子啊？"

简宏成立刻了然，道："具体我回头跟你解释。基本上赵家应该是打算抛弃他了。你可以照计划行事。"

阿才哥心头火热："哎，你透露一点点也好，这不是吊死我胃口吗？"

简宏成只得走开几步，道："他在办他妈妈的丧礼，完全脱不开身。赵家就是打时间差，趁机啊。"

阿才哥开心地道："好，我这就去找那局长要几个工程做做。"

简宏成放下手机，看一眼宁恕，也钻进车子。

但宁恕让简宏成看得不禁在大热天浑身打个冷战，总觉得简宏成有什么事策划着，打算对付他。随即宁恕便镇定下来，转身上了自己的车子。

郝聿怀在车里问宁宥："你弟骂你，你怎么不骂回去？"

宁宥冷冷地道："外婆过世后，我从此与他是路人。我们不跟修养不好的人一般见识。"

"可你同学都看着啊，他们误解了怎么办？"

宁宥道："不担心，同学不会误会我们是狗男女。我几十年为人摆在那儿，他们都看见的，很容易解释清楚。"

可郝聿怀到底是年少，忍不下这口气。他既然能为爸爸的事跟人打架，当然也能为妈妈出头。他降下车窗，逮住机会就冲宁恕大喊一声："疯子！"

宁恕正开着车窗倒车，闻言一个急刹，满脸阴沉地看着宁宥他们的车队离去。他的手在方向盘上开始颤抖。他最怕这两个字。

简宏成坐在前座正闷声不响地看着,见郝聿怀被宁宥抓回,他帮忙升上车窗,随即不声不响地将那段宁恕满地打滚的视频发给宁恕。

宁恕打开视频一看,便转换成浑身颤抖,大口喘气,冷汗涔涔地落下来。他脑子里闪过混沌的印象:爸爸像个疯子一样地滚在床上,挥着瘦弱的胳膊,逮谁骂谁,然后……然后爸爸就出事了。他完全没留意脚底松了刹车,车子慢慢地滚了出去,直到顶上前面的大树,他才反应过来。他都没心思去看车子伤到没有,趴在方向盘上大口大口地喘气,脸色发青。

第六章

陷　阱

回城的车上，简宏成耐心地对宁宥道："答谢一下同学们的帮忙，我都安排好了，你只要在场就行。"

宁宥道："算了，我已经崩溃了，你别高看我。"

却是郝聿怀在旁边认真地道："妈妈，你才不会。"

简宏成不禁一笑："大家都理解的。完了后我立即送你回上海，我看你是一分钟都不想多待了。"

"对对对，回窝里去。"

简宏成又对郝聿怀道："灰灰，你这几天好好在家陪你妈。我这边事情结束后回上海，你以后有的是时间跟我实习。"

郝聿怀二话不说，伸手与简宏成击掌一下，便是成交了。

除了司机，一车子里的意见是二比一，宁宥看看反对无效，便不语了。

即使已经被邝局长跟到集团办公楼快速上升的电梯里，赵唯中还是浑身不自在，心说这邝局长真够贪的，难道还想找我妈要个最后的答谢吗？但他没法反对，只好将邝局长引入妈妈的办公室。

赵雅娟饶是身经百战，见到邝局长现身，也是一愣，立刻毫不犹豫地屏退正在谈话的同事，让赵唯中将门关上。

邝局长也没二话，没等赵唯中亲自上茶，就笑眯眯地从包里拿出一沓文件袋，放在赵雅娟面前："事情办完了，这些可以完璧归赵了。"

"哈哈，我正好姓赵。"赵雅娟笑着，却疑惑地翻看着袋子，问邝局长，"我现在可以拆开吗？"

一时邝局长也疑惑了："怎么不行？就是你的东西。"

赵雅娟打开袋子，抽出里面的东西一看，又招呼赵唯中过来看，心里开始明了了，脸上却越发装得糊涂："唯中，你知道吗？"

赵唯中仔细看了房产证，摇摇头。

邝局长只得道："你们的宁恕总给我的。你们赶紧去办过户，别再挂我名下了，挂一天，我得失眠一天。"

赵雅娟惊道："小宁？"她拿起电话刚要打，又放下，"他妈妈去世了，暂时别打扰他。"她又沉吟道，"这儿没别人，我还是直接点儿问——小宁行贿？"

邝局长道："呃，看起来……这样吧，我打开天窗说亮话。你们这个'退二进三'项目本身是替市里背包袱、做贡献的项目，通过与小宁交流，我才得知你们因为《新劳动法》推出和环保抓得更紧，在分流那几百个'4050'职工过程中遇到很大问题，增加不少成本，而且因此拖延进展，导致财务费用大大增加，以致你们这个房地产项目如果按照原规划做，怎么做，怎么亏。小宁思路很清爽，跟我算了一笔账，同时也非常有效地提出新的规划方案，让我参考。我得知情况后，立刻找市领导商量了一下。市领导的意见很明确，分流老国企'4050'职工是啃硬骨头，翱翔集团分流过程中没有出现群体事件，帮了市里一个大忙，我们不能眼看着你们吃亏。既然新规划方案可行，市领导答应放行，特事特办。但事到临头，小宁交给我这么一包东西，这就让我很为难。就像医生进手术室前收到一个红包，拿也不是，不拿也不是——不拿你们得吓死，弄不好又弄出更大花样来。好了，现在'手术结束'，红包退还。"

赵雅娟摆弄着文件袋，笑道："这事说出去别人都不会信，还好我们说得清。你可能也知道，我前阵子丢了一个钻石戒指，正好被小宁捡到。他人好，工作能力又强，我很信任他，全权把房产公司交给他打理。但他跟我的时间还少，不大懂规矩，差点给你添麻烦。唯中，你行李箱别打开了，赶紧连夜去苏州办过户，越快越好。我们万万不能伤害邝局。"

邝局长道："赵总这样我就放心了。"说着，他和赵雅娟两个人一齐笑了出来，都觉得这事太儿戏。邝局长笑道："小宁脑筋是好，人是太年轻了点，太急功近利，呵呵。赵总，那我告辞了。"

"一起吃饭，难得坐一起，怎么能放你走？"

"有机会，有机会，这几天瓜田李下，还是避嫌。"邝局长说什么都不肯留，不敢留，赶紧走了。

母子俩殷勤而隆重地送走邝局长，回到办公室。赵唯中拿起文件袋，奇道："宁恕自己拿出的两百万？就为了让你替他到岳局面前告唐处的状？这什么疯狂行为啊？理解无能。"

赵雅娟道："这钱他倒是知道我会还他的，事情成了，我没赖账的道理。我就是讨厌他设局让我钻，拿我当傻瓜操弄。他太聪明，可他不能以为别人都很笨，都可以抓来当棋子。"

赵唯中笑道："他眼里我更是二世子、败家子了。好吧，我连夜替他去苏州收拾烂摊子去。想不到邝局长倒是清廉。"

赵雅娟拿起文件袋挥挥："我好歹耕耘二十多年，他哪敢收我这么多钱？这么多钱还轮不到他收，他是脑子清爽。虽然他说什么特事特办，但本来真办起来肯定拖拖拉拉的，他是没想到会撞进来一个不懂规矩的愣头青宁恕，好家伙，给他这么一个大红包，砸得他烫手，只好赶紧买定离手，免得瓜田李下，说不清。行，你去苏州办这事，我去宁恕家慰问一下。"

赵唯中听了，站着想了会儿："原来是这样。但宁恕这个人也得处理一下吧。你不能假装他没要挟过你。"

赵雅娟摇头道："人们只看见他高风亮节，归还戒指，我怎么敢胡乱处理恩人？难道要我到处哭诉他要挟我？谁信啊！而且这事说出去要连累机关里的人，他知道我也不敢乱说。我宁可打落牙齿和血吞。但这件事总得教训他一下。"

"岳局那边怎么办？宁恕现在忙，但回头准哭着来求你。你现在手续已经全办出来了，总不好过河拆桥吧。看，你还是应该想办法甩掉这烫手山芋。"

赵雅娟皱眉道："你也替我一起想。"

简宏成为晚餐订了一个包厢。大家围坐下来点了菜后，简宏成就走形式似的对宁宥道："没演说吧？那我们开吃？"

宁宥却忽然站起来，道："有话。谢谢大家今天请假来帮我，今天要不是你们来，我妈会走得很凄清。我家在我小学二年级时遭遇变故，从那时起，我们一次次地搬家，一个个地断绝与亲戚的关系。那是我妈妈主导的年代，她怎么决定，我们小孩子怎么跟着。今天送走她，有些话我可以说了。那次变故是因为我爸……"

"嘿，宁宥！"简宏成差点儿跳起来，"要是没想好，以后再说。"

宁宥苦笑一下："想好的，首先跟同学们说。我爸因为对前途失望，把他们厂长刺成重伤，他被判死刑。那位厂长就是班长的爸爸。这事我妈通过搬家，通过断绝与亲戚的联络，一直很完美地隐瞒下去，试图维持一个正常单亲家庭的形象。直到今年，真相被班长查出来。现在我不用再替我妈妈隐瞒，我的公开不会再令她担惊受怕。我首先向我最好的同学们公开吧。对不起，我向你们隐瞒多年，我挺对不起你们一直对我的信任和爱护，以后不了。"

除了简宏成和田景野，其他人都大惊。郝聿怀则对宝宝说"别理大人们"。

田景野见众人都有些不知说什么才好，就皮笑肉不笑地道："我还以为你该谢罪鞠躬，请求原谅，起码对班长鞠几个躬，怎么就一句'以后不了'，谁以后不了？不什么？完全是没头没脑的感觉，语文不及格。"

苏明玉这才道："宁宥对班长不用鞠躬，倒是有一句话不能不说——我会对你负责的。"

简宏成忍不住扑哧一声笑出来："擦，我又没怀孕。好了，好了，都过去二十多年的事了，还提它干什么？不提也不影响你是宁宥。"

宁宥道："趁我今天脑子僵硬，不会转弯，把这事不加掩饰地说出来。好了，我以后不逃避了。"说完，坐下。

众人不禁都从高中开始细细想起，深知这一句"我以后不逃避了"是什么意思，有多少分量。

赵雅娟费劲地坐入程可欣的小跑车，嘀咕道："你们年轻人都是只要好看，不要命，这种水桶一样的位置坐着，再绑上安全带，比坐牢还残酷。你今天用的是什么口红，这么好看？"

程可欣笑道："朋友好不容易帮抢来的 YSL52 号呢，就是那部最热门韩剧《来自星星的你》里面千颂伊用的。"

赵雅娟道："你没给我链接啊。"

程可欣道："给你了，7 月 1 日的邮件，你肯定没留意。"

赵雅娟戴上眼镜，查邮件，觉得停车了，便抬头左右看一眼，笑道："果然开跑车很拉风，走过的都会扭头看一眼。嗯，找到了，我果真没留意。晚上看。"说着将手机收进包里，道："我们吃完饭，我想去慰问一下宁恕，你跟我一起去吧。他妈昨晚去世，他非常难过。"

程可欣摇摇头："那我们吃完饭后，各走各的。"

赵雅娟看看程可欣的脸，点头道："宁恕能力很强，但……我也感觉到了。"

程可欣"耶"了一声："那就好，我不用内疚了。要不然，他怎么也是我向你引荐的。"

"呵呵，你引荐了他，你还打算三包一辈子啊。今天不会带我去吃那种涂草莓奶油的寿司了吧？"

"今天带你吃炭烤生蚝，喝啤酒，吃完……你要是不去慰问宁恕，我们去动感单车？"

"不去慰问了，我又不是妇联的。动感单车怎么做？"

程可欣趁红灯时换个曲子，顿时车厢里都是激昂动感、震耳欲聋的音乐。赵雅娟会意地笑了，看着程可欣扭动的脖子，自己也动了两下，忽然冒出一句："宁恕拿项目批文要挟我。"

程可欣道："不奇怪。"

赵雅娟问："你怎么一点儿吃惊都没有？要挟我啊，我是赵雅娟啊，他胆子肥了。"

程可欣道："他为了达到目的，什么都会做，他妈妈生病住ICU，他都不会去管，照样奔应酬。我这次才看透。"

赵雅娟点点头，立刻拿出手机打给赵唯中，顺手将音量调小："唯中，立刻去找唐处，把邮件给他看。提醒唐处，宁恕找的帮手可能不仅我这一家。"

程可欣问："不怕被人说忘恩负义？"

赵雅娟道："有恩报恩，而且一定厚谢，但绝不能越界。"

"帅。"

赵雅娟笑道："我跟你玩，你不会太闷吧？我还蛮灵的。"

简宏成接到唐处电话，看一眼宁宥，走出去接这个电话。

唐处开门见山道："宁恕到处找人试图干扰你姐的刑事调查。"

简宏成道："明白，谢谢提醒。宁恕的母亲昨天去世。"

唐处一时沉默了。简宏成没打扰他，让他沉默。过好一会儿，唐处才问："什么病？"

"脑出血，与宁恕惹祸有关。所以宁恕最近可能会变本加厉，以抵消心里的愧疚。"

唐处又沉默了会儿，道："有数了。"

简宏成道："宁恕想干扰调查结果，必须先抹黑你。要不这样，我姐每天遛狗，容易与人冲撞，我制造个小事故，把她的取保候审取消掉吧。离开庭只有三天了，她不会吃多少苦，但可以糊弄宁恕，卸下你很多负担。"

唐处想了会儿，道："不用。简总好意我心领了，但我的初衷与当前想法都只是让案子回归公道，并不想操弄事实。"

简宏成颇为尴尬，但他还是抹一把脸皮，状若无事地为宁宥争取："还有一件事，宁恕母亲去世后，宁恕姐姐反对宁恕的所作所为，姐弟几乎反目。"

唐处道："果然。真是龙生九子。"

简宏成这才放心。但他刚准备回包厢，阿才哥电话紧跟着进来了。阿才哥大惊小怪地告诉简宏成："那局长把宁恕行的贿全退回去了，刚刚亲手退给赵雅娟的。他妈的，我回公司茶都来不及喝一口，紧赶慢赶地查出三个工程，本来明天想找那局长要牵线的，这下全白忙活了。我擦，那不是放跑宁恕那小子了吗？"

简宏成道："不会。你等着看。"

答谢宴会结束，简宏成让司机送宁宥母子回上海，他立刻回简明集团，拿出宁恕行贿证据复印件，一式三份，打包妥当，然后立刻飞车回城，找到唐处，将一份交给唐处。他等唐处抽出复印件看后，便道："另两份，一份明天一早送到纪委有关要员办公桌上，一份送到贵局相关办公桌上。"

唐处听了一惊，将复印件对着路灯光又细细看了好一会儿，然后飞快地将复印件塞回文件袋，还给简宏成："我没看见过。"

简宏成微笑道："行。"他便爽快地拿回文件袋，"这件事，牵涉的面并不广，我控制得很好，只有一个人，宁恕。"

唐处看着简宏成，斟酌着道："我也没听说过。"

简宏成一笑，与唐处告别。但是唐处一个人站在暗沉沉的树荫下发了好一会儿呆。

宁恕拎着两大箱行李回到妈妈的家里。打开门的一瞬间，屋里熟悉的气息便钻进鼻子里，他似乎能感觉到妈妈如常的存在。他随手按亮电灯，亮灯的一瞬间，那么如常的感觉，令他不由自主地喊"妈"。但气流才到鼻根，他就颓然止住了，人夹在两个行李箱中间呆呆站立，环视着空寂无人的屋子，眼泪又落了下来。

他站了好一会儿，才忽然想到刚才回家，从下车到家门这一段路上，竟然忘了留意有无陌生人跟踪，就这么大摇大摆地回家了。一念及此，宁恕不禁出了一身冷汗，幸好没出事。也可能今天那些人以为他不会回家。他不禁扭头看了一眼大门，意外发现一个红红的油瓶盖钉在门上。以前似乎没有，回家取医保卡时也没留意，这是什么意思？宁恕走过去仔细观察了一会儿，才拿手去触摸，打开看见里面是猫儿眼，很快便明白这是做什么用场的。显然，这是妈妈这几天提心吊胆之中做的小机关。宁恕含泪透过猫眼儿向外张望，外面漆黑一片，可他似乎能看见简敏敏，看见阿才哥，甚至看见简宏成，在外面张牙舞爪。那些人联手逼死了妈妈。

仇恨上升，眼泪消退。宁恕用洗衣机洗着衣服，人站在妈妈的卧室里想计划，洗衣机轰隆轰隆的搅拌声如战车一般从宁恕心头碾过。他闭上眼睛，时时感觉妈妈在身边，妈妈在这屋子里是令人安心的存在，可是只要睁开眼睛，还是什么人都没有。宁恕在妈妈的房间里完全不能思想，索性关上这间屋子的所有窗户，拉上窗帘，关上门，退出房间。

宁恕在沉默中洗完衣服，洗完澡，躺上床，已是夜深人静了。宁恕想好好休息一晚上，等待明天大脑恢复正常再想办法，不能让妈妈就这么无声无息地逝去。宁恕以为自己很累，可是躺上床却睡不着，即使已经深夜了，周围总是有乱七八糟的声音冒出来，其他都能忍，最恨的是一种很有节奏的声音，"嗑，嗑，嗑，嗑"，不知从哪儿冒出来的。夜越静，这声音越响。宁恕听得心烦气躁，索性起来寻找声源。他满屋子晃悠半天，觉得那声音从楼上来的，便毫不犹豫地开门上楼，按响楼上的门铃。

一次没人应门，宁恕按第二次。他看看手表，已经快凌晨十二点了。第三次再没人应门，宁恕索性大力拍门。终于有人睡眼惺忪地来开门了。宁恕立刻抢先一步问："请问你们家什么东西一直嗑嗑嗑地响？"

楼上不满地道："我们都在睡觉啊，谁都没嗑嗑嗑。"

宁恕当作没看见那人脸色，坚定不移地问："有没有电风扇四只脚不平衡，一转就磕地板？或者有没有宠物？"

"哪有，要有你平时不也听得到吗？"

楼上人家要关门，可是门被宁恕伸腿顶住："你再查查，水管呢？"

楼上人家烦了："你自己进来看，鞋脱掉。"

宁恕真没客气，顶开那家的门走进去看。可是他走进门，站着聆听，却什么都没听见。显然，声音与这家无关。他忙抱歉地道："还真没有。对不起。"

楼上人家抱怨道："当然没有啦。这么晚的，你不睡，也别折腾别人没法睡。"

宁恕道："我睡不着啊，我妈昨晚刚去世……"

话音未落，楼上人家吓得尖叫一声，大力将门拍上，愣是把宁恕一条还没迈出门的腿撞得生疼。宁恕翻个白眼，往下走，依然怀疑是楼上的声音，想回家听一下声音还有没有。他才走进家门，发现声音依然在，如此清晰。宁恕无法躺下，再出门站在楼道里细细地辨认声音方向。声音有，却不明显。宁恕便往上走，才走一弯楼梯，就又想起阿才哥等人在这楼梯上对他的盯梢，一时浑身紧张，就站弯道里听了一下，粗粗听到没什么声音就下楼，哪儿都不敢再去，回屋锁死房门，赶紧再睡。可是，嗑嗑嗑的声音一直在耳边嘹亮地响着，宁恕睡得极其痛苦。

因此，手机响的时候，宁恕虽然没有被吵醒的痛苦，可火气十足，再等拿出手机，一看是简宏成来电，更是火冒三丈，便一把掐了。可很快，一条短信进来。宁恕想不看，却反正睡不着，翻了几个身，还是看了："我在楼下。你下来听听我在ICU病房跟你妈妈的对话。"

宁恕扭头看看窗户，想不理的，可是反正也睡不着，就发去一条短信："月黑风高，正好伏击？"

简宏成回："动手不是我的风格。"他心里有一万头草泥马飞奔而过，若非嫌打字麻烦，他早发短信骂过去了，这么叽叽歪歪。

又等了好一会儿，简宏成终于听到楼梯里有声音响起，宁恕应该下来了。反正夜深，简宏成就将车停在楼梯口的马路中央，车窗只降下两根手指粗的缝，缝里漏出丝丝冷气。

很快，脚步声越来越近，越来越响亮，宁恕出现了。宁恕也知道自己在短信里问有无伏击，显得英雄气短，因此下来就捞回场子，道："怎么不出来谈？躲在车里算什么好汉？"

简宏成坦荡地呵呵笑道："我是真怕你，我们就这么谈，你辛苦一会儿。"

宁恕没吱声。

简宏成道："我很遗憾跟你妈的谈话迟了点，要是早谈两个月，不知情况会怎样……"

宁恕忍不住鄙夷地道："太高看自己，好像地球围着你转。"

简宏成道："陆副院长当时说，你妈妈求生欲望不强，你姐姐在她耳朵边回忆过去的事都刺激不了她。"简宏成说的时候，一直透过车窗缝看着宁恕的反应，见此时宁恕低头闷声不响，认真在听，他就继续说下去，"我介绍自己的身份，提出两家和解，你妈妈都没有反应。直到我说到具体的，我说到我已经有百分之九十五把握控制住简敏敏，可以保证简敏敏不再伤害你时，你妈妈的心跳强劲了。可以这么说，你妈妈弥留之际最挂念的是你的安全。"

听到这儿，宁恕鼻子一酸，转开脸去，不由自主地往前走。简宏成只得开车慢吞吞地跟上，一直跟到转弯路上，宁恕才停下来："说完了吗？说完快滚，趁着我还不想骂人。"

简宏成在车子里眉毛竖了起来，但他沉默着冷静了会儿，还是耐心地道："即使到今天，到当前，和解的路还没堵死。很简单，大家都立刻罢手，过去的账一笔勾销，各过各的好日子，从此井水不犯河水，如何？让你妈在天之灵放心。"

宁恕大吼一声："少提我妈！你不配！"

简宏成到底还是怒了："答应还是不答应？少叽叽歪歪。"

宁恕转身往回走，头也不回地道："跟你们简家没完！我跟你们简家的仇恨账本上，我妈是最新、最重的一笔！我永不饶恕！"

简宏成听到这儿，只得一个急倒车，将宁恕夹在绿篱与车子之间，不让他走掉："随便你把你妈去世记在谁账上。我最后一次警告你，你现在如果不答应收手，明天天亮我开始收网。你自以为已经奔向了胜利，其实你是被蛐蛐草引导进了陷阱，你只要再往前走一步，将自毁前程。"

宁恕心里一惊，但随即冷笑了。简宏成再大能量，能指挥得了赵雅娟？他一撑车尾，跳了出来，跳到车子后备厢上，狠狠踩了几脚。他都没去想一下，如果此刻简宏成猛踩油门，冲出去，他必然头破血流。

简宏成有的是时间反应过来，却一点儿行动都没有，只大声道："你这么任性，谁惯出来的？做事情不用思前想后吗？不怕我踩油门吗？"

宁恕又踢一下后窗玻璃，才跳下来，弯下腰，冲简宏成比个中指："你个孬种！"

简宏成坐在车里觉得自己气得浑身发胀，几乎成了出水河豚。他扭头看着宁恕离开，终于开门跳下来大声道："你想过没有，你如果坐牢，没人给你送牢饭！我提醒你，明天赶紧物色个送牢饭的人吧，算是我对你最后的恩惠。"

坐牢？在宁恕记忆中，简宏成是第一回把后果说得如此明确，他不禁止步，心中涌出巨大的恐惧，忙横拳于胸前，逼视着简宏成："你说什么？有胆再说一遍。"

简宏成一看，便很没骨气地钻回车里，锁上车门。他不愿打架，只好灰溜溜地开车走人。但他忍不住大力一拍方向盘，怒道："我仁至义尽了。"当然是没人理他。

宁恕见了，却大为解气。

简宏成本来路盲，又气又郁闷，就不认门了，在小区挤满车子的道上绕来绕去，一直找不到小区大门。正好宁宥的电话来了，简宏成接起就问："到家了？"

"是啊，谢谢你的司机。"

"我气死了。"

宁宥一愣，不由得拿下手机，看看是不是简宏成，有没打错电话，看没打错，才道："宁恕又怎么了？"说完才想到，简宏成又不是她，眼下能惹毛她的只有宁恕。

可简宏成说的就是宁恕："我找宁恕谈话……"

"你不是自取其辱吗？"

简宏成道："可是，把他送进去坐牢之前，总得警告他悬崖勒马，给他机会吧？"

宁宥愣住，忙去冰箱拿一罐醋栗酱压在额头上，觉得冻清醒了，才问："真坐牢？"

"真坐。我跟他明说的。"

宁宥腿软，坐下来，好久都不知怎么回答才好。

还是简宏成妥协道："你睡吧。我明天不收网，推后一天。你养好精神，再打我电话。"

"不……什么罪？"

"行贿，数额巨大。行贿目的是调动他老板的力量，通过老板运作关系，对付他心目中的仇人。从今天唐处的来电看，唐处已经受了影响，很快会左右两天后简敏敏的庭审。还有恐怕已经逃到香港的简宏图再回不来老家了。还有个张立新经营过的简明集团千疮百孔，谁知道会出什么事。"

宁宥空白的脑袋只能想到，那不行啊，就像她跟宁恕白天还说好一刀两断的，可现在照旧牵挂。简宏成当然也不舍得看他亲姐姐、亲弟弟出事。还有唐处。他们一家已经够对不起唐家了，宁宥一直觉得唐处妈妈得癌症可能与丈夫有外遇，生活一直不如意有关。宁家欠唐家太多，宁恕怎么可以对着唐处下刀子？尤其是唐处！宁宥只得道："让他坐牢。他该让脑袋降降温了。"

简宏成获得恩准，心里并不轻松。但他终于福至心灵地找到了出小区的大门。

这一夜，有些人睡得很踏实，宁宥与郝聿怀都是空调一开，门一关，翻个身就睡死，自己的床特别软，特别舒服；简宏成回到宾馆后也是顷刻睡着，因为宁宥同意了。而有人睡得很不踏实，宁恕回到家里，依然受嗑嗑嗑声音的骚扰，单调，绵绵无绝期，令人疯狂。又加上简宏成刚才说的坐牢，更是令他辗转反侧，寻思如何先下手为强，逼简宏成不得不住手求饶。进攻往往是最好的防御。

还有陈昕儿一家。陈母这两天又是满心烦闷，又年纪大了，体力吃不消，晚上安顿好之后便一头扎倒在床上。但她睡到半夜，不知怎么心惊肉跳起来，挣扎着睁开眼睛，只见旁边床上的陈昕儿不知什么时候挣脱了双手的束缚，跳下床，站在陈母床边，黑暗中满脸都是阴郁，看着睡在陈母身边的小地瓜，两只手则如练九阴白骨爪似的狠狠抓着自己的腹部，好像想从腹部揪下一块肉来。陈母被吓到了，拼命让自己清醒过来。她拼命挣扎，终于浑身动弹起来，惊扰到了陈昕儿。于是陈昕儿松开腹部的手，回到自己床上。陈母此时全吓醒了，又不敢惊动陈昕儿，默默躺了好一会儿，直到听得陈昕儿呼吸均匀，重新睡着，她才放心下床，赶紧又将女儿双手绑到床栏上。

睡不着的陈母不禁想到简宏成主动要求领养小地瓜一个月，筋疲力尽的她心动了一下，可又很快否决了自己。她想到一家小学一年级便可住校全寄宿的小学，只是费用很高，她和陈父的退休工资负担不起。可是，如果不送走小地瓜，会不会有一夜她没醒过来，小地瓜就遭遇不测？陈母越想越怕，又费力地起身，将小地瓜抱到隔壁陈父床上，与他外公一起睡，然后将那间卧室门死死地反锁。

这么一折腾，陈母睡不着了。她看见天色稍亮，就起床梳洗，去菜市场。早早去，菜市场门口还有批发蔬菜的卡车在，蔬菜价格比菜市场卖的便宜一半。陈母现在开始越发精打细算，因为她要多养两个人，还得为这两个人留下活命钱。

与陈母同时起床的是满肚子起床气的宁恕。他拉开衣柜门找衣服时，才想起昨晚那一洗衣机的衣服洗完了还没晾出来。他手忙脚乱地赶紧从洗衣机里取出衣服去阳台晾晒，触目全是妈妈的痕迹，妈妈修过的衣架，妈妈在墙皮剥落的地方挂的画，妈妈端午做的小香囊还挂在阳台门上。睹物思人，宁恕又伤心起来，一抱衣服丢三落四地晾晒了许久，还没完工。他又得收拾行李箱，还得煮早饭，拉开冰箱，看见的却是放久了已经发霉了的剩菜剩饭和半只西瓜霉变后臭水淋漓。宁恕试图收拾，可他以为完整的西瓜一捧出来，便全身酥软，化为烂糊，扑哧一声散开来，全落在地上，砸得一地的臭水。宁恕两手空空地往一塌糊涂的地上看了半天，心里的积郁火山爆发一般排山倒海而来。他狂叫一声，抓出冰箱里的剩菜剩饭盘子一个个地砸到地上，又将酱菜、酱瓜瓶子也都砸了，最后将冰箱搁架玻璃也抽出来，全砸到地上，直到把冰箱冷藏区砸得一干二净。他还想拉开冷冻室的门时，他家的门被敲响了。

宁恕狂暴地冲过去开门，都没想一下门外可能是阿才哥的人，等打开了才想起，见到的却是楼下退休老夫妇中的老太太。"什么事？"宁恕没好气。

楼下老太太赔笑道："你一大清早就砸东西，能晚点儿再砸吗？我家人全给吵醒了。"

宁恕怒道："我昨晚还让嗑嗑嗑的声音闹得一夜睡不着呢，我找谁去？"

话音刚落，穿一身练功服的楼上主妇走上来，指着楼下老太太道："嗑嗑嗑声音是她家传出来的，门开着，你去听听。以后别半夜敲我家门了，求求你。"

宁恕一听，就不由分说地推开门口老太太，关门冲下楼去。果然，楼下大开的门后面传来清晰的嗑嗑嗑声音。宁恕不由分说地冲进去抬头一看，是一个老旧的吊扇一边转动，一边不知怎么地叫唤。他毫不犹豫将电扇关掉，大声道："该修了，你们的吊扇吵得我一夜没睡着。"

屋里的老先生走过来道："吊扇哪有声音啊？我睡下面都没听见。"

宁恕怒道："吊扇声音都没听见，那我上面摔杯子关你鸟事。你什么时候修好电扇，我什么时候不摔杯子。"说完，不管后面老先生气得七窍生烟，径自走出来，对刚刚颤巍巍地走下楼的老太太也重复一遍。

老太太怒道："噢，原来你摔东西摔得我们差点儿心脏病发，是因为我们吊扇吵你？你是故意的？你讲不讲理？我们吊扇开了那么多天，你们过去怎么一直没听见？我跟你妈好好的，你妈怎么一直没跟我说起？"

"你耳朵背，懂吗？让你儿子来听。你什么时候把吊扇修好，我什么时候不摔盘子。晚上我回家再听，要是还吵，半夜摔。"

老太太给气得浑身发抖，除了"是人话吗，是人话吗"，说不出其他话来。

宁恕完全无视，撞开老太太，上楼回家。他看看时间不对，只得扔下一地脏污，换上干净衣服，出门上班。今天是他的关键日子。同时，他想到简宏成的威胁：今天收网。宁恕再度撞开还站在楼梯上的老太太，理都不理地下去了。老太太在他身后扶着墙，站都快站不稳了。

宁宥睡得昏天黑地，只是耳边总有声音在烦她："我以后再也不逃避了""我以后再也不逃避了"……她困倦地当没听见，转身用被子捂住耳朵，继续睡。可等慢慢意识清醒过来，觉得这话这么熟，这声音也这么熟，怎么回事？她又转回身子睁开眼睛，赫然见儿子就站在她床边，拿着手机冲着她笑，手机里正循环放着那句"我以后再也不逃避了"，明明就是她的声音。

"我昨晚说的？"宁宥有点儿不敢相信。

"哈哈，昨晚跟你们同学吃饭时说的。真不像你，所以我录下来了，以后你批评我，我就放给你听。"

宁宥听了讪笑："自己去弄点儿吃的，让我再睡会儿。"

"你让我早上九点叫醒你的。你看，九点多了。你今天不上班吧？"

"明天去。"

"那你多睡会儿好了，我去给你买早餐。"

宁宥嗯了一声："我昨晚还说了什么？怎么……'我以后再也不逃避了'，天，当着这么多同学说这话。"

郝聿怀笑得摔到床上，又在妈妈身上打了个滚儿："可好像你还说过同意你弟坐牢什么的。我昨晚回家也困了，记不清。"

宁宥一听，眼睛立刻睁圆了，慢慢坐起，想了好一会儿，道："有这事。"说着脸色都变了。

"可是，我想不通，坐牢还需要你同意吗？"

宁宥道："具体我也不知道，还得问清楚。起床，这下没睡意了。饭后去趟你爷爷奶奶家，把我家的事说一下，还得解决你爷爷奶奶被围困的问题。再去找律师，问问你爸的事情到底调查清楚没有。你去不去？"

"都是要紧事，我得跟着你。"

"太好了。"宁宥起身，下床站稳，忽然冲儿子道，"我妈没了。"

郝聿怀撇嘴："你妈跟我妈不一样。"

宁宥没解释，没否认，只是趁儿子不注意，将儿子手机拿来，把那段录音删了。等郝聿怀发现，已经来不及了。

　　宁恕头昏脑涨，两眼水肿，压着一身脾气来到公司。他的副手一看见他到来，就惊了："宁总，今天你还来？"

　　宁恕道："容积率那手续得赶紧办下来。"

　　副手一愣，意味深长地扭头看一眼财务经理，道："小赵总昨天已经办下来了。"

　　宁恕呆住，看着副手好一阵子转不过弯来，看得副手心里发毛："谁跟小赵总一起去办的？"

　　副手道："我。"

　　宁恕问："顺道有没有去公安局？"

　　副手道："我下午就跟小赵总分开了。"

　　宁恕的心擂鼓似的跳动，额头的青筋也嗒嗒地猛跳，心里感觉非常不妙。他索性直奔赵雅娟的办公室。

　　宁恕一走，副手对财务经理轻声道："他那位置悬了吧？"

　　财务经理点点头，但没说太多。这两天赵唯中直接打电话来问他财务进出账，他早已感觉到宁恕可能位置不稳了。

　　但是赵雅娟不在。宁恕又直接下去赵唯中的办公室。赵唯中在，而且还敞开着门，宁恕急得都不通过秘书，直接冲进赵唯中的办公室。

　　赵唯中刚从自己的洗手间出来，一见宁恕，就惊道："你别太劳模，你有三天假期。好好休息，节哀顺变。"

　　宁恕慢慢将门关上，看着赵唯中，问："请问小赵总，容积率变更手续办完了？"

　　赵唯中道："对，办下来了。你请坐，别站着。"

宁恕不肯坐，两手支在赵唯中的大办公桌上，再问："请问赵总，岳局那儿呢？"

赵唯中被宁恕逼着问，心里不快，道："本来办完手续就去找岳局，结果邝局押着我回来找赵董。"说到这儿，停住，静静看着宁恕。

宁恕大惊，一下子方寸大乱："邝局？他……来做什么？"

赵唯中看着宁恕，慢吞吞地道："退还你送他的房产证。"说完，从抽屉里将那袋房产证拿出来，放到桌上，拿手压着，继续盯着宁恕，道，"邝局把身份证放我这儿，让我立刻去办理户主转换。他为人清廉，说什么都不敢收。这事要是传出去，邝局跳进黄河也洗不清，这辈子就完了。你差点害死他。"

宁恕完全反应不过来了，两眼圆睁，盯着桌上那个文件袋发愣。

赵唯中继续道："我们翱翔这二十年来从来以实力站稳脚跟，哪里需要行贿？你差点败坏我们的名声。"

宁恕目瞪口呆，说不出话来。

但赵唯中还是道："昨晚邝局走后，我还是去了公安局。岳局对唐处印象很好，不肯答应。"

宁恕死死盯着赵唯中，但他听了此话后毫不犹豫地戳穿："你没去找岳局。"

赵唯中道："你不能因为我没办成，就诬陷我没去找。"

宁恕冷冷地道："还有邝局！"说着，冷不丁地将文件袋拿过来，挥着道，"他要是不收，怎么可能把身份证交给我？你不如告诉我，你玩了个什么圈套！"

赵唯中大喝一声："宁恕，你反了？！文件袋还我，我还得替你收拾烂摊子。"

宁恕铁青着脸道："不用麻烦。这些本来花的就是我的钱，我自己去退。你请便，真想不到……"他不停摇头，"我这么拼命，你们这么玩我？走了，几天的工资打到我账上。"

赵唯中只好跑出来，一把拉住宁恕："慢点，钱我立刻给你，包括你买房子的钱和契税。"

宁恕不知哪来的大力气，一把挣脱，挥着公文袋，开门就走："我最恨别人抱团玩我。要玩吗？一起玩，玩到底！"

赵唯中的脸色全变了，知道这一包东西走出门，亮到太阳底下，邝局就洗不清了。他清楚宁恕抱着要死一起死的心。他飞一样地追出去，将宁恕一把抱住，死命往办公室里推："你吞火药了吗？火气这么大。说得好好的，怎么忽然发脾气？还是我哪句话得罪了？对不起，我年轻气盛，不会说话，你请原谅。"

宁恕将文件袋抱在胸前，道："少来这套。给你条生路，你去找岳局，带回好消息。那么邝局这事，我一句不说。"

赵唯中看看宁恕胸前的文件袋，只得道："你等着，我让我妈出马。岳局那儿我面子不够。"

宁恕冷冷地道："对，你得在这儿盯着我。"

赵唯中只好忍气吞声地给关进洗手间里的他妈妈打电话。很快，他走出来不快地道："我妈亲自过去，你等着。"

宁恕听了不语，仰脸冷笑，坐到门边沙发上等待。赵唯中只得在办公室里陪坐，看着宁恕的脸色，如坐针毡。

宁宥家里很快有了人气，洗衣机正在洗衣间里轰隆隆地滚动着，五谷粥已经飘香，餐桌上已经摆上碗筷。拉开遮光帘，阳光从纱幔里透过来，亮堂着冷气适宜的房间。宁宥有些顾此失彼地收拾着，很快见儿子开门进来。她见儿子拎着一个超市塑料袋，奇道："不是锻炼去吗？"

"这么热锻炼什么啊！你看我买的牛奶和水果，还有鸡蛋。这几天你很辛苦，得吃得营养点儿。"

宁宥好生感动，这句"这几天你很辛苦，得吃得营养点儿"是她的口头禅，想不到被儿子用还到她头上。她真有一种一分耕耘，一分收获的成就感。她冲着儿子笑，但郝聿怀挺不好意思地避开眼睛，掏出一把零钞，塞进她的包里："我擅自拿了你两张一百块，零头和收银条都给你塞包里了。"

　　宁宥拎着塑料袋进厨房，见鸡蛋足足打碎了一半，不禁闷笑，悄悄将尚且完整的蛋捞出，洗净。她一边动手做牛奶鸡蛋饼，一边想起小时候见妈妈忙，她也总是这么不声不响地将家务活做起来。小学二年级是大转折，她那一年学会烧菜、做饭、洗衣服、打扫甚至缝缝补补，而且事事求全，小心翼翼地做得完美，更完美，省得妈妈操心。很快，妈妈也发现她的能干，以前是她悄悄帮做的家务，后来都是妈妈开口吩咐要她做，知道她只要稍微叮嘱一下，就能做得好。宁宥看看自己骨节明显粗大、与全身风格很不一致的手指，决定不告诉儿子鸡蛋该怎么拎回家，而是将碎蛋偷偷放进橱柜里，暂且收着，不让儿子看见了内疚。即使家庭屡遭变故，她依然试图一手撑天，不让儿子提前成熟。

　　终于坐下吃早饭。郝聿怀大吃妈妈做的牛奶鸡蛋饼配醋栗酱，一只手还举着一勺粥，随时等嘴稍微一闲，就吃口粥。百忙中他还开心地道："每天跟田叔叔去饭店吃自助早餐，昨天还带上宝宝，我和宝宝都吃得特别多，我们还拍着肚子说比家里的好吃。其实家里的也很好吃，就是花色不多，嘿嘿。"他故意做个鬼脸。

　　"我做的早餐营养丰富，卫生健康。今天例外啦。"

　　"哈哈，田叔叔问我平时妈妈给我吃什么，我说你最爱管纤维素摄入，每天抽查全家人大便有没有，便了多少。田叔叔就这样……"郝聿怀做了个呕吐的鬼脸，"然后田叔叔就追着问宝宝拉了没、拉多少、臭不臭，得多吃点菜才行。这下轮到我呕。你们班同学怎么都这德行？在公司里都人五人六的，回到家各种下三路。"

宁宥哭笑不得："要不怎么说一把屎，一把屎把你们拉扯大呢？快别说了，吃饭呢。"

郝聿怀哈哈大笑，觉得自己得逞了。宁宥看着，立刻醒悟过来，儿子这是逗她笑呢，但并不点破："饭后我去爷爷奶奶家，你去找小朋友玩吧。"

"说好的我陪你去。"

"没关系的。连昨天我状态这么差，想偷个懒，你都戳穿说我不会崩溃呢，今天早恢复了。你妈是女强人。"

"我答应过班长叔叔。他答应一到上海工作，就让我去做跟班，我答应一定好好照顾你。"

宁宥点点头："也行，咱不能失信。我想来想去，还是得给我弟打个电话。"

"外婆不在了，还理他干吗？算了，我不管你，他是你弟。"

"可不就是。"宁宥想了半天，还是心里发怵，不敢打电话，怕一言不合，又无法讲下去，而这几乎是必然的。她只能发短信过去。

宁恕收到短信，打开一看是宁宥的，他正剑拔弩张呢，不愿看宁宥的短信，将手机又按黑掉。但他很快又斗志昂扬地想：好吧，让暴风骤雨一起来吧，索性一起解决。他亢奋地又拔出手机，手势如陈式太极拳之举刀磨旗怀抱月，如临大敌地打开宁宥的短信。大桌后面一直留意着宁恕的赵唯中看得心生警惕，道："你可不能失信于人，不可以发短信。"

宁恕冷笑："失信于人？这话你有资格跟我说？但我从不失信于人，即使我面对的是出尔反尔的小人。"

赵唯中气得脸色血红："你别图一时之快……"

"谁规定我不能图一时之快？你？给个理由，呵呵。"

赵唯中差点儿被噎死，只好闭口不言。

宁恕这才看宁宥的短信：

"今早醒来，终于稍微还魂。蓦然想到这世界上我最亲的一个人去了，痛不欲生之余，想到幸好幸好，我还有两个血缘最近的人，一个是你，一个是我儿子。我昨天以为我永远不想再见到你，可今天再想，不管你承不承认，你始终是我弟弟。而我承认，我因为从小背负责任，惯性地令我至今对你管得太多、太宽，不像常规人家的姐姐。以后我会像大多数家庭的姐姐一样，成年后不再主动干涉同样成年的弟弟做任何事，甚至会克制自己，不再打听弟弟在做什么，活得好不好。但任何时候，你得记得，我都会收留你，我是你在这个世上唯一的血亲。"

宁恕看得目瞪口呆，这真是宁宥的短信？"这世界上最亲的人""这个世上唯一的血亲"，这些话让宁恕的心不禁为之柔软而伤感。还有宁宥的承认、宁宥的承诺，都是前所未有的。因为有"这世界上最亲的人"这种话的温情打动，宁恕竟忘了去猜测宁宥写这条破天荒的短信的背后动机，只翻来覆去地看。下意识地，宁恕手臂上的肌肉松弛下来，握手机的手慢慢下垂，一直下垂到膝盖才止住。

赵雅娟匆匆回到办公室，进洗手间将一面装在铰链上的镜子死命掰下，便神色如常地揣着镜子，下楼走到儿子的办公室。别人都试图从她脸上看出刚才一顿吵闹带来的影响，可谁都失望，赵雅娟温和而文雅地打开儿子办公室的门，那门轴保养得当，即使门板沉重，打开时依然没发出一丝声音。赵雅娟踩上办公室柔软的地毯，环视一周，径直走到宁恕面前。她有些奇怪，宁恕当前的状态似乎与儿子形容的不一样，并不是那么剑拔弩张，而是在傻傻地、像个宅男一样地在玩手机。

赵唯中见到妈妈进来后站定，立刻活泛起来，起身端起一把椅子送到赵雅娟身后。

赵唯中的响动大了点儿，到底是干扰到了宁恕。宁恕一抬头，愕然发现赵雅娟不知什么时候已经站在他面前了，一直静静看着他。宁恕大惊，猛然醒悟自己刚才的软弱差点误了大事，立刻收起手机，冷峻地坐直了，全神贯注地面对赵雅娟，冷静地道："赵董。"

　　赵雅娟点点头，这才坐下，正对着宁恕："小宁，去找岳局前，我先跟你谈谈。"

　　宁恕点一下头，没答话。

　　赵雅娟道："我回顾一下我们的关系。其余你我共同经历的那些我略去不谈，我只说我遭遇的一个人。那个人辗转找到我，提醒我说他的小偷朋友帮你从我包里转移钻戒到你手中。那个人有名有姓，我也在事后调查过他的身份，与他的自我介绍相符。"说完，找出阿才哥的名片，微微俯身，放到面前的茶几上。

　　宁恕听了冷笑，真是欲加之罪，何患无辞。他也微微俯身，拿起名片看，一看是阿才哥的名片，一时心惊。他毫不犹豫地想到简宏成有关蟋蟀的比喻，难道阿才哥这一行为是所谓蟋蟀草的一次撩拨？

　　赵雅娟密切注视着宁恕的反应，见宁恕暂时没回话，就紧接着道："但无论如何，钻戒从你手中回到我手中，因此，我得兑现当初口头寻物启事上的承诺，我给你十万元致谢，这是其一。"

　　宁恕不得不分辩："原来是这样。名片上这位放债失败，却归因于他曾经咨询过的我，所谓我雇用小偷之类的传言是他无中生有的中伤。请继续。"

　　赵雅娟道："你的解释让我这十万元花得非常舒服。唯中，你即刻打十万元到小宁卡上。"

　　宁恕看着赵唯中当场操作电脑，不吱声。

　　赵雅娟继续道："小宁，你无论是专业方面的见解，还是工作能力，以及你的勤快，我都非常赏识。因此，此前我告诉你，我全权授权你，而此刻我认为你在不到一个月时间内做了大多数人一个月都不一定能做好的事，因此，即使你工作不到一个月，我依然支付你一个月的工资以及一个月的补偿金。唯中，你查查当初签约的月薪，也即刻转账到小宁卡上。"

宁恕依然不动声色地看着赵唯中操作电脑。

赵雅娟扭头问儿子："转账好了吗？"

赵唯中最后按下一次鼠标，道："好了。"

赵雅娟回头，继续正视着宁恕，道："再说说我不认可你的为人。我试图找到几个恰当的字来点评你的为人，但我昨天在机场见你之后放弃。你已经把你的为人一字不差地写在你的脸上了。"说着，端起她掰下来的梳妆镜，亲手捧起，面对宁恕。

宁恕只要直面着赵雅娟，此时就不得不面对镜中的自己。不知这镜子有放大功能，还是怎的，宁恕从镜中看到纤毫毕现的自己，不知怎的，那镜中的人忽然变成记忆中爸爸的脸，那眼神，酷肖。宁恕一时惊惶了，不得不使出极大毅力，才能维持平静。

赵雅娟适时再度开口："我一直强调做人做事，做事做人，当我不认可你的为人时，决定好合好散。但作为一个经营者，我习惯占领先机，以保我辛苦创下的基业平安无虞。我不喜欢被挟持。如果有冒犯你的地方，请你原谅，我也愿意做出精神补偿，十万元，怎样？如果你同意，请你就此收回对我过高的寄望，把手中的这包东西交还给我，我们好合好散；如果你不答应，我这就去找岳局。"

第七章
抓 捕

宁恕两眼盯着镜子中时不时幻化成爸爸的自己，两耳却得努力听清楚赵雅娟说的每一个字。他将全身每一个神经细胞调用到了极限，因此，很快厘清赵雅娟所说那些话的思路，力持平和地道："即便赵董已经下定决心赶我走了，我还是得坚持为自己的为人辩解。毫无疑问，赵董对我印象的转折始于阿才哥在背后污蔑我花钱唆使小偷偷你钻戒，此后我无论做什么，在你眼里都是有所图。但戒指这件事很容易查证清楚，你可以报案让警察查究竟我有没有唆使。你也可以稍微想一下，如果小偷发现偷的是这么大的戒指，还不拿着戒指跑路，何必到我这儿领取些许小费？阿才哥这谎话编得多不合理。再有，你可以详细盘问程可欣，她是我捡到香囊后遇见的第一个人，她可以证明我是不是作假。"

赵雅娟原本认真听取，仔细分析，以决定是否采纳宁恕的意见，但一听到程可欣可以作证，不禁一哂，因为程可欣彻底否认了宁恕的为人。她扭头对儿子道："最后说的精神补偿那十万元先慢点儿操作。"

宁恕大声道："对！当我的好意被栽赃为驴肝肺，当我的好心被怀疑为别有用心，我还怎么可能拿这十万元？我的真心诚意，是为勒索这十万元？"

赵唯中插嘴："你当然不是图那十万元。你的目的始终是勒索我妈去岳局面前说一句话，诬陷一个政府官员。"

宁恕飞快地道："这话也必须澄清，不是诬陷，而是拨乱反正，我呕心沥血地让审判回归事实。我原以为我用真心可以换取赵董的理解，想不到，你从一开始就不信任我。你一边花言巧语，让我拼命干活，一边戴着有色眼镜看我。我何其冤枉！大方地给我十万元？为什么我看到的只有屈辱？"

赵唯中正要针锋相对，赵雅娟一声"唯中"喝止了儿子。赵雅娟道："好，大家把话都说明了，我们已经明白了各自的立场，那么到此为止，多说无益。小宁，十万元你是不会拿了？"

"我被栽赃陷害，到今天才清楚是怎么回事。事情没搞个水落石出，怎么是把话都说明了呢？不如报警，查查那只戒指到底怎么到我手里的，那个小偷到底是谁，我给了那小偷多少钱……"

赵雅娟打断宁恕："行，就这样。那我也言出必践，我去找岳局。"

赵雅娟说完，放下举了很久的镜子，站起身。而卸去镜阵压力的宁恕忽然有空意识到有点儿不对劲，自己是否过于咄咄逼人？他脱口而出："请问赵董跟岳局怎么说？"

赵雅娟道："岳局那儿我这就去，你挟持得很成功。"说完，竖起大拇指，退走。

宁恕想站起来送一下，如往常对待赵雅娟一般。但他最终冲着赵雅娟扬起手中的文件袋："我等好消息。"

赵雅娟被文件袋晃得不禁后退一步，又站回屋内，将门带上，停顿了好一会儿，才道："小宁，刚才我跟你把一笔笔账算清楚了——你觉得算清楚了吗？"

宁恕道："你若是以为已经算清楚了，那很遗憾。"

赵雅娟点头："等我从岳局那儿回来，你把这包东西交给唯中。我不特意来见你了。"

宁恕道："等我官司打赢，再交给你们。"

赵唯中不禁怒道："你还想挟持我们多久？你是不是官司之后，不打算在本地混了？"

宁恕不跟赵唯中一般见识，只是再度举起文件袋，嘿嘿冷笑。

这一回，连赵雅娟的脸色也让文件袋晃得墨黑了："小宁，宁恕，你别只看到别人冤枉你，对你造成的伤害，你也要看到你一再算计利用别人，对别人的伤害。你好好想想，你还有十分钟时间决定该如何做人。"

宁恕强硬地道："赵董，我敬重你，但我既然被迫走到这一步，就没想过回头。"

赵雅娟貌若寻常地开门离去，但宁恕斜睨着看出赵雅娟心中的愤怒。他心里有些害怕，但，他将怀里的文件袋抱紧了一点儿，仿佛获得了力量。大不了事后不在本地混了，只要将官司打赢，那么一切问题都解决了，他此前蒙受的所有委屈都将有个解答，即使最终必须离开家乡，那也是昂首阔步地离开，不带遗憾地离开。

十分钟，赵雅娟留给他思考的十分钟，虽然宁恕满心忐忑，甚至恐惧，但他绝不回头。不，他不需要那十分钟。

唐处顶着一头烈日，从大门进来，一眼看见赵雅娟从雪亮的车子里钻出，满脸严肃地走进局大楼边门。他一愣，在烈日下站立了会儿，径直去办公室，打个电话给哥们儿："刚才见翱翔集团赵董来，她进岳局办公室了吗？"

"哈，才进去，你消息可真灵。"

唐处一张脸全黑了。他沉默了一会儿，拿手机给简宏成打电话："宁恕的上司，翱翔集团的赵董，进我们局长办公室了。"

正喝水的简宏成一听，手中杯子"砰"的一声落到地上。即使宁宥已经同意他动手了，可他依然君子了一下，说多给宁恕一天时间考虑，就给一天，可他失算了，被宁恕抢先了一步。这一下，他这边阵法全乱了。

唐处在电话里听到杯子落地上，皱眉道："难道二十几年前的事又得重演一遍？这回谁倒霉？"

简宏成回过神来，道："千万别拿二十几年前的事来衡量今天，今天我们脚下的路比过去多得多，今天的我们也比过去的父辈们活泛得多，除了宁恕，今天的我们还更看得开。没什么大不了，一起解决它。"

唐处沉默了会儿，道："你说得对，没什么大不了。宁家的女儿也参与了宁恕的行动吗？"

"没，她一直反对，只是反对无效。姐弟俩已经翻脸了。"

唐处道："我妈让我转达她，父母辈的那些破事别都背在身上。趁她妈去世，赶紧解脱出来，轻松做人，这辈子还有好几十年的好光阴。"

简宏成道："谢谢，我会转达。"

唐处破天荒地叹一声，挂机。简宏成转着手机想了会儿，拿出昨晚做好的三份复印件，匆匆走出简明集团。

简敏敏的房子里简直是鸡飞狗跳。张至清、张至仪兄妹请了还能联络得上的老同学过来给张至仪过生日，一帮人切蛋糕，吃中饭，玩X-BOX。简宏成走到门口时，简直不敢相信这是简敏敏的家。他不得不左右前后地再看一遍，确认自己这回没路痴，没走错门，才敢敲门。但手按到门环上，却没敲，他在想要不要破坏这气氛。

可简敏敏在里面看见了，呼啦一下地开门出来，叉腰道："你怎么会来？"

简宏成看着简敏敏非常难得的舒畅笑脸，他记忆中简敏敏在那事件之后除了狞笑、冷笑、奸笑等之外，似乎还没有过发自内心的笑。他不由自主地改口道："没什么，正好路过，本来想讨口中饭吃。"

简敏敏伸出一只手："至仪生日，识相的赶紧掏红包。"

简宏成连忙伸手将门拉上，不让里面的人看见他。但简敏敏已经敏感地意识到了有问题，紧张地问："你到底来干什么？"

简宏成依然守口如瓶，但知道不找个其他原因，简敏敏不会放过他，就道："宁蕙儿……那个，住了几天重症监护室之后……至仪生日，这事以后再说。明天早上你有空给我打个电话，我详细跟你商量。"

简敏敏明显松了一口气，甩甩简宏成刚掏出的几张百元钞票，道："里面都是小朋友，闹得慌，你自个儿去贵干吧。"

简宏成连忙逃走。但才刚上车，唐处挂电话过来："事情变得诡异。我不便多说，你暂时按兵不动。"

简宏成愣住，诡异？

赵唯中的办公室里，虽然有此起彼伏的电话声、手机声，可赵唯中依然觉得静得可怕。他即便在接电话时也盯着宁恕，唯恐宁恕搞小动作。他一直在纠结，如果宁恕再发短信，他是不是该舍命扑过去阻止。他心里衡量，如果宁恕真把文件袋里的东西抛出去，那是鱼死网破的打算，作为经办人的宁恕肯定得获罪，但是他和妈妈肯定也会获罪，还有邝局得下马，再弄下去，如果舆论压不住，刚改好的容积率又得变回去，损失大不说，还得惹一身麻烦。所以妈妈说什么都得把岳局摆平。但是唐处，只能牺牲掉了。

而宁恕也盯着赵唯中，但他是欣赏着赵唯中的坐立不安。只是午饭时间，非常微弱的一缕饭菜香不知是透过门，还是透过中央空调钻进这屋子，搅得早饭没吃的宁恕顿时饿意上头，坐立不安起来。于是他拿出手机问警惕的赵唯中："叫个中饭来。你打，还是我打？"

赵唯中恨自己赵公子一个，被区区宁恕支使，故意道："不怕我叫一群帮手来？"

"呵呵，叫了也没用。原件拿去，要不要？房子转手各个环节的痕迹都在，都是证据，只是取证稍微费点儿时间而已。当然也有一个办法，让我物理消失，呵呵。你不请客，只能我请了。"

赵唯中咬牙切齿地道："我请客。"他只能打电话让秘书送盒饭上来。

很快，秘书敲门送盒饭进来。宁恕立刻起身，截住盒饭，让秘书出去。赵唯中只能眼睁睁地看着。

宁恕将两个盒饭搁在赵唯中桌上，仔细观察一番，没看出异样，又打开饭盒检查，依然没有异样后，才随机拿一盒给赵唯中，自己捧一盒退回原来坐的地方，坐等赵唯中吃了几筷，他才开动。

赵唯中冷眼看着，哼了一声。

宁恕也冷笑一声："我现在无牵无挂，即使坐牢也没什么。但你们不一样。要是出事，你和你妈，总得进去一个。为了家族企业的正常生存，肯定是你进去。回头千万学着我这招，或许有用。"

赵唯中只好不语，省得多说惹生气。他接了妈妈打来的电话，挂断后对宁恕道："我妈让你等着她，她已经上车回来了。"

宁恕刻意挑逗地道："嗯，十分钟。要不要也给你妈叫个盒饭？"

赵唯中白宁恕一眼，不肯搭腔。宁恕看着，脸上慢慢地挂起笑容。显然，赵唯中满脸不乐意，那么说明他宁恕得逞了。

宁宥到底是说服了儿子去找小伙伴玩儿，她独自去公婆家。她驱车到了公婆所住的小区才想起，今天起得晚，早饭几乎是在午饭时间进行，此时赶去公婆家，公婆正吃午饭，那么她是陪吃呢，还是陪坐呢？再说还会影响公婆的午睡。她停车想了会儿，便转了个方向盘，去找郝青林的律师。

这年头职业人士是种神仙一样的物种，他们几乎没有什么吃饭时间、午睡时间、法定休息时间、娱乐时间甚至晚上睡眠时间的概念，手机让敬业的职业人士二十四小时在岗。宁宥电话一约见，律师助理立刻排出几个时间让宁宥选择，宁宥选了个最近的。等她驱车赶到律所，正好律师也赶到，两人坐下便可以会谈。

律师道："郝先生供出他替一位黄姓上司受贿做中间人。"

宁宥听了点头，但心里有疑问："做中间人肯定要拿好处，或者是职务升迁，或者是拿个零头。但他两头不靠，前者呢，一把年纪也才混到个副科级；后者呢，他没拿回家一分钱，却在他爸妈那儿有六位数借款，还有受贿。但看上去他也没往外遇那儿投入什么钱，他的钱去了哪儿？我一直在寻找他投资失败的痕迹，可找不到。"

律师道："你查下去可能会发现很没趣。"

宁宥道："我想过了。但我不能不查。未来郝青林的受贿款会被罚没，还会被判处一定数量的罚款。他非法收的钱去向不知，这些罚款最终得由家庭出，也就是挖走我辛苦赚来的工薪。我当然不愿意。而且，从郝青林举报行为背后，他一石三鸟的心计来看，他在刻意往罚没款与罚款上面加码，试图让我掏出更多的钱，试图通过这条途径进一步恶心我，我总不能束手就擒吧。"

律师道："郝先生在会面中也没提起，案子审查中也没找到那些钱的去处，只有这些钱的出处。下次会见时我问问。"

宁宥道："既然他恶意让我掏钱，估计你问不出来。我儿子对郝青林犯错后不思悔改，却还想着继续作恶，已经非常反感了，现在提都不要提起他。可我呢，依然得投鼠忌器。"

律师道："放债？赌博？股票？挥霍？行贿，但还没来得及获取不正当利益？"

宁宥听着，赶紧一一记录。

十分钟后，赵唯中的办公室门被敲响三声。宁恕顿时心头狂跳，扭头看去，只见赵雅娟神色如常地开门进来。宁恕想了想，决定站起来。

但赵雅娟进门后便扶门站住，对门外道："这儿，宁恕在这儿。"

宁恕一愣，只见从赵雅娟打开的门后面走进来四个制服人员，而赵雅娟的手也指向宁恕。这下，连赵唯中也惊了，不由自主地站起，手中还握着筷子。

唯有赵雅娟镇定自若地道："主要证据就在宁恕手中的文件袋里。"

一位司法警察走到宁恕面前，公事公办地问："宁恕？"

宁恕惊慌地看看赵雅娟，再看看警察，点头道："我是。"

司法警察亮了一下检察院的证件，又拿出一张纸递给宁恕："请在传唤证上签字或者敲章。"

宁恕一目十行地看了传唤证，机敏地问："个人行贿，还是单位行贿？"

司法警察道："个人行贿。"

宁恕将手中的资料袋递给司法警察："是单位行贿。你们应该找法人代表。"

赵唯中心惊肉跳地想到宁恕刚才吃饭时的威胁，原来宁恕熟悉法律，早已想好做成单位行贿来将他和妈妈一起拉下烂泥塘，同沾一身烂泥。

司法警察道："目前暂定个人行贿，希望你配合调查。"说完，做了个手势。其他两位警察上来，一左一右地将宁恕夹在中间，强制宁恕出门。

宁恕并无反抗，但走到门口时，大声对赵雅娟和大办公室里的所有人道："单位行贿暴露后，你做手脚，做成我的个人行贿，这么做过河拆桥，忘恩负义，调查很快会还原真相。"

大办公室里正是午休时分，众人都不敢声张，有些索性立刻钻进格子间，装作埋头工作，两耳不闻窗外事。但毫无疑问，宁恕的话一拳打中所有在场打工者的心。赵雅娟不动声色地看着这一切，也同样以不动声色来回应宁恕说完这几句话后的回头瞪视，直至不动声色地看着宁恕被架到电梯，消失在电梯门后。

然后，赵雅娟拍手提醒大家注意："这件事我扼要说明一下。宁恕有家仇，他父亲在他幼儿时因故意杀人被判死刑，宁恕视那家被他父亲重伤的人为仇家。他现在打算报复仇家，但他的报复不是凭一己之力，而是设局接近我，利用我对他的信任，借口为公司事务奔走，做下重大行贿行为，而后以该行贿行为为公司行为，并以被他做手脚的官员的清誉为砝码，绑架并要挟我为他出力报仇，为他在后天开庭的一场他与仇家对决的审判中做手脚。我的态度是，我不接受要挟做干预司法的不法勾当，我把一切摊在阳光下，交给司法机关裁决。清者自清，大家继续工作吧。"

虽然公说公有理，婆说婆有理，可大家还是被宁恕父亲是杀人犯惊呆了。他们听说过有关宁恕的风言风语，但大多并未得到证实，赵雅娟说的话无疑便是一锤定音。等赵雅娟说完这些，退回赵唯中办公室，掩上门，大家在大办公室里以各种现代通信手段一声不响地、眉飞色舞地议论开了。自然，谁都不敢落下一句猜测赵雅娟过河拆桥、忘恩负义的文字。

而在赵唯中办公室里，赵雅娟才关上门，赵唯中就惊呼："妈，大转折，真是令人意想不到的大转折。你太伟大了。"

赵雅娟冷笑："宁恕得罪的人太多，得感谢他嘴里的阿才哥，没这个人最初的提醒，我今天就是被气死，也得跟宁恕绑在一条船上。你整理出你这几天出差的所有原始单据，做不在场证据。我上去整理所有证据，证明行贿是宁恕背着我做出的行动。你收拾好后立刻上我办公室。"

赵唯中问："要不要感谢一下那个什么哥？"

赵雅娟想了想，找出阿才哥的名片给赵唯中："你只需要打电话告诉他，宁恕以行贿罪被逮捕了，他就如愿了。你不能答应跟他喝酒庆祝，这种人你不能交往。"

赵唯中道："妈，我又不是小孩子，你还叮嘱这种事。"

赵雅娟只是笑笑，自言自语："人怎么能把周围所有人都变成敌人？连那么聪明的小姑娘程可欣都会跟他翻脸，宁恕到底怎么混的？"

赵唯中大声追着道："你没觉得他刚才眼圈墨黑，眼睛血红，像个疯子吗？"

赵雅娟一只手按在门把上，想了想道："难怪后路都不留一条。丧心病狂，真的是丧心病狂的绝佳写照。"

说完，赵雅娟如常地出去，走过大办公室，走楼梯回到楼上自己的办公室。

赵唯中立刻拿起电话，给阿才哥通报。

宁恕非常没面子地被司法警察押着走过大堂。他想不到，程可欣正好从大门进来。在程可欣眼睛看向他的一瞬间，宁恕忽然领悟，她是赵雅娟叫来的，赵雅娟让程可欣来观赏他最落魄的一幕，赵雅娟把他打倒在地，还要踩上一脚。

宁恕心里拼命命令自己不得失态，他死命地挤出笑容，与程可欣打招呼："我被赵董过河拆桥了，呵呵，呵呵……"但司法警察没让他停留片刻，押着不断呵呵冷笑的宁恕往外走。

程可欣惊呆了，一手掩着嘴巴，愣愣地看着宁恕一路笑出门去，仿佛我自横刀向天笑，去留肝胆两昆仑。她一直看到宁恕上了警车，才呆呆地又往电梯走，可走几步停下了。她拿出手机翻出宁宥的电话打过去："宁姐姐，我刚看到宁恕被警察押上检察院的警车……不知道原因，他只跟我说了一句话，说他被赵董过河拆桥了。"

宁宥大惊。她刚走出律师办公室，不由得扭头往回看，不知是不是该替宁恕请律师了。

而宁恕一路笑出去，一直到上车了还在笑，只是笑得越来越空洞荒凉，却止也止不住。警察忍不住喝止。可是宁恕没有停止，也不愿停止。警察也就不理他了。

但宁恕忽然捕捉到警察看他的眼神不对，就好像看的不是罪犯，而是疯子。他才猛然意识到他还在笑，身不由己地笑了一路，笑声空洞。怎么会这样？宁恕连忙合上嘴，不知怎么就惊恐地回想起简宏成发给他的那段视频，那段他打滚号叫的视频，顿时冷汗如雨。他真是疯了吗？或者是间歇性发疯？最起码是间歇性失控？他又想到刚才赵雅娟镜子中的自己，难道，他酷肖爸爸？

警察只看到宁恕浑身细细地颤抖起来。他们以为他是吓的。

程可欣站在大厅里镇定了许久，才坐电梯去赵雅娟的办公室。正好赵唯中索性将一沓行程发票全塞进了一个包里，直接找赵雅娟一起收拾。两人在走廊碰见，赵唯中看看老妈的小闺密的脸色，道："不会是路上遇见宁恕了吧？"

程可欣小心求证："怎么回事啊？"

赵唯中道："你看看我脸色，这叫惊魂未定。我让宁恕挟持了两个小时。我妈让你来的？"

程可欣大惊，道："挟持？宁恕……"她想到过往宁恕做过的种种，叹道，"他做得出来。我没什么大事，来送昨晚跟赵董说起的一些小玩意儿，一个她喜欢的口红，一个下载了韩剧的移动硬盘，你帮我交给她吧。你们这会儿一定很忙，我不打搅了。"

赵唯中接了袋子，但伸手打开老妈办公室的门，大声道："妈，小程来给你送口红、韩剧……"

里面赵雅娟道："快请进，快请进。我正要找你解释呢。"

程可欣只得进去，进门立刻道："我刚才在大厅遇见宁恕。我本来想午休时间你可能有空……"

赵雅娟从老花镜后抬眼笑道："那就更不能走了。我正在整理证据撇清我自己，桌上太乱，你坐那边吧。"她一边说，一边接了赵唯中递来的口红与硬盘，"你真是有心，我今天说什么都得看两集，才能静下心，睡得着。"她有点儿委屈地说完，将手头证据一扔，坐到程可欣身边来，"你知道宁恕有个仇家，还是世仇……"

程可欣道："有听说。"

赵雅娟道："宁恕很执着，再加上他妈去世吧，让他更是一心想报仇。他设计一个局，死缠滥打地给邝局行贿价值两百多万的房子，把一个批文拿下来到我这儿卖好，让我帮忙到公安局找岳局告状，试图告倒一个也跟他们家有旧关系的处长，要岳局处理处长贪赃枉法，在他和那个仇家的案子里干扰司法公正，将对方故意杀人与绑架罪定成车祸与意外伤人，将重罪变成轻罪。我看了他给我的邮件后，找律师商量是怎么回事，律师去外围调查了一下这个案子，应该说那位处长没做错。那么我就不能帮宁恕做那种陷害无辜者的事情，是吧？但宁恕一听，就跟唯中反目了，拿出他行贿的证据说是要去举报我和唯中是这笔单位行贿的后台，而邝局则变成了巨额受贿的重罪犯。可问题是邝局早在我回家当天，就是昨天你来接我之前，就亲自赶来，把那价值两百多万的房产证还给我了，说他怎么可能收，都是宁恕强迫的，邝局清白。但再清白，我刚回来，还来不及将房产证上面的名字从邝局改为宁恕，或者别人，宁恕作为一个真正的行贿人很清楚，只要他举报，邝局就跳进黄河也洗不清，即使洗清，也得脱层皮，影响仕途。宁恕知道我最忌惮这种事，所以他就很有底气地威逼我找岳局陷害那位处长。他扣住唯中，我去公安局。路上我越想越不能答应，干脆把事实摊给岳局，然后检察院直接介入调查这起行贿未遂案。你看，我现在正找证据证明我没授意宁恕行贿。其实明白人一想都清楚的，我混到今天，怎么可能行贿得如此低级？但法律讲证据，没办法。"

程可欣张口结舌地听着，而她发现赵唯中也在皱着眉头认真听着，她意识到赵雅娟说的是大实话。她内疚地道："对不起，宁恕是我介绍给你的。我……"

赵雅娟道："这不怪你。我就怕你不理解，才把你叫进来说明。连我都没看清他，你这么年轻，怎么看得清楚？再说宁恕确实能干，说他一人顶十人都不为过。这事你别放在心上。我不留你，我还有很多证据要想出来，找出来，下班之前得送去检察院，还得找很多人解释，还得填补宁恕走掉后留下的空缺，忙死，忙死。"

程可欣起身抱抱赵雅娟，赶紧告辞。她走后，赵雅娟不满地对赵唯中道："看样子你还没看清楚宁恕这件事的来龙去脉，没把那么多节点串联起来。"

赵唯中忙道："我清楚是怎么回事，但听着还是惊心动魄。要是我们这方任何一个节点缺一扣，不知结果又会怎样。宁恕刚才威胁我，说为了维持公司经营，肯定牺牲我去坐牢。"

赵雅娟本来平常地起身回办公桌，继续收拾证据，闻言拍案而起："什么？我不在的时候，宁恕不仅威胁你，还挑拨我们母子关系？"

"他说我和妈是背后黑手，但公司运作需要妈妈在，肯定牺牲我去坐牢。"

赵雅娟大怒："他死定了！"

司法警察等宁恕稍微定下神来，就拿纸笔给他："写下你亲属的电话，我们需要通知你亲属。"

宁恕拿起笔一愣，通知宁宥？他不禁想到早上宁宥发给他的短信，就在那场与赵雅娟的交锋之前收到的短信，还有他看着短信时的失神和软弱。想到这儿，宁恕不禁脱口而出"妈的"。

警察严厉地道："你说什么？"

宁恕忙道："没什么。我想到早上收到的一条短信，害我自以为底气十足，结果丧失策略，急功冒进。"他将笔递还警察，"我妈前天去世，我爸二十几年前就去世了，家人全死光了，我没人可通知。"

警察看着宁恕哑了。

宁宥一直坐在车上等电话。她下意识地认为简宏成一定会来电告诉她。果然，很快，简宏成的电话来了。她接通就道："宁恕？我知道了。"

简宏成松口气，道："检察院通知你了？这么快？"

"宁恕的一个熟人通知我的。我知道你肯定也会很快给我打电话，我就坐在车库里等着。好了，我赶下一站去。宁恕的事只能等检察院来电再说了。"

简宏成道："哦，不是我出手，这事一定得澄清。我也是刚刚接到朋友电话才获知。不用我出手，我大大松一口气，对你能交代了。"

宁宥也松口气："真的与你一点儿关系都没有？"

简宏成道："我答应你延后一天行动，即使你不监督，我也肯定做到。半个小时之前我还在懊丧呢，以为被宁恕将军了。"

宁宥欣喜："那好，那好，放心了。我赶下一站，有消息你再告诉我。”

“哎，慢点儿，如果我没理解错，我没参与带给你的喜悦，压倒性地超过宁恕被检察院拿下带给你的担忧与不快？”

宁宥“哼”了一声，果断挂了电话。简宏成本来就高兴，这下对着手机笑得更欢了。

宁宥因为宁恕的事情耽搁了会儿，赶到公婆家时，看看时间，他们应该已经结束了午睡，便打了一个电话上去。

“我妈去世了，后事也已经安排好了。我跟灰灰回上海了，我在你们楼下，方便上来吗？”

这一句话信息量太大，郝母与躺在床上静养的郝父理解了好一阵子，一个说“节哀顺变”，一个说“你好好休息几天，我们这儿还过得去”。

宁宥道：“我没什么。我把刚刚跟律师谈的内容跟你们通个气。我已经在你们楼下了。”

郝母忙道：“你快回去，快回去，别来。那家人就在门口呢。他们不闹，我们也不好报警。但你千万别来撞枪口。”

宁宥道：“知道了。郝青林举报的是他替上司做受贿的中间人，估计他也拿到点儿好处。律师分析对判决不会有太大影响，你们可以稍微安心。”

郝父道：“宥宥，你快回家吧，好好休息，别一回来就奔波。你妈妈去世，我们很难过，可惜我们帮不上忙，只能要求你别为我们操心了。你最近操心的事太多，身体吃不消的。好好休息，回去吧。我们这边没问题的，我们反正也没打算出门，这么热的天，还是在家里待着舒服。”

宁宥叹道：“还舒服呢，奶奶的声音全哑了，这么下去，你们全得给拖垮。"

郝母一听，眼泪崩溃了，心也崩溃了："睡不着，怕，时时刻刻都担心，怕门外的人冲进来，怕老头子身体拖不住，呜呜呜。"

"我就担心这个。前阵子我妈也天天为我弟弟操心，唉。你们吃不消的，得想办法解决。"说完，挂了电话，走进郝父、郝母住的大楼。

宁宥只能去解决郝父、郝母门外的问题。她先坐电梯，然后走了一个楼层的楼梯。省得电梯门一打开，她毫无准备地先挨闷棍。她胆小，最怕武力冲突，可现在不得不硬着头皮上，只好将害怕藏在心里，事事小心。可是，走完最后一级楼梯，宁宥早喘成一团。她心知，她的体力还不至于这么不中用，她是吓的。

因此，宁宥上去就趋利避害地轻声自我介绍道："我就是宁宥，我刚回上海，就来找你们，我跟你们一样想搞死郝青林。"她看看郝家的门，"我们借一步说话，别让里面听见。"

黄家人本来坐地上，一下子齐刷刷地都站了起来，所有人的气势都压宁宥一头。宁宥吓得连连后退，退回楼梯间。黄家人则步步紧逼，逼到楼梯间，将宁宥逼到墙角。郝家门背后，郝母听到动静，向外张望，吓得一屁股坐在地上，浑身无力，起不来。

宁宥幸好一张嘴从来伶俐，再害怕，也不影响她说话："你们反正人多势众，不急，我逃不掉，不如听我说完，保证对你们有利。我刚跟律师谈完过来。我跟律师查出一个问题，郝青林受贿的钱和问他爸妈借的二十几万都没拿回家，小三那儿也没拿到，那么去了哪儿？律师给我几个答案，我们一致认为，郝青林拿那些钱行贿去了。但目前我们拿到手的资料显示，他没有交代行贿这一项。你们查得到吗？要是查到，就破了他的什么检举立功，他的刑期肯定得翻倍，不，翻倍都不止。他其他罪行都是从犯，唯独这个，是主犯，判的时候会加重。我怀疑他行贿的人就是你们家老黄，要个官做什么的。但我跟郝青林几乎是分居，平时没交流，苦无证据。而如果正是你们老黄，郝青林行贿的那几个钱对老黄是虱多不痒吧，反而可能老黄检举揭发，就成了立功行为。但对郝青林，他那拉老黄下水的小算盘就算打砸了。你们看呢？"

宁宥一边说，一边摸索着从包里掏出记录字条，亮给黄家人看，上面写的正是"放债？赌博？股票？挥霍？行贿，但还没来得及获取不正当利益"。

黄家人扯了字条过去看，但疑惑地问："你什么意思？"

宁宥道："我对郝青林就不安好心。检察院一查，我才发现郝青林跟小三还保持着关系。所以我一回上海，就满世界地找你们，想跟你们要证据，不让郝青林所谓'检举立功，从宽减刑'得逞。"

黄家人惊讶，又听了认同，立刻有人下楼避开众人给律师打电话，询问宁宥说的那些可不可行。但其他人依然围着宁宥，虽然没动手，但宁宥吓得魂都快没了。

过了会儿，打电话的人从楼下走回来，道："律师说可行。回头律师会见时会问问我哥，看他有没有可以检举的。"

宁宥道："当然可行，要不然我干吗满世界地主动找你们，而且胆敢一个人来？我就是打算跟你们站在一条阵线。留个电话，回头我找到新线索，继续找你们。"

黄家人谨慎地问："为什么找我们？"

宁宥道："一方面让你们检举立功减刑去，省得你们找我麻烦，另一方面我不能出面打压郝青林，他儿子不答应啊，我得顾忌我儿子的想法。"

黄家人觉得有理，终于扔下宁宥，回去坐电梯离开了。

他们才离开楼梯间，宁宥的两腿就软了，还什么风度、气质的，只能软软地坐在地上浑身发抖。等黄家人走后，这一楼层就只剩宁宥和郝母分别坐在地上发抖。宁宥想，她得替公婆解决问题，要不然两人会重蹈她妈妈不幸去世的覆辙——只能让郝青林活该去担当了。

很久，宁宥才扶墙站起，又默默站立了会儿，才能扶墙慢慢挪到楼梯间门边，费了好一会儿工夫，才将楼梯间弹簧门打开一条缝，慢慢钻出来，溜着墙脚，沿走廊慢慢挪到郝家门边。她又喘了半天气，敲门道："是我。他们都走了，可以开门了。"

郝母在屋里哽咽道："门已经打开了，可我起不来，也没力气挪开身，顶着门呢。你使劲推门，多使点儿劲。"

宁宥哭笑不得："我还哪有劲儿啊。"

"你挨打没有？受伤没？"

"还好没，可我吓软了。歇歇吧，不急开门。"

"怎么不急？他们万一返回呢？"

郝母着急地双手着地，慢慢地爬开去。宁宥怕郝母着急，也在外面全身顶上，使劲推门。两人一起努力，门终于一点点地打开。宁宥滚进门，靠身体重量将门关上，婆媳两个坐在地上相对垂泪。

卧室里郝父老泪纵横："宥宥进来了？真没受伤？"

宁宥道："没受伤。我有三寸不烂之舌。"她沉默了会儿，又蓄养了会儿精神，道，"你们赶紧搬家吧，收拾一下细软，搬到我刚工作时分的那套房子里躲着去。前阵子我刚请走租客，打扫出来。这边，我怕黄家人又返回。"

"那你呢？你和灰灰呢？你只要上班，还不是让他们一逮一个准？"郝母问。

宁宥道："我年纪轻，能扛住。我原以为我妈虽然没我能扛，可总归不用上班，大不了白天黑夜里多休息休息，总能扛过去，可事实不是这么回事。事实是你们这年纪可以心理上不服老，体力上只能服老。我在病床前看着我妈的煎熬，我早已想好回上海后的第一件大事是把你们搬走。灰灰我另作安排。"

郝母道："你妈妈的去世，你别自责了，这事由不得你，她要是能听你的，早早过来上海，就不会出大事。唉，可是我们如果逃走了，所有压力都得你一个人去面对，你最近遭遇那么多，也是强弩之末了啊。"

郝父道："我们还是听宥宥的，赶紧逃吧。黄家一帮人宥宥能应付。但我们要是病倒一个，或者两个都倒下，谁会来照顾我们呢？还不是最终又得肯负责的宥宥扛着？到时候宥宥才更应付不过来呢。"

宁宥连忙点头："对对对，就这理，我还真不好意思说出来，怕你们多心。"

郝父道："你还怕我们多心啊。你是好心，我们懂。论理，你就是不顾我们死活都行的，很快就是两家人了。"

宁宥憋着两眼泪，看着面前的郝母，叹道："当年我第一次上门，一看见这么通情达理的你们，就想我嫁定了。不管怎样，做了十几年一家人。我们动手整理吧。"

坐在地上说了一会儿话，等于散了一会儿心，宁宥先恢复过来，扶起郝母，开始收拾二老的换洗衣服和洗漱用品，然后，跑了三次才安顿好：第一次拖两大箱行李下去装车；第二次扶郝母上车；第三次扶郝父上车。宁宥觉得自己跟女金刚似的。

宁宥送到过去住过的房子之后，变成四部曲，没有电梯，那么重的行李，都由宁宥扛上去。幸好郝母已经能自己走了，她只要在旁边扶一把。而郝父，又是她半扛半扶着上去。等夕阳西下，回到家里，宁宥眼睛都直了。若不是家里有灰灰等着，她一准扎进一家小酒馆里，把自己灌个烂醉。这什么狗一样的日子？

郝聿怀端茶倒水，还附带顺手解了宁宥手机的密码，替宁宥查看手机有没有漏接信息。宁宥气息奄奄地看着，只能随便他。

"咦，有个叫程姑娘的给你发来短信，是一个链接地址，要不要打开？"

宁宥一听，立刻惊起："打开，快看。都忙得忘了这头。"

郝聿怀操作得飞快，打开页面，让妈妈一起看。程可欣发来的是她凭记忆记录的赵雅娟对她的解释，好长一篇。郝聿怀不懂那么复杂的成人世界，这一长篇里明明每个字都认识，却看得云里雾里。宁宥即使这几天精力早已透支到了极点，依然看得明明白白。她扼要告诉儿子："我弟自作聪明，可老板不是老妈，也不是老姐，没人有义务对他好。他就踢到铁板了。他这回可能要坐几年牢。"

"他犯什么罪？"

"行贿。"

"不是说行贿判得轻吗？"

"他行贿两百万元呢，情节超重了。而且现在正严打行贿，他正好撞枪口上。而且，他得罪多少人啊——唐处、赵老板、邝局，个个都是能要他命的。完了，他坐牢时间可能比你爸的还长。灰灰，你帮我把短信转发给班长叔叔。"

"不发田叔叔吗？"

"田叔叔现在烦心事够多了，一个宝宝足以灭了他。"

"还好啊，我带宝宝一点儿不累，宝宝很聪明的。"

"你一走，田叔叔就得崩溃了。我征求你一个意见，被你爸举报的人，他的家属会一直找我们麻烦。我已经把你爷爷奶奶转移到安全地方了。你是跟我逃走，出差做项目去，白天一个人在宾馆待着，还是去跟爷爷奶奶过，或者甚至可以跟田叔叔过，你帮田叔叔带宝宝，田叔叔带你，人情两清？还可以跟班长叔叔过，他现在闲了。"

宁宥特意将简宏成放在最后选择，省得郝聿怀选他，可郝聿怀毫不犹豫地道："跟班长叔叔。"

宁宥直接瘫痪。真是怕什么来什么。

简宏成下班来到西三数码店，进到田景野办公室。田景野递来一瓶冰镇喜力。简宏成自己熟络地找地方坐下，两腿往桌上一搁，再一口冰啤下肚，只觉得浑身每个毛孔全部妥妥帖帖，忍不住长长嘶了一声："不健康饮食最快乐。"

田景野的两腿也搁回桌上，白了一眼简宏成，道："宁恕的事解决了？"

简宏成放声大笑："真是瞒不过你。解决了，而且我都不用出手，自有比我忍耐力差的。这下我完全放心了。我总是那么幸运。"

"擦，还幸运，都忍成忍者神龟了。"

简宏成道："没关系，宁宥看见就行。"他又大大地喝了一口，"等下吃完饭，你搬到宏图那儿去住，什么都是现成的，保姆也是现成的。你现在带着宝宝住公寓不方便，需要有人料理宝宝的吃喝拉撒，还得有良好的室外环境让宝宝扑腾。你得听我的，我好歹亲手带过小地瓜。"

"宏图呢？"

"宏图我带去上海收拾筋骨。"

"好。"田景野也没客气，"哈哈，宏图得恨死我。你手机在叫。我已经物色好了一套别墅，现在限购限得全市已交付的全新别墅真是随便挑。我赶紧装修起来，明年宏图可以住回来。"

"你不急。"简宏成掏出手机来看，看几眼，就把链接发到田景野手机上，"你快看，宁恕的事，这条说得八九不离十了，除了粉饰了一下邝局。"

简宏成又去掏出一瓶啤酒，见宝宝从外面跑进来，陌生地看着他和田景野。简宏成自诩比田景野懂孩子，便将手中啤酒搁在桌上，蹲下问："想灰灰哥哥吗？"

"想妈妈。"

显然简宏成也不是育儿能手，反而勾出了宝宝的忧伤。

简宏成只得当没听见，道："那么等下我们是先搬家，还是先吃饭，然后去看篮球赛呢？"

田景野一愣："篮球赛？"他立刻开始遍地打电话，"喂喂，球员住哪个宾馆？""喂喂，球员在哪儿吃饭？""喂喂，球赛还有没有前排的票？""喂喂，球赛后哪儿吃夜宵？"

简宏成看着笑道："这条地头蛇。"他看见宝宝果然放下陌生感，扑上去抱住田景野大腿满脸憧憬。果然，谁家儿子谁对付……一想到这儿，简宏成黯然。不知道小地瓜正在干什么，又想到，小地瓜哪是他的孩子。

很快，田景野跳起来："走，咱们去篮球队员吃饭的地方吃饭，然后跟着他们的车子去球场看球赛。我们顺道去买个篮球，看能不能请他们签名。下学期宝宝开学拿着有大郅签名的篮球去学校，啧啧，拉风死了。"

宝宝高兴得手舞足蹈，打醉拳。

简宏成只好道："你们去吧，我替你搬家，反正你们两个糙爷们儿的家当也没什么好讲究的。"

田景野拎起儿子，足不点地而去，连办公室都不要了。简宏成只得幽怨地看着他们爷儿俩的背影，想象小地瓜现在是如何无依无靠、含泪度日。简宏成忍不住又拿出一瓶啤酒，左手一瓶，右手一瓶，拉着脸，一口一口地猛喝。

帮田景野搬完家，简宏成让司机离去，他又拿出一瓶啤酒，看着保姆收拾。他这才一个电话打给宁宥，刚想说明原因，宁宥一接起电话，就指控道："你居然才给我电话。"

简宏成闷了半夜，终于笑了："我不高兴。田景野撇下我，领儿子去看篮球，我看着触景生情，喝了几瓶啤酒。"

宁宥道："我该讽刺啤酒也算酒吗，还是安慰你一下？"

"算了，我迟早得适应失去小地瓜的现实。你发给我的那篇基本属实，也印证了我的猜测。现在一个主要问题是，行贿花的钱是宁恕自己掏腰包，所以赵老板要栽他是个人行贿的话，他很难逃脱。而且赵老板也肯定做过手脚，手里应该有些硬证据证明是个人行贿，才敢悍然行事。再加上宁恕因为这件事得罪的都是权势人物，量刑方面不会乐观。"

宁宥道："宁恕哪有两百万？噢，不是吧，他一边售楼，一边自己也在无锡置下两套房子，还在按揭，不会是贱卖了？"

简宏成道："他真能下血本。可能，他在苏州脱离了大部队一阵子，早上走，下午回，我原本一直在猜他那个行动的目的，现在看来是筹钱去了。行贿罪成立，这笔钱会被罚没。检察院通知你了吗？"

"没。"

"奇怪。"

"不提他了。其实一直想打电话给你，说说你替唐处转达的他妈妈那句吩咐。今天遇到一件事，很多感慨。要不是二十几年前那件事……那事……那事的影响一直延续到现在啊……"

"我们应该找个机会喝酒，抱头痛哭。我自诩有本事的，可至今人生还在受那件事影响。别的我不想提，只是你我，谁来弥补你我关系失去的十几年呢？还有我弟弟，脑子落下后遗症，这辈子我只指望他快快乐乐地过日子，没别的指望了。还有我姐，今天看到她在一双儿女感染下，终于有点儿人样，我都不舍得拿烦心事干扰她。还有我妈，已经孤独好多年了。知道吗？今天得知宁恕进去，我一个人开心很久，都不敢给你打电话，怕你骂我没良心。我想到二十几年前那一页，到我这儿终

210

于可以翻过去，暂时告一段落了。可是想想我们俩，越想越伤感。我真希望你在眼前，我可以与你抱头痛哭。"

宁宥本来想自己感慨的，却被简宏成抢了去。她默默低头听着，心里生出越来越多的感慨。这几天的事——妈妈过世。妈妈即使垂危了都不在乎她的存在，她才想起她的婚姻选择是因为羡慕郝家是个完美的家庭，有一双通情达理而且善待她、疼爱她的父母，这一羡慕就陷进去了十几年；还有她从小含辛茹苦地试图给宁恕一个美好的生活，尽量少受爸爸的影响，可宁恕索性都不认她了……简宏成的事情暂时告一段落了，她的呢？越想越伤感。宁宥将电话夹在耳边，趴在桌上默默垂泪。

电波，将两个沉默的人连在一起。简宏成似乎能看到宁宥在电话那一头做什么，他又肯定地道："我们应该抱头痛哭。"

宁宥到底不可能真的将儿子丢给简宏成去带，自己一个人去出差。她说什么都得带着儿子。

因此，希望落空的郝聿怀嘀嘀咕咕地追着宁宥问："你带着儿子出差好吗？别人看着会怎么想？"

宁宥一边跑进跑出地整理大旅行箱，一边回答儿子："宁总做什么都合理。"

"会影响你的形象。"

"宁总同时兼具母亲、专业人士、高管等高大上形象，兼顾家庭只会锦上添花。"

郝聿怀做恶心状，坚持不懈地道："但是你的领导会反对。"

"我的顶头上司只要看到我做好本职工作，最乐意看到我受家庭拖累、不思进取的形象。有句话叫屁股决定大脑，坐在什么位置，就有那个位置上的考虑。我的顶头上司最怕有能人顶掉他的位置，目前对他的位置有威胁的包括我和其他两位副总工。可我从不想坐他那位置，那位置上行政事务性工作太多，影响我对技术的钻研，我不喜欢。那么我就应该积极表明我不思进取的态度，积极主动地令上司不误解。人别抱着什么清者自清啊、时间会证明一切啊这种清高想法，只要把握两个宗旨——把事情做好，不伤害他人，那么……"

宁宥长篇大论半天，将箱子一关，回头看听众是否做陶醉状，却发现听众早不知溜到哪儿去了。她只得放弃，将箱子竖起来。

郝聿怀这才从他房间里探出脑袋，夸张地摘下耳塞："老妈，你知道广场舞为什么烦人吗？"

宁宥只好投降，让儿子推行李箱出门。关防盗门的瞬间，她还是忍不住又说话了："我弟抓进去超过两个二十四小时了，为什么有关部门还没联络我？"

郝聿怀道："那不正好吗？他说过不要你管。"

宁宥道："他说了白搭，他要是还有其他亲戚朋友可以通知，我乐得甩包袱。"

郝聿怀道："可爸爸还有很多亲戚，为什么还是得你管他？"

宁宥悲怆："能者多劳啊。"

但郝聿怀坐上宁宥的专车，帮司机设定 GPS 终点的时候，忽然意识到："妈，你出差地方离你老家很近。"

宁宥心里叹一声，嘴上道："我妈妈去世后，还有很多后事要处理。这样安排，方便我晚上有时间就过去一趟。"

郝聿怀不禁翻个白眼。宁宥自己也忍不住翻个白眼。那房子署名没有她，她也没想跟宁恕争房子的遗产分配，还就是多管闲事。

第八章
人 生

　　陈昕儿家终于来了个客人，是个跟陈父、陈母同龄的老同事闲着没事，带孙儿过来串门。陈母并不情愿地开门。而好不容易看到家里有外人来的小地瓜赶紧跑出来，羞答答地站在陈母身后看陌生人，偷偷地冲来串门的小朋友笑。

　　老同事一见到小地瓜，就八卦心大盛，屁股粘着椅子不放，试图问出个来龙去脉。陈母却不愿细说，也没法细说，又赶不走来人，只好左支右绌地应付着。反而小地瓜好不容易见到个小朋友，赶紧献宝地、讨好地争取与小朋友玩，奋力打开冰箱，掏出冰棍与小朋友分享。

　　老同事看着，拍拍小地瓜的脑袋，曲折地问："小地瓜真大方，这么友善的小朋友很少呢。他爸爸做什么的？教育得真成功。"

　　爸爸是谁，基本上是陈母心中的死穴，她还在磨蹭，小地瓜就骄傲地道："我爸爸是简总。"

　　老同事眼睛一亮，就问小地瓜："那你爸爸简总什么时候回来呢？让奶奶看看好吗？"

　　"行，我问问妈妈。"小地瓜小屁股一扭，飞一样地打开一间卧室门。陈母来不及阻止，一张脸顿时墨黑。

老同事本来心说好戏上场，可睁眼一瞧，却见卧室里面的老式扶手椅上绑着一个中年女人，顿时知道这事太尴尬了，忙将孙子抓回来，赔笑道："哎呀，我们煮中饭去了，煮中饭去了。"

陈母沉着脸，送老同事出门。即使老同事千万阻拦，她依然将老同事送到楼下。老同事内疚至极，又加上是个多嘴好管闲事的，忍不住道："陈姐，我女儿跟我说，我们有些观念得改改了。像抑郁症这种病，很多人以为它是精神病，怕去医院看了病，就变成精神病人，掉面子。结果挺多挺好、挺善良的人得病了没去治，家人一个没看住，就自杀了。其实这病也是跟平常一样的吃药能好的病……"

陈母道："不碍事，我家女儿就是想入非非，给她点儿时间，自然会服帖。"

老同事听了，想赶紧逃走，可还是忍不住临别赠言："可别不拿抑郁症之类的不当病。哎哟，我多事又多嘴，再会，再会。"

陈母送走老同事回来，看着陈昕儿，与老伴商量："要不要带昕儿去看病？人家说得也有理，而且上回小田也劝我带昕儿去看看医生。难道，这真的是病？"

陈父道："两个月前她逼婚不成，闹到割腕，那几天也是跟现在这样，几天后不照样活蹦乱跳，还能上班吗？"

陈母忧虑地看着女儿，道："这回好像更不对劲。你快去银行拿一千块来，我下午陪她去看看。"

陈父应了，又问："她医保有吗？要是没有，这回去先找专家，以后再找社区里相熟的医生，拿你的医保卡去配药。"

陈母心烦气躁地道："没医保，没医保。还有啊，你下午还是去找教育局问问小地瓜上小学的问题——带支笔去，问清楚点儿。"

陈父叹道："她要是没搞得一团糟，人家还好好地放她在加拿大供着，什么都不缺。"

陈母听了，眼睛一瞪，灯泡一样地照得陈父赶紧不敢再说。陈母揉揉布满血丝的眼睛，冷冷地道："不敢求你去教育局，明天我自己去。"

陈父扭头冷漠地瞅女儿一眼，赶紧逃去阳台侍弄花草，即使太阳还晒着阳台，他都不敢回屋。

但陈母发现更大的挑战是领陈昕儿出门去医院。她很不放心地将小地瓜交给陈父一个人带着，由她带陈昕儿出门。那简直不是带，而是押解。陈昕儿压根儿不愿出门，但也不大吼大叫，只是千方百计地挣脱妈妈的挟持，一溜烟地逃回家里原位置上坐正。陈母累得汗出如浆，都还没将陈昕儿押出门。那边小地瓜看到妈妈这样，吓得大哭。陈母急了，"啪啪"，果断就是两个耳光。"走不走？"她狰狞地问。

陈昕儿给打得一下子没了脾气，虽然小声说了句"让人家看见多没面子"，可还是乖乖跟陈母出门了。陈母恨得牙根痒痒的，走到客厅，却见老头子拿棒冰贿赂小地瓜让别哭，她又大吼一声："又给他吃冰棍，小孩子肠胃弱，早上已经吃过一支了，不能再吃了。睡午觉去。"

吓得小地瓜赶紧躲到陈父身后，都不敢再哭泣。

陈母领陈昕儿上了公交车，只好漠视别人各种各样的目光，一路漠然着进医院，然后恨不得脑袋钻进挂号窗口，小声报个神经心理科，省得让周围人听见。幸好，陈昕儿终于不再反抗，只是像个木偶一样地随便她牵着走。

宁宥在工地接到一个电话，对方即使操着娴熟的职业腔，也透出明显的皮笑肉不笑："请问你是宁恕的姐姐宁宥吗？"

宁宥立刻想，该不会是司法机关来通知了吧，忙走到安全处，道："是。请问你是哪儿？"

"我是翱翔集团办公室的。我们接到检察院的通知，说是宁恕因为行贿接受调查。我们考虑到与宁恕有冲突，拒绝接收通知，建议检察院通知其亲属。但检察院说宁恕交代家中亲属已经死绝了，我们只好查了一下，现在通知你，具体检察院的联络方式，我立刻发到你手机上。"

家中亲属死绝？宁宥听了，以为自己得噎气而亡，结果她发现自己视若寻常地道："谢谢啊，我会尽快与检察院联络。"

收回手机，宁宥不禁又想到，家中亲属死绝？她哼哼笑了出来。一再被宁恕气得发疯，妈妈去世终于让她对宁恕绝望，她现在反而能心平气和地对待宁恕。她又回去跟同事会合。宁恕的事不急，通过郝青林的事，宁宥已经自学成才，懂得各项流程，知道离她可以出力的时间还有一段距离。

相比医院其他科室菜市场般的热闹，心理科就显得冷清得多，进出的人也显得不怎么理直气壮。还有一个郁闷的病人站在走廊大声控诉他挂号的是神经内科，医生非要赶他来这儿。陈母神色阴郁，陈昕儿一脸茫然。两人坐等了会儿，就很快可以见专家了。

也不知怎的，专家问的问题总是能一针戳到陈母的话痨穴。专家问到病情从什么时候开始，陈母一下子回顾到陈昕儿的高中时代、上海工作无缘无故地丢失、深圳遇难等等，滔滔不绝。专家认真听着，随时插话问一句该阶段陈昕儿的精神状况。

与以往看病不同，以往都是排半天队，医生在一帮病人里三层、外三层的包围中三言两语地就将病人打发了。若医生多言语几句，旁边等候的病人便会躁动不安。而这次，医生一个个问题仔细地提出来，都很切中要害。陈母考虑着、回忆着、回答着，不知怎的，越想越心酸，头一低，眼泪止不住地流了下来。她不想在外人面前哭，可她控制不住自己的眼泪。旁边陈昕儿看着，开始烦躁不安起来，左右张望着旁人的反应，站起身遮挡在陈母面前，又悄悄推妈妈几下，暗示其克制。

专家早已习以为常，耐心等了会儿，问："你们看起来没有医保？"

陈母忙点头道："她这几年把工作都辞掉了，连朋友帮忙找的铁饭碗都没保住。"

专家道："看起来历年常规体检也没怎么做。诊断还需要体检排除脑部疾病和身体其他脏器的疾病。我给你开好各项检查，为你女儿身体考虑，最好全部检查一遍，然后拿检查结果再来找我。"

陈母红了脸，局促不安地道："我不知道……还以为……我只拿了一千块钱……"

专家道："嗯，不急，我替你算一下……够了。你拿去付费预约吧。先给你开的一种药，你一定要观察服用后的反应。不用担心，如果排除脏器疾病的话，现在许多国产常规药价格并不高。"

陈母想不到医生这么体贴。她面红耳赤地起身，想说感谢，可又怕自己一张嘴，就软弱地大哭起来，只能鞠个躬，拖陈昕儿离开。

下午，检察院的通知终于降临到宁宥的手机。而翱翔集团办公室转达时说的传唤已经变为拘留。宁宥从严谨的格式化通知中听出三个关键词：拘留、诬陷、行贿。

宁宥忍不住问通知人："请问，我这手机号码是翱翔集团退回通知时跟你们透露的，还是宁恕向你们透露的？"

检察院的同志倒是实事求是："宁恕跟我们说的。"

宁宥不禁"呵呵"一下，才道："我正出差，不如我今明两天找时间去你们那儿拿一下。"

转身，宁宥便一个电话打到简宏成那儿："回上海了吗？我出差呢。"

简宏成笑道："你纯粹是躲我，别狡辩，心照不宣吧。"

宁宥不禁笑了："狡辩什么？我出差的地方离老家近，等下我去检察院拿宁恕的拘留通知。他最先还跟检察官们赌气，说全家人都死光了，没有家属可以通知，不知怎么今天忽然反悔，要求通知我了——罪名是诬陷和行贿。你要是还没回上海，一起吃个饭，我请客感谢你。"

简宏成道："我在深圳！说吧，要我做什么，不用请客我也知无不言。"

宁宥讪讪地笑："那这顿请客我欠着。我就请问你一下，可不可能求赵董手下留情？"

简宏成想都不用想，就道："求赵董还是其次，关键得求邝局。但后者为洗白自己，只能拿宁恕下手，而且是下狠手。你劝不转邝局的。宁恕的事走到今天，你能帮的余地不大，我也帮不了。"

宁宥悻悻地："那他还找我干吗？全家人都死光，法院给指定一个律师，最终弄出来也是一样的结果。找精神支柱？呵呵，我又自作多情了。"

简宏成道："有事钟无艳，无事夏迎春咯。"

宁宥道："要是我使尽浑身解数，但结果不尽如他宁恕的意，而这是必定的，会不会宁恕放出来后第一个要找的仇人是我？唉，别告诉我料事如神，这种推理都不需要智商。"

简宏成补刀："但你能不管吗？"

"What the fuck？"

宁宥打完电话，出完气，就没情绪了，照旧按部就班地工作，提前下班，赶去老家检察院拿书面通知。

宁宥开着下级公司的奥迪车，空调开得凉凉的，还可以与儿子磨牙。

而做完一系列检查的陈母牵陈昕儿从医院出来，她倒是想坐公交回去，可是正下班时间，只见每一辆公交都挤得满满当当。陈母见女儿在拥挤的人流中一个劲儿地躲闪，满脸畏惧，只得放弃公交。而且她也累了，一下午奔波，她两腿酸软，只想找个地方坐。她想，奢侈点儿，打车吧。

可是，好不容易等来一辆空车，司机低头一看陈昕儿，立马一脚油门溜了。陈母气得想骂，可是看看女儿阴郁水肿的脸，陈母的骂化为一声叹息，只得继续奋力打车。

郝聿怀一直戴着耳机，坐在下班时间龟速的车里朝外看，忽然大叫一声："陈阿姨！"

都快被塞车塞出路怒的宁宥下意识地朝外一看，见郝聿怀指的地方是医院。但她没看清陈昕儿，也不敢多看，也不知路边站着的两个女人是不是陈昕儿。宁宥想起田景野告诉她陈昕儿推三阻四地延误了田景野救妈妈，她当然对陈昕儿心怀不满。而更要命的是陈昕儿如今见到她喊打喊杀的，她有儿子在，可不敢将这危险分子带上车。因此，她只是淡淡地道："没看见啊。"

郝聿怀不知亲妈脑子里早已转了好几圈，着急地摘下耳机，终于用正常人的声音道："她看上去在生病，人……好像很可怕。我没看错，我们要不要送她一程？"

宁宥无奈，不想跟儿子解释她心里的心潮澎湃，以免损伤她的光辉形象，只得闷闷地答应了儿子，找地方掉头，找到路边等候的陈昕儿母女。路边也不能停车太久，她只好摇下车窗，大声招呼："两位看病？现在打车不方便，我送你们一程。"

但陈昕儿一看见宁宥，便转过身去，想逃离，只是被陈母死死牵住，走不开。陈母不知陈昕儿这是为啥，将她拉回来，弯腰对车窗里的宁宥赔笑道："没啥，我们再等等，高峰很快过去，你忙，你忙。"说话间，后面被堵的车子早不耐烦地喇叭声响成一片。

宁宥道："快上车吧，后面车子已经不耐烦了。我们早点回家，早点吃晚饭。"

陈母见宁宥执意让她上车，便将陈昕儿大力推上车，郝聿怀也下车帮忙。郝聿怀对陈昕儿的表现很是费解，但很懂事地忍着不问。车子终于得以重新启动。

陈母讪讪地问："你妈妈好了吗？我那天……"

宁宥道："我妈妈去世了。"

陈昕儿与陈母都是一愣。陈母道："呃，我那天还……还……"

宁宥淡淡地道："那是宁恕丧心病狂。陈阿姨身子骨不要紧吧？你来看病？医药费让我来吧，让我替宁恕道歉。也谢谢你那天高抬贵手，放过宁恕。"

陈母愣愣地看着宁宥，等宁宥说完，她才道："你节哀。我那天不该去医院，害你妈妈了。我没事，不要紧。我给昕儿看病。"

宁宥忙道："谢谢阿姨宽宏大量。"但宁宥不愿搭理陈昕儿，没接"昕儿看病"的话茬，而是道，"我弟弟宁恕坐牢了，他在为他做的坏事付出代价。"

陈母再度吃惊得说不出话来，原来还有比她家更倒霉的人家。

宁宥道："家家都一堆破事。"

陈母默默地点头，大约是宁宥家更倒霉，催发了她的倾诉欲。她轻轻地道："昕儿……基本上是抑郁症了，还有些其他精神方面的……今天查了一下午。"

宁宥"啊"了一声，一时也无言以对。

陈母依然是轻轻地道："我该怎么办哦，我该怎么办哦？唉。"

宁宥忍不住也轻轻地道："一件件应付吧，有什么办法呢？是你的，你逃不掉，只能相信朝前走着走着，忽然会柳暗花明。"

陈母叹道："这辈子从没遇见过这等好事，倒是做完一件事后，后面肯定紧接着三件坏事撞上来，没完没了，没完没了，一辈子了。"

这说的不正是眼下的自己吗？宁宥悚然心惊，看向陈母苍老疲惫的脸：没完没了，一辈子就这么没了。可是当初又是怎么开始的呢？陈母当年也以为自己精力无穷、能力过人，是个好依靠吧。

忽然陈昕儿道："这下你可以名正言顺地霸占简宏成了。你要对他好点儿，别辜负他这么多年……"

宁宥不得不果断阻止："陈昕儿，说话请注意回避孩子。"

陈母反应过来，赶紧一把捂住陈昕儿的嘴，连声道："她控制不住自己，得吃药。"

宁宥只得皮笑肉不笑地呵呵两声作罢。难怪自高中起陈昕儿就不断公开地在寝室里、教室里"帮助她改正错误"，原来与陈母的风格一脉相承。

郝聿怀自陈昕儿上车后就一直有目不暇接的感觉，对话信息量太大，大多是他不知道的，而且看上去还很严重。

等送走陈家母女，郝聿怀才出声问："妈妈，班长叔叔对我们好，是有企图？"

宁宥回答得不慌不忙："你手机搜抑郁症，典型的。看来她发病已经不是一天两天了，早前一会儿找我吵闹，一会儿找我闹跳楼，我就已经怀疑她是因为精神方面的疾病而导致的思维紊乱，因为陈昕儿高中时不是那种人。田叔叔也不忍看陈昕儿变得面目全非，跟我商量怎么拉她一把。我建议田叔叔循序渐进地与陈昕儿妈妈培养感情，增进信任，慢慢劝说陈昕儿妈妈带陈昕儿看精神科。你知道，一般人挺忌讳看精神科，怕被人骂精神病……"

郝聿怀一边听，一边看词条解释，一心两用，脑子转得飞快："我知道，我知道，要是关系不好的人跟我说我该看看精神科，我一定会认定对方是骂人，不仅不接受，还会翻脸。就是你说的，做好事还得注意方式方法。"

宁宥道："对。看来今天陈昕儿妈妈已经带着陈昕儿在正确的治疗道路上走出了第一步，是好事。还有啊，刚才你没在车上插嘴，而是把这种涉及隐私的疑问单独找妈妈说，这个分寸感掌握得非常好。像陈阿姨的妈妈当众指责陈阿姨'控制不住自己，得吃药'，不好，实话不一定可以当众说。"

郝聿怀最初还有几个小疑问在心里咕噜咕噜地冒泡，但听了表扬，就有点儿找不到北了，赶紧道："是啊，是啊，那么我遇见抑郁症病人的时候就要替他们想想，不做任何有可能刺激到他们的事。"

"对，你的想法已经包含同情心和同理心，对待他人光是同情心还不够，还得设身处地为对方想想，怎么说话做事让大家都愉快，照顾到各自的尊严。可也不能一味做滥好人，害得自己非常不愉快，那时候就得大声阻止，或者赶紧逃离。"

郝聿怀小声道："可是你刚才没做对。陈阿姨每次都给你找麻烦，你当时应该拒绝转回去接她上车，结果又不愉快了不是？"

宁宥心说，还不是因为你坚持不懈吗？但只好尴尬地道："我有时候会做滥好人，以后你得提醒我。"

郝聿怀道："行。第一个提醒，你弟那儿，你得注意了。"

宁宥忍不住笑出来。而且刚才遭遇陈昕儿，让她心头一亮，一个主意横空出世。

但好心情在打开妈妈家门的瞬间完全消失。只见一地狼藉，仿佛龙卷风满屋扫荡了一遍，让人无法落脚。屋子里还满是馊味儿，碎玻璃、碎瓷片间开着形迹可疑的霉花。

宁宥和郝聿怀都惊呆了，倒退三步看着门里面，久久回不过神来。

"你弟一定是发疯了。"

"要真疯了倒好了，就怕没疯装疯。"

"万一是真疯呢？"

"真疯就不会一开始诅咒全家都死绝，随后发现面临绝路，立刻来认姐姐。"

　　郝聿怀问："你可以不认吗？"

　　宁宥摇摇头："还是得给他请律师。"

　　宁宥又扫视一遍房子，将门一关："我完全没准备。不戴防护手套，这活儿没法干。"

　　随即宁宥给田景野打电话："田景野，忙吗？帮我找个本地律师，需要能配合我的。我得给宁恕打官司。"

　　田景野道："简宏成他姐跟宁恕的案子明早开庭，那位应律师介绍给你要不要？本地地头蛇。"

　　宁宥笑道："不用，价格太高，牌子太大。呃，明早开庭？宁恕会到场吗？简宏成会到场吗？"

　　"简宏成坐明天早班飞机过来，宁恕好像只能坐旁听席吧。你不知道这场官司的开庭时间？"

　　"人家不认我这个姐啊。"宁宥对宁恕的敌视，已经虱多不痒了。

　　郝聿怀等宁宥结束通话后问："又替他打算。忘了他怎么待你？"

　　宁宥淡淡地道："能不管吗？你爸的律师也是我请的呢。"

　　郝聿怀"啊"了一声，茫然不知如何回答。因为他知道，他肯定得管爸爸的："你可以不管，还有爷爷奶奶呢。"

　　宁宥无可奈何地道："总要有人管。你爷爷奶奶的身体经不起折腾，你又还未成年，那只有我来了。能力越强，责任越大，躲不开的。"

　　郝聿怀忽然觉得做成年人很累。

　　陈母回到家里，就立刻让陈昕儿服药。她守在一边看着女儿将药吞下去，才长舒一口气，洗菜烧饭去了。即使忙碌得喘不过气来，她还是几乎每隔十分钟就进卧室看一眼又被她绑在扶手椅上的女儿的反应，看药效是否出来了。

终于做出一桌饭菜，陈母放陈昕儿出来吃饭，见陈昕儿无精打采的，就问："怎么了？下午累了？没胃口？"

陈昕儿面无表情地道："困，想睡了。"

陈母顾不得吃饭，赶紧找说明书看，举着放大镜找半天，终于找到药物反应里有嗜睡这一项。陈母舒口气，道："没关系，药吃下去来反应了。饭得吃点儿，起码吃一碗。我看着你，快吃。小地瓜也别光顾着看你妈，外婆给你夹块鸡肉，外婆做的鸡肉最好吃了。"

陈母眼观六路，女儿、外孙一起照顾，依然将饭吃得飞快，吃完见陈昕儿睡眼蒙眬的，坐在椅子上头歪来歪去，有气无力，就放心地给小地瓜擦擦嘴，道："外婆先去洗个澡，人真是快给汗腌成咸肉了。小地瓜看外公洗碗去。"

小地瓜显然是感受到今晚气氛的微妙不同，似乎能感觉到外婆身上少了点儿沉重，就卖力地活跃，跟着进进出出拿衣服的陈母道："外婆，咸肉能吃吗？啊呜，啊呜，好好吃。"

陈母都忍不住笑了，俯身捏捏小地瓜的小脸蛋，关门进去洗澡。

陈昕儿懒洋洋地看着小地瓜。而小地瓜跟不到陈母，只好走到妈妈面前，但远远地站着，怯生生地道："妈妈也没洗澡，会变咸肉吗？"

"会，早变咸肉了。要吃吗？"

小地瓜好不容易等来陈昕儿眼神正常地与他说话，开心地蹦跶起来，做出小老虎状："要吃，嗷呜，嗷呜。"

陈昕儿懒懒地笑："小地瓜笑起来真好看。妈妈都好几天没看见小地瓜笑了。"

厨房里洗碗的陈父扭头看一眼，不禁叹了声气。

陈昕儿见小地瓜欢乐地围着她转，嘴里一直嗷呜嗷呜的，开心地道："想吃吗？不知什么味儿呢。咸肉什么味道啊？"

“咸咸的。”小地瓜骄傲地回答。

“还有呢？”

“肉肉的。”小地瓜想当然地回答。

连一直垂头丧气的陈父都笑了出来。陈昕儿更是努力地起身，笑着进厨房取一把菜刀，又笑着对小地瓜道：“那妈妈切一片给你尝尝。”

陈父反应过来时已经晚了。

陈母听外面一声尖叫，然后是小地瓜哇哇大哭，吓得赶紧湿身套上衣服出来看，只见陈父扑上去与陈昕儿抢菜刀，而陈昕儿所站的地方已经血迹模糊了，显然是从腿上滴下血来的。陈母赶紧将吓傻了的小地瓜抱进卧室反锁，回来与陈父一起将陈昕儿制伏。

而陈昕儿忍痛道：“小地瓜很高兴呢，他已经好几天没笑了，快让他尝尝咸肉。”

陈母看着陈昕儿悲痛不已，她再坚强，眼泪也止不住了：“你怎么能傻成这样啊？昕儿，你怎么能吓你妈，吓你儿子啊？”

此刻还是陈父清楚：“谁家有车，赶紧打个电话，我们送昕儿去医院缝针。”

陈母翻出一卷纱布交给陈父，让裹伤口，忍不住看一眼关着小地瓜的房门，忍心不理小地瓜在里面的哭喊，拿出通信录犹豫片刻，直接找到田景野的电话。

田景野亲自开车捎来洪律师。洪律师八〇后，矮胖的身材，却不显得难看，只因他笑容可掬。洪律师现在是田景野的御用律师，所以一招即来。三个人很务实地站在车边，展开讨论。宝宝见了灰灰哥哥很开心，特意捧来有签名的篮球给灰灰哥哥看。两小儿自然不会去管大人在那儿说什么。

田景野听了宁宥的思路，不禁笑道：“申请精神鉴定？你的想法当然好，这是唯一能救宁恕的路子。但宁恕能不气死？那天你儿子骂宁恕疯子，宁恕气得车子撞了树。"

宁宥道："我考虑过，但宁恕再气也只能忍着，毕竟他有脑子，知道我这是救他。"

说着，宁宥领大家上楼。她打开了门，一股恶臭又打得大家一个踉跄。打开灯，田景野即使前面已经得到了宁宥的说明，看了依然惊讶。宁宥对着惊讶的田景野摊手："我是受陈昕儿看病的启发，过来看到这种现场，你说，这是人干的事？不是疯子是什么？"

洪律师道："这现场可以有助申请。我记录一下。楼上、楼下与你们有矛盾吗？我想问问当时情况。"

宁宥摊手："我不是很清楚。但我妈性格不爱惹事，应该没矛盾。"

说话间，田景野接到陈母的电话。他一说是陈昕儿妈妈来电，宁宥立刻警惕起来。

陈母哭泣着，但冷静地道："小田，请你帮个忙。昕儿砍伤了自己，我想用你的车子送她去医院，行吗？我真想不到别人了。你家里要是有别人，最好也带个来，帮我照看一下小地瓜，他吓坏了。我来不及喊亲戚，近亲都没车。"

田景野听到一半，就打开免提，让宁宥一起听，没听完就连声道："我就出发，我就出发。"然后他问洪律师，"你一个人行吗？我带宁宥去救人。"

洪律师道："当然行。宁姐留个电话给我。"

田景野见宁宥发呆，就替宁宥报了电话号码给洪律师，回头对宁宥道："你得帮我，回头我得扛陈昕儿，得开车，你得帮我照顾宝宝，还可能有……小地瓜。"

"我当然去。"宁宥虽然答得义不容辞，可心底有个声音在狂喊：老子不干了，老子不干了。这几天几乎天天在救火，无一刻停息。她已经强打精神，奋力应对了，她心里早就很累了。陈昕儿这一刀，本该作为临时应急事件刺激她的神经，宁宥却觉得神经一下子反而疲了，浑身都是厌倦、厌倦、厌倦。可她知道田景野这些天同样疲于应对生活与工作，她必须与田景野一起扛起这起突发事件。

田景野仿佛能听到宁宥心里的狂喊，不禁冲宁宥满是内容地一笑。宁宥也无奈地一笑。两人心照不宣地摇摇头，就各自行动起来。

田景野快速将儿子与儿童座转移到宁宥的车子。宁宥催他快去陈昕儿家，她会带着灰灰和宝宝随后跟上。

田景野跑着去了，两人很默契地自始至终都没提一下要不要通知简宏成。

宁宥安装好儿童座椅，见郝聿怀同她使眼色让她注意宝宝，才发现宝宝似乎对她有敌意。宁宥装没看见，问道："宝宝，我装得对不对？"

宝宝道："我不要你做我妈妈。我不喜欢你。"

郝聿怀这才明白过来，怒瞪双目："别瞎讲。我妈是我妈，你妈是你妈，谁生你谁才是你妈，你千万别认错。我妈才不让给你。"

宝宝被绕晕了，弱弱地问："可是，你妈妈为什么对我爸爸好？"

郝聿怀很权威地道："别见着风就是雨。你以后有怀疑直接问你爸爸，可别不分青红皂白就仇视别人，错了怎么办？多冤枉好人啊。记住啊，先问你爸爸，你爸爸最可靠。"

宝宝立马屈服于权威："我错了，灰灰哥哥。"

宁宥心说，这是什么逻辑链？这没头没脑的，为什么能劝说成功？孩子们的世界她不懂。不过既然事情解决了，她也不节外生枝了，赶紧着安排宝宝就座，也把不快的郝聿怀赶上车后座，赶紧去陈昕儿家。此时，田景野的车早不见了。

后座，郝聿怀心里不快，不高兴跟宝宝说话。宝宝心里忐忑了，偷瞄着这个大哥哥，不敢说话。这些孩子反抗起大人来，个个是哪吒；但在大哥哥面前，个个缩成耗子。

宁宥只得跳出来缓解气氛："等下我们事情很多。小地瓜妈妈把自己刺伤了，都是血。小地瓜的外公、外婆要陪小地瓜妈妈去医院，小地瓜得交给我们管。但我要开车，只能由你们两个管小地瓜了，你们能行吗？"

郝聿怀道："小地瓜又得哭得上气不接下气了。得，我先想好怎么哄他。妈妈，申请这个月用你的钱给我手机流量充值，我是为你的事耗流量。"

宁宥道："可以，给你充 5 个 G。宝宝，你也得帮忙。天黑，你千万不能让小地瓜走丢。"

郝聿怀严肃地问宝宝："嗯，你想好怎么看住小地瓜了吗？"

宝宝没想到郝聿怀跟他说话，忙谄媚而踊跃地回答："我会紧紧抱住小地瓜，不让他跑。"

郝聿怀道："行吧，看你表现了。"

宝宝忙把小胸膛一挺，可都没等他挺直呢，郝聿怀就俯身在他耳边轻道："以后不许反抗我妈妈。再让我看到，见一次，揍一次。"

宝宝大受惊吓，瑟瑟地看着大哥哥，不敢说话。

郝聿怀这才又道："你听话，我让你跟我玩。"

宝宝连忙点头。

宁宥都不知道在这小小车厢里，两个孩子背着她偷偷完成了一次秩序划定。她这臭车技到了晚上就是即使开得聚精会神，依然是龟速的命，好不容易摸进陈昕儿父母家小区，还以为田景野早接了人走了，没想到正好看到田景野与陈昕儿父母一起艰难地将陈昕儿扛下楼，走出楼道门。田景野当然是主力，陈昕儿一大半重量压在他背上，看田景野的样子就是不堪重负。

宁宥忙迎上去帮忙，四个人一起将陈昕儿塞进车里。宁宥意外陈昕儿这次倒是罕见地没反抗，可陈昕儿直着眼睛打瞌睡是怎么回事？

田景野喘着粗气解释："陈昕儿第一次吃药，似乎药物反应挺大。"

陈母面如死灰，一边还得钻进后座将陈昕儿的两腿放好，再紧紧绑着伤口的纱布，说话明显有哭腔："医生是劝我让昕儿住院，一边做各种检查，一边可以观察药物影响什么的，可……我真没意识到情况会这么严重。"

田景野没想到如此强硬的陈母此刻能崩溃，忙岔开话题："伯母，小地瓜一个人在上面，你要是放心，把钥匙交给宁宥，让宁宥先带着小地瓜，我们赶紧去医院。"

已经默默坐上了副驾驶座的陈父不等陈母说话，赶紧掏钥匙交给宁宥。

宁宥也赶紧表态："放心，我和小地瓜认识……"

但田景野不等宁宥说完，见他这一车人都坐下了，就一踩油门走了。宁宥回过神来，跺脚大喊："喂，你们家住几楼啊？"可连车尾灯都不闪一下，转弯就不见了。

郝聿怀领着宝宝跟出来，见到英明神武的老妈跳脚，开心地笑了，一拍老妈，手指往上一指："那间，一定是，听，撕心裂肺的哭声。"

宁宥"哎哟"一声，数清楚楼层，忙笑着拎起宝宝另一只手，三个人一串儿地上楼。她从一大串钥匙里找出防盗门钥匙，开门进去，果然听到卧室里有人刨着门哭。宁宥只得再度找出卧室的钥匙，开门将小地瓜放出来。

宝宝心知下一步应该是他出手抱住小地瓜，完美达成对灰灰哥哥的承诺，可面对满脸鼻涕、口水的小地瓜，他惊呼一声，不敢靠近。而小地瓜一眼看见灰灰哥哥，毫不犹豫地扑过来，死死抱住灰灰哥哥大腿不放。郝聿怀炸毛了，明显感到又湿又腻的感觉在腿间弥漫开来，那是好肮脏的鼻涕啊。

宝宝一看，立功的机会到了，连忙扑上去推开小地瓜的脸。但小地瓜的脸湿漉漉的，他一推感觉不好，忙缩回手往自己裤子上擦擦，继续推小地瓜。小地瓜则抱紧灰灰哥哥大腿，先避开宝宝的手，但见宝宝不屈不挠地继续推他，急了，伸腿试图蹬开宝宝，倒是立马忘记了哭，更忘记为什么哭，与宝宝两个绕着郝聿怀打得不亦乐乎。

　　郝聿怀很无奈啊，大腿明明是他的，可两个小的就这么明目张胆地当着他的面抢他大腿的主权，他却没法收拾他们，因为他得使劲扯住裤腰，免得走光。

　　宁宥在旁边看笑了，索性退开到一边看戏。就这样吧。至于要不要通知简宏成，宁宥想都没去想一下。

　　可问题是，田景野说漏了嘴。他将陈昕儿送进医院，又押出身份证换来一把轮椅，就没事了，在走廊坐等着玩手机。正好简宏成一个电话进来，田景野游戏正酣，想都没想，就来了一句："没事了，皮肉伤。"

　　简宏成一愣："谁皮肉伤？你？怎么回事？"

　　田景野头大，但既然说漏嘴了，也没再隐瞒，反正简宏成皮糙肉厚，挺得住。他把事情前因后果解释了一番。

　　简宏成默默听着，只问了一句："小地瓜怎么样？"

　　田景野道："大哭，不过宁宥已经接手了，没事。"

　　简宏成又沉默了会儿，道："陈家在本地又不是没亲戚，即使没亲戚，出门叫辆出租车也不是难事，为什么喊你？陈昕儿妈妈性格刚硬，依赖朋友不是她的风格。"

　　田景野道："我没多想，你也别多想。"

　　简宏成道："你帮我跟陈昕儿妈谈判，她找你其实已经有了暗示，你帮我顺杆子找她谈，让小地瓜跟我过，等陈昕儿恢复，就还她。其间让她向陈昕儿保密，不得说出小地瓜的下落。你让她别坚持，我们这么做都是为孩子好。"

可是，田景野悠悠地道："陈昕儿在里面缝针，她爸妈陪着她。缝完我还得背她去打破伤风针，完了就送他们回家。你的事，我不谈，要谈你明天自己来谈。我不认为陈伯母找我帮忙是暗示让你介入，而且我不认同你再走老路。有些事你只能认命，不该是你的，你别管，所以你别勉强我去谈。"

简宏成道："虽然我与小地瓜没有血缘关系，可我揪心小地瓜的程度，与你揪心宝宝一样。"

田景野简单地问一句："你还想不想要宁宥？"

简宏成一愣之间，田景野已经挂断了电话。简宏成还是毫不犹豫地拨通宁宥的电话。

宁宥刚闲不住地将血迹擦干净，就接到简宏成的电话。她才听简宏成说一句，就知道田景野那儿泄露了，只得笑道："淡定，淡定，三个小家伙凑一起打手游呢。小地瓜还赢了一局，手速很快。"

简宏成大大地松一口气："谢谢。我可以跟小地瓜说几句吗？"

宁宥犹豫了一下："不知道你是什么打算。"

简宏成恍惚了一下，叹息："对……对！算了。"

宁宥手指在扶手上弹了几下："我拍几张照片发给你。"

洗干净脸，又已经玩了好一会儿手游的小地瓜，脸上哪里还有什么愁容？笑得跟宝宝一样傻，与宝宝争吵起来也不落下风。拍完照片调出来看的宁宥愣了片刻。这种正常家庭孩子的笑容，让宁宥有种不真实的感觉。但她想了想，还是将照片发了出去。

果然，简宏成回复："落在陈昕儿妈妈的手里后，小地瓜应该好久没这么开心了吧？"

正好，这一轮小地瓜轮空，他闲下来时有些茫然地看着四周，可又不知道焦点落在哪儿。这神情有着与他年龄格格不入的落寞。宁宥看着，心里一揪，又将这张照片发给简宏成。她也不知道简宏成看到这张照片会如何地心痛如绞。因为洪律师的电话进来，她没空再管简宏成的事。连身经百战的洪律师说话声里都透出丝丝的不可思议。

"我调查到宁恕在案发当天早上出门前，分别与楼上、楼下邻居吵了一架。邻居们都用疯狗来形容他当时的状态。起因仅仅是楼下吊扇老化，转动时发出的声音吵到了宁恕。最不可思议的是，楼下邻居还是孱弱的八十岁老年夫妻，据说被气得差点儿出大事。"

宁宥都想不出这种事怎么能吵起来。可她不由得想到爸爸出事那天早上，以及此前爸爸身体不舒服的许多日子里，爸爸的情绪也跟疯狗一样，逮谁咬谁。她不由自主地道："该不会是真疯了吧？"

洪律师心说，这是人品问题。但在电话里，他只能表示他会继续搜集证据云云。

宁宥道："明天，他有个案子需要旁听。"便简单将宁恕与简敏敏的案子阐述一下，"或者，我再去看他一眼，看他需不需要做精神鉴定。"

洪律师道："你今天才口头委托律师，现在的问题是没人帮宁恕申请明天出庭，即使明天开始走程序，恐怕也来不及申请。估计你见不到他。"

宁宥不禁"嗬"了一声："算了，他这是自作孽不可活。其实，没必要给宁恕做精神鉴定吧，我更觉得这是他的人品问题，是我强求……我宁愿他有精神疾病，也不愿看到他是人品大有问题。"

洪律师婉转地道："打官司不是道德评判。"

宁宥醒过神来，忙道歉："是，是，我不该乱弹琴。还是请洪律师主导，我会尽力配合。"

洪律师松口气，他是真怕委托人拎不清。而宁宥放下电话后心里刺痛，跟邻里能因为一些些小事就变得跟疯狗一样的宁恕，她亲手带大的弟弟宁恕跟疯狗一样地与老年邻居吵架？这还是不是人？真的是疯了？

　　医院里，田景野与陈母一起努力把陈昕儿塞进车后座，陈父很主动地推着轮椅去归还。田景野将车门一关，拖走陈母："陈伯母，我有几个小问题与你讨论，不知道可不可以移步说几句。"

　　陈母已经从六神无主里走了出来，越发对田景野充满好感，一口答应，跟着田景野走出几步，确保车子里的陈昕儿听不见。

　　田景野才道："伯母恕罪啊，容我斗胆多嘴。陈昕儿的表现，我估计不只是抑郁症。你有没有考虑带她去专门的医院看看？"田景野还是有顾忌，不敢说出精神病医院。

　　陈母的脸沉了，但客气地道："我打算先治好她的抑郁症。饭要一口一口地吃。"

　　田景野没追问下去，换了第二个话题："治疗是个持久战，看样子陈昕儿近期参加工作，获取职工医保的可能性不大，陈伯母有必要给陈昕儿办个城镇居民基本医疗保险。"

　　陈母抬脸看了田景野一会儿，凄惨地道："昕儿不配去上班了？啊，是啊，是啊，她这样子还怎么上班呢？可她户口是上海的，没法办这边的城镇居民医疗保险啊。唉，今晚这么一下子就快五百块钱了呢。"

　　田景野明白了，不是饭要一口一口地吃，而是饭只能一口一口地吃。他道："这样吧，我替你找个专门做奢侈品二手货的小姑娘，你委托并监督她把陈昕儿那些名牌包、名牌鞋子、名牌衣服卖掉换钱……"

　　"那才多少钱？"陈母摇头，"我和她爸总有点儿积蓄，原本是存着准备以后老了，动不了请保姆的，现在提前支取吧。"

　　田景野谨慎地道："我只是提个建议。我上次跟你说过，陈昕儿有几个包是保值的，即使已经不是全新，卖出去还值小几万呢。还有各种首饰。"

陈母大惊，眼珠子瞪得核桃似的看着田景野："你……该不会是你和小简借口补贴我们家？"

田景野忙道："真不是，陈伯母把我们想得太崇高了。简宏成以前待陈昕儿母子不薄，每月给的钱够陈昕儿买那些奢侈品。但那些奢侈品暂时不如治病要紧，伯母可以挖掘一下。我还是多嘴直说，今天我幸亏在，万一我出差呢？你们手头有钱，叫个120就不会太担心花费了。"

陈母瞠目结舌，良久才道："小田，你是实心实意地对我们好，才肯对我说这些实话。可我今天才知道小简对昕儿也是仁至义尽。我们……小田，你找人把昕儿那些东西卖了吧，我别什么监督的，我插手只会累赘。拿来的钱全还给小简。你告诉小简，我们还不起他那么多年的付出，只有这些，请他原谅。昕儿的病，是我们的责任，你们不用管。"

田景野听了，很是惊讶陈母的态度。他想了想，道："陈伯母，你太讲道理了。不如那卖包换来的钱，我替简宏成做主，你拿着，专款用到小地瓜头上。小地瓜是简宏成心里最大牵挂，但无论从何种角度讲，简宏成收养小地瓜都是名不正，言不顺……"

陈母道："我只要有口气在，绝不会撂担子。小地瓜我会养下去，你让小简别操心了，那也是我们的责任。我好歹拿的是教师退休工资，不低，没资格哭穷。"陈母敲敲脑袋，"对了，我这是急忘了，应该喊救护车，当时看到血我是脑子糊涂了。"

田景野见此，也没法再强求，道："行，陈伯母既然信任我，我明天就着手去办。我们回吧，别让陈昕儿久等。"

陈母道："嗯，小田，你还得麻烦一次，再教我一次自动取款怎么取。我们从来闲，取钱都去银行柜台，还从没用过这个。今天上午昕儿爸去银行取的钱都在下午给昕儿用光了，要不是找你来帮忙，我真不知该怎么对付，以后……"

田景野忙道："这边走，这边走，我记得 ATM 机在日间门诊挂号窗口旁边。这次你操作，我在旁边看着。"

"多谢，多谢。"陈母跟着田景野走去车库出口，到半路，忍不住道，"我们真不知道昕儿拿了小简这么多钱，要不然我肯定骂她……"

田景野道："小简有数，他进你们家门时就看出来了，陈昕儿肯定没往家里捎过钱，也没告诉过你们。但陈昕儿只是病了，不是人品有问题，伯母你别太放在心上。"

陈母跟着田景野后面，连声唠叨："真是对不起人，真是对不起人……"

田景野发现他此前有些想当然地误会了陈母。

宝宝为了完成对灰灰哥哥的承诺，等手游玩累了之后，一首接一首地、不厌其烦地给小地瓜唱歌。宝宝唱得鬼哭狼嚎地走调，唯独小地瓜亮着大眼睛欣赏，其他人都听得苦不堪言。宁宥不禁想到妈妈告诉她的往事，据说她小时候好爱弟弟，每天幼儿园回家后就对着小小的弟弟唱歌。虽然她从来与五音无缘，旁人都听得耳朵不堪折磨，唯独弟弟听她唱歌的时候好开心，她唱多久，弟弟就手舞足蹈多久。

宁宥已经不记得那么小时候的事了，可是她想象得到那场景，小姐姐、小弟弟，小爪子握着小爪子，多么单纯地爱着彼此。想到这些，宁宥就忍不住为现在叹息。而且，宁恕真的疯了吗？她宁愿相信宁恕是疯了。再被伤害，再失望，可她总是不知不觉地变回那个在弟弟身边唱歌的小姐姐，她似乎改不了。

大伙儿扛着陈昕儿回来的时候，宝宝牌点唱机唱到《爸爸去哪儿》，小地瓜熟悉这首歌，嘴巴一张一翕地犹豫了会儿，也跟着开唱。两只黄鹂鸣翠柳，热闹非凡。陈母开门听到歌声，一时愣住，这里面有小地瓜的声音，她还是第一次听见小地瓜唱歌。她不禁忘了正事儿，一眼先捕捉到唱得欢欢儿的小地瓜。这真的是刚刚还刨着门号哭的小地瓜？这真的是整天小心翼翼的小地瓜？

可是小地瓜一看见外婆的脑袋，立刻噤声，先是一把抓住身边的宝宝，随即又飞快地钻进郝聿怀的怀里，死活不肯露面让外婆看见。

陈母心中好生失落，竟一时忘记要照看女儿。

大人们七手八脚地将昏昏沉沉的陈昕儿送入卧室放倒。等一行人出来，小地瓜再度扎进郝聿怀的怀里。即使听见田景野与陈昕儿父母告别，示意宝宝和郝聿怀起身说再见，小地瓜依然不肯放手。

陈母皱眉，走过去抱小地瓜。小地瓜急躁地冲郝聿怀哭喊："灰灰哥哥救我！我要爸爸，我要爸爸。"说着，紧紧抱住郝聿怀不肯放。郝聿怀毕竟是孩子，很不知所措，两眼朝向妈妈求救。

宁宥耐心地道："慢慢来，先不急，我们再坐会儿。"

陈母很娴熟地掰开小地瓜的手，将哭闹的小地瓜抱进自己怀里："可不能一直这么霸着你们的时间啊。有些事，也只能心肠硬一下，眼睛一闭，便过去了。你们回家吧，谢谢你们了。"

话说到这份儿上，宁宥和田景野只能拉着满脸困惑的孩子们走了。来时，小地瓜哭得撕心裂肺；走时，小地瓜又哭得撕心裂肺。两个大的和两个小的都走得心神恍惚。才走了一层楼梯，宝宝先忍不住哭了起来，他觉得小地瓜好可怜。郝聿怀倒是没哭，但一脸严肃，主动伸手拉住宝宝的一只小爪子。

四个人恍惚到了楼下，走出楼道口，又清晰听到小地瓜的哭声。四个人都有些挪不开步子。

田景野沉吟了会儿，道："在医院的时候，简宏成来电，我给说漏嘴了……"

宁宥道："知道，知道，他后来打了我电话。可是有什么办法呢？

法律不支持。"

田景野道："我跟陈伯母也谈了，她很刚强，明确表示不愿再连累简宏成，咬牙也要自家担着，这是她家的事。说实话，我很敬佩她的刚强，但也可怜小地瓜和简宏成。事情……也只能这样了，虽然谁都知道小地瓜跟着简宏成是最佳选择。"

宁宥抬头看着传出哭号声的窗户，叹息着道："我说句冷酷的话，陈昕儿爸妈不知考虑过没有，他们这把年纪，能经得起陈昕儿几年折腾？等他们过世后，小地瓜怎么办？"

田景野道："陈伯母显然考虑过了，但她的意思是，这都是她自己的责任，她只要有口气在，绝不撂挑子。"

郝聿怀轻轻地插嘴："我们出门时，小地瓜的外婆眼睛里有泪水，她偷哭了。"

宁宥也轻轻解释："这就是人生。人生，好的，坏的，都自己扛着。我们自己何尝不是如此？你这半年也经历了很多，回头看看，你也都是自己扛着。"

郝聿怀恍然，沉沉地点头，一脸严肃，心里想到很多很多。

只有宝宝接受不了，看看冷静下来的灰灰哥哥母子，忍不住扭身紧紧抱住田景野，有对比，有发现，他发现自己比小地瓜幸福得多，爸爸多可靠啊。田景野真是收获一份意外之喜。

只有简宏成听了田景野的电话通报，一夜揪心，一夜辗转，一身的本事全无用处。

第九章
道　歉

张至清开车带着妹妹和妈妈，一大早到机场接简宏成。

简宏成一夜睡眠不佳，心情也不好，低头走出去，听到有人叫舅舅，才抬头看，竟然是姐姐一家三口。他惊讶地道："你们……"他看看手表，"我们得加油赶去法院。"

张至仪道："妈妈一早上都……"

"哪有，哪有？"简敏敏大声打断女儿"控诉"，反而拿简宏成开刀，"你紧张什么？灰头土脸的。"

简宏成没说实话："虽然见识过朋友的诉讼，但自家人还是第一次嘛，紧张难免。你穿这一身不错。"

张至清道："我替妈妈打扮的。她打扮得太张扬，我坚决让她换掉。"

简敏敏言若有憾："唉，小东西最难缠。"

四个人走出电梯，张至仪趁机扑过来悄悄跟简宏成道："妈妈起床后手就这样……"她的手抖得像弹钢琴，"她起得好早，把我们都吵醒了，哥看时间还早，就说来接你，散散心。"

简敏敏最终还是看到了，但也无可奈何。但她还是警觉地上车后问简宏成："你到底紧张什么？是不是听到什么风声了？"

简宏成没说，直到车子到了法院，安全停下，才回头对后座的简敏敏道："不知道你们听说了没，宁宥为了案子折腾得坐了牢，非常兴师动众。我担心影响判决，法官把判决往上限靠。谁都忌惮宁宥这种不要命的。"

简敏敏脸色大变，浑身僵硬起来："什么……什么时候的事？"

"前两天。之所以不告诉你，是想让你跟孩子们多过几天好日子。现在开庭前打击你一下，省得你精神状态太昂扬，惹法官反感。我也跟应律师打过招呼了。"

简敏敏嘴唇血色全无："那天至仪生日你来找我……"

"对，就那天。快进去吧，别迟到。至清，你扶你妈一把。"

至仪先扑上去拥抱简敏敏，一脸鬼妹样儿："妈妈，没关系，你即使坐牢，还是我的妈妈。我支持你。"

至清打开简敏敏身边的车门，也大声打气："我们一起走进去，我们都在你背后支持你，别怕。"

简宏成对这三个人的新关系有些意外，再看看呆愣愣的简敏敏，先走出去。他一眼看见宁宥从她的车里出来。他忙走过去招呼。

宁宥看见简宏成的同时，也看到从车里被张至清扶出来的简敏敏。她脸色一下子黑了，手指不由自主地爬上头皮的伤疤，似乎那儿又开始隐隐痒痛，两腿自动地后退，都没在意后面有一辆车正开过来。简宏成忙冲过去，一把拖开宁宥，车子擦着宁宥过去。宁宥几乎是缩在简宏成怀里，更是吓得花容失色。

简宏成难得与宁宥这么近，忍不住笑出来。宁宥被笑醒了，连忙跳开，又见简敏敏已经走过来了，便闷声不响地大步往法院里面走去。

张至清走过来起哄："舅舅，你同学特意从上海赶来啊？呵呵，有问题。"

简宏成回头看向简敏敏："她是宁宥，宁恕的姐姐，非常能干的一个人，可至今看见你还怕。你当年差点儿打死她，她心有余悸。"

张至清奇道："可她跟你关系很好的样子，上次在上海她还帮了我们。"

简宏成依然看着简敏敏："所以我非常希望你们妈妈向她真诚地道个歉。大姐，你要是能做到，我感激不尽。"

张至仪认真地问："妈妈差点儿打死她，真是我理解的意思吗？"

简敏敏抢着道："不是，不是，是我当时在家受气，找到她……就力气使大了，她又瘦小，让我一巴掌打飞出去，撞石头上了。是误伤，误伤。"

简宏成补上一刀："她当时小学生，你成年人。"

简敏敏恨不得飞起一脚踢简宏成，可是她不敢。儿女一起不可思议地看着她。张至清道："这不是误伤，这是犯罪。而且，道歉怎么够？"

张至仪更进一步："我说宁恕怎么不依不饶找你报复呢。"

简敏敏梗着脖子道："我不会道歉。是她父亲害我到这一步。我问谁要道歉去？简宏成，你不要挑拨离间。"

简宏成摇摇头，道："进去吧，别迟到。"说完率先进去，不再搭理简敏敏。

张至仪看看简宏成，断然抽回原本挽着简敏敏的手，快走几步，紧跟简宏成进去法院。无论如何，是非观她还是有的。张至清虽然还尽责地陪在简敏敏身边，但不再看简敏敏一眼。简敏敏在心里即使非常牵挂着自己的庭审，可忍不住分心去关注儿女的表情，心里更加紧张。她只得开始盘算，如果不道歉，会怎样；如果道歉，又会怎样？她被带走时，不断回头看着儿女，生怕这一分别就是好几年。

简宏成进法庭后，便径直坐到宁宥身边。跟在他身后的张至仪一时不知坐哪儿好。可哥哥陪妈妈与律师交接，她没人可跟，只好站在过道里等。好不容易见哥哥回来，她轻声问张至清："要不要我替妈妈道歉？"

而简宏成坐下就问宁宥："宁恕会来吗？"

宁宥摇头，又看向简敏敏，道："可能不会来。"

简宏成道："昨天小地瓜的事，你和田景野费心了。"

"理解。"

张至清在后面忽然插进来："宁阿姨，我和妹妹向你道歉。"

宁宥一愣。简宏成立刻解释道："他们刚刚在外面了解到过去一些事。"

但宁宥听得清清楚楚，是"我和妹妹向你道歉"，而不是"我和妹妹代妈妈向你道歉"，她就微笑道："谢谢。这事与你们无关，你们无须道歉。可你们还是令我非常欣慰，非常感谢你们。"

张至清道："妈妈因为受伤害很深，还想不通，但我保证，她有一天会明白她所受的伤害与你无关，她却实实在在地伤害到你。对不起。"

简宏成道："行了，第三代都是好孩子。至清，你们坐下。宁宥，你知道吗？你儿子有次也偷偷向我道歉，说是为他外公，我也特别欣慰。"

简宏成看着空空荡荡的被告席，对宁宥道："我对小时候有个最深的印象是，夏天洗完澡，被我姐拿两把死重的太师椅圈在墙角，不让我出去又玩出一身汗。我和宏图小时候大多数时间是我姐带的，那时候她性子还没这么躁，等她洗完我换下来的衣服，她偶尔会笑眯眯地带来一支冰棍犒赏我。她自己不吃，但我也不会独占，大家一起吃。那时候谁家都不富，冰棍难得吃到，一人舔一口才是真好吃。现在看着被告席，有些感慨。"

宁宥一时无话可说，正如她昨晚不断想起小时候对着宁恕欢乐地唱歌，而后那些好日子不见了，记忆似乎出现一个断层，非要挖掘，那满地都是苦难。一个人的任性妄为，导致两家人蔓延至今的悲惨。今天法庭的审判，何尝不是二十多年前那场悲剧的延续。她感慨地道："幸好第三代都是好孩子，由衷希望他们都幸运。"

　　简宏成道："我见到他们才理解当年为什么我姐以命相逼与张立新闹，非要把两个孩子送出国，寄养到一个澳洲人家庭。"

　　宁宥惊讶，看着被告席道："孩子问题上，我倒是跟她惺惺相惜了呢。即使透支自己也要给孩子完整人生，她比我走得更干脆。"

　　坐在后面偷听的张至清、张至仪面面相觑，偷偷议论："舅舅和他同学到底什么关系？""要妈妈说，舅舅就是个交际花，嘻嘻。""但舅舅一直在软化他同学。""他同学一直不强硬，在上海还帮我们呢。那时候她已经知道我们是谁了。两人可能关系很好。""我很好奇舅舅怎么处理这些关系的，他跟我们爸那关系，可是我们都信任他、依靠他；他家跟同学家那关系，两人坐在一起却能推心置腹。""嘻嘻，就是交际花。"……

　　简宏成一直观察着全场："宁恕可能不会来了。"

　　宁宥失望地点头，可又忍不住道："他要是能来，我就不会来了。他那么恨我，不会让我在这种场合出没。我昨晚一直想起小时候他爱听我唱歌，我一唱，他就躺床上手舞足蹈，最开心了。"

　　"侬今葬花人笑痴……法官来了。"

　　宁宥一时无法集中精神看开庭，她想到她五音不全，似乎欣赏她唱歌的听众只有三个：一个是小时候的宁恕，一个是简宏成，还有一个当然是她儿子郝聿怀，但郝聿怀现在开始有了善意讽刺。她扭头看向简宏成，见侧面的简宏成此刻全神贯注，脸上有不同寻常的神采。可见不仅一白可遮百丑，神采也是强力遮瑕膏。

简宏成大概也感受到一侧脸皮上的烧灼，慢慢扭过脸来对视。

田景野好不容易将跟他打水仗的宝宝拖出浴缸，拎上早饭桌，发现郝聿怀还没出来，便去母子俩昨晚借宿的客房看，见郝聿怀将行李箱扒得鸡窝似的，他自己倒是穿得道貌岸然，正扣扣子。

田景野笑道："你妈这精细鬼，出门一趟都不确定会不会过夜，都能整出一行李箱东西带着。快来吃饭。"

郝聿怀挺起胸膛，在最后一粒扣子上拍一下，道："田叔叔，我这么穿正经吗？"

田景野笑道："太正经了，跟我上班好像不用这么正经。"

郝聿怀跟着田景野去餐桌，一本正经地道："田叔叔，请你帮我一个忙，我想带小地瓜出来玩。我不会走远，就在他们小区里玩，让他高兴高兴。你只要帮我向他外婆证明我有能力、有责任心，能带好小地瓜。"

宝宝举手："我跟灰灰哥哥，我会给小地瓜唱歌。我是少先队员。"

田景野好生意外，这才明白郝聿怀穿这么正经，原来是试图给陈母留下好印象。他认真地想了会儿，道："你们的心意非常好……"

"但是！"郝聿怀悻悻地抢断。

田景野道："对，但是。但是对小地瓜来说，他目前最需要的是适应他外婆家的环境，那个环境与他原本生活的环境相比一落千丈，无论是物质上还是精神上都难以承受。有句话叫由奢入俭难……"

郝聿怀习惯性地推过纸笔让田景野写下来。田景野愣了一下，估计这是宁宥的家教，索性将一落千丈与由奢入俭难都写下来，抓来宝宝一起看。郝聿怀看了字，一想便通，再想会儿，便理解了，郁闷地道："不知道为什么你们大人总说童年好，童年不自由，好什么？"

田景野震惊了："每个年龄层都有无能为力的事。像小地瓜，即使是班长叔叔也无能为力，他心里一定非常痛苦。"

郝丰怀道："可是大人能自由选择自己要什么。"

田景野还得想想才回答："也不。没有人是绝对自由的，只要是责任感很强的人，任何选择都会面临很多掣肘，上有老，下有小，还有其他亲朋好友、职业取舍。你仔细想想，是不是？"

郝丰怀头朝天想了会儿，只能点头承认："是的。我们小孩子还能厚着脸皮赖掉，推给大人。但长大后还是自由很多，自己挣钱，又有了本事，嘻嘻，不用拴在妈妈后面了。"

田景野笑道："我算明白你妈说的沟通交流是怎么回事了。学到一招。"田景野立刻将"沟通"两个字写在纸上，扭头去教育宝宝，"宝宝你看，这是'沟通'两个字。什么叫沟通呢？就是你想什么跟爸爸说，爸爸想什么也跟你说，我们商量着办……"

郝丰怀道："田叔叔要是爱批评、不耐烦，甚至体罚，宝宝就没法跟你沟通了。"

宝宝道："就是，就是。"

郝丰怀笑道："宝宝，哥哥只能帮你到这儿了。"

田景野听了大笑。但是郝丰怀看着保姆做出来的丰盛早餐，想象着狭小的陈家，力不从心的陈外婆怎么可能照顾得过来？还有一个可怕的妈妈。可是，小地瓜只能适应，他还不能去打扰小地瓜的适应。不知小地瓜以后会变得怎样，郝丰怀都不敢想象。他心里还是觉得无趣。

坐在被告席上的简敏敏最初很惊慌，两只手如早上刚起床时一样地轻轻颤抖。她的目光在公诉人、法官、律师，还有穿着号服的小沙他们之间盘旋，她仔细辨析法庭上的每句话，尤其是法庭辩论阶段每一句话。她没想到非法拘禁罪的定性让她逃过一关，但显然非法拘禁行为中发生的伤人事件则无法被视作过失行为了，她逃不过故意伤人罪。这几天简敏敏已经学了点儿法律，她知道，要这么辩下去，量刑必然在三年以内。如果能判缓刑，那就不用坐牢了。而显然，作为从犯的小沙他们可能被当庭释放。

法庭辩论内容基本上与律师事先提醒的一致，简敏敏慢慢地镇定下来。而法庭的气场压得她气焰全无，此刻的她只能偷偷祈求法官轻判，千万别让她坐牢。她越发理解儿子让她穿低调衣服，叮嘱她不要急躁，与她一遍遍地讨论最后陈述该如何表达汲取教训、坚决悔改，以及开庭前让她向宁宥道歉的意义。许多印象的建立都在毫厘之间，毫厘差异便能影响判决的轻重，一审时小不忍则害自己多坐了几天牢，显然不值。这一点儿子显然比她懂。

但是，下车时简宏成的警告再度在简敏敏耳边响起。看着眼前法庭的架势，简敏敏对简宏成警告的每一字都相信起来。是，宁宥不要命一样的表现必然会吓到法官和公诉人，那也会是影响毫厘差异的关键。她必须听经验丰富的简宏成的警告，做出一些什么来挽救这毫厘的偏移。

这几个月来，与简宏成重新恢复"邦交"后的一次次交手告诉简敏敏，简宏成如今跟她说的话事后表明全部可信，如今所做的事也在事后全部表明确实是拿她当亲姐姐在着想。那么她今天决定放弃与儿子讨论的草稿，将宝押在对简宏成的信任上。

当法官让她发表最后陈述，简敏敏站起身。她处于被告人这个位置，本来已经很紧张了，而现在临时决定放弃翻来覆去地拟定的草稿令她更加添上一份心虚。她战战兢兢地道："我和宁宥的矛盾开始于二十多年前，快三十年了。那年宁宥的爸爸因工作纠纷刺杀我爸，导致我爸重伤，宁宥的爸爸被判处死刑。我爸重伤后担心承包权旁落，逼我放弃高中学业，嫁给我现任丈夫。既然是逼迫，其中曲折自然是让我在大家面前羞于启齿。这整个事件改变了我一生，也毁了我一生。"说到这儿，简敏敏紧张得忍不住暂停说话，大口喘气，才不至于缺氧晕倒。

张至清完全惊呆了，这不是他们拟定的草稿，他急得恨不得大喊阻止，因为他知道妈妈不是个肯好好说话的人，这临时变更肯定惹事。可他不能起身，只能死死抓住扶手，将自己固定在座椅上，急得满头大汗。

简宏成听过一遍草稿，至此不禁吊起了一道眉毛，看向宁宥，心中更加担心。倒是宁宥觉得简敏敏说这些完全是理所当然的，简敏敏当然得说清楚与宁恕恩怨情仇的来龙去脉。

简敏敏大喘几口气后，连忙恭谨地向法官鞠个躬，继续说下去："我在这里要向在后面坐着的宁恕的姐姐道声歉。我在被强制圆房的第二天，带着浑身耻辱找到她外婆家，正好只遇到她，我就把她揍了一顿解气。在我年龄到线，被押着去领结婚证，挣扎过于激烈后导致小产，从此再也无法逃脱强迫婚姻的第二天，我又找到她新搬的家，跟踪到她学校，再给了她一巴掌，听说那次给她造成很大伤害。刚才公诉人和律师的辩论提醒我，事情都有因有果，我才想到我的遭遇与那时候才小学生的宁恕的姐姐无关，我迁怒到她身上是我的错，我道歉。"简敏敏说着，转身朝身后宁宥的方向鞠躬。

宁宥惊得眼珠子都瞪了出来。简敏敏当众道歉？她不禁看向简宏成，见简宏成也是大惊，满脸的不可思议，显然这并非事先策划的；再看向后面的张至清姐弟，也是一样的震惊表情。宁宥简直是无措地用目光绕着全场看，除了简家人的惊讶，就是公诉人、法官等的惊讶，而公诉人、法官等的惊讶则充满对荒唐事件的同情。宁宥忽然明白了，简敏敏对她的道歉是抢分项目。但无论如何，简敏敏已经当众道歉了，在这种场合，她不可以质疑，那会扰乱秩序，她只能被迫听着。她忍无可忍，意欲起身离席，但是简宏成伸出一只手，压在宁宥的手上，紧紧抓住。两人四目相对，千言万语如电光石火般在视线里传递。宁宥最终没有起身，但她扭开脸，不再看简宏成。

外人全不知两人这一出。

而简敏敏在被告席里越说越流利。说到宁宥时，她回到千锤百炼的原稿。她也很聪明，不会表现出背书的样子，表现得很即兴、很真诚。

审判长宣布休庭十分钟的时候，宁宥起身拂袖而去。简宏成连忙追出去，到法庭外拖住宁宥的手臂："对不起，对不起，刚才强迫你。"

宁宥回头厉声道："消费我的苦难换取她轻判的筹码，你们！"

"我事先真不知情。最后陈述辞我听过，原本不是这样的，她临场发挥。但是求你原谅我。你当时走掉的话，会影响她。谢谢你最终留下，谢谢你。全怪我，不是因为我，你也不会委屈留下。"

宁宥咬紧嘴唇盯着简宏成，眼泪夺眶而出。她摇头，再摇头："别拦我，我会口不择言。"

宁宥试图挣脱简宏成的手，但简宏成不放，一直跟着她往外走："你尽管骂，打也可以，但别闷在心里，最后又逃开，不理我。"

宁宥被缠得气死，大声道："你凭什么强迫我？我被她揍得脑震荡，被她差点儿打死，至今还有后遗症，你凭什么逼我再度让她利用？我不追究，不计较，你们就可以可着劲儿欺压我吗？你告诉我，你凭什么？！"

简宏成在心里自然有无数条理由可以说，要甜有甜，要辣又辣，可眼看着宁宥气得第一次对着他哭，而忘了捂住脸，他知道显然情况非常严重。宁宥现在很激动，他解释什么都会显得轻佻，不如不解释，索性再伸出一只手握住宁宥另一只手，只一个劲儿地说"我错，我错"。

宁宥本就不是个擅长撒泼打滚的，好不容易爆发一次，对面的接招却是一堆棉花，她再没了第二波爆发力，愣了一下，改为试图挣脱简宏成的掌握。可是简宏成也用了吃奶的力气，怎么都不放手。两人面红耳赤地对峙片刻，宁宥就掉转鞋跟一脚踩下去，试图围魏救赵。可是才刚发力就想到这尖尖的鞋跟踩到夏天薄薄的鞋子上，必然是流血事件，她心里一紧，赶紧掉转枪口。她这不大锻炼的身体顿时失了重心，幸好简宏成的双手正牢牢钳制着她。宁宥越想越没味道，她就是个一辈子忍气吞声的命，改不掉了。可她实在是气不打一处来，站稳之后，还是咬牙踢了简宏成一脚，踢在脚掌那边，几乎没惹出什么动静，她的愤怒便收梢了。不是愤怒结束，而是愤怒无法发泄，转为积郁。

简宏成倒是宁愿宁宥咬他、踢他，最不愿看到她扭开脸去，不理他，默默垂泪，当他是空气。他想半天，忙搬出一个看起来最合时宜的马屁："你别走开，我替你拿张纸巾好不好？替你遮脸……那个……"

宁宥一听反而急了："不好看是吧？又没人逼你看，你走好了。"

简宏成忙道："不是，不是，你知道我不会是这意思。"他又急中生智，"太阳晒得这么厉害，我怕你没注意到，你看，头顶可是中午的太阳啊，今天一丝云都没有。"

宁宥抬眼一瞧，便立刻低头朝着自己车子走。简宏成连忙拉着宁宥一条手臂跟上。眼看这十几步的路上，宁宥迅速翻出一张面纸，吧嗒挂在脸上，又翻出墨镜，架在脖子上，到车边时正好摸出车钥匙。遥控一响，宁宥便拉开车门，坐进驾驶室。简宏成怕她迅速开车逃离，赶紧放开手，拉开后车门钻进去："开个空调吧，姑奶奶。"

宁宥空调开了，车子也开了出去，很正常地开，转弯时减速一点没忘。但简宏成看得心惊胆战，宁宥越正常，越麻烦。

"唉，宁宥，我们找个地方吃中饭，说说话，别这样。"

宁宥不理。红灯时设好 GPS，直奔检察院。

简宏成在后面看着，急道："你倒是说两句啊。"

宁宥深吸一口气，平静地道："是我不应该。你都吃了宁恕那么多闷亏，也没说一声，我是太娇情了点儿，没什么，会过去的。"

"赌气都赌得拿我当外人了。你别这么说，两者不一样。你从来是阻止宁恕，偏向我。我是放任简敏敏卑鄙无耻地消费你的苦难，我有错。当时我想来想去，只能阻止你，那种场合下再来一遍我也只能这么做。但我以后会给你说法，你相信我。你在我心中和简敏敏不是一回事，她只是我的责任，关系有亲疏。"

宁宥听着，反而眼泪多起来，咬紧嘴唇不吱声，聚精会神地开车，免得出事。

简宏成从后面探脑袋过来观察一下，道："停到旁边歇会儿吧。你难道还不知道我的心吗？我其实想无所顾忌地表达给你看，但碍于你，你有你很重视的社会身份，我怕影响你，才不敢在你某个社会身份转变之前全方位地公开示好。但我的心在这儿，随时可以兑现，你必须知道。"

宁宥慢慢将车停到咪表位，一边换一张纸巾擦眼泪，一边从后视镜看着简宏成，继续落泪："我都已经到极限了，你还补刀。"

"好，你总算说话了。我接个电话。"

电话是张至清打来的，有些郁郁寡欢地道："舅舅，当庭宣判了，判一年半。为什么判这么重？"

简宏成看看另一个叫响的手机，道："应律师打电话来，我先跟律师通一下气。"

简宏成接通应律师电话前，跟宁宥道："判一年半，很意外，原以为判一缓二。"

宁宥心里不禁一声粗口，终于肯摘下墨镜擦眼泪。这下眼泪终于擦得干了。

应律师接通电话就道："很抱歉，简总，一年半，超乎预期。是不是准备上诉？"

简宏成开着免提问："具体什么原因？我看法庭辩论时还符合预期。"

"令姐最后陈述太自作聪明，法院的人天天接触那些诡术，他们不是电视观众，那么容易骗，这样反而激起反感。简总要不要准备上诉？"

宁宥从后视镜看向简宏成，简宏成也看着她，道："谁都不傻，把别人当傻瓜的结果是自食其果。"说完这句，简宏成挪开眼睛看另一个手机，找张至清电话，又继续对律师道，"该我向你说抱歉，她的自作主张打破你定下的节奏。上诉与否还是让她自己做决定吧。目前一审还没执行，她应该还能自由几天。我这就让同事去你那儿结账，对不起。"

应律师非常客气地道："简总客气了，谢谢简总理解。不过我不打算做令姐的上诉。"

简宏成对宁宥道："你看。"他拨通张至清的电话，道，"你们知道原因了吗？"

宁宥不吭声，将车又开了出去。

张至清和张至仪两个人一起说："会是因为最后陈述自作主张添加的内容吗？""妈妈说团伙作案的头子会判得重。"

"今天本来受害人因故没到场，对她非常有利，律师说她当众道歉把戏演砸了。律师拒绝再给她做上诉律师。"

简敏敏拨开两个孩子，抢来手机大吼道："你让我道歉的！你让我道歉的。敢情你前面花言巧语地骗我这么多天，是留着陷阱让我在这个时候踩。你好心计！简宏成，你小时候我怎么没掐死你？"

简敏敏吼完发现不妙，儿女都怪怪地看着她，她忙道："你们听见、看见的，给我做证。"

张至清怒道："舅舅是让你在停车场道歉！你在法庭当众道歉跟男人突然袭击，搞当众求婚一样地强人所难，这种骗同情分的把戏太低级。"

张至仪没说话，一直惊恐地看着简敏敏，身子偷偷挪到哥哥身后去了，不敢接近这样子的简敏敏。

简敏敏被判坐牢，很好的律师又不肯再替她打官司，她本来就心浮气躁得像个火药桶，见女儿这样子躲她，她气得想骂，又不敢，看向女儿的眼神却暴露了凶相。张至清也看见了，挺身拦在妹妹面前："妈，你想干吗？不要吓到至仪。"

简宏成这边只听到那边一团嘈杂，心说疯了，抬眼向外一看，奇道："是不是去法院的路，这么熟悉？"

宁宥道："送你回去救火。"

简宏成想说老子懒得管了，可最终只能哼唧一声。

车到法院停车场，简宏成偷偷伸脑袋向宁宥右脸吻了下去："我爱你。"他的唇流连了一小会儿，鼻端带着宁宥的芳香，才起身离开下车。

里面的宁宥愣住了，她直着脖子斜睨着已经出去了的简宏成，眼圈一红，又想哭，但随即大声地自言自语："不许软弱！还有一大堆破事等着你。"她咬紧嘴唇，扭转方向盘出去，一路只能不断叮嘱自己不许软弱，省得眼角一斜，眼泪倾泻而下。

简敏敏连忙压住怒火，对孩子们道："你们别怕，虎毒不食子，我只是心烦。一年半啊……"但简敏敏发现孩子们都不听她说话，忽然手拉手一起跑向法院门外。她忙转身追去："回来啊！别跑。我不会……"随即她看清孩子们是跑向刚来的简宏成。她立刻拉下了脸，大步走过去。令她很是没脸的是，孩子们又躲到简宏成身后，犹如他们刚从澳洲回来时。

张至仪站在简宏成后面担心地道："舅舅，妈妈好像真的什么都做得出来，我真的相信她伤害人是故意的，不是过失。她什么都做得出来，说得出来。"

简宏成道："因为你们在身边，她已经软化很多了。但遇到法庭陈述这种生死攸关的场合，她还是暴露本性。她不惜再度伤害过去她手底下的受害人，试图骗取法官的同情。但律师说，法官见过的诡术多了，休庭回去一想，大怒。律师因此也不开心，这么小的案子没办成，毁了他的一世英名。"

简敏敏都听见了，但她警惕地看着简宏成道："我判刑，你笑眯眯的是不是很开心？"

简宏成道："有吗？至清，至仪，你们下一步准备怎么办？我是为你们回来的。"

张至清道："谢谢舅舅。我想先回去拿我和妹妹的行李，搬到宾馆去住，然后想……"

简敏敏大叫："至清，妈妈道歉！妈妈向崔家那个大女儿道歉，行吗？是真的道歉。"

但两个孩子虽然没反驳，两眼都是不信。刚才简敏敏对着电话那端的简宏成穷凶极恶，诬陷栽赃，不识好歹，最终还是毁了他们心中的信任。张至清紧张地对简宏成道："我和妹妹想单独和你讨论往后的事，拜托你帮忙一些事。"

简宏成看向几近绝望的简敏敏，道："先一起回家。"

张至仪恐惧地喊："不！不坐一辆车，万一她也抢方向盘怎么办？"

简敏敏终于忍不住大叫起来："我要坐牢了啊！我要坐一年半，你们谁可怜可怜我？我儿子女儿都不可怜我吗？你们没人可怜我吗？简宏成，你替我找律师啊，要上诉，要快，花多少钱都可以，我不要坐牢！"

没人理她。简宏成开车载着张至清、张至仪走了，去简敏敏别墅收拾行李。

张至清此时也忍不住哭了："舅舅，我们该怎么办？爸爸卷款潜逃都不管我们，妈妈坏得没法接近，我们现在还不如孤儿。"

张至仪说得更明确："舅舅，我们这几天调查下来发现，你说留给爸爸的那些产业都是真的，你没骗我们，是姑姑骗我们。还有你给妈妈做的事也都是真的，你从不骗我们。我现在谁都不敢信了，我只敢相信你，你替我们出主意吧。"

简宏成道："我看这样，至清留下，停学一年，处理你爸妈的官司，同时我协助你从你姑姑手里把你爸的那些资产接管回来。拿回资产这事如果你不在，官司不好打。至仪回澳大利亚读书，至清陪过去一趟，也给你自己办好停学一年的手续。我找个移民过去的可靠朋友给至仪做监护。你们的生活费不用愁，你爸的资产拿回来之前我贴，拿回来之后够养活你们一辈子了。如果你们赞同呢，现在就收拾行李，尽快去澳大利亚，我那边也找好朋友接应。订票什么的，反正至清你会解决，怎么样？糟糕，开到哪条路上了？"

至清侧身几乎是靠着驾驶座，至仪抱着驾驶座的头枕，两人都是简宏成说什么，他们点头应什么。简宏成开错路，他们也说好的，好的，反而都笑了出来。

宁宥与检察员约下午时间，结果检察员建议她不如立刻过来解决。宁宥到检察院时看看时间，不知这边机关的中饭时间如何，但既然约了，就得按时履约。宁宥便赶紧爬到副驾驶座上，拉下化妆镜，收拾一下妆容。粉饼按到右侧脸部的时候，宁宥不禁停顿了下来。她恍惚在小小的镜子中看到那一年的那一天，坐在简宏成的摩托后面，简宏成猛然回头，两人头盔相擦而过，宁宥犹记当时隔着透明面罩与简宏成近在咫尺的对视时，那种惊心动魄。

宁宥的手在右脸停留了许久，才嘴角噙着笑下了车。

阳光很灿烂，似乎不怎么毒辣。

简宏成好不容易将张至清兄妹送到简敏敏别墅，三个人一起打算进门，却被严肃的保姆在门口拦住。

保姆充满敌意地对简宏成道："简姐说，你不许进这道门。"

简宏成无所谓，退开一边，背手道："她回来没？"

保姆对简宏成坚壁清野，不肯回答，背部严严实实地堵在钥匙孔上，对兄妹道："简姐没吩咐，是我多事要问问你们，出国读那么多书，你们反而不懂孝敬了吗？你们妈被判刑，你们不安慰倒也罢了，为什么反而不理她？你们想过没，是你们妈十月怀胎，拼着老命把你们生出来，一把屎，一把尿地把你们养大，没你们妈，哪有你们？你们为什么不孝敬她？书都读屁股里去了吗？道理还懂不懂？你们还有脸进出这扇门吗？"

兄妹两个被问得目瞪口呆，连简宏成都不由得反思，妈妈出事，两个孩子一走了之，只想着自己的安危，是不是合理。

张至清沉默好久才道："我们进去收拾行李就走，具体原因不跟你解释，没法跟你解释。"

保姆让开到一边，冷冷地道："连妈都不要，还有什么好解释的？"

张至清已经打开了门，但停在那儿护着妹妹先进去，扭头问保姆："谁不要谁？要不要的标准除了爱，难道还有其他？"

张至清说完，跟妹妹进去，忽然抬头看见简敏敏就站在楼梯上，从楼下看上去，只看见两只脚。张至清立刻将妹妹拦到身后，大声道："妈，请你让开，我和妹妹收拾完东西就走，不会死皮赖脸地赖在这儿。"

简敏敏蹲下身，一张脸惨白得不像人。她盯着兄妹俩问："我不要你们？我不爱你们？"

张至仪吓得抽搐起来，张至清扶住妹妹，抬头对着楼梯上的简敏敏大声道："对！我们不是你们爱的结晶，从小你就恨我们，叫我大讨债鬼，叫妹妹小讨债鬼！你从来只管公司账上的钱有没有到你口袋里，我们从小都是交给保姆养。你们有事情先把我们扔远远的，等你们出事了，一个闷声不响地逃走，通知我们一声都没有，完全不顾我们死活。你呢？无非是等待害怕的时候需要我们支持，等事情完结就凶相毕露，你依然拿我们当小猫、小狗看待。我们原本想听舅舅的话，给你机会，可是你让我们失望。你对别人不是肆意践踏，就是忘恩负义。为了我们自己的生存，我们不敢留在你身边。"

简敏敏听得心碎，很久无法说话。

外面简宏成也听得清清楚楚，心说孩子说得也对，本来就没多少感情，互相在小心翼翼地试探，一看简敏敏人品特差，当然是逃走。

但简敏敏想了半天，大叫道："简宏成，你滚进来！你给我说清楚，我到底爱不爱他们？你是不是在后面挑拨离间？"

简宏成没理简敏敏。他看看拦在门口的保姆，看得出保姆心里也是乱了。

张至清冷冷地问："你想扣住我们的行李？"

"不，不是。"简敏敏想半天，也只能道，"我求求你们留下来，留到我去坐牢。这几天陪我。"

张至清冷冷地道："你再不让开，我打110报警了。你该清楚你现在是取保候审，我报警你会是什么结果。"

简敏敏听得倒吸一口冷气，更是心碎，但说什么也不敢再坚持。她一边下楼，一边道："行，让给你们，我到外面等着去。"

简敏敏经过兄妹俩身边时，张至仪拉着哥哥，张至清推着妹妹，两人退到墙边，远远躲开简敏敏，仿佛简敏敏是瘟神。等简敏敏一出门，两人立刻飞蹿上楼去收拾东西。

简敏敏走到门外，看见简宏成就道："你没死？没死刚才怎么不回话？看我好戏很满足是吧？"

简宏成道："我估计你这辈子活到今天也就爱你儿女两个人。可是你不懂怎么爱人。除了需要跟你讨生活的人，比你低很多阶的人，还有狗猫宠物，其他跟你平等的人很难消受你的爱。你孩子还小，怕你很正常。"

"还小？大的读大学了，大人能做出报警把亲妈捉牢里去的事吗？"

简宏成道："你能把你爸逼死，小孩子们可都看着有样学样呢。你倒是想过没有？他们能长现在这样子，幸亏你早早把他们送出国，与你们这两个坏榜样隔离开。尤其至清，除了自保，还得保护妹妹，多点儿风吹草动的警惕难免。你今天别逼他们了，他们是你孩子，是骨肉，逃不掉。你安心坐牢，好好学做人，我替你照顾你儿女，让他们安心学习、生活。你们都需要点儿安心，别活得跟惊弓之鸟一样。"

简宏成嘴上说，心里厌恶。他恨简敏敏在法庭消费宁宥，可事到临头，只能这么处理。

可简敏敏魂不守舍地想半天，道："不，我不坐牢，我要上诉，花多少钱都不坐牢。"

简宏成淡淡地道："知道宁恕怎么坐牢的吗？行贿。你知道有多少双眼睛在盯着你吗？你要是敢二审行贿，一样结局。"

简敏敏浑身一震，心里才明白一审时简宏成宁可出高价律师费，也不肯给法官塞钱："我只能乖乖坐牢？"

"你找律师上诉一下吧，万一呢？但一般二审不太会变。"

简敏敏两颗眼珠子一动不动地盯住简宏成，盯好一会儿，慢慢软倒，坐到地上："我能信你吗？"声音里有了哭腔。

简宏成不理，心说，是个正常人就不会问出这话了。

"你会对至清、至仪好吗？"

简宏成只好回答一个字："会。"他心说，到底还是做妈的，还问出人话，所以这问题他得回。

"他们靠上你，还会要我吗？"

简宏成气得又不想说了，原来前面所谓人话是他自作多情。正好他司机开车来了，简宏成便扔下简敏敏，去了车上。

很快，至清、至仪胡乱收拾了东西，背着、抱着、拖着旋风一样地刮出来，躲远远地刮过简敏敏身边，避什么似的逃上简宏成的车。

简敏敏坐在地上绝望地看着，流着眼泪，嘴巴想喊儿女的名字，却没声音。

至仪直到上了车门锁，才敢隔着车玻璃看简敏敏。她也不知自己是怎么了，心酸地落下眼泪。至清劝妹妹别怕，抱着妹妹安抚，可眼睛也忍不住看向车窗外，直到车子拐弯，看不见简敏敏了，依然朝着这个角度看着车窗外面，眼角挂着一滴眼泪。

中饭在高速路边服务站吃。司机很机灵地坐老远去了，因此简宏成能对两个外甥说家务事了。

"你们的妈所受的苦你们已经知道了，环境和她的性格都让她无法放弃，也不愿放弃仇恨。她放任仇恨占据内心，再加上我爸妈加码、你们爸怂恿，她的心长残了。若说她还有一丝人性和爱，那就是割肉把你们送出国，把你们与你们父母隔离。她大概也意识到你们留在她身边不会好。从我接触她来看，你们回到她身边的这几天，是她表现得最像正常人的几天，对我也善意了许多，说明她还是能变好的。她变好有几个条件，一是有你们来促进她，我看她心里爱的人只有你们两个；二是她需要时间来改变，你们和她都急不得；三是我估计她变好也不会变成正常人，所以需要你们的包容。但我考虑到你们还年轻，太年轻，性格不成形，待你们妈妈身边太久反而会受她的坏性格影响，所以这次我就不留你们，你们还是好好去读书，长见识，在社会中学会包容。你们妈呢，我劝她安心去坐牢，戒掉急躁。以后如果你们有心改造她，那么你们回来，我随时援手，因为我们都是你妈妈的家人。"

至仪听得哭了。至清看着饭碗发愣，但死活不肯开口表态。

车到上海，汽车加油，其他人跳下车休整。张至清将舅舅简宏成拉到一边，试图说什么，可一直吞吞吐吐。

张至仪奇了，道："哥，你是不是想问我们直接去机场，还是去舅舅家？刚刚在路上已经说好了啊，舅舅自己也才刚搬到上海，住的是酒店公寓，我们就住旁边的酒店，等机票订好后我们立刻去澳大利亚。"

简宏成心知张至清想说的肯定不是这么简单的程序小事，做哥哥的到底心思复杂一些。但他不猜，而是道："我本来可以留你们在我公寓住，但我已经通知我弟弟国内警报解除，可以回国。他今天回来，也会先住我公寓。公寓不大，全是男性，可能至仪会觉得不方便。回头让他带你们在上海玩玩，他比我能玩。"

张至清小心地问："是因为妈妈定罪了吗？妈妈以前不仅对你赶尽杀绝，现在对小舅也一样？"

简宏成忙道："不是。宏图被我发配去东南亚度假，与宁恕有关。你妈开庭时，我留意到受害人宁恕没能来旁听，显然宁恕在未来一年半载之内不会有人身自由，我才放心让宏图回来。宏图贪玩，至清得帮他节制。"

张至清道："小舅没工作？"

简宏成道："他……"不禁呵呵笑了笑，"我爸遇刺后，家里一团糟，他被送到乡下养，染了脑膜炎。他人不坏，就是贪玩。你们先接触。"他看看一直欲言又止的张至清，道，"我去洗手间，你去不去？"

张至清忙道："我一起。至仪，你待在车里，别走开，小心安全。"

张至清直到看着妹妹上了车坐下，才放心跟简宏成走。

简宏成看着，等与张至清一起走开好几步，才道："我也这么看宏图。只是我有一段时间让你爸妈整得自顾不暇，没照顾好宏图。你有什么话说吧。"

张至清在简宏成的周到照顾下，才能小心地道："舅舅，前提是，我不想改造妈妈，对她失去了信心——这只是我的态度，与至仪无关。至仪还小，她主要是随我。"

简宏成道："你妈……连我这样能见人说人话，见鬼说鬼话的生意人都需要无限克制才能接近她，你们这次回来肯听我的建议，与你妈善意接触，指导她打官司，已经做得很好了。即使你们今后永远不想接触她，也是人之常情。尤其我看在你心目中，保护好妹妹是放在第一位，你有很强的责任心，这很好，我理解你的选择。你不用担心我这边，我不会依照你妈的好恶来决定与你们的亲疏。"

张至清激动地道："谢谢舅舅，这下我放心了。我等这边的事处理完后，回去会边打工，边学习，尽早自立，不做伸手派，自由来得理直气壮些。"

简宏成笑道："你已经很了不起了，能当你的舅舅，我非常骄傲。你才这么点儿年纪，脱离那样子的父母，还带着妹妹，去人生地不熟的地方求学，不仅自己没长歪，还把你妹妹保护得这么好。学业方面，别的我不知道，我只看到你们普通话讲得依然不错，可见学业也抓得紧。我知道这都是你的努力，你小小年纪已经承担了太多，你问心无愧的。但身为长辈，我还是希望你能量力而行，享受属于你这年龄段人的生活。幸好我有能力支持你，而且还不需要自掏腰包，可以从你爸妈口袋里掏钱支持你们。你放心去学本事吧。"

"舅舅，你真不怪我不管妈妈？"

"人得保护好自己，再去多管闲事。"

可是张至清憋红了脸："舅舅，你真的不是在宽慰我？"

简宏成不禁叹气："父母不争气，害孩子百般纠结。量力而行，嗯。"

张至清忍不住委屈地道："我有时候真想逃远远的，假装不认识他们。"

"良心是牵住风筝的那根线。"

"是啊。"

"我们再聊聊你对你妹妹的管教。我有现成一个例子——宁恕他们姐弟。你见过那位姐姐，他们家情况也非常特殊……"

张至清扭头认真听着这个舅舅的话，至此已经全无任何心理抵触，简宏成说什么，他都会认真考虑。

宁宥找个地方一边喝茶、上网、办事，一边等洪律师从远处那扇大门出来，带给她宁恕的消息。

可还没等到洪律师出来，郝青林的律师倒是来电了："只有一个坏消息，郝先生被举报行贿，也被查出受贿。"

宁宥眼珠子一转，立刻想到前几天为了救出郝青林父母，她亲赴火线与堵在郝青林父母家门口那家人较量的那一幕。毫无疑问，举报郝青林的正是那家人。宁宥道："这下，要加不少罪名吧？"

"嗯，而且举报立功自然也砸了。"

宁宥能想象得出郝青林如今必然在看守所里心烦得撞墙。这是继简敏敏之后，又一个自作自受的。这种"聪明"人，还真是前赴后继，源源不绝。

日头西斜时，洪律师与助理总算从大门边的小门出来了。助理先走一步，洪律师来找宁宥。

洪律师开门见山道："见到宁先生了。"

宁宥不由自主松一口气："他倒是肯见我委托的律师。"

洪律师摇摇头："宁先生要我做选择，问我听他的，还是听你的。如果我听你的，他就拒绝签委托书。他不愿他的案子被你操持。我只好来问问你的态度。"

宁宥苦笑："倒是不出意料。他精神状态怎样？"

洪律师道："看上去正常，还跟我说这几天睡得很好。"

宁宥道："我丈夫出事，不管律师怎么会见，我都没跟去过一次。虽然我早猜到宁恕会让你选择，但还是忍不住跟过来，等在这儿，试图在第一时间等到好消息，希望宁恕能明白处境后别再跟我作对，希望宁恕能明白我总是为他好。"

洪律师道："我劝他有什么不满先忍忍，先设法减轻罪责，缩短刑期，出来再说。大概被我啰唆烦了，他咬紧牙关地说，绝不接受精神鉴定。看来问题出在精神鉴定上。我问他，除此还有什么办法减轻罪责，他说拉上赵雅娟一起跳。"

宁宥合上电脑，道："宁恕让你做选择题的时候，有没有提出如果只听他的，律师费由谁承担？"

洪律师不禁笑了："哈哈，没提。"

宁宥叹道："他要拒签委托书，就拒签吧，晾着他。"

简宏成接到简敏敏的电话，就打开免提，让两个孩子一起听。

跟简宏成说话，简敏敏一向很直接："刘之呈过半小时来。他跟我说你在我的案子中没用力，要是打点周全，结果会完全不一样。我打算上诉的事委托他去办。"

简宏成问："你既然已经打算委托他，为什么还给我来电话？"

简敏敏道："你别自作多情。我现在非常怀疑，你是不是有意把我弄进去坐牢，你好趁这一年半空当把公司股份全独吞掉，再把市区老厂区那块地开发掉，一个人独吞那一大笔钱。"

简宏成简直无语，皱眉看看张至清，可还是得说："你尽管接触刘之呈。但在见面之初你最好跟他提一句，我已经把集团公司章程修改掉了，任何人试图转让简明集团股份，都必须获得股东全体投票表决通过。然后你慢慢跟他谈，你取出所有存款，甚至卖掉房子我都不会管你，我乐见他替你出力，为你减刑。"

简敏敏一下子哑了，想了好半天，不知怎么回答，最后悻悻地道："看我回头拿刘之呈做的事扇你耳光。"说完，便挂断电话。

简宏成无奈地对张至清道："心不能急。"

张至清此时已经与简宏成交过底了，因此不怕直截了当地问："舅舅为什么不放弃？"

简宏成道："我不妨苦中作乐地把你们妈的这个电话看作讨教电话，我该庆幸她起码已经把我看作是有点儿可信的人了，这是不小的进步。只是她还没正视她的过往，因此她还不知该如何与我正常地说话。"

张至仪回头道："她早跟我们说过，她的案子没法送钱。可她什么都可以赖掉，还当众赖掉，她不觉得可耻吗？而且她的态度这么差。"

简宏成只好再道："心不能急。"

张至清看着简宏成，默默地领悟。

宁宥上高速前给田景野一个电话："田景野，灰灰还得在你那儿待一晚上，不好意思。"

田景野笑道："你不知我多欢迎灰灰，宝宝追着灰灰哥哥学道理，我还恨不得多扣留灰灰几天呢。但你该不会豁出性命，替宁恕找关系去吧？"

宁宥叹道："是不是洪律师跟你说了？可是这世上除了我，还有谁救他宁恕？"

田景野怒道："我刚听小洪一说，还以为你总算脑子开窍，懂得放手，让宁恕摔个彻底，让他彻底绝望一回，他才会明白你历年来对他的好有多宝贵。"

宁宥道："可宁恕心高气傲，如果彻底绝望，我怕他真疯。"

田景野道："他现在这祸害德行，还不如真疯。要真疯了，你花钱养着他，还能把他养个白白胖胖，所有人都放心，包括他自己；他不疯，疯的是大家，最先是你。你在哪儿？你原地等着，我把灰灰给你送去，我不替你管灰灰。"

宁宥眼圈一红："田景野，你别心急，听我说完。我认识一个人，他公司的某个操控系统是我帮他一手建立的，跟我关系很好。他正好认识赵雅娟，而且与赵雅娟的关系看上去也很不错。我有次带灰灰去他那水库庄园玩，遇见过赵雅娟……"

田景野冷冷地道："你那些关系顶屁用。我是本市首富的幕僚，我要见赵雅娟，请本市首富打一个电话，我有要求，赵雅娟才真的不会不考虑。你还不如转回头求我。"

宁宥愣住。

田景野没好气地追问一句："要不要？"

宁宥道："你听我解释啊……"

田景野冷笑道："宁恕心里也很清楚，你就是假装晾着他，他反正没事干就跟你熬着，熬死你，烦死你，最终他才勉为其难地让你替他请个律师，即使明天上庭，今天才签委托书，他也摸准你肯定早已叫律师把所有上庭准备做好了。可你还欢天喜地地，以为他回心转意，特尽心尽力，似乎还是宁恕给你面子。"

宁宥听得满脸抽筋："是，是，我就是这么没志气。可……"

"你儿子要跟你说话。"

宁宥一愣，没想到田景野将电话免提，给孩子们听着，忙道："灰灰，你也在？我们明天可以回上海了。"

郝聿怀激动地道："妈妈，你前几天上午发过给你弟一条短信，你是不是不记得了？你不能背着我食言，你会变胖。"

田景野扑哧一笑，"你弟"，"食言而肥"，这母子俩。

宁宥讪讪地道："记得……"

郝聿怀大声道："你短信里说，你以后不干涉、不打听，只管收留。妈妈，我得提醒你，你说话不算数，你弟会更加不把你当回事。"

田景野摸摸郝聿怀的头，赞一声："好样的。宝宝学着点儿。"

宁宥的脸皱成一团，叹声气，道："好吧，我听你们的。我有点儿六神无主，听你们的应该没错。灰灰，我这就折回头接你，然后去一下出差的地方，跟同事交代几句，我们连夜赶回上海，眼不见心不烦。"

宝宝一听急了："不要，不要，宁阿姨，你去忙，明天再来接灰灰哥哥。"

宁宥在这边断了通话，坐着发呆。她还管着郝青林的官司，怎么就甩手不管宁恕的呢？两个都不是东西，她起码得一视同仁啊。宁宥忽然觉得这事幽默起来，老天居然给了她裁量权，让她可以做主给谁不给谁，要不要一碗水端平。

宁宥忽然发现，她这苦丫头只要脑筋急转弯一下，原来就可以当女王。她又拿起手机打给田景野："眼看着我操一手好牌，还在这儿焦虑得颠三倒四，你是不是心里特烦？"

田景野笑道："不会，我特平衡。原先只有我冒傻气，把生活搞得一团糟，现在总算看到你和简宏成争着做东郭先生，我看好戏呢。"

宁宥讪讪的，道："我得有志气点儿。灰灰听着没？"

"俩小的出去玩了。"

宁宥这才原形毕露："靠，我这回得有点儿志气，咬紧牙关不犯贱，等他们爬着来求我，我还得掂量掂量给不给。你监督我。"

田景野扑哧又笑，但忽然脑袋转不过弯来："那啥，陈昕儿那儿，算我求个情，放过她算了，她是病人。"

宁宥一愣："啊，我说的他们是宁恕和郝青林。"

田景野一笑："都差点忘了他。"

宁宥听了，心里不知什么滋味。

简敏敏面前摆了一桌的美食，都是她最爱吃的。她原本想着在坐牢前吃个够，起码吃出点儿肥肉来，免得到里面受苦。可即使让保姆上桌一起吃，她依然觉得吃得冷冷清清。早上至清、至仪两个还烦得她耳朵疼，现在他们撇下她，都不知去了哪里，一个电话也没有，走得那叫一个干脆，仿佛她跟他们之间从没连过一条脐带。简敏敏生着闷气，没胃口，想起来才浅浅啜一口酒。

门被敲响。简敏敏给保姆使个眼色，拍拍两条狗，让跟上保姆，自己坐着不动，只伸长脖子偷听。

门外是刘之呈，见保姆来开门，保姆身后挤出两只踊跃的狗头，紧张地装出潇洒的笑，道："还认识我吗？"

保姆拉着脸沉痛地道："认识。简姐让'大盖帽'带走了，你来晚一步。"

刘之呈一愣，再看看手表，跳了脚："嘿，我真不该出差。简姐留下主办人员电话没？"

保姆道："没留。"

刘之呈不死心："她有没有说坐哪家牢？"

保姆奇道："公安局的牢啊，还能是哪儿？"

刘之呈抓耳挠腮的："带走时候你在，还有谁在？"

保姆道："只有我在。我关门了。虽然我认识你……"

刘之呈忙道："慢点儿，简姐一句口信都没留下？像上诉律师找谁，案子接头人找谁什么的，肯定得留口信……"

保姆没理他，用力将门关上，但关门后就趴在猫眼儿上看，只见刘之呈拍着额头，满脸失望。等刘之呈走后，她回去饭厅，演给在里面侧着耳朵听了个明白的简敏敏看。

简敏敏斜睨着眼，吊起一条眉毛问："他那样子，不是难过，不是着急，你确定是失望？"

保姆放下手，劝道："是啊。看开些，又不是自家人，能赶来看你一眼已经不错啦，还能指望他们替你难过啊？"保姆又忍不住沾沾自喜，"看来我演戏演得不错，刘总没看出我在撒谎。"

简敏敏继续吊着一条眉毛斜睨保姆，慢慢琢磨了会儿，愤然道："又让老二料中，又让这死胖子料中。幸好听了死胖子的，才没乱了阵脚。为什么总让这死胖子料中？死胖子又该笑话我了。"

保姆大惑不解。

简敏敏立刻一个电话打给简宏成，切换成斗志昂扬的声音："刘之呈一定要替我上诉，卖艺卖身都要替我上诉，仗义啊。我说简宏成，你给我向他道歉。这么好的小伙子，到你嘴里都成啥人了啊？你二话不说革了小刘，当众把他请出门，害小刘丢脸，你多损啊。你今天说什么都要跟小刘说声对不起。你不是喜欢让我跟谁都道歉吗？你倒是给我做个榜样啊。"

保姆在一边更是大惑不解。

简宏成听了也是大惑不解，刘之呈仗义？

"我教你的话说了没？"

简敏敏道："怕我没说？你听着，我再说一遍。小刘，那死胖子告诉我公司章程已经改了，转让股份要……"

简宏成嘟哝着将手机挂了，简直不敢相信刘之呈仗义，电话里说不清，除非他当面问清楚才肯道歉。

虽然被简宏成挂了电话，简敏敏却得意地笑了："死胖子这回栽了，以后他再没脸来教训我什么道歉了。"她喝下一口酒，终于吃了口菜，对保姆道，"我明天收拾收拾，自己去坐牢，你反正住在这儿，替我看着门，管好我两条狗。我让小沙也住过来，小沙这孩子，我差点儿害他坐牢。我一年半就出来，弄不好还减刑，很快。呃，谁去探监呢？"

保姆道："不是我多嘴啊，你该不会是想把钱交给小沙，让他定期去探监？你还得管我工资加狗粮钱，还有物业费、电费、水费什么的，也都交给小沙，再一月一月地给我？你不怕小沙卷钱跑路？再说小沙一帮小兄弟要是经常在这屋子里进进出出的，你不怕丢东西？你还是拜托你那个胖子弟弟吧，我看他会管你。"

简敏敏捂脸哀号。她当然知道怎样才是最好的，可那样就得看简宏成脸色。她好不容易才险中求胜，扳回一城呢。

简敏敏到底是不肯给简宏成打电话，但她把简宏成的手机号写给保姆："我进去后，你打老二这个电话，有什么要求，尽管向他提。"

"你跟你弟说一声，不是更方便？"

简敏敏继续哀号，就是不肯答应。

但保姆不放心，锚住了使劲问："可万一你弟不认我，气我中午不许他进屋，回头另找一个人来接管房子，那怎么办？简姐，这事大意不得啊，这两条宝贝狗只认我呢。但这两条宝贝狗你在乎，你弟不一定在乎啊，你忍心一年半里面让别人带它们？"

简敏敏将脸钻进臂弯里，说什么都不肯钻出来："你别烦我啦，好吗？好吗？好吗？放心啦，老二没这么坏……"说到这儿，不由自主地赶紧闭气吞下后面的话，呛得大声咳嗽，差点儿咽气。

保姆以为简敏敏让口水呛了，也没在意，自言自语地道："我看着他也不坏，应该有肚量。"

那我不是陷害忠良了吗？简敏敏心说。可形势逼人，她强不起来了。

宁宥的车玻璃让人敲响，她抬头见一穿着整齐的年轻男子冲她比画着说什么，她降下一丝车窗，才听见外面那人指着前面一辆现代车说是临上高速才发现钱包被偷，现在没法上高速，求宁宥借点钱，回头一定加倍偿还，钱打到手机上。

宁宥听了没好气："我长得这么包子？"

外面那人立刻变色，骂骂咧咧。宁宥顿时醒悟自己多嘴了，吓得连忙一脚油门逃走。走远了，定下神想起，郝青林啊，宁恕啊，都跟刚才那骗子一样，对她不安好心。骗到手了呢，在背后还都骂她是个蠢货；要是被揭穿，他们从不自惭形秽，反而恼羞成怒地加害于她。她难道只会躲，只会逃，只会忍气吞声吗？

宁宥咬牙切齿，在前面一个红灯处转个弯，睁大眼睛搜寻着回去原地。她看到那骗子还在老地方逡巡，快靠近时，打开大灯，咬紧牙关，冲着骗子飞车过去，迅速擦着骗子而过，打了骗子一个措手不及，便扬长而去。

宁宥都懒得看倒车镜里骗子的状态，肯定是吓个半死，没说的。她终于满意了，掉头，找个地方停下，打电话给郝青林的律师："郝青林那儿，我想你要不暂时别去会见他，也晾着他。他做事太过了，需要一些教训。"

第十章
公开信

"柳叶双眉久不描"，宁宥坐在家里的梳妆台前，不知怎么想起这么一句诗。她不禁笑了出来。今日未必比前几天闲，可前几天满心都是焦虑烦躁，只觉得忙得跟没头苍蝇一样，完全呼吸不到一丝闲适的空气，脾气恶性循环似的越发焦躁。此刻，她在紧凑的早晨用三分钟时间拔掉两根趁机作乱的眉毛，然后立即下厨做早饭，游刃大大地有余，轻松愉悦得像在森林里呼吸。

"灰灰，还不起来？不是说今天跟班长叔叔上班吗？"

郝聿怀在床上转个身，趴成一个"大"字，继续睡觉。

宁宥也没再催，任儿子继续睡懒觉，反正是暑假。可宁宥的手机这时响了，她走出厨房拿来一看，竟然是宋总亲自打来的，一颗心立刻吊了起来。她才拿起手机，便见儿子还闭着眼睛呢，就啪啪啪地从房间里跑出来，分毫不差地冲进卫生间，嘴里嘟哝着"不会迟到，不会迟到"。宁宥明白，儿子以为电话是简宏成打来的，以为简宏成已到楼下了。

宋总在电话里直接道："五厂凌晨发生特大事故，你立刻过去现场，全程列席事故分析会。"顿了顿，才问，"家里安顿好了吗？可以出差了吗？"

宁宥看看儿子刚进去的洗手间门，道："还在魂不守舍。"

宋总悍然道："那就更要出门找点事做。"

"好吧，我立刻出发。"

宋总满意地道："从五厂出来的干部太多，放别人去五厂调查，会陷入关系圈里出不来。我想了半夜，只有你这个'不粘锅'适合处理这件事。有困难随时直接找我。"

宁宥翻个白眼，收线，回头冲蹲守卫生间的儿子道："我又得出差，你怎么办？跟我，还是跟爷爷奶奶，还是跟班长，再或者跟宝宝玩去？"

"跟班长叔叔可以吗？能像跟田叔叔一样地跟班长叔叔吗？"

"万一跟班长叔叔不对付呢？到时候我还在外面，你只好硬着头皮跟班长叔叔，像小奴隶一样。"

郝聿怀钻出一个脑袋看老妈，见老妈脸上并不是开玩笑，想了会儿，道："不怕，不行我就打车回家自己过。你要是不放心，随时可以打电话给我。"

"爷爷奶奶那儿不考虑？"

"他们接待了小三，他们就不再是我爷爷奶奶了。妈妈，我讨厌你还搭理他们，不知道是你假惺惺，还是拎不清，但爷爷奶奶肯定脸皮厚。"

"他们有错，但他们过去在我一边工作，一边读研的时候帮我带你，那么多年以来一直支持……"

郝聿怀火眼金睛地指出："他们那是为了爸爸，替爸爸解决问题，又不是为你。"

宁宥道："人都有私心，难免的。多记住别人的好，少追究别人的私心。有些事你可能还不容易理解，但记得我的话，你爷爷奶奶还是人品不错的，你别对他们太过分。"

郝聿怀翻了一个跟妈妈刚才一样的白眼，脖子缩回门里面。但他过了会儿又伸出脑袋，慢吞吞地讲理："等我能理解的时候我再去理解他们。现在，不能，我也有我的原则，我不能容忍背叛。妈妈，你得尊重我的原则。"

"唉，对，我尊重你的选择。"宁宥其实还有很多反对意见，诸如照顾好爷爷奶奶可以避免郝青林走极端，其实反而是对自己有利等等。但她意识到，那么多的术，都不如人品重要。她从善如流。

郝聿怀倒有些大惑不解了，妈妈这回答应得太容易。

简宏成亲自开车来接灰灰小跟班，当然，他的目标是送宁宥去上班。他看见母子各拖一个行李箱下来，惊了："你们去哪儿？"

宁宥看着简宏成将行李箱拎上车，道："我出差去处理一起特大事故，这就去机场，不知会去几天。灰灰选择跟你，行吗？"

"行。你把灰灰的证件都交给我，这期间我可能会出差，可以带上灰灰一起。"

郝聿怀好紧张，生怕被婉拒，闻言开心得撑在妈妈肩上跳起来。宁宥很不争气地没撑住，跌了郝聿怀一个跟跄。

三个人边说，边上车，车子在宁宥的指挥下往机场开去。

宁宥道："证件什么的都在灰灰双肩包里。你最要紧得管住灰灰，不许他连续打手游超过半小时，很伤眼睛。还有是管住你的所有密码，这小家伙不知从哪儿学来的密码破译本事。"

郝聿怀道："妈妈其实想说别忘了盯着灰灰睡前洗澡、刷牙，检查耳根洗了没有，摸摸脖子黏不黏，又怕把你吓跑就没人管我了。"

简宏成听着笑，心里有种异样的感觉。可当着郝聿怀的面他只能压下这感觉，一本正经地问宁宥："事故处理怎么叫你去？多吃力的事。这几天还没缓过气来吧，你吃得消吗？"

"老大亲自来电指令我去。我耐心好。工作吃力点儿倒是无所谓，只怕在意的人给我气受。"宁宥手机响了，是同去出差的同事纷纷来电试探口风，宁宥应付自如。

郝聿怀坐后座，抓着头皮问简宏成："妈妈怎么知道你有时间送她去机场啊？她今天没叫司机叔叔来接她。"

简宏成一想，还真是，两人反正是心照不宣的，只有郝聿怀不知就里。他笑道："老朋友、老同学了，反正既然我车子开了来，那就送也得送，不送也得送。"

"哈哈，妈妈霸气侧漏。"

但渐渐地，郝聿怀感觉不对劲了。他呆呆地看着前排的两个人，这情形好熟悉，以前经常是爸爸开车，妈妈坐在旁边指路，他被绑在后面安全椅里面。但以前妈妈都是时不时地回头与他说话。而今天，前面的妈妈与班长叔叔有说有笑，你来我往，都没空回头来看他一眼。郝聿怀忽然领悟到了什么，想开口问，可没出声。他心里不舒服起来。

一路上不断有电话找简宏成，也不断有电话找宁宥，两人的手机此起彼伏。郝聿怀等简宏成打完一个电话，大声问："班长叔叔，你在追求妈妈吗？"

宁宥惊得扭头道："你不是宝宝。"

简宏成则泰然自若地回答："我从高一开始追求你妈妈，但因为两家的矛盾，你妈不理我。如果老天再给我机会，我这回必定不放弃。"

郝聿怀道："可是你肯定早知道妈妈要跟爸爸离婚，你才冒出来追求我妈。妈妈现在还是已婚妇女，你这么做不道德。"

简宏成道："正因为你妈妈与你爸爸已结束了事实婚姻，所以我必须赶来排队等待。我远远地爱慕你妈妈十五年了，即使心急如焚，但我仍然不舍得破坏她的名誉，我会一直等到她结束法律意义上的婚姻，再发动实质追求。我追求你妈妈是必然的，而且志在必得。"

郝聿怀被噎得说不出话来，总觉得不对，又反对不起来，心里更不舒服。

宁宥本来试图打断简宏成，以平日里一贯和风细雨的风格与儿子讲道理，但听着听着，便沉默了，嘴角挂上了笑。

简宏成说完，扭头看宁宥一眼，也笑了。

郝聿怀看着两个人的笑，道："我不喜欢……整件事！我要跟妈妈出差，不要跟班……简先生上班。"

宁宥爽快地道："等下如果能补到机票，你跟我走；如果补不到，妈妈必须出差，你选择去哪儿？"

爷爷奶奶那儿？绝不！田叔叔那儿？鞭长莫及。难道只能跟简先生了吗？郝聿怀忽然悲从中来，红了眼圈，转身面朝车后面坐，一声不响。

宁宥担心，扭头看着郝聿怀："灰灰，妈妈刚想到一个办法，等会儿让妈妈的某个同事退票，你立刻补上，你就可以跟妈妈走了，好吗？"

"好。"

但谁都听得出，郝聿怀这声回答带着哭腔。

简宏成道："灰灰啊，简叔叔有想法都直接说出来，跟你妈妈说得，跟你也说得。你有不满也直接说吧。"

郝聿怀愤怒地道："你们大人做什么，我们小孩只能跟着，没法反对，没法逃开，凭什么？我不喜欢家里多一个人，但我的不喜欢有用吗？"

宁宥毫不犹豫地道："有用。你永远是我心里的第一位。"

郝聿怀大惊回首，挂着眼泪指向简宏成："那他……"可说完心里舒服多了，擦干眼泪又坐下来，看着妈妈。但他看得出妈妈对着他的笑，是强颜欢笑。

"说家里多一个人什么的，还早。"宁宥肯定地道。

简宏成斜睨宁宥一眼，但并没把这些话放在心上。他对郝聿怀道："你妈妈……"

宁宥干咳一声，止住简宏成。简宏成虽然有满肚子话想跟郝聿怀拆招，表明他不屈不挠的态度，可只能歇了。人家小孩子现在是宁宥的No.1呢，他认清形势。

一路无语。郝聿怀到机场下车后，立刻背转身去不理简宏成。简宏成将行李搬下车，正好趁机笑眯眯地多看几眼宁宥。

等简宏成走后，宁宥问儿子："为什么原本你挺佩服班长叔叔，现在立刻连看都不要看他了呢？"

"他对我好，是别有用心！"

宁宥漫不经心地"嗯"了一声，带儿子进去找同事会合。

宁宥有许多事亟待处理，最要紧的还是要助理立刻去给儿子买票。她走路飞快，说话也飞快，但郝聿怀绷着一张严肃紧张的小脸紧紧跟在她身边，就差伸手揪一角她的衣摆。

"哟，他们几个也到了。你赶紧帮我给灰灰买张票。如果已经满座了，你退掉你的，签给灰灰，灰灰必须跟我一起走……"

听到这儿，一直板着脸的郝聿怀捅捅妈妈，道："我买好了。"说着，把手机递给妈妈看，上面有电子票，"用你的支付宝。"

宁宥一看，还真是，笑道："你都没跟我说一声。手机给叔叔，一起办登机。"

郝聿怀一边把手机给宁宥的助理，一边小声嘀咕："你又没空跟我说话。"

这地方声音嘈杂，宁宥没听见，她忙着跟其他同事道："五厂肯定有专车来接，到了厂区，小方，你一步不离地坐会议室，记录所有发言，公然用录音笔也无所谓。你尤其要留意那些牢骚。你们几个都跟我去现场。衣服、鞋子不符合现场安全规范的，登机前赶紧置办好，别等到了那边问五厂要劳保服，会被无限拖延时间。"

有一位初次跟宁宥出差的同事立刻赔笑道："我鞋子不合格，这就去买一双，不好意思。"

宁宥只是严肃地看那位同事一眼，随即继续交代其他同事办事："你负责总控室采集数据，登机后立刻草拟一份需要采集的数据备忘给我过目；你负责现场仪表记录……"

郝聿怀闷声不响地试图走开去那边书店，但才转身，就被妈妈伸手一把抓住。他抬头试图表达不满，可是妈妈没看着他，依然与同事认真谈话。他心里郁闷，板着脸不吭声。

宁宥终于谈完事，回头便一眼看见儿子的臭脸："哎，怎么了？"

郝聿怀拉着脸，大力将妈妈往远处拖，拖得离妈妈同事好远了，才愤怒控诉："你一早上都没好好看我一眼，也没好好跟我说话。"

宁宥奇道："我们不是一向这样的吗？你还反对我管得太宽呢。"

"才不是！"

宁宥道："噢，你妈刚才忙工作，忽视你了。"

"还有呢？车上呢？还有下车后你问我一句，我很详细地回答一句，可是，然后你不置可否。你今天就一直在忽视我。"

听到这儿，宁宥终于明白今天一早上郝聿怀所有的问题都出在哪儿了：因为简宏成这人太能找话题，一说话就能吸引她所有注意力，儿子感觉被冷落了。她不由得笑了起来，觉得好玩："我们先去安检，登机后妈妈慢慢跟你解释。我们还得讨论下飞机后我得立刻去工厂，你怎么办的问题。"

"不行，你要先告诉我。"

"告诉你什么？"

"反正你得先告诉我，免得我操心。"

"班长？我还没想好该拿他怎么办。反正走一步，看一步，正如两个月前我猜不到我现在的心境，我现在也猜不到我两个月后会怎么样。"

郝聿怀惊讶："可是他对你那么好，你这么说不是很伤他的心？"

宁宥道："一言难尽啊，上了飞机后我慢慢跟你说。去安检？"

"行。其实无论你做什么事，只要把原理说给我听就好了，我会理解的。"郝聿怀牵住妈妈的手，他已经多年没主动牵手了。

宁宥哭笑不得，什么原理，感觉被冷落才是真的。可她好喜欢儿子牵手。她故作认真地道："你从小抵制我管得太宽，至今不肯告诉我你同桌女同学是谁。公平地说，你对你妈也管得太宽了。"

郝聿怀不好意思地笑，可还是强词夺理地道："因为你没经过我同意把我生下来，现在你只好让我管。要不……要不……"

"要不什么？把你塞回肚子重新取得你认可？你排我前面，别跳来跳去了，别撞倒别人行李。我打个电话，问问五厂那边宾馆的安排。我得要他们安排个套房，宁可宾馆整体标准低点儿，省得你整天整夜地关在标间里闷死。"

郝聿怀蹲在妈妈身边，低头道："其实……要不……妈妈，你先听我说。"

宁宥弯腰看看儿子的脸，想了想，调出简宏成的号码，交给郝聿怀看："要不我叫他回来接你？"

郝聿怀满脸尴尬，犹豫了半天，可最终还是摇头："不打给他，我宁可关在标间里。我带着作业呢，你不用担心我。"

宁宥点头："行，你自己做决定，只要自己承担后果就行。而且你生气时还记得把我拖远远的说话，有进步，需要表扬。"

郝聿怀听了，总算恢复活跃。可宁宥将手机举到耳边，心里满是担忧。

简敏敏强颜欢笑地找酒肉朋友吃饭、喝酒，以度过坐牢前的最后自由时光，不料听到有关宁恕与赵雅娟鸡蛋碰石头的小道消息，她垂头丧气的心立刻满血，原来不单她一个人遭罪，宁恕一样没好日子过。但简敏敏知道行贿往往判得不重，搞不好她一年半服刑还没出来，宁恕早已刑期结束，好整以暇地磨好刀子等她出来。简敏敏怎么甘心？不行，她必须落井下石。上诉期只有十天，她已经消磨掉了几天，时不我待。

解决宁恕这件事，为免落下个过河拆桥的坏名声，赵雅娟只能做得比较公开，前前后后，前因后果，她在总部办公室当众公开过一次，因此事情很快一传十、十传百，很多人知道了这件事。简敏敏很容易便验证了那条饭桌上得来的小道消息，并补充了解得七七八八。又凭她对宁恕的认识，她大概猜到了一些端倪。

于是，简敏敏提起荒废多年的钢笔，用一整天的时间给赵雅娟写了一封信。

简敏敏生性多疑，看见什么、听见什么，第一时间便想到背后会有什么阴谋，是个十足的阴谋论者。因此，她写完一段，一回顾，一下子便替赵雅娟想到三个疑点，这三个疑点一出来，她这封信的可信度便完全消失。于是简敏敏将这张信纸团成一团，扔了，重写。如此再三，都写不出一段，废纸倒是扔了四团，简敏敏烦了。再说高中中断学业后，至今没再好好提笔写过什么，此刻想郑重其事地给大人物赵雅娟写信该有点儿修辞什么的，但写出来的东西自己看着都觉得弱，如此又废了两张信纸。屋子里空调开得很低，简敏敏硬是憋出一身汗，想想又写不出什么，索性去冲凉。

折腾来折腾去，她最终走上一条言简意赅的路。

"我叫简敏敏，宁恕仇家简家的大女儿。我的联系电话是×××……，地址是××××……。两天后我去坐牢，有疑问联系我大弟简宏成，电话×××……。

"简家与宁家（以前叫崔家，事发后孩子改母姓）多年前结下矛盾。因为身为厂长的简父不满崔父懒散，试图调动崔父的工作。崔父不满，持刀杀简父。简父重伤，几年后过早去世。崔父被判死刑。

"宁恕今年春天启动报复计划。挑拨江湖人士与我丈夫勾结，害我公司陷入高利贷危机，丈夫逃出国，我背巨债。直到我去找江湖人士看合同，被宁恕当众从电梯里打飞出来，撞到墙上，我还不知道我被宁恕盯上了。此后我牵两条大狗才敢出门。

"我二弟同时被宁恕盯上，宁恕在他仓库门口装摄像头。然后他去税务局举报三弟逃税，其实没逃，只是三弟人傻，自以为是了一下。终于被二弟查出是宁恕所为。二弟仁慈，考虑到两家孩子当年都吃足苦头，想跟宁恕化解旧怨。三弟不服，就通知了我。我这才知道原来我遭的罪都来自宁恕，我就带上几个男人找上宁恕家理论。宁恕心虚不敢见我，放火烧小区绿化引来警察。以后我身边都有朋友保护，他一直躲着我。

"宁恕拿我二弟的客气当福气，跑去税务局盯着他们处理三弟。我一听说就赶去税务局找宁恕理论，正好宁恕出来，我气得车子撞翻垃圾桶。我三个朋友替我把宁恕押上车，打算找地方跟他谈谈。宁恕半路抢方向盘，我只好拿破窗锤砸他，免得出事故。我为这个过失伤害罪被判一年半徒刑，很快要去坐牢。

"宁恕为了让法庭重判我，举报了一个认真办案的警官，完全不顾那个警官是他爸死后养活他家的他妈妈老情人的儿子。警官姓唐，处级。

"宁恕为了搞掉我，他妈因为他吓得住院也不管，反而还是我二弟去探望。二弟还想让我去宁恕妈病床前和解，我心里有怨气，没去。我二弟向宁恕妈保证不追究宁恕，宁恕妈心里一轻松，多活了会儿，可最终还是死了。因为我二弟和宁恕姐早早讲和，消解怨气，宁恕和他姐翻脸。

"宁恕是条疯狗。我已经养了两条大狗，等我坐完牢，开始雇保镖。

"以上是我的经历和教训。"

简敏敏写完，看看居然才一张信纸，轻飘飘的，没有分量。她掂量着这张轻飘飘的信纸，心说这能当落井下石的那块大石吗？但不管了，她也没有更好的办法，即使有，剩下的时间也不够她运作。她下定决心，出门顶着烈日去送信。信装在一个开口的信封里，简敏敏没把信封口，甚至没把信纸压实碾平，让信封就这么胖乎乎地开着口，看上去与众不同。

因为简敏敏知道，她肯定见不到赵雅娟，她的信最多只能送到一个类似办公室的组织那儿。现在什么乱七八糟的信都写着董事长收，还有名有姓的，办公室里的小秘见怪不怪，才不待见。运气好点儿，几天后小文秘心情好，拆开看一眼；运气不好，弄不好拆都没拆，就给扔垃圾桶里。她简敏敏掌管简明集团那几天就曾见识过，因此她不给信封口，就是要让小文秘们容易拆信。她很相信只要小文秘看一眼内容，这信必然第一时间送到赵雅娟办公桌上。

但简敏敏依然不放心，她倒是更不放心一天的心血被小文秘扔进垃圾桶里。思前想后，她又让出租车转回家，付钱让出租车等着，她换上最贵的衣服和包，带上已经过期作废了的简明集团董事长的名片，全副武装，直奔翱翔集团办公楼。看时间，已经接近下班了。简敏敏催着出租车司机猛跑。

程可欣接到赵雅娟大秘打来的电话，让她今天必须抽时间找赵雅娟一趟。程可欣觉得这个电话来得奇怪，赶紧做完手头的事，看看还没到常规下班时间，便赶紧驱车，赶去赵雅娟办公室。既然还没下班，那种办公楼的停车场必然是全满的，她绕了一圈，索性堵在赵雅娟专用车位前面。

下车时不经意回头，她的小红车堵在赵雅娟的大黑SUV前，这画面太熟悉，犹如一道闪电，一下子刺激到她的记忆。她仿佛看见那张帅气的、五官立体的脸在SUV窗后隐现。程可欣愣住，忍不住停下脚步眨眼，再瞧一眼，可不，SUV里面哪里有人？她这才悻悻地找电梯上楼。

自然，赵雅娟的固定车位必然就在电梯旁边。

简敏敏走进翱翔大厦，才发现原来这整座大厦都是翱翔的，而赵雅娟不知在这座大厦的哪一间办公。简敏敏站在巨大的一楼大厅里，面对着三座电梯，有些不知所措，眼看着已有两拨人从她身边越过，走进电梯，扬长而去。

但简敏敏那身二三线城市富婆的标配包装很快招引来一名保安的"关怀"。于是简敏敏毫不犹豫地大模大样地撒了个谎："我是市女企业家协会的常务理事，来找赵总。该进哪一层？"

保安热烈地看着简敏敏臂弯里那只据说买来十多万，用了还保值，与赵董挽的那一只差不多的包，殷勤地道："大赵总是十八楼，小赵总是十七楼，呵呵，你肯定找大赵总，但你还是去十七楼拐一下的好，办公的、负责的都在那里。直接去十八楼肯定把你拦回一楼。"

简敏敏听了，立刻端庄地按下电梯按钮。正好，有一架电梯冉冉从地下车库升上来，简敏敏便一跃进去。她看见里面已经有一位年轻女子了，该女子肤色微黑，双目斜飞，长得又妩媚又机灵，而且打扮时尚，虽然看着手机，却堪比杂志上目中无人的超模，衬得她立刻浑身俗气。简敏敏留意到，那女孩去的是十八楼。

电梯里的正是程可欣。程可欣都没正视简敏敏，自顾自地拿手机看新闻。

简敏敏到了十七楼便走，可忍不住回头又看程可欣一眼，心想要是至仪长大也有这种气质该多好。

程可欣终于意识到简敏敏的羡慕，抬眼冲简敏敏微微一笑。

简敏敏满意地一脚走出电梯，可又意识到美得这么张扬的女孩肯定是赵雅娟身边的红人，便问了一句："你是赵总公司的员工吗？"

程可欣摇摇头，看看简敏敏拦住电梯的那只手。简敏敏只得放手离开。

简敏敏走出电梯间，环视一下楼层布局，便大摇大摆地忽略门口坐的低阶层的人，直奔格子间最里面玻璃屋。她敲敲门，都不等里面人抬头，便大模大样地走进这狭小的办公室，索性将信纸抽出信封，摊开，压到办公桌上，推到那经理模样的人眼皮底下。

那经理一惊，抬头一看简敏敏金光闪闪的形象，便没说什么，低头看简敏敏推开他面前的电脑后压过来的信。人在江湖，只敬罗衫也是难免。等才看清三个段落，那经理更是惊讶地抬头看向简敏敏。那经理原本挺正常严肃的一张脸顿时变得像条章鱼，只剩两只瞪得夺眶而出的大眼睛。

简敏敏一看，便知目的达到了，撇嘴道："这封信，赵总一定很有兴趣。"说完，便转身走了。

那经理赶紧起身道："你请坐，我立刻上楼转达。"

简敏敏都懒得回头，也不答话，径直走了。撇下那经理目瞪口呆地看着她背影有一会儿，然后立刻朝门外看看，掩上门，迅速掏出手机偷偷将信件拍下来，再把信塞进信封，便取道楼梯上了十八楼。

简敏敏满脸愉快地坐电梯原路下去。她眼前不断闪现那经理满脸的惊讶，如此戏剧性，正说明她高明地描画出了一条疯狗的形象。赵雅娟一定很乐于见到这封公开信吧。如此疯狗一样的宁恕，正说明赵雅娟快刀斩乱麻地处理宁恕的正确性、正当性。

简敏敏发了一条短信给简宏成："后天我去坐牢，但我心里爽快了。我心里很爽快，哈哈哈。"

简宏成一看这种短信便心惊肉跳，觉得准没好事，立刻拎起电话打给简敏敏："什么事？说出来一起乐乐。"

简敏敏走出电梯，走得离旁人远远的，才道："宁恕，我让他疯狗变死狗。"

简宏成误会了，忙道："你别乱来，再犯法，会从重从严。"

简敏敏哈哈大笑，随即有点儿扭捏地道："我有封电子邮件发给你，手机发的照片，你收到没有？快告诉我一声。"

"电邮？至清还是至仪教你的？"

"别撕我烂疮疤。收到没？"

简宏成用电脑查邮件，顺口说似的道："我让宏图跟至清、至仪他们去澳大利亚，回头至清回来，宏图留那儿照顾至仪。邮件收到了，发得挺好的嘛，居然还会用手机发邮件。至清办停学一年的手续好像有点麻烦，但那孩子自己会努力对付的……"

简宏成说着，打开了邮件，看了几眼就道："你……信还在你手里吗？"

简敏敏走出大厦，得意扬扬地道："刚刚交出——亲自交到翔翔集团办公楼，这会儿估计到赵雅娟手里了。你看，我把你说得人模狗样的。"

简宏成闷声不响地将信看完，再想说什么，发现手机里传来电话挂断的声音。原来是简敏敏看见有出租车来，又见有其他人也想上这出租车，顿时杀心四起，手机一收，便风一样地蹿过去，抢了先机。

简宏成皱起了眉头，因为简敏敏这封信写得如此之好，竟让他无从下手。

赵雅娟见程可欣进来，笑道："等你半天了。"她又签个字，就摘下老花镜，"早上会见这家公司的市场总裁，这个新加坡华裔总裁夸我的形象出乎他的意料。他是真心实意地夸我哦，还特意指出项链又衬身份，又追潮流，发型也是，呵呵，那当然，我们两个三天时间飞一趟巴黎，不是玩儿的。"边说边将一个文件夹推给程可欣，得意扬扬地扭着椅子笑。

程可欣趴在赵雅娟对面，打开文件夹一看，欣喜地道："哎呀，这家好玩的公司要来我们市了吗？赵总，你下回去他们总部回访时，一定要带上我，我替您拎包。"

赵雅娟笑道："大气点儿嘛，怎么不想想跟他们合作呢？"

"啊，真的？"程可欣大喜，但随即想到了什么，嗲嗲地冲着赵雅娟笑，笑得像只狡猾的狐狸。

赵雅娟也笑眯眯地看着程可欣："这回投不投降？"

程可欣笑道："好纠结哦。"

赵雅娟爽快地笑道："投降吧，投降吧。你也出点股份，你来主持这个项目推进。这项目几乎是为你量身定做的，我好不容易挖来机会，你得给我抓住，做好。"

程可欣坐直了："是。这份资料我拿去连夜看完，明天再谈想法。"

赵雅娟得意地笑："圆满了，终于把你拐进我囊中了。"她按下通话按钮，问门外的大秘，"什么事？"

"有陌生人送来一封有关宁恕的信，内容相当惊人，我建议赵总这就看一下。"

"好，拿进来。"赵雅娟看看也听见对话的程可欣。

程可欣翻阅着资料，道："难道宁恕又找了一个来游说的人？"

赵雅娟道："他找过你？"

程可欣点头："有事有人，无事无人。"

赵雅娟放心了，戴上老花镜，展开秘书刚拿进来的信，才看一行就道："是宁恕的冤家对头简家的人写来的。"

程可欣一愣："我能看吗？"

"正要你帮我判断。"

程可欣立刻走到赵雅娟身边俯身看信，看完，便自觉地道："凡我经历过的，信中写的都没问题。"她用手画出宁恕借放火逃脱那段，"那天是我接走警车偷运出来的宁恕。宁恕说手机被信里那个二弟摔了，导致他无法报警，当时觉得他深受迫害。我看这封信才知前因后果。还有他妈妈住 ICU 那段，我了解的，就是这两句，也真实。"

赵雅娟沉着脸，依然看着手中的信，道："这么说，可信度不小。"

程可欣看看赵雅娟的脸色，道："我拿走这个文件夹，先走一步。赵总再见。"

赵雅娟抬脸看向程可欣："照这么看，等宁恕出狱，也会疯狗一样地咬我？"

程可欣闭上眼睛，想到这两个月来宁恕脸上神情的变化，真是一天一个样，与刚见面时大不相同。最后在饭店大厅遇见那次，其实宁恕的眼神已经不对了，只是她善意忽略了而已。她睁开眼睛，郑重其事地回答："如果全如信中所言，会。但请赵总调查、核对。"

赵雅娟道："这是非常严重的问题。你忙去，我立刻找人核查。"

程可欣心里感觉那封信的真实度非常高，核查结果，必然会打掉赵雅娟心中对宁恕残存的一丝愧疚。她走进电梯后，试图打宁宥的电话通报一声，可最终又将手机收回。她不愿打这个电话，她发现她心里爆发出强烈的抵制。

那封有名有姓、言简意赅、条理分明的信实在透露出太多信息，令程可欣无法停止对信中内容的回忆。即使上了车子，锁上车门，她还在回想，将她自己与宁恕的相遇对应到宁恕的复仇大计中去。她忍不住试图探究清楚她究竟在宁恕的复仇大计中是哪枚棋子。

那封信的时间轴是如此清晰，程可欣几乎不用整理，便能将自己的事对号入座。她想到宁恕在事业的蓬勃发展期暗度陈仓，攀上蔡凌霄，因为他目标清晰，需要抱一条大腿以图站稳脚跟。尔后他与蔡凌霄二话不说就分手，却对她总是泄露一丝不经意的春光。以前程可欣总是自欺欺人，这回她开始相信赵雅娟曾经告诉她的话，宁恕那么凑巧地捡到赵雅娟的戒指原来是他的周密策划。同理，当时那么凑巧地在车库遇见她，又似乎情不自禁地下跪奉上戒指，等等，会不会也是宁恕策划中的一环，试图通过她捎信给赵雅娟，让她为两人牵线？包括最后一次在饭店相遇，宁恕也是在为以后让她在赵雅娟面前说话做铺垫吧？

以前那些想都想不到的阴谋诡计，在那封信的诱导下，程可欣不仅是动摇，更是开始深信不疑。

程可欣越想越气恼，若是世上有记忆的橡皮擦，她宁愿倾家荡产买来，也要抹去这段充满羞辱与欺骗的记忆。

赵雅娟以前下班前会跟司机说一声，然后让司机自个儿去车上等，将空调打好，她随后再到。但她看了简敏敏写的信之后，今天开始特意吩咐司机到十八楼等她，一起下去；见了司机的面，还特意再度吩咐，以后无论何种情形，司机都要陪伴她一起上车。她想到信里描述的那个女人被宁恕打飞出楼梯的情形。若她哪天落单被守候在旁的宁恕逮到，估计也会一样地被打飞出去。遭遇暴力，女性的智力全无用处。

等来到专用车位，赵雅娟惊讶地看到比她早下楼的程可欣的车子还横在她车头前。赵雅娟忽然心里感觉到不妙，别是这个女孩子替她遇险了吧。她仗着有司机在边上，赶紧转过去瞧，从前风挡玻璃看进去，还好，程可欣在车里，只是抓着头皮趴在方向盘上，不知做什么。赵雅娟等了会儿，没见动静，就拍了几下窗玻璃。

程可欣被声音惊起，本能地冲着声音方向扭头，却等了好久才眼光聚焦，看到窗外的赵雅娟。她一时冲动地打开门，仰脸对赵雅娟道：

"赵总，我这么笨，对一个人的认识能错到完全找不到北，我真有能力管一个项目吗？我会不会被人骗得团团转，被人卖了还替人数钱？我真有能力吗？"她一边说，一边眼泪迸发，抑制不住。

赵雅娟看着小友的眼泪，再想想自己最初重用宁恕，如今不知多少人也在背后笑她识人不明，更不知还会有多少人不怀好意地揣测她老牛吃嫩草，差点儿栽在小狼狗宁恕手里。赵雅娟也内心汹涌，只是她克制得好而已。她状似平静地道："都是凡人，当遇到有心算无心的时候，谁逃得过？好在咱强壮，好在咱能吃一堑，长一智，好在咱心理素质过硬，睡一觉就抛到脑后，醒来更强壮。"

程可欣听着，连连点头，哭着道："幸好我交的不全是酒肉朋友。"

赵雅娟听了，扑哧笑了出来，道："我刚才粗粗问了一下，简敏敏过失侵害宁恕的案子，信上说的与法院采信的一样。那封信的可信度又增加一段。我正咨询国税局的朋友，那段不知如何。"

程可欣看着赵雅娟，点点头道："也不会假。"

赵雅娟道："那封信是借刀杀人，应该不敢作假。你回家吧，别堵着我的车了，哈哈。"

程可欣走后，赵雅娟上车，将信交给司机："你拿去复印五份，今晚找个与我们集团不相干的人分别贴到翱翔大厦五个进出通道最显眼的地方，原件明天还我。嗯，把第二个手机号码涂掉。"

司机得令，虽然不清楚赵总这么做究竟是什么意思。

宁宥浑身是灰，一张脸似乎挂了迷彩。她筋疲力尽地走进小会议室，见桌上已摆上了精致的盒饭。她看一眼，没胃口，脱掉手套先给儿子打电话。

"灰灰，自己去吃晚饭，好吗？妈妈还得开会。"

郝聿怀道："我在宾馆旁边的麦当劳吃晚饭呢，听见了吗？很吵。"

宁宥放心："吃完就回宾馆，OK？天暗了不安全。还有，多吃一份大杯玉米。"

郝聿怀道："我都吃一个巨无霸了。嗯，他有个电邮发给你，你别忘了看。"

他是谁？宁宥刚想问，就想到他是简宏成："你手机设了我邮箱？侵犯我的隐私啊。"

郝聿怀道："我又不是偷偷设的，我今天才设，我只是想看看他跟你说什么。"

宁宥的眉毛竖了起来："这样子很不好，我很生气。你好好想一下，我为什么生气，回去我问你。"

"我没什么可检讨的，我跟你是一家人，当然有权查看来自外人的邮件。"

"你回到宾馆后搜索了解一下家人之间该保有的隐私，回去我问你！"

宁宥厉声结束通话，便查看简宏成的邮件。果然有一封，而且带着附件。宁宥简直要欲哭无泪了，不知郝聿怀都看到些什么。她满心忐忑地打开邮件，一看便松了口气。还好，简宏成那家伙手指粗笨，不擅长打字，因此邮件里只有一行字："简敏敏送出信后才告诉的。"宁宥打开附件，一看，便无力了。简敏敏除了隐瞒掉过去对宁家作过的恶，其余都实打实地写了出来，美的，臭的，完曝在赵雅娟面前。赵雅娟能不信吗？能不担心吗？这样的宁恕，赵雅娟敢轻易放过他吗？

宁宥郁闷地补上一段，将邮件带附件一起转发给田景野："你看，这时即使我强迫简宏成去赵雅娟面前说明宁恕是为小时候从简敏敏那儿所受的罪而报复，赵雅娟也会心想这二弟做事如此仁至义尽，至今还在为宁恕说好话，宁恕却如此纠缠不休，不依不饶，可见宁恕为人之不识好歹、穷凶极恶。又如果我设法用尽一切手段去见赵雅娟，解释宁恕的报复是因为简敏敏，可我一亲姐姐的话有多少可信？再说，宁恕早与我翻脸，我依然如此尽心尽力，进一步反衬出宁恕的不识好歹、穷凶极恶。宁恕已经左右不是人了。简敏敏好本事，无招胜有招。可简敏敏再有本事，路也是宁恕自己一步步走死的。至此，神仙也救不了宁恕了吧？"

发完邮件，宁宥更没了食欲。

田景野收到邮件，打电话问简宏成："你打算怎么办？"

简宏成道："完全没办法。将心比心，换我是赵雅娟，既然已经在动作了，见到这封信后肯定大力加码，务求打得宁恕永世不得超生。本来赵雅娟最多在刑期上施加压力，让行贿真正如受贿一样重判，我想着会是三年五年的。但这下，我怀疑十年以上。十年之后，宁恕出狱，整个人生完了，估计会更丧心病狂。但宁恕即使现在就出来，也一样丧心病狂。所不同的是，十年后宁恕出来，第一目标终于不是我简家人了。"

田景野道："但是有宁恕重判十年横在你们面前，你和宁宥没一点儿心理障碍吗？尤其是宁宥。你真的完全没办法？"

简宏成不语了。

田景野补充道："你跟宁宥想走到一起，需要克服的各种心理障碍太多，远不止宁恕刑期这一条，甚至宁恕这一条还是实质性的，容易克服的。你难道没想过吗？"

简宏成沉默良久才道："都想过。"

田景野道："生活需要这么艰难吗？"

简宏成再度无语。他不怕艰难吗？否。他不禁回想起调查到宁宥身世后的那一天，他约宁宥在公司楼下咖啡店见面，说再见。他当时也放下多年的爱恋，与宁宥背道而驰了。可他真的驰得远吗？表面上似乎是宁恕的折腾害得他不得不一次次地接触宁恕，搅动他心底压抑的火山，其实呢，他心知肚明，即使没有宁恕，获知宁宥结束婚姻，他能不死皮赖脸地凑过去吗？怎可能说再见？那么再有困难，他也必须面对。

　　有手机设定的闹钟提醒，宁宥一个小时后便不管不顾地走出会议室，又给儿子打电话。令她惊讶的是，几乎这边拨号才结束，那边儿子就"嘿"的一声接起，仿佛约好了一样地凑巧。宁宥愣了一下才问："吃好回宾馆了吗？"

　　"早回了。我还吃了一大杯玉米。"

　　"啊，好啊。这会儿干什么呢？"

　　"上网呢。"

　　"行，游戏别玩太久。我可能不会早回，你到晚上十点必须睡觉。手机一定要开着，别忘了充电。"

　　"哦。"

　　郝聿怀放下手机，抚胸一脸欣慰，满屋子乱窜着嘿嘿哈哈地打了好几拳，才回到笔记本电脑前，屏幕上正是有关隐私的解释。他此前已经很仔细地查看了，结果发现他是真的侵犯了妈妈的隐私。工具栏里还有其他几个有关隐私的页面，是那种咨询栏目中别人对隐私的态度。郝聿怀心知自己理亏，很担心妈妈生气不理他，因此一边查电脑，一边把手机一直放在手边，等妈妈来电。他假装酷酷的，以最少的字回答妈妈的问题，免得像个小男孩。可与妈妈通完电话，谁都没提起隐私，郝聿怀就很放心了。

　　他没关掉隐私词条，决定继续查下去，务求全面搞懂。

　　大面包车送宁宥等一行回宾馆。宁宥刚下车，后面追来的一辆轿车里就跳出一个五厂主事的官员，大喊一声"宁总"，扑上来，挡在宁宥面前，赔笑道："宁总，再说几句。那边坐会儿，吃个夜宵。"

宁宥停下来，等同事们进去了，才不温不火地道："事情闹这么大，正如你不敢破坏现场，我也不敢隐瞒调查记录，因为我们都知道宋总从基层做上来，心里门儿清。回头我写出的报告会先发给你，你看看有没有夸大。你这一整天不好过，都快二十四小时没睡了吧，眼眶都陷进去了。不管怎样，你先去休息，免得造成不必要的处置失当。"

主事官员叹声气，道："刚才虽然地方官员可以不敷衍，可到底来开会的是正职的，只好送他一路。不好意思，耽误送你。我现在心里很烦，宁总要是不介意，一起去大堂里坐会儿，帮我定定神。"

宁宥只得压下疲倦与主事官员走进宾馆，进门就惊呼起来："灰灰，你还没睡？怎么在这儿？"

郝聿怀穿着睡觉的衣裤在大厅里游荡，一看见妈妈进来，就扑过来开心地挽住妈妈的手臂："我都已经睡了，可又不放心你，就下来看看你回来没有。"

主事官员见此，只好告辞。宁宥回头对儿子道："你救了妈妈。"

郝聿怀惊讶地道："他想干什么？我们要不要报警？"

宁宥摇头，拉儿子去坐电梯："我很累，而且心情很不好。看了事故现场，心里不好受；看了班长发来的那封信，想到宁恕的处境，更是百上加斤。可是刚才那位叔叔比我更累，心情更不好，他很想找我求情，可我现在哪有力气敷衍他？幸好你来接我，他看到我有孩子在，就不好意思拖着我不放了。"

"噢，那你好好睡一觉，起来会发觉心情也好起来了。"郝聿怀鞍前马后地表现得特积极，按电梯之类的都他承包了，还抢了妈妈的包，替妈妈背着，抢包前顺手就将他一直拿着的手机很自然地递给妈妈。

宁宥也没在意，以为儿子让她拿着手机。等儿子两只手空出来，她就把手机递回去。

郝聿怀看一眼手机，不自然地道："你查查呗，我把你的邮箱卸掉了。"

"嗯，好，你从善如流。"宁宥还是粗粗看了一下，知道儿子说卸掉，那是肯定卸掉的，小家伙信誉一直很好。

郝聿怀又道："卸掉前不小心又看到爸爸律师有个电邮给你。但我没打开看。"

宁宥道："他打过我电话，说是你爸的案子转到法院了，大概再发个电邮，省得我忘记。"

母子两个进屋，都是郝聿怀开门开灯。

"转到法院是什么意思？"

"就是检察院那边的案子调查结束了，检察院把案子做成文件交给法院，然后就在法院排队，等开庭了。如果法官桌上堆的案子多点儿，排队时间就长点儿，没定数的。"说到这儿，宁宥打开自己的手机，将电邮找出来给郝聿怀看。

但郝聿怀早忙着倒水给妈妈，又飞奔去浴室，拿来毛巾给妈妈擦脸。宁宥哭笑不得，这小家伙在知错就弥补呢。

宁宥喝了水，道："我考虑到你的强烈反对，今天接到班长电邮后，没给回复，也没去电话。"她又不免想到宁恕的结局，叹了声气，拿起郝聿怀刚拿来的毛巾进去浴室。

郝聿怀扭头看着，脸色沉重。他跟了过去，靠着门板道："其实你们大人可以不征求我们小孩子的意见。"

宁宥对着镜子想了会儿，打开浴室的门，稍微弯腰，严肃地平视儿子，道："你爸庭审后将服刑。那时候我可以见到他，与他签署离婚协议。离婚后，我和你爸两人不可避免地开始新生活。对我而言，这是结束一段失败的婚姻——失败，永远不是一件令人愉快的事。对你，肯定更不适应。我们会面临一段艰难的转折期，我们两个需要彼此扶持，安然度过，尽量不要给未来的生活留下阴影。具体怎么办呢？你如果心里有疙瘩，我一定给足你时间消化。反之亦然，你也要体谅妈妈。我们多交流，多沟通，都把对方放在最优先的第一位来考虑。你看这样行吗？"

郝聿怀想了会儿，郑重地点头，又想不出该说什么，道："你洗澡吧。"伸手将妈妈推进门，帮妈妈将门关上。他没走开，站在门口严肃认真地想了好半天，敲敲门，提醒妈妈注意，然后大声对门里面道："妈妈，我不反对班长叔叔。你在飞机上把该讲的都讲了，只是……我需要慢慢消化。"

宁宥在里面笑了。

第十一章
崭新未来

简敏敏很早就起床了。

保姆还睡着，只有两条狗听见动静跑过来，冲着她摇尾巴。简敏敏没去敲保姆的门，轻手轻脚地开门出去遛狗。她忍不住领着狗在小区里绕了一圈，又沿着马路，绕着小区走了一圈，走得满头大汗，腿脚酸软，才发现她住的地方环境还蛮好的，她心里好生依恋。

回到家里，保姆已经起来了。简敏敏没事做，也不需要收拾行李。坐牢去，不是出门旅游，几乎不用带东西，省心得很。可是，简敏敏心里慌，坐下不到三分钟又跳起身，东摸摸，西摸摸，一个人在屋子里彷徨。

忽然，敲门声传来。简敏敏有些不信，看着门没动。保姆从厨房出来，也不可置信地问："是敲我们的门？"她走过去张望一下，连忙将手擦干，把门打开。

简敏敏原本无聊地站着看，等见到门外的是简宏成，大惊："你怎么会来？"

"送送你。"简宏成笑笑，走进门，对保姆道，"给我做份早餐，再给我拿条毛巾，我洗把脸。"然后对呆呆看着他的简敏敏道，"我坐夜车过来，看时间还早，先去简明集团车间转了一圈。夜班有一半的开工率，应该算是恢复元气了——顺便揪出两个打瞌睡的。看样子，这一年半你可以不用挂念集团的运作。"

保姆见到简宏成来也有些发呆，待在一边忍不住旁听，听到这儿，又忍不住插嘴："我说是吧，交给舅爷才可靠。"

简敏敏破天荒地没让保姆走，只是冲客卫方向翻个白眼："大热天一身汗臭，快去洗澡。那边，毛巾、浴巾都有。"

简宏成一笑："临行，要不要去妈妈家拐一趟？妈说要来送你，我想征求一下你的意见。"

简宏成说完，就去浴室了，留简敏敏又是发呆。她今天多愁善感，听什么都上心。

保姆看看发呆的简敏敏，偷偷溜进厨房，不敢打扰。

简敏敏站了会儿，退坐到沙发上，继续发呆，终于坐足了三分钟，还继续坐下去，不复一早起来的坐立不安。

简宏成很快出来，坐到简敏敏面前道："至清每天跟我通电话。至仪已经开学了，至清的手续也快了。至清让我捎给你一句话，他让你收敛脾气，免得到里面吃亏。"

简敏敏意外，抬眼看着简宏成，将话听完："告诉至清，我新人进门，肯定夹着尾巴做人。"

简宏成道："至清比你懂事。你的关键是收敛脾气，做个正常人，与人为善，而不用夹着尾巴做人。跑那种地方夹着尾巴，你不想好好过了吗？"

简敏敏没吱声。

保姆偷偷来看一眼，才喊吃饭。

简敏敏站起身，指指餐厅方向，还是没说话，只严峻地看着简宏成跟保姆说这葱油饼很香之类的马屁话。等两人都坐下，拿起筷子，简敏敏才道："至清、至仪的生活你好好安排。"

简宏成听这语气愣了一下:"我在安排。"

简敏敏又道:"你每个月派人来发保姆工资,还有两条狗的生活费。保姆三千五百元,你拿来七千元,水电也包在里面。还有每季度开初交物业费。加上至清、至仪的生活费,都从我在简明集团的红利里扣除。"

简宏成道:"集团第一年哪来红利?还债都不够。月报没看?"

简敏敏考虑了一下,起身去拿来一张卡,交给简宏成:"那就从这张卡里拿钱,密码六个数字是宏图的生日,去掉前面的19。"

简宏成惊得手中的筷子掉到桌上。宏图的生日?连他都偶尔要混淆一下。他收起卡,索性拿出纸笔记录几笔。

简敏敏道:"其他没啥交代的。你呢,今天特意赶来送我的好意我领了,你的为人我也知道了。但我们不用假装还是亲姐弟了,没办法的,关系破坏了就破坏了,补不好的。以后见面只做个熟人吧。妈那儿不去了,以后也不会去,没感情,心里只有厌恶,我不高兴装。你吃完就走吧。小沙八点会来接我,回头小沙也会来照看这房子,我放心他。"

简宏成静静听着,心里吃惊,但渐渐平静下来,默默点头,接受简敏敏的安排。等吃完饭,简宏成才道:"进去后修身养性,平心静气地在心里把过去的那些事做个了结,出来重新做人。"

"你想说崔家那个大女儿吗?你从我卡里拿五万给她,说是我赔她连本带利的医药费,道歉没门儿。你这儿,也道歉没门儿。我做人愿赌服输,我做的,我担当,但什么都得照顺序来,谁先作恶,谁先道歉,完了才轮到我。行了,你可以走了。"

简宏成也无话可说,收起东西道别,又特意到厨房跟保姆道个别,留下前助理的电话号码,让有困难找他。

保姆很是感动,跟在简宏成后面抱歉以前对他横眉冷目,还拦他在门外不让进。送走简宏成，保姆回来对简敏敏道："你这又何必呢？明明把原本打算给小沙的信用卡给了你弟，又把话说得这么绝。"

简敏敏没回答，抢圆了膀子开始大口吃早餐。这顿之后，得煎熬一年半才能再吃到好的。

简宏成走出简敏敏的家，简直如梦游一般。他站在阳光下晒了好久，即使他的车子开到了他面前，他都没在意，还在梦游。简敏敏这是什么意思？她的每个表态都出乎简宏成的意料，他一时有点儿反应不过来。尤其是那张据说密码是简宏图生日的银行卡，简宏成都不敢相信简敏敏还能记得老三的生日。他不由自主地将那张卡掏出来反复看，上车前下意识地将卡在车门上刷了一下，刷完便知出错。他不禁一笑，上车对司机道："就近找家银行。"

刷 ATM 机之前，简宏成心中完全没有把握。等他输入宏图的生日，见机器毫不犹豫地通过，一时更加吃惊。他便将信将疑地查询卡里的余额。等数清 2 后面的 0，表明卡上余额不多不少正是 20 万，简宏成的脸红了。他想到简敏敏说的那句话："我们不用假装还是亲姐弟了，没办法的，关系破坏了就破坏了，补不好的。以后见面只做个熟人吧。"即使他这些天表现得雍容大度，不计前嫌，可到头来他走出简敏敏的门就立刻验证简敏敏给他的卡，他何尝对简敏敏有信任？简敏敏将这种姐弟关系看得清清楚楚。

但是简敏敏又将银行卡交到他的手上，这超乎熟人关系的行为又说明了什么？

简宏成将银行卡退出，缓缓走出银行。他想，或者这就是姐弟积怨的解决之道，没必要强求恢复正常，毕竟强扭的瓜不甜。但这熟人关系又牵连着千丝万缕的血缘，自然稍微有点儿特殊化了。

宁宥一上飞机就睡着了。这几天太累，又得打起精神，提防掉进陷阱，影响事故调查，直到上了飞机，才稍微放心。郝聿怀不累，他自个儿看书，一程过得很快，广播里在报降落了。他推醒妈妈，迫不及待地问："妈，有个问题。如果你穿越回到小时候，最想对当时的自己说什么？只能说一句话。"

宁宥睡得迷迷糊糊的，让这个问题打得措手不及，坐着发呆。

郝聿怀狡黠地笑了："书上说，这问题问出去，一大半大人会被打蒙。经历越复杂的人发呆的时间越久，回答得越快的人越没诚意。"

宁宥听了讪讪地笑，翻了一下儿子手中的书封面，道："看的书越来越杂了啊。"

郝聿怀得意地笑着蹭妈妈，道："别顾左右而言他。书上说，效果最好的是猝不及防地提出问题，耶耶耶。妈妈还不回答吗？那你就是经历复杂人员了。"

宁宥被迫继续想。飞机安全降落，大家起身拿行李，同事彼此招呼着出去，给了宁宥许多转圜的时间。可时间越多，想起来的悲惨过往越多，宁宥越想，越不敢想，走到开阔处，与同事距离远了，赶紧将答案倒给儿子："我只想抱抱小时候的自己，告诉她'别怕，我爱你'。"

这下轮到郝聿怀愣住。这是什么答案？答案不该是那种"记住买什么什么股票"，或者"以后不可轻信他人"之类的吗？

"妈妈赖皮。"

"真没赖皮。"

郝聿怀看看妈妈，见妈妈果然脸色很严肃，不像是赖皮，就道："好吧，等下回到家里你再解释给我听为什么。"

宁宥等行李时，开始飞速浏览手机上的信息："律师来信，你爸的案子8月20日开庭。"

"这么早，你不是说起码要排一个月的队吗？"

宁宥抬头想要回答，却见儿子探头探脑地往外面接客人群张望。她奇道："你见到谁啦？"

郝聿怀道："我出发前拿你手机给班长叔叔发了短信，问他有没有时间来接我们。算我将功赎罪啦。不知道他来了没有。"

宁宥大惊，看向左右的同事，忙结束浏览，给简宏成一个电话："哎，你在没在机场？"

简宏成笑道："放心啦，一看就知道是你儿子偷发的短信。你发肯定会给航班号，而且……你这人怎么会给我机会，让我当着你同事的面去接你？"

宁宥惊魂甫定，可心里若有所失起来，偏道："我飞到半空才想起忘了发航班号。不过没关系，上海再晚也有出租车。难怪没见到你。"

简宏成又笑："你又没出来，怎么见到我？"

宁宥吓得拎起行李箱大踏步走开好几步："到底在没在？"

"在。不过不会给你惹麻烦。你出来后借口找家饭店吃点儿什么，我看你与同事分手后，会找你会合。"

宁宥笑了，结束通话后便顺手给自己拍一张照，看看在飞机上睡了一路，头发乱没乱。郝聿怀看着，也没当回事，反正妈妈出门前都要在梳妆镜前磨蹭半天，老习惯了。

他们拿行李出去，到了外面大厅，宁宥高风亮节地将专车让给路最远的同事，随即借口小孩子肚子饿了，熬不住，牵着郝聿怀脱离大部队。

郝聿怀早已习惯了妈妈比他考虑在先，都不用妈妈领路，自己跑去喜欢的店买吃的。宁宥悠闲地跟上，闲闲地寻找简宏成。果然，见简宏成啃着汉堡从不远处走来。宁宥站住，微笑看着简宏成走近，心里想：他很忙，忙得晚上十点都还没吃上饭，却凭着一条小孩子偷发的短信就赶来机场。

简宏成走近就笑道："有很多事要跟你说……"他猛啃完最后一

口，将包装扔进垃圾桶，抬头就见宁宥递给他一张湿纸巾。他开心地接了擦手。简宏成深知此时满嘴汉堡包的他如果开口说话，会被宁宥剋了，便一声不吭，只看着宁宥笑。

宁宥看着简宏成也说不出地开心，忍不住道："刚才灰灰突然袭击，问我如果回到过去，想对小时候的自己说一句什么话，我想半天都不知说什么才好。"

简宏成的目光一闪，笑着扭头避开宁宥视线，咽下最后一口，急不可待地道："还能说什么，只一句——大人的事关小孩屁事。"

宁宥会意地笑，但看见郝聿怀走过来，有一丝犹豫的样子，她忙伸出手，先管住儿子。等儿子走近，她笑道："班长一看短信，就知道是你发的，因为大人发这种消息肯定写上航班号。飞机经常误点，而且有可能同一地飞来的飞机会降落在不同航站楼，甚至不同机场，只写到达时间会让接机的人不知所措。"

郝聿怀本来见了简宏成就尴尬，伸手挥几下算是打过招呼，便躲到妈妈身后，大声算账："妈妈，买这些吃的一共花了三十五块，这笔钱得你出，是家庭正常吃喝开支。"

简宏成听了笑："到车上去结账吧。我们这边走，行李我来拿。"

母子跟着简宏成上车。依然是宁宥坐副驾驶座，郝聿怀坐后座。简宏成放好行李，回到驾驶座，从脚底下的包里拿出五沓钱交给宁宥："简敏敏给你的赔偿金。"

宁宥一愣，接了钱，却放到前面仪表台上："理由？"

简宏成道："正要跟你说，简敏敏这次的表现让我吃惊，也很有感受。她不是取保吗？决定不上诉后，执行期一到，就去报到坐牢。我想来想去，还是决定从上海连夜赶过去送送她，顺便带上我妈。我考虑到坐牢之前肯定是她最脆弱的时候，我们作为家人，适当给她点温暖，她会感受强烈。再说，有个小心思我一直没说出来。因为你的原因，简敏敏那个案子我没额外使劲，只打算交给法院公平裁决，才会有一年半的判决结果，这次去送她也算是表示一下歉意。唉，我们先解决这个问题，直接去你家，还是先去吃个夜宵？明天周末，今天晚点儿也没什么。"

宁宥回头向儿子征求意见："灰灰呢？"

"大人去哪儿，我们小孩也跟哪儿呗。"

宁宥道："行，吃夜宵去吧。班长，你继续说。"

简宏成开着车，继续道："但其实我也没怎么展示亲人的温暖，简敏敏多疑，没法跟她……"

"那封给赵总的信，你问她没有？"

"没问。我跟她几乎三言两语就被她赶出来了。她说，跟我的姐弟关系，事到如今，裂痕不可能弥补，那么别假装还是姐弟，以后做个熟人罢了。跟我妈也是类似态度——没感情，有厌恶，不愿见面，别假惺惺。至于过去对你、对我造成的巨大伤害，她说她做人愿赌服输，她做的，她担当，但说到道歉，什么都得照顺序来，谁先作恶，谁先道歉，完了才轮到她。所以她自觉给你五万赔偿，但这意思是没道歉。我忽然有些赞赏她的态度，才收下她给的五万，转交给你。我觉得你可以收下。"

宁宥听得目瞪口呆，忍不住回头看儿子，见儿子瞪着大眼睛，就问："灰灰听懂了吗？"

郝聿怀摇摇头，可忍不住道："你跟你弟也别假装姐弟了。"

简宏成赞了一句："灰灰旁观者清。我当时也想到你和宁恕。"

宁宥道："可问题是我跟宁恕到底有什么深仇大恨啊？哎哟……"

"想到了？"

"不是，忘了你是路盲，开嘉兴去了。"

"简敏敏的做法看来也震撼到你。"

"是啊。她明火执仗地表明不做君子，也厌恶做伪君子，我听了，反而心虚万分。"

"我也是。她拿一张银行卡给我，委托我帮付保姆工资和给你的五万元。我跑出门，立刻找银行验证，验证证明卡里确实有钱，我顿时觉得自己够伪君子。我再回想她的态度。大家都是成年人、聪明人，谁又看不出谁的小算盘呢？以后不如有私心、有想法，还是大大方方地亮出来，有委屈也直接砸回去，这样更直接，更爽快。"

宁宥笑道："别'我也是'啦。你从来不怕告诉所有人，老子就这么说、这么做；老子就是这德行，听你，还是听我；老子不改，您看着办；老子是个狠角色，顺我者昌……"

简宏成听了第一个"老子"就笑出声来，一路上跟伴奏一样，但忍不住哼哼唧唧地道："我这么厚道的人。"

宁宥都不需要扭头检查，便吩咐儿子："系上安全带。"

"那你们声音大点儿，否则我听不见。"

简宏成道："灰灰，你吃什么，这么香？"

"炸鸡块。你要吃吗？"

"就等你这句话，来一块。"简宏成伸出右手，郝聿怀捡出一块鸡块放到简宏成两根手指间。两人配合完成一次交接。

宁宥一声不响地看着，黑暗中微微一笑。

简宏成吃完，道："宁宥，你找个地方指挥我下高速，再上高速回上海，晚上走小路会迷路。"

宁宥道："你明后天有没有要紧事？"

简宏成道："最近家里事多，荒废不少工作，本来明天打算加班，后天跟人约了爬山。不过都不是最要紧的。"言下之意，看你有需要，我当然什么都可以为你推掉。

宁宥笑道："你真没觉得两边的风景有些眼熟吗？"

简宏成疑惑地朝两边看看："半夜三更的，不都一回事吗？"

郝聿怀也冲窗外看："该不是去外婆家……噢，南辕北辙吗？"

简宏成笑道："这指路风格太飘忽了。我们到底去哪儿？"

宁宥笑道："刚才一说到简敏敏，我就全神贯注，眼看着错过两个出口。既然你说没什么要紧事，那索性再故意错过一个出口吧。没法回去啦，将错就错，度假去。"

郝聿怀大喜："耶，错得真好。"

简宏成一个劲儿地笑，心中大喜，可疑惑地往外看了好一会儿，道："问题是灯光越来越亮，这不是上海市区是哪儿？"

宁宥笑了："报机场被骗的一箭之仇。"

简宏成失望地道："欺负厚道人。"

郝聿怀更失望："可是我没骗你，妈妈，你不能言而无信。"

宁宥得意地笑。

简宏成忙里偷闲瞥了一眼，笑道："几天没见，你憔悴不少。看你能笑出来，挺好。"

别说是宁宥了，便是郝聿怀听到这话也心中一震，趴上去重新审视妈妈的脸。憔悴？他每天看着，都没觉得妈妈有变化，不一直很精神的吗？也一直有说有笑。但再一看，又似乎有一些不同，也说不上来是哪儿不一样，好像……似乎……真的不是很开心。但不是因为工作太紧张？郝聿怀有些狐疑地看向简宏成，这胖子该不会是随口胡诌，骗妈妈好感吧。

宁宥愣了许久，才将信将疑地道："怎么看出来的？很明显？"

简宏成道："不明显，你一向掩饰得无懈可击。不过……"他再耿直，也打死不敢说，平时笑起来总是弯弯的眼睛，这会儿眼角有些下垂，"就是感觉，觉得你应该心神恍惚，睡眠不佳。"

宁宥又沉默了会儿，有些出乎简宏成意料地说道："是啊。自打我妈第一次晕倒后，我经常半夜两三点钟醒过来，担心得睡不着。按说等她去世后，不用担心了吧，可依旧一宿一宿地失眠，醒来也没想什么，就是漫无目的地想她、想她。"

郝聿怀道："不是……妈妈，我原先还以为你挺埋怨外婆的偏心眼。"

宁宥道："我自己原先也这么以为，还觉得挺受伤的。结果……大概我有些迟钝吧，心里的难过反而是在我妈去世几天后，才慢慢地发酵出来，意识到我妈妈去世了……去世了……"

郝聿怀一时有些难以感同身受，但看到妈妈眼睛里打转的眼泪，就不再问什么，伸手从后面圈住妈妈，虽然，又是有些勒脖子。

而作为同龄人和有过同样经历的人，简宏成却从短短几句话里听出很多内容。他也没劝，只默默掏出一包纸巾，递给宁宥。宁宥什么都明白，他只要陪着就行了，最多也就简单说句话："实在不行，还是该吃药，睡个好觉，最要紧的还是保重自己身体。"

郝聿怀忽然莫名有种危机感，这死胖子比谁都了解妈妈。这感觉让他心里酸酸的，看简宏成越发不顺眼。

三个人的夜车，因为宁宥正伤心，简宏成到底还是走错了路，在夜色笼罩的上海做布朗运动。他不得不再加满一箱汽油后，才终于听郝聿怀拿着手机 GPS 指挥，一起努力摸到宁宥的家。

开车从宁宥家离去，车虽走远，简宏成却觉得他和宁宥的心在今夜完成历史性的接近。

早上，宁宥上班出门之前，去卧室找依旧睡得四仰八叉的郝聿怀，轻轻拍拍儿子肩膀，也不管他醒没醒，例行说了声："妈妈上班去啦，小字条在餐桌上。"

郝聿怀哼哼唧唧几声，懒得睁眼，忽然心里一道电光闪过，猛地一下睁开眼，目光都还没聚焦呢，就着急地撑起身子问："妈妈昨晚睡得好不好？"

宁宥看着开心地笑了："还老样子，不过回到自己家里，怎么睡都是舒服的，人轻松很多。妈妈走啦，你再睡会儿。"

郝聿怀傻傻地点头："哦，那你中午在公司里好好睡。"

宁宥道："知道啦，再见。"

郝聿怀忍不住又追上一句："妈妈，我是最爱你的人。"

宁宥多精啊，当即想到小家伙这是跟简宏成较量上了，但她硬是憋住笑，认真地道："妈妈也是，拜拜。"

郝聿怀这才放心了，倒回枕头继续睡，没等宁宥打开防盗门，他又秒睡着了。人家跟着大人出差也很累的好不好？

但宁宥不是去公司，而是携资料直飞北京，参加事故调查分析会，当天来回。她带队做出的事故分析报告是专家组意见之一，她无法缺席。与会人员无论熟悉的，还是不熟悉的，谁都看不出她刚经历过丧母之痛。只有宋总问了一声"吃得消吗"，但转身依然拿她跟其他同事一样地当牲口使。宁宥也就昨晚在夜色中，在简宏成与郝聿怀面前脆弱了一下，天一亮，就该怎样还怎样了。

即便到中午也没法睡觉，她得一个个电话打出去，分别询问郝青林与宁恕官司的进展。

跟踪宁恕官司的洪律师道："情况很不妙啊。原先赵董还有顾忌，自打那封简敏敏给赵董的公开信发出来后，群情汹涌，赵董也就顺势而为了。这封遣词质朴的公开信影响深远，包括邝局也深受其益。我正要跟你说，我今天刚听说，邝局恢复正常上班了。"

宁宥无奈地道："虽然知道宁恕是自己作死，可我还是想问问，邝局那边是怎么回事。"

洪律师道："证据很清楚，大家在行程中参观多家需要身份证登记的楼堂馆所，宁恕表现很活跃，主动收集大家的身份证，帮忙登记。按说，这是随行秘书该做的事。邝局的身份证也在其中。其间，宁恕携带邝局身份证离队，给邝局办了一份房产证。这些，全程都有各楼堂馆所的监控录像做证明，证明邝局对宁恕私用他身份证去办房产证送他的行为不知情。再加上邝局又有主动退还宁恕行贿物品的行为在先，有赵董做有力证明，现在更有那封公开信，连动机都补全了。宁恕个人行贿成立。"

宁宥头痛地道："邝局被这一遭调查下来，不死也得脱层皮，他还不得恨得想咬死宁恕啊，再加上赵董，两个都是呼风唤雨的人物。宁恕会被怎么判，可想而知。"

洪律师道："是啊。本来，行贿罪，你也知道的，说是与受贿同等量刑，其实是轻判的。但现在，他即使用的是随随便便地指派给他的律师，判下来的也是一样的结果，我们努力不上了。"

宁宥问："他应该也知道邝局洗清了吧？"

洪律师道："肯定比我们早知道。恐怕他已经在急着找你再帮他请律师了。你还要晾着他吗？"

宁宥头痛地敲着脑袋："请让我再想想。"

宁宥坐在休息室里想了很多。她对宁恕的失望，宁恕对她的愤恨，回想起来都像剜心一样，即使只想一想，就让她痛苦不堪。可是，宁恕终究是妈妈临终时的唯一惦念啊——宁宥怎么可能无视？

幸好，这世上有一个冤大头与她同行。简宏成，他也是吞下一口老血，以包容之心为简敏敏做了很多，最终感化得简敏敏能说出人话来。

宁宥叹息着揉揉太阳穴那边的旧伤，给洪律师发出一封委托书，继续委托洪律师为宁恕辩护，继续为宁恕申请精神鉴定。无论宁恕怎么折腾、怎么想，她尽自己的力，只求问心无愧。

没想到，从北京出差回来，宁宥收到检察院电邮转交的宁恕的信，信中写道："姐姐，你好！我这几天一直头痛，脑袋里好像有什么芯片在控制着我，以致不受控制地时不时地暴躁起来，等平静之后回想，无比汗颜，也想不清楚自己怎么会变成那样，简直前后判若两人。我还是我吗？我还能是我吗？我急需律师，我要尽早结束官司，开始治疗。我必须治疗了。拜托你，姐姐，只有你能帮我。"

"鬼话！"宁宥摇摇头，意外地，她竟没有生气，反而对着手机屏上的电邮叹道，"看来，你没疯。我倒是可以放心了。"

终于想清楚该如何对待宁恕，宁宥放下一重心事，这一晚睡得……也就稍好一些，从凌晨两三点醒，变成凌晨四点醒来，再睡不着。

简敏敏正式服刑后，简宏成很快就去打卡第一次探监。因为以前多次探监田景野，这一套流程他驾轻就熟。

简母也想跟去，简宏成让她先缓缓，等他探路之后再说。简母很是不以为然，亲妈去探监，还需要看坐牢的女儿的脸色？

简宏成心里记着简敏敏跟他说过的话，怀疑简敏敏不会见他。果然，简敏敏拒绝了他，连理由都不给。简敏敏明确给出的拒绝名单上包括他和简宏图、简母。简敏敏只允许给她看家的保姆、保姆的儿子小沙以及她的儿女去看她。简敏敏还真是说到做到。

简母得知消息，万般不信："连我也不让去？她还恨上我了？她干吗……"

简宏成打断老娘的质疑："这你得先问问你自己了，你每天跟着其他老太太说生男生女都一样，你真一样地对待儿女吗？"

简母奇道："当然一样啊。"

简宏成撇嘴："连分二十只金镯子都要给大姐最小份，哪儿一样哦？所以大姐说过，最可恨的是嘴里说着生男生女都一样，行动上却是十足的重男轻女。"

简母不服："咦，这不大家都这样吗？隔壁葛老太分家产，房子给儿子，说好儿子给她养老，存款儿女对半分，我看他们一家谁都满意，就你大姐贪心不足。"

简宏成不以为然："葛老太上次骨盆碎裂住院，陪护的是谁？她儿子说工作忙，儿媳不肯去，最终全程女儿陪着。平时给家用的是谁？儿女一样地给五百元。平时谁往家里拿的礼物多？女儿。"

简母道："这不大家……"

简宏成道："别这不啦，不一样就是不一样。大姐付出得更多、更惨烈，你就理解吧。她不想见你，就算了。你费心偶尔去她房子看看，尤其是台风、暴雨之类的之后，有没有需要修理补充的，再给保姆带点儿吃的喝的，拉拢一下，算是安大姐的心。"

简母嘀咕："就她心狠手辣。人家……"但因为反驳的是她儿子，所以都懒得考虑囫囵了，转头就决定听儿子的，照儿子说的做，"行吧，听你的。算我养个讨债鬼。那你什么时候让我抱小地瓜？"

简宏成自己也纠结呢，哪里能回答简母的追问？他只能落荒而逃。这路痴的两只脚却能自己认路，将满腹心事的简宏成带到陈昕儿父母所在的小区。等他醒悟过来，看看周边稍微眼熟的楼道门，连他自己都吃惊。他更吃惊的是陈昕儿妈妈就站他前面横眉竖目地看着他，手里还拎着一包垃圾。简宏成很怀疑有过扔宁恕臭鸡蛋历史的陈昕儿妈妈心里在打算将这袋垃圾糊他脸上。

其实陈母也纠结，一把年纪了，做了几十年的老师，却第一次不知道该怎么面对一个人。

好在简宏成脸皮厚，很快就镇定自若地道："伯母，我可以看看小地瓜吗？"

陈母坚决地摇头："最好不要。"

简宏成需要一边说，一边组织语言："我还是实话实说吧，请你谅解。我希望你同意我收养小地瓜。陈昕儿现在的精神状况不对，上次当小地瓜的面砍伤自己的行为，对小地瓜的心灵影响极大，损伤的是小地瓜的心理健康。我很怀疑，仅仅对陈昕儿做抑郁症治疗是不是对症。现在看来，上次当着你们的面我和陈昕儿摊牌，对陈昕儿打击很大，又加剧了她的病情。你们应该对她的病情更加重视，也要对她的发作有足够防备。尤其是，小地瓜还经不经得起下一次。"

陈母听了黯然："你对小地瓜是好意。"

简宏成道："对。"

陈母沉默，简宏成也沉默，各自心事重重。

过了好一会儿，陈母道："我也对你实话实说。排除昕儿，我家条件虽然不如你，也永远赶不上你，可我是孩子名正言顺的外婆，等孩子长大了，懂得问东问西了，他不会问出破绽，不会问出影响心理健康的内容，你说对不对？"

"对，但这不是大问题。"

陈母再道："排除昕儿，我家再怎么样，也比那些居无定所、住租屋、没户口上学的人家强吧？我也是做教育工作的人，虽然老了，知识陈旧，可我还能抓小地瓜的教育，也比有些家长强。只要排除昕儿这个因素，我这个家能给小地瓜的，不管是外人看着，还是你我看着，客观条件都是比上不足，比下有余，对不对？"

简宏成不得不承认："对。"

陈母继续道："我再告诉你一个事实，我们老两口本来以为生活就这样了，没希望了，混吃等死。但小地瓜带给我希望，带给我生机。我很喜欢小地瓜。再加上小地瓜本身就是我的外孙，血缘相亲，是一种天生的亲情关系。无论出于哪种原因，我对小地瓜的好，不会比你的差，对不对？"

简宏成道："对。但除了好，还得看适不适合小地瓜，小地瓜接不接受。"

陈母无比自信地道:"小地瓜现在只是不适应。还有,我也不怕告诉你,昕儿捅自己大腿一刀让我们不得不确认,小田以前的提醒是对的,昕儿确实有精神方面的疾病。我和昕儿爸都是唯物主义者,既然确认了,我们不会讳疾忌医。如果现阶段的治疗还不够,未来再度发生类似捅自己一刀的事,我们即使花光所有积蓄,也要把昕儿送进精神病医院做强制治疗。她哪天恢复,医生下确诊了,我才接她回家。你仔细听着,为了小地瓜,我可以忍痛把我生病的女儿送去强制治疗。我不会让她再影响小地瓜。小简,我以前误会你,现在知道你是个讲道理的人,你说,你能说我对小地瓜还不够吗?"

简宏成无话可说。

陈母严肃得跟简宏成经历过的所有班主任老师一样:"最关键的是,小地瓜是我们的责任。你还是慢慢放下小地瓜吧,以后不要再提收养小地瓜的事。"

简宏成苦笑:"我前不久刚跟田景野说过,我有时候真希望你们二老是见钱眼开的小人,那样我倒是容易收买你们了。"

陈母听到这儿,反而一笑,拎着垃圾袋走了,一路上似乎自言自语:"钱谁不喜欢啊?呵呵。"

简宏成只得找路回去。陈昕儿妈妈都把话说到这份儿上了,他只好死心。当然,陈昕儿妈妈在今天的话里终于认识到了问题,终于有了对策,大约那是大乱之后平静下来的思考。这对策,稍微让简宏成放心,但也让他痛苦地死心。

简宏成一肚子郁闷,也就田景野与宁宥可以理解。他打田景野电话,田景野在忙,只好打宁宥的,结果宁宥电话一接通,背景是极嘈杂的声音。简宏成奇道:"你没在上班?"

宁宥道:"奇怪,这年头还有挂号信。也不知谁给郝青林寄来挂号信。我只好翘班，拿上户口簿去邮局取，这邮局也不知藏在哪儿，循着地址开车找，没找到，只好下车，晒着太阳找。问路人，都不知道，简直是捉弄人。按说，这年头法院什么的寄东西也用快递了啊。啊，对了，你找我有事？"

简宏成道："反正你也没别的事，我跟你说说，我当时真是让陈昕儿妈妈给说得除了说'对'，还是说'对'，无话可说。"简宏成记性不错，几乎原原本本地复述给宁宥听。

宁宥听着，也是除了说"对"，还是说"对"，完了，道："不过从这些话中可以看出，陈昕儿妈妈现在斗志昂扬，起码精气神不错。"

简宏成道："你怎么想到陈昕儿妈妈的状态上去了？"

宁宥笑道："我自己刚经历过，所以特别希望年纪大了的父母亲都平安度过晚年。上回她家接二连三地出事，到陈昕儿第一次就诊，两人在街边等车，再到陈昕儿捅自己一刀那晚，我见到陈昕儿妈妈面如土色，非常担心她的身体经不起陈昕儿的折腾。现在放心了，斗志这么旺盛的人，起码，没被陈昕儿的那些污糟事打击到，她是真刚强着呢。"

简宏成给岔开了注意力："这是真的。说起来，田景野现在带着宝宝，才意识到自己一个人带宝宝力有不逮。他现在愿意接过他爸妈递过来的橄榄枝，也是好的开端吧。"

宁宥感慨："这是好事。"

简宏成也道："这是好事。你好像已经进邮局了？"

宁宥笑："耳朵很灵嘛。真想不到以前那么重要的邮局，现在就挤在这么犄角旮旯儿的地方。你等等啊，我看看信里究竟是什么内容。"

简宏成难得跟宁宥这么心平气和地闲聊，而且聊得如此琐碎，可奇异的是，他的心情终于得以渐渐平静下来："什么东西？"

宁宥奇道："一封物业催缴去年一年物业费的律师函，是给郝青林的。难道金屋藏娇还不够，还狡兔三窟？这地址不认识啊，也不像住宅楼。"

简宏成心里一揪,恨不得拿大橡皮将郝青林从这地球上擦去,这鸟人又害宁宥。可他也只能装大方:"你要是在意,就找过去看看;要是不在意,那就撕了,当没看见过。"

宁宥道:"没法不在意啊。郝青林昧下的收入,加受贿,加从他父母那儿借的钱,再减掉行贿的,这其中还有几十万的差值下落不明。我必须查出来才能放心,否则谁知道哪天这颗炸弹会爆炸。"

简宏成点头:"这地址在上海吗?回头等我回上海,跟你一起过去。"

宁宥道:"不用,我这就过去接了他父母一起去,无非是油门多踩几脚,却可落得个公开透明,大家彼此放心。"

简宏成听着微笑。他可真喜欢宁宥这么坦荡地跟他说她的小心思,而且有点儿无话不说的样子。简宏成更是笑眯眯地想到郝聿怀,想象着未来或许有一个比照着郝聿怀再缩小几倍的小孩……

简宏成此刻也忽然斗志昂扬了。

宁宥开车接上刚从跆拳道馆下课的郝聿怀。郝聿怀一坐下,她就赶紧将车内通风打到最高。这一身汗臭哦。

"没洗澡?"宁宥将挂号信和一盒三明治一起递给郝聿怀,继续开车,"拿酒精擦一下手再吃。"

郝聿怀自个儿忙碌着,将椅背放倒一些,再将空调风叶都转向他,才舒舒服服地躺着,边吃边看信:"这不是你来接我吗?我哪还有时间洗澡?这是什么?又要给爸爸打官司?"

宁宥道:"不是,这叫律师函,偏门的解释就是恐吓信。我查了,这地址距离你爸工作的地方大约两条街,走过去最多十五分钟,是一座办公楼。但具体是什么,我也查不到。我们接上你爷爷奶奶一起去看。"

郝聿怀一听到爷爷奶奶，就皱眉头，但有更需要皱眉头的事在前，对爷爷奶奶的排斥就暂时搁一边了："也就是说，爸爸在那座办公楼里租了房间，却没交物业费，物业来催了。可爸爸租那房子做什么？公务员不是说不能开公司吗？"

宁宥一愣："哎，对啊，我忘了这茬。"

郝聿怀嫌弃地道："难道是金屋藏娇了？"

宁宥更是吸一口冷气："你连这个词也知道？嘿，我们得改变计划，万一是金屋藏娇，你看见多不好。我送你回家。"

郝聿怀认真地道："还是我陪你去吧，我有资格第一个知道。"

宁宥看看儿子紧张的脸，只能眼睛一闭，认了。都已经让郝青林害得懂金屋藏娇一词了，也不用再避着。

母子俩都黑着个脸。等宁宥见到当年公司分配的老宅，想活跃一下气氛，对郝聿怀道："你还认识这儿吗？"

郝聿怀黑着个脸回答："记得。"

宁宥道："也不会多说几个字，好吧，聊死了。等会儿见了爷爷奶奶，别又不吱声。"

郝聿怀将脸扭开："是他们羞于见我才对。"

可是，他们在小区大门口见到郝青林父母，都惊呆了。才短短一个月时间没见，两人仿佛迅速老了十岁，郝父竟然还扶着一根防滑拐杖，拐杖下端有四只脚。母子俩一直发呆到郝父、郝母走到跟前，才反应过来。两人赶紧跳下车，扶二老上车。郝聿怀更是没了坚持，略带点儿别扭地喊了爷爷奶奶。

小区门口不便停车太久，宁宥倒抽着冷气，赶紧开车离开。郝聿怀则瞪着双目，有些不知说什么才好，憋出来的一句话要换作别人说，那真是要挨揍的："爷爷没生病吧？"

郝父却因为孙子终于肯认，开心地道："没生病，只是老了。灰灰刚从跆拳道班出来？"

郝聿怀索性跪坐在副驾驶座上，面对着爷爷奶奶："但这不对，不可能老得这么快。"

宁宥也道："我们还是不去了吧，让灰灰陪爷爷奶奶回家，我另找朋友一起去看，回头我录视频放给你们看。"

郝父道："我得亲自去，这大概是最后的谜底了，我得亲眼看看，青林究竟还瞒着我们干了些什么。"

郝聿怀默默将挂号信摸出来，交给爷爷奶奶。他一边举着手机给两人照明，一边解释："我告诉妈妈的，公务员不能开公司，所以，答案就呼之欲出了。

郝父、郝母一脸惭愧。这几个月来，他们已经习惯了这个表情。他们也觉得，这肯定是郝青林金屋藏娇。他们更是无法面对郝聿怀的眼睛。他们是知道郝聿怀和宁宥没吃晚饭就赶过来的，很友好地带着吃的上车，想交给宁宥和郝聿怀填一下肚，可现在他们没脸张嘴。

宁宥将车开到一处有些老旧的办公楼前，已经过了下班时间，只见不大的停车场倒有一半车位还停着车，而那幢办公楼也有一多半窗口还透着灯光，显然有不少人在里面办公。四个人站在楼下，也不知律师函所指的房号对应哪扇窗户，只好老老实实地进去大楼里找。

保安显然晚上看得紧，见这一行老的老，小的小，呼啦啦地进门，就迎上来问："你们找谁？"

宁宥递上律师函："你们物业寄给我的，我都不知道我有这么一间屋子。"

保安仔细看清楚房号，道："这是去年那家公司的物业费，今年那房间已经租给另一家公司了。你上去也是白问。"

不是金屋藏娇？四个人不知怎的都松了口气。

宁宥赔笑道："去年……公司？什么公司？现在搬哪儿了，你知道吗？"

保安夜来无事闲得慌，挺乐意摆龙门阵："原先那家只做了两年，几个老板凑钱搞一个公司，找一些大学生做软件，结果好像做来做去，没做出来，老板钱也烧光了，只好关门。关门都不跟我们物业说一声，东西不要，门也不锁，人就不来了。我们过好几天才知道。"

宁宥套话："呵呵，是不是这家公司关门方式很特别啊？这幢楼这么多房间，公司不少，你竟然记得这么清楚。"

保安激动地分辩："哪是啊！关门的比这家闹得好玩多了，上电视的都有。可这家公司吧，是公司特别。你知道吗？老板特别，公司特别。这幢楼一大半是做软件的小公司，大多是老板拉一帮人一起做，没什么准点上下班这种事，忙起来没日没夜的，做大了就搬出去找好点儿的大楼。就这家，早上九点上班，晚上六点下班，周末休息两天，雷打不动。我们早说这家不对劲啊，不像做IT公司的样子啊。我们早猜到它肯定要关门，哈哈。"

"哟，一猜一个准，火眼金睛啊。"宁宥甘当绿叶配红花，捧得一手好哏。

"那是，这边这种小公司多，看多了，也看出门道了嘛。信可能寄错了，不是你的就别理他们。你要不放心，等明天上班打个电话给物业，那块板上的右下角就是物业电话。"

宁宥连忙多谢多谢着，拿手机记录了板上的物业电话，拉一直两眼滴溜溜地圆睁着旁听的儿子，小心地扶二老还是上楼去看了一遭。那间办公室果然已经有新公司入住了，果然是还没有一点儿下班的样子，很IT。由宁宥出面到隔壁几家公司问了问，答案与下面保安说的大差不差，还问到郝青林开的这家公司的名称。

四个人扶老携幼地出来，郝聿怀一出门就问："到底怎么回事啊？爸爸开公司？破产了？他怎么什么都没说啊？不是说不能开公司吗？"

宁宥一边想，一边道："似乎是你爸跟几个朋友合作开了一家做软件的公司，可你爸不懂软件，他的编程知识还停留在十多年前呢，他又没更新过知识，可能有朋友懂。但总之开不下去了，投资的钱都打了水漂……"

"所以去贪污了。"

"是啊，还问爷爷奶奶借了几十万呢。我原先一直搞不懂他的钱去了哪儿，原来这样，倒是做了一件正经事。"

"可他又要上班，又瞒着我们，哪有时间管公司呢？我跟田叔叔上班，别看他好像一会儿跟人喝茶，一会儿跟人吃饭，其实都在工作，时间安排得可紧了。"

"所以破产了嘛。他可能欠了一屁股债，又没脸跟我说，只好到处找钱。这下清楚了。灰灰爷爷和奶奶，我把这条告诉律师吧？让律师来取证。"

郝父跟郝母在旁边听着，两个年轻的反应快，他们插不进去，但他们听得懂。只是他们发现，即使不是金屋藏娇，这个结果也非常令人难以接受，他们依然羞愧得说不出话来。郝青林听上去是如此无能。

上车后，宁宥看看那幢好多窗口透着灯光的大楼，感慨道："要不是律师函寄来，都还不知道他有这么一出呢。没想到他都已经落到坐牢了，还瞒着律师，不肯说出来龙去脉，耽误律师工作。"

"为什么？"

"不知道，等判了之后可以探望了，再当面问他。"

"他跟我们也没说。这么大的事，他为什么瞒着我们？"郝母终于还是婉转地表示了一下他们二老的清白。

宁宥隐隐有些猜到，而且她有更大的烦恼："不知道郝青林那公司破产欠下多少债，看郝青林一改惰性，铤而走险地受贿行贿，显然债务负担不轻，讨债的也追得很紧。"

郝父、郝母这才如五雷轰顶，傻了。他们原先没想到啊。

郝聿怀也急了："那讨债的会不会追到我们家来？我们需要还多少债？"

宁宥因为想离婚，早早将婚姻法吃透，连厚厚一本解释也翻来覆去地看遍了，闻言摇头："夫妻共同债务的认定有清晰的法律条文，并非所有婚姻存续期产生的债务都天然由夫妻共同承担。我完全不知情，就不需要承担。不过，如果不是今天的律师函，我不知道有这种性质的债务存在，那么以后人家上门前来讨债时，你爸躲在高墙里，谁都拿他没办法，但我就猝不及防，因为无法证明与我无关，我只能掏空腰包和卖房了。我就觉得你爸这几十万资金去向不明，一定还有后手，果然，炸弹埋在这儿等我呢。"

对的，宁宥不得不将事情分析清楚，尤其是要说给郝父、郝母听。郝青林始终不肯吐露他在外面怎么处置那些钱，原来还有这招阴损的在等着她呢。她此刻再同情郝父、郝母，也只能当面揭穿郝青林的不良用心。她不愿替郝青林还债，必须明确表明态度。

郝父与郝母完全哑了，两人再高学历，也还是第一次碰到这种事，完全不知道怎么应对啊。

这一车四个人，只有宁宥稍微懂一点儿，但也是有限，毕竟是搞技术的。

"灰灰，你用妈妈手机上网，搜索我们刚才记录的公司名。如果查不到，我记得可以去工商局的官网查。你要搜索的是注册资金、全体股东。"

"这是什么？"郝聿怀虽然不懂就问，但要说上网搜索，恐怕宁宥都不如他迅速。很快，他就老三老四地长长一声"嗯"，其他三个成年人心都吊到嗓子眼上。

郝母等不及："灰灰，你快说说。"

郝聿怀看得似懂非懂，可还是道："注册资金原来是这么写的，干什么的，有两百万元啊，哇！"

郝父、郝母心口又被刺上一刀。

宁宥冷静地问："股东呢？你爸爸的名字在上面吗？"

郝聿怀往下翻："爸爸名字没有，但有谭维维。"

宁宥只给一声"嗬"，果然。难怪当时谭维维那么嚣张。

郝父、郝母已经麻木了，直着眼睛，只会坐着喘粗气。这是比金屋藏娇可怕得多的事。最可怕的是，他们都不知道这债务窟窿有多大，又会在什么时候爆发。

宁宥再度明确表态，她不参与："灰灰爷爷奶奶，这事，你们得尽快联络律师，让律师去问清楚，一来避免其他同案犯栽赃；二来把主动权掌握在你们自己手里，最起码弄清楚债务的确切数字，以及有没有高息，免得到时候措手不及。特别是没几天就要开庭了，时不我待。"

郝父与郝母在黑暗的后座面面相觑，万念俱灰。郝青林害人不成，却反噬到老父母头上。可谁让郝青林是他们生的呢？最终，只有他们挨着了。

郝父直到下车，等宁宥与郝聿怀护送他们上楼坐下，才红着眼圈表示，这笔债务如果有，无论多少，他们会承担。郝聿怀怔怔地站在他们面前看着，完全不知道该不该抚慰他们，也不知道该如何抚慰才好，只觉得爷爷、奶奶太可怜了。

宁宥只能硬下心肠。郝青林设下的这种你死我亡的局，总不能让她明知山有虎，偏向虎山行吧，只能由郝青林父母承担去了。宁宥离开后才跟郝聿怀说，她得好好去谢谢那家物业发来律师函，否则她就被郝青林设计了。

郝聿怀完全让大人们的事搞晕了，他嘴里翻来覆去只有一句话："爸爸还能再卑劣一些吗？"

但宁宥还是不敢放心，想来想去，只好厚着脸皮找路子很野的田景野咨询。她都没脸问简宏成。

田景野更干脆："既然郝青林用的是小三的名字入股那家公司，那么如果产生债务，那也是找小三，与你无关。如果债务是郝青林以个人名义所借，你跟他讨论你说的婚姻法解释，你不承担。但如果债权人不讲法律，硬要找你讨债，你要么祸水东引给郝青林父母，要么你找简宏成，让他派人保护你，他一定很愿意。"

田景野话音才落，简宏成电话紧追着进来。

"宁宥，我让律师跟你那边的律师接触。你别吱声，当什么都不知道，后面的事我来操作。"

宁宥道："不，我还有儿子呢，我儿子很快长大了。"

简宏成道："又不是让你犯法。他坑你，你反坑，我抓紧时间让他割地赔款，付出代价。最起码，让他乖乖在离婚协议上签字。"

即使隔着电话，宁宥依然悻悻的："这事你教我怎么做，无论如何，交给谁都不能交给你，原则。"

"可你太能忍，我不放心你。"

"我又不是包子。要真是包子，怎么可能请教朋友里面最凶残的田景野和你呢？"

"你只找了田景野。"简宏成酸酸的。

"我默许田景野透露给你。"

简宏成依然酸酸的："直接找我不行吗？我多没面子。"

宁宥都有些不知怎么说才好："这种事找你，我不要面子的吗？"

简宏成心说这倒是："可你还是得补偿我，我很受伤啊，被田景野笑话死了。"

宁宥哭笑不得："不可能，田景野怎么会？"

简宏成笑眯眯地道："真的。所以你必须补偿我，替我出主意。我住公寓不大方便，打算买正常住家房子。你喜欢大平层，还是别墅？"

宁宥哼道："做人不要太奸诈，一句话里藏那么多心思，有意思吗？"

简宏成笑得更欢了，本来就小的眼睛更是只剩一条缝："还需要考虑地段，跟你工作的地方近，在灰灰的学区，或者更好的学区。"

这司马昭之心哪，都已经毫不掩饰了。宁宥忍俊不禁，却干脆地道："懒得费心思。"

简宏成笑容可掬，却紧追不放："那行，我去费心思。但灰灰的学区你得告诉我。"

宁宥低眉微笑，良久，才回答一句："等会儿收电邮。"

简宏成一听就开心爆了，直接五音不全地在手机那端开唱："解放区的天是明朗的天，解放区的人民好喜欢……"

宁宥没摔电话，也笑眯眯地听着。她感受得到简宏成的欢乐，简宏成也从一直接通的手机里感受到宁宥的愿意。宁宥如今是再也没有兴趣唱悲凉的"侬今葬花人笑痴，他年葬侬知是谁"了。崭新的未来，她更喜欢崭新的明朗天。